当代视野与中国文学传统研究丛书

文学史二十讲

程光炜————著

WENXUESHI
ERSHIJIANG

东方出版中心

前　言

　　关于当代文学的理解，至少有几个方面的含义：一是"十七年"所理解的当代文学，二是20世纪80年代意义上的当代文学，再就是20世纪90年代以后的当代文学。即使是90年代以后（注：后文中的80年代、90年代等均指20世纪80年代、90年代等）的当代文学，人们的理解也是不一样的，那么对它的辨识和分析是不是必要呢？这就是我关心的第一个问题。

　　当代文学的前两个方面，已经有很多研究成果，我就不再重复。我主要想说说第三个方面，即90年代以后的当代文学。当代文学研究和现代文学研究一样，都是80年代起步，经过30年的经营，现代文学研究已经成为一个人多势众且话语完备的学科，而当代文学研究还是原来那个样子。当代文学研究被理解成当代文学批评，现在人们还是这样看。目前当代文学研究负载着批评当下不断涌现的大量文学新作的重任，且天天出席各种作品研讨会，所以这个领域云集着众多批评家。这种批评性的思维也被带入到当代文学研究中，我们只要看看那些不习惯参考引用别人观点，不加注释，上来就对研究对象指手画脚的论文，就明白当代文学研究的现状了。最近几年，这种状况在一些中心城市的重要大学比较少见了，但在另一些大学中仍然非常普遍。当然也不是所有的研究者都是这么认为的，这还要具体分析。它还有一个特点：不是有距离地看待作家作品现象，而是强调对作家作品的拥抱和进入，将研究者本人的状态等同于研究对象的状态，认为这样做才比较到位，才是当代文学研究。也就是说，他们把当代理解成为一种可以充分把握并控制的东西，就像一个士兵可以随时射击的靶标。所以，在很多文章里，即使在很多研究十七年文学、80年代文学的文章里，这些已比较遥远的文学都具有鲜明的"当下"的面貌，它们的历史完全被今天所掩盖和替代。

第二是当代文学的文学性问题。对80年代以来的文学作品，大家的认识分歧不大，但对十七年文学，意见就相当不同。其实即使对80年代的文学作品，看法也有差异，比如有的研究者偏于喜欢先锋文学，而不喜欢伤痕文学，等等。一部分研究者认为，文学研究应该是审美性的，不符合这一尺度、标准和范畴的研究，其价值就大大受损。这种看法也许不错，但比较褊狭，至少是缺少历史观的观点。我曾经看到过两位研究者为了维护自己所设定的文学性，对那些忽视或不重视文学性的研究，气愤地用拳头咚咚咚地敲会议桌的情景。这说明他们心里确实有一道不可逾越的审美底线。我其实很理解他们，但我们知道，当代文学的创作，很多历史阶段都不是在审美的状态下进行的。这不是作家明知故犯，他们出于不得已也只能如此。当代文学的复杂性一部分就来自这种不得已。所以另一部分研究者认为，除研究当代文学的审美性之外，还应该去研究它复杂且因为社会思潮经常性膨胀和冷缩而不确定的周边。没有周边的当代文学研究不能说是更完整和更真实的当代文学研究，至少是缺少历史观的当代文学研究。研究眼光不同，使得当代文学研究与现代文学研究非常不同。在现代文学研究中，所有的审美性都是切割好的，是经过标准化流水线制作出来的，当然，这种惊人的学科一致性也非常令人不安。因此，十分值得注意的是，为什么同时代研究者有着几乎相同的历史境遇,而居然会有如此差异的历史感呢?在这个意义上,我们可能认为,这些大小尺寸不同的许许多多的文学性,恰恰是由于"裁剪原因"造成的。

第三是当代文学的几个时期如十七年文学、80年代文学、90年代文学的关系问题。学术界比较流行的观点是"没有'十七年',何来'新时期'"、"只有80年代文学的探索,才有90年代文学的多元化",等等。先说"十七年",尽管这方面已经取得了很丰富的成果,但感觉它有一种浓重的被建构的知识气味。我们今天知道的"十七年",基本是在80年代启蒙论的主轴上,再加点后现代的佐料叙述出来的。这种"十七年",去掉了历史的风风雨雨,增加了90年代的理解和同情,于是就变成一种知识意义上的研究对象了。所以,才会有"没有'十七年',何来'新时期'"的论断。由于文化政治对文学的压抑,新时期文学研究才会意识到建立文学自主性的重要性。"新时期"的自觉,是靠"十七年"的不自觉才获得的。但这种道理怎么听起来那么别扭和勉强,这是因为什么呢?因为各个文学期之间,不是这么简单而且不留残渣余孽就实行了彼此的更换和替代的,中间还应该有很多较小的线索、较小的问题、较小的困惑,乃至较小的也许并不是我们这代人就能意识到并可以轻松解决的难度。例如,怎么看浩然、蒋子龙这些从"文革"文学跨到"新时期"的作家?他们都有一个历史转型问题,按照今天的文学史结论,蒋子龙转型成功了,浩然却失败了。但是没有人问,这种成功或失败的标准是什么?我们凭什么就断定他们成功或失败了呢?这里面,实际有很多潜伏着的问题没有得到真正的研究,我们反而运用大判断就把它们糊弄过去了。再比如80年代文学作为90年代文学的开拓者的历史判断,也成为一个问题。一般地看是这样,没有"80年代",何来"90年代"?然而,却没有人去想想,80年代文学那种非常理想、浪漫的东西，到90年代文学为什么就变得很稀薄，失去了某种主导性了呢？如果仅仅用市场经济兴起这种说法，恐怕说服不了人，至少说服不了我。因为我没有看到任何非常结实、细致、丰富的研究成果，来证明这种历史判断的正确。但是，怎么才能把这几个时期比较恰当地串联起来，并建立一种相对贴切、入理的历史叙述呢？我认为必须要从80年代文学研究开始。如果我们能带学生对80年代文学研究的知识立场和逻辑进行一番知识考古学的考察，花大力气去收集这方面的文献材料，并对重要研究者做个案研究，最后汇总到一起，不难看出，今天的很多对"十七年"、"90年代"包括当代文学研究的看法，都是从"80年代"文学研究的知识立场中孕育出来的，那里原来有很多没有被人充分意识到和理解的所谓知识的原点。最近几年，我和我的博士生们一直在做80年代文学研究。起初，我们以为这就是一般性的文学期的研究，对象无非是大家司空见惯的思潮、流派、现象、作家作品呀什么的，超不出这个范围。但越往下走，就发现不那么简单，80年代文学研究原来并不是孤立于历史之外而存在的，它周围有一个非常丰富和复杂的周边。某种意义上，不是由于80年代文学研究我们才看清楚它周边的万事万物，而是由于这个周边，我们才能更清楚和更深刻地理解它为什么叫80年代文学。同样道理，这种对周边的注意，这种有意识把周边当作文学史研究的更宽幅的历史视野，作为一种方法和眼光，我们也许能够更有效地进入整个当代文学研究之中。最近，我在一篇题为《新时期文学的"起源性"问题》中，谈到不能只注意文学发展过程中的"部分的风景"，同时也应该注意到"全部的风景"。不把两者割裂开来，而是有意识地建立两者之间的历史联系，一些更隐蔽的、一直阻碍着我们历史认识的东西，也许才能够浮现出来。对上述所说几个文学期关系的界定、分析和理解，同样如此。

　　以上是我对90年代兴起的当代文学研究的基本感觉，其实还有很多问题，但我这篇小文不可能一一触及。一定意义上，我们在做当代文学研究时，都会强调自己对它理解的问题。但是，由于研究者知识积累、历史经验、思维方式的不同，加之各种知识和思潮还会冲荡、影响其工作，所以，所谓理解的不同，实际是每个人在做研究时由于理解方式的不同，会得出不同的结论。比如，在一些现代文明起步较早的大都市，由于西化程度比其他城市高，那里左翼批判态度、反现代性立场特别明显，其都市性对人们生活具有很大影响，甚至产生了某种程度的压抑性。在这种历史场域中，研究者就不可能像其他城市中的研究者那样，对过去的历史具有一定的包容性或弹性。比如那里的研究者一般都不耐烦做实证性的工作，特别喜欢提问题；再比如，因为成熟都市的生活非常实在，没有诗意，很紧张、快速、多变，常常令人焦虑不安，所以他们对任何一种非文学性的存在都很敏感，比较容易产生反感和强烈的排斥心理。所以，即使当代文学史中的很多现象，如十七年文学、80年代文学已经变成了历史对象，他们还不愿意把它们放在故纸堆中，非要拿出来，做今天的和当下性的历史整理。当然，也不能一概而论，也有一些比较清醒的研究者会避免这种偏颇，采用比较客观的态度和方法重回文学史中。比如蔡翔近年来所做的"十七年"研究，他与罗岗、倪文尖关于当代文学60年的"三人谈"，都发现了很多有意思的东西，对当代文学研究有着积极的推进作用。

　　另外，关于当代文学的理解，还涉及我们怎么在一种复杂的时空中整理自己的问题。前面已经说过，最近这三十年，由于各种历史解释大量存在于当代文学史研究之中，而当代文学研究又没有办法像现代文学研究那样说自己是民国文学研究，先把自己"历史化"，故而分歧多多，理性和自觉的研究立场很难建立并逐步为更多的研究者所接受。那么，怎么去对自己做历史整理呢？我认为有两个问题：一是我们都在本学科的想象共同体内工作。现有的知识积累，已成的结论，大家在一定年代的历史共识等，都会影响我们的判断，但我们又无法不在这种知识框架中想问题和处理问题；二是如何将自己的研究有所偏离和"陌生化"的问题。举个例子，北京大学中文系的洪子诚老师是个30后，1961年大学毕业，按说他的历史观念和文学观念应该与刘再复等人是同时代的。但是，为什么到了90年代，他还能写出像《中国当代文学史》、《问题与方法》这样富有启发性的著作呢？我觉得这是他在自己与同代人之间，有意识地把自己的历史观和文学观与其他人有所偏离与陌生化的结果。正是由于有了这种陌生化，采用不同的历史分析方法，他看他非常熟悉的十七年文学，就会产生不同于同时代人的眼光。这是大家都知道的，无须多说。另一个例子是蔡翔。我们知道蔡翔在80年代是一位很有名的文学批评家，90年代后他调入大学，成功实现了自己的知识转型。他近年来所做的"十七年"研究，无论在角度和方法上都和别人不一样。例如，他在十七年文学中发现了劳动、产业工人这样一些概念，进而从这些概念中重新进入"十七年"。这样就摆脱了一段时间内非常兴盛的将文学与政治对立起来认识"十七年"的方法。我想，洪老师和蔡翔的历史经验、人生道路与我们并没有什么本质的不同，但是，为什么他们能在普遍性历史共识的基础上做出自己卓越的工作呢？这正是他们对自己的历史整理做得比较好。他们对问题的反思，首先是从对自己的反思开始的，并在这里建立了一个相对自足的知识和思想的立足点。当然，如何整理自己，如何在自己与学科的想象共同体之间达到某种平衡，并由此开展一种比较有效的研究工作，牵涉的问题很多，很复杂，不是三言两语能说清楚的。

目　录

第一讲　当代文学学科的"历史化"

　　当代文学学科的独特性,首先在于它与当代文学的多重纠缠。当代文学本身的激烈和复杂状态,决定了它不能像其他学科那样宣布自己是一个纯文学的学科。其次,它要经常出现在各种作品研讨会现场,对当前作品开展繁重的宣传和评述工作。因此,当代文学学科给人的主要印象是,它是当前文学思潮、作品和现象最理想的批评者。显然,文学批评对当代作家和作品所进行的"经典化"工作是十分重要的。没有批评家对作品出色的认定和甄别,我们都无法知道哪些是重要作家、重要作品,文学史的课堂,就没有了最起码的依据。但问题是,当代文学已有近60年的历史,已经是现代文学存在时间的两倍。它是否要永远停留在批评状态,而没有自己"历史化"的任务? 这是我非常关心的一个问题。如果说当代文学已经有了自己的编年史,那么,我们应该怎样看待它的文学史意义? 它与众不同的文学思潮、批评方式、创作风格,又是通过何种途径被指认的? 它是不是存在着像1949、1979和1985年这样的历史分界点,这些分界点对文学史研究又具有怎样的价值? 另外,应该怎么认识当代文学的"经典化"问题,如何看待文学杂志对作家观念的支配和引导,如何看待文学事件在文学作品生成中的特殊作用等,是不是都应该被列入研究的范围? 这些东西,文学批评已无法面对,因为它们已经沉淀为了历史。但我这里所谈的不是具体的研究,而是一些研究的可能性。进一步说,我所说的可能性是在什么意义上才具有有效性的问题。

2007年5月，我写过一篇题为《诗歌研究的"历史感"》的文章。这篇文章涉及文学研究的"历史化"问题，因受诗歌问题局限，有些讨论实际没有展开。不过，它对一些概念的限定和表述，可以作为我讨论当代文学学科"历史化"问题的基础："除去对当下诗歌现象和作品的跟踪批评之外的研究，一般都应该称其为'诗歌研究'。它指的是在拉开一段时间距离之后，用'历史性'眼光和方法，去研究和分析一些诗歌创作中的问题。正因为其是'历史性'的研究，所以研究对象已经包含了'历史感'的成分。"[1]显然，我所说的当代文学学科的"历史化"，首先与跟踪当代文学创作的评论活动不同；其次，它指的是经过文学评论、选本和课堂筛选过的作家作品，是一些过去了的文学事实，这样的工作，无疑产生了历史的自足性。也就是说，在当代文学学科的"历史化"过程中，创作和评论已经不再代表当代文学的主体性，它们与杂志、事件、论争、生产方式和文学制度等因素处于同一位置，已经沉淀为当代文学史的若干个部分，是平行但有关系的诸多组件之一。这就是韦勒克和沃伦所明确指出的"文学史旨在展示甲源于乙"，它"处理的是可以考证的事实"，"文学史的重要目的在于重新探索出作者的创作意图"，所以它更大的价值是"重建历史的企图"。[2]埃斯卡皮也认为，文学史家的作用"是'跑到幕后'，去窥探文学创作的社会历史背景，设法理解创作意图、分析创作手法。对他来说，不存在什么作品的老化或死亡问题（笔者按：这种观点是评论经常宣称的），因为他随时随地都能从思想上构拟出能使作品重新获得美学意义的参照体系。这是一种历史的态度"。[3]

---

[1] 程光炜.诗歌研究的"历史感"[J].当代作家评论,2007(6).
[2] [美]韦勒克、沃伦.刘象愚、邢培明等译.文学理论[M].北京：三联书店,1984.
[3] 罗贝尔·埃斯卡皮.于沛选编.文学社会学[M].杭州：浙江人民出版社,1987.

一、文学史研究的"批评化"问题

当代文学学科的"历史化",首先是如何区分文学批评与文学史研究的不同作用和某些细微差别。我们知道,文学批评是先文学史研究一步而发生的,它对刚刚发生的作家作品的批评和分析,对经典作品的认定或对非经典作品的排斥,成为后来文学史研究的重要基础;但与此同时,由于文学批评在有些年代的地位过高,文学批评的作用就被无形地放大,会过分干扰文学史更为理性化的过滤、归类和反思性的工作。而文学史研究的"批评化",指的正是这些影响、干扰文学史研究的因素。这种文学史研究的批评化,实际也不再是严格的文学批评,而具有了模糊暧昧的文学史研究的面目,并带有强行进入文学史叙述的现时功利性。

它模糊的文学史面目,在80年代是通过文论化(也即"批评化")的研究方式建立起来的。[1]一大批文学批评家,成为事实上的文学史家,他们的观点、主张、设想和结论,理所当然地成为当代文学史研究的成果和结论。[2]这就是杨庆祥所指出的"'先锋小说'当时一个重要的特征就是强调文学本身的'独立性'和'自足性',强调批评观念上的'审美'原则和'文本主义'",提倡者"虽然比吴亮、

---

[1] 在80年代,文学史家的角色是非常模糊的,而所谓的文学研究者主要是那些著名的批评家,如李泽厚、刘再复、鲁枢元、刘晓波、刘小枫、吴亮、许子东、季红真、黄子平、南帆、王晓明、蔡翔、李劼、夏中义,包括赵园、王富仁、钱理群、蓝棣之,等等。很多人都在上海文艺出版社的《文艺探索书系》和浙江文艺出版社的《新人文论丛书》这两套丛书中出名。而这两套丛书的主旨就是提出问题、发表新鲜主张,带有以批评代替研究的鲜明特色,为此,吴亮把它们概括成一句非常著名的话,叫做"批评即选择"。

[2] 人们不难发现,在1979年到1987年间出版的许多当代文学史著作,如大家熟知的《新时期文学六年》《中国当代文学思潮史》《当代中国文学概观》《中国当代文学史初稿》,以及十四院校、九院校合作完成的诸多文学史著作等,都受到了上述批评家文学描述和批评的强大影响,很多文学史结论,事实上都是批评的结论。

程德培等人对'先锋小说'的态度更加谨慎，但同属于上海'先锋批评'的圈内人，不可能不受到影响，而且，在'重写文学史'中起到不可或缺作用的李劼是当时最活跃的先锋批评家。所以说先锋小说的写作观念和批评方法实际上对'重写文学史'影响甚大[1]。其实，不光是当代文学史研究，即使在现代文学史研究中，这种以批评的结果影响或主导文学史研究结论的现象，也非常明显地存在着。举例来说，就是引人注目的鲁迅研究。那些已经被"批评化"了的鲁迅形象，不仅成为许多鲁迅研究者的研究结论，而且也显而易见地成为关于鲁迅研究的文学史成果。[2]另外，从当时提倡重写文学史、20世纪中国文学的诸多文章中也可看到，中国现代文学史研究、鲁迅研究的基本结论，实际是这种"批评化"倾向的渗透和延伸，"批评化"的思维方式和研究方法，被等同于文学史的思维方式和研究方法。"在这样的研究眼光中，被预设的'历史'成为一种'理所当然'的存在，隐身在所进行的评价和分析过程之中。所以，无论是研究者，还是被研究者所观照的研究对象，丝毫不会觉得自己是被一种东西所'强迫'的，他们往往还会觉得这就是自己的'发明'和'创造'。"[3]

---

[1] 杨庆祥.审美原则、叙事体式和文学史的"权力"——再谈"重写文学史"[R].系中国人民大学文学院"重返八十年代文学史问题"博士生讨论课上的主讲论文。

[2] 参见王富仁的《鲁迅前期小说与俄罗斯文学》(西安：陕西人民出版社，1983.)、《中国反封建思想革命的一面镜子》(北京：北京师范大学出版社，1986.)、《先驱者的形象》(杭州：浙江文艺出版社，1987.)、《中国鲁迅研究的历史与现状》(杭州：浙江人民出版社，1999.)等；钱理群的《心灵的探寻》(上海：上海文艺出版社，1988.)、《压在心上的坟》(成都：四川人民出版社，1997.)、《走进当代的鲁迅》(北京：北京大学出版社，1999.)等。稍后出现的汪晖、王晓明、李欧梵的鲁迅研究在研究的角度和评价尺度上有所不同。但总的讲，王、钱的研究在鲁迅研究界代表着主流形态，并成为国内鲁迅研究的思想和学术基础。这个基础，不仅把鲁迅看作中国知识分子的精神楷模，而且也看成是一种统驭所有文学现象的标准，并以此作为研究中国现代文学史的最重要的起点和最后结论。这些结论，还带有"文学批评"的话语色彩，如"思想者"、"战士"、"匕首"、"孤独者"、"镜子"、"无地彷徨"、"反抗"、"生命体验"、"心灵的诗"、"说不尽的阿Q"、"鲁迅与20世纪中国"、"鲁迅与北大"、"脊梁"、"桥梁"、"人格魅力"、"摄魂"等。

[3] 程光炜.诗歌研究的历史感[J].新诗评论，2007(2).

在这里,我不想比较文学史研究与文学批评的优劣,因为如果那样的话,这种做法仍然是一种"批评化"的研究。我想说,80年代形成的"文论化"研究倾向和方式,并没有因为时间的流逝而被"历史化",它们仍然以在场的方式存在于当前的当代文学史的研究之中。所以,我觉得有必要对什么是"批评的结论"和"文学史结论"的关系作一些初步讨论。

在一次关于马原小说《虚构》的课堂讨论上,一位学生对我与别的老师合著的当代文学史中对这篇小说的评价提出了质疑。他认为这个结论不是我们作出的,而是来自吴亮非常有名的评论文章《马原的叙述圈套》中的结论。[1]这对我有很大的提醒。我随即找来最近几年出版的当代文学史著作,发现都有大同小异的情形。我注意到,批评家当年精彩的"最好的小说家,是视文字叙述与世界一体的","他不像大多数小说家只是想象自己生活在虚构的文字里,他是真的生活在自己虚构的文字里"的批评性表述,或者说这些其实非常"思潮化"的看法,一直没有受到研究者的质疑,没有经过检讨和过滤就进入了文学史的叙述。也就是说,文学史并没有发挥过滤文学创作、批评和杂志等现场因素的职能,而对批评家的这种感性化文学感受采取了完全认同的态度。因为,将最好的小说家的标准等同于虚构的观点,恰恰来自1985年一种借叛逆现实主义文学而强调的非写实的思潮,是先锋批评根据当时文学转型需要而提出的临时性的批评主张。我们应该相信,根据丰富的文学史经验和参照系统,最好的小说家实际未必一定是虚构型的作家。一种可靠的文学史叙述,恰恰应该是根据批评结论,参照当下思潮,并依据浩大历史时空中的诸多最好的小说家类型,来验证马原是否是最好的小说家的判断。我想这可能正是这位同学尖锐质疑我们的文学史著作的一个

---

[1] 吴亮.马原的叙述圈套[J].当代作家评论,1987(3).

理由。

也必须看到，文学史结论不一定就具有学术上的优越性，很多沉睡多年的文学史结论，确实仍然需要批评的结论去唤醒和激活。文学史的"历史化"过程，如果完全抛开批评结论而最终实现也将是一个问题。但文学史结论更需要警觉的是，把刚刚发生的作家作品的批评和分析，或把对经典作品的认定和对非经典作品的排斥不加选择地都带入研究工作中，致使文学史研究被不确定性的批评所裹挟、所笼罩，从而陷入"批评化"的尴尬境地。这不是我们故弄玄虚，这种文学史写作的危险性，确曾发生在1979年初版的两部重要的当代文学史著作中，它的典型例证即是对浩然现象仓促的重评。[1]任南南在《历史的浮标——新时期初期的"浩然重评"现象的再评价》一文中认为："这种重评作家的方式与拨乱反正的主流政治之间也呈现出良好的互动。'文革'后，与政治上揭批'四人帮'的全国性群众运动一同展开的浩然重评，在很大程度上成为'文革'后主流政治话语生产的一部分。"但她警告说："浩然的去经典化，甚至矮化显示出把'四人帮'颠倒过去的'路线是非思想是非理论是非颠倒过来'的时代主题，是国家意识形态领域的拨乱反正运用的文学手段，新时期政治合法化进程中的一个文学图示。"所以，她认为浩然重评很大程度上恰好是一个值得今天去检讨的批评性结论。[2]

自然，文学史研究的"批评化"，是由于当代文学学科对批评当下性过分迷恋的认知方式带来的。很多人都相信，所谓的当代文学史研究，实际就是针对文学现状而出现的一种批评性表达方式。在

---

[1] 如张钟等的《当代中国文学概观》、郭志刚等的《中国当代文学史初稿》(上、下册)与"浩然重评"相关的章节，这些根据当时社会结论对这位作家的重评不仅遭到他本人的质疑，实际也是今天最具有争议的文学史问题之一。

[2] 任南南.历史的浮标——新时期初期的"浩然重评"现象的再评价[J].海南师范大学学报(社会科学版),2007(6).

当代文学学科中，批评家的地位一般都要高于文学史家，很多国家级的文学奖最后获奖者往往是前者，就是一个可以随时列举的例证。这种当下性的文学史意识形态，并不认为"批评化"就是对文学史研究的直接损害，而是相反，它相信恰恰使当代文学学科处在比其他学科更为前沿和敏锐的历史处境中。[1]正因为如此，"叙述圈套"说、"浩然重评"论至今仍被认为是不容置疑的文学史结论，没有人相信它们仅仅是"批评化"的结果。当然，我这样说，不存在褒贬任何一方的含义，目的是要通过它们之间地位的差异性存在，说明"批评化"思维在目前文学研究中所具有的特殊影响力。

二、认同式研究与有距离的研究

在当代文学学科中，很少有人会怀疑认同式研究有什么问题。既然"按照通常所知道的历史教科书知识，所有的'历史'都是可以被预设的。因为如果不能这样，我们就无法与过去的历史之间建立一种信任和联系"[2]，那么就不会去注意，即我们的认同实际是被历史所控制的认同。当我们以为是在从事自己的研究时，它其实是在重复别的研究者已经建立的研究方法。

先说第一种认同化研究的现象。在许多大学讲授当代文学史的课堂上，一个普遍现象是对主体性理论的盖棺定论的解释。在不少研究中，从"揭露伤痕"到"建立主体性"的解释逻辑，有时候还成为评

---

[1] 类似情况近年来仍然如此。在出版图书中，与"批评"有关的当代文学研究著作明显占有绝对性的比重，如2002年广西师范大学出版社的"南方批评书系"、2002年河南大学出版社的"世纪之门文艺时评丛书"、2004年前后山东文艺出版社的"e批评丛书"、2003年苏州大学出版社的"新人文对话录丛书"等多种。据不完全统计，这两年，文学史研究丛书仅仅有2005年河南大学出版社的"文艺风云书系"这一套。

[2] 程光炜.诗歌研究的"历史感"[J].新诗评论,2007(2).

价新潮小说的一个权威性标准。出于对十年浩劫灾难的深切反思，主体性的理论建构当然有其历史合理性。但是显然，对"非悲剧"风格的反思，它就得出了这样的结论，"新潮小说对于死亡的表现可以说是对这种以偶然性为核心的小说结构的最有意思的象喻"，"在马原、洪峰等作家笔下，死亡都是那样毫无理由、莫名其妙"，"当'神秘'成了新潮作家对于世界的唯一解释时，不仅科学、智慧、思想、公理、常识变得可笑，而且人与世界变得一样'不可知'，我们只能任由迷信、宿命的气息对人与世界的篡改。这实际上不是彰显的新潮作家主体性的强大，而恰恰是其主体性脆弱不堪的证明"。[1]然而必须指出的是，这种习惯于把新潮小说置于主体性视野中的做法，并不是出于自觉反思而得出的结论，而是一种受到历史结论所控制的学术性认同。因为，当我们感觉是以个人化批评的立场来反思新潮小说存在的问题时，不是我们发现了，而实际是主体理论帮助我们认识并纠正了它走向的历史性偏差。这正像一篇讨论主体论历史生成语境的文章所指出的那样："自新时期文学发生以来，各种力量就参与着对它的'规划'和'建构'，这一过程也是一个不断将自我'历史化'的过程。这种'历史化'不仅肩负着为新时期文学命名、定位的重任，同时也通过这种'命名'行为为'新时期文学'构建自己的'传统'。"[2]显而易见，我们所熟悉的许多课堂的讲授和研究都处在这种无意识的认同之中，因此也受到历史结论的强有力控制。当然，我更想说的，不是这种控制损害了研究的自足性，而是要强调，为什么不去问问我们是怎么被控制的？是不是也应该对被控制的学术状态做一点点研究，并对由此而导致的认同化研究做出一些必要的反思？

其次，对别人研究方法的认同式研究。众所周知，最近几年当代

---

［1］吴义勤."悲剧性"的迷失——反思中国当代新潮小说的美学风格[J].山东社会科学,2007(6).

［2］杨庆祥."主体论"与"新时期文学"的建构[J].当代文坛,2007(6).

文学学科对十七年文学的研究已基本完成了"历史化"过程。一些研究者对"十七年"的研究,所提供的方法论意义实际已远远超出了研究本身,这是毋庸置疑的。但是,值得注意的是,对这些方法的认同式研究也随之产生。《文艺报》作为社会主义文艺体制下的文学媒体刊物,在新中国成立初期起到了动员全体国民、增强民众凝聚力、建构国族认同的重要作用。"[1]"在十七年文学中,新上海被赋予了无产阶级左翼意义,并消除了原有口岸城市的所有资本主义逻辑。在'社会主义性质的工业中心'这一概念中,体现着消除城市历史由多元而引起的差异与不统一的内在含义。"[2]这样的研究虽然不能说不好,而且它们利用了难得的第一手历史文献——但却每每让人联想起百花齐放时代研究、潜在写作研究的既有面孔。当然,所谓《文艺报》的改组现象,左翼文学在新的历史条件下的分化与重组,潜在写作对70年代反主流诗歌的明确指认等,它们也同样是一种建构式的学术研究。不过,仍有理由觉得,当我们面对这些方法时,更有价值的研究恐怕应该是那种与它们拉开距离的至为艰苦和复杂的继续开掘。它们不一定都是我们研究的一个必然性的起点。在某种意义上,我们的质疑、反问和继续探讨,可能还应该从这些学术成果的起点上开始。所以,我今天提出这样一个看法,即:既然已经有了一个"十七年"研究,但是不是还应该有一个从它开始的重返"十七年"的研究呢? 这是因为,表面上,我们都生活在同一个历史时空中,可以分享共同的学术成果。但实际上,由于每个人历史经验、个人记忆、背景和知识结构的差异,大家却不一定就有一个共同的一成不变的"十七年"。每一个人对它的历史想象和文学处理,很大程度上要

[1] 魏宝涛.《文艺报》与"十七年"文学批评标准和模式的建构[J].广播电视大学学报(哲学社会科学版),2007(2).
[2] 李力.工业题材与国家工业化的想象——对十七年上海文学的一种考察[J].学术论坛,2007(3).

受制于这些因素的影响与规约,用别人的成果来覆盖自己的历史想象和文学处理是非常不应该的,它只能招致一种无效的劳动。自然,我不是说已有成果不能利用,而是说怎样利用,在一种什么意义上利用,同时又不把它变成对自己工作的一种替代性的研究。对我们每个人来说,后一点恐怕是非常重要的。

在已有成果起点上开始的研究,正是我要说的有距离的研究。"所谓'有距离感'的存在,指的可能还不是'故意'与研究对象'拉开'什么心理距离,装作与己无关的样子。它指的是如何从历史'风暴'形成的知识'气流'中脱身出来,如何既在历史中说话,但又能够不受它的文学意识形态的暗示与控制,有意识地用'自己'的方式来说话"。[1]举例来说,当年我们在阅读刘心武的小说《班主任》时被深深感动过,在大学教书的这些年,我们就把这种感动讲述给学生,因此而感动了一届又一届的学生。但是去年,当我为课堂讨论重读这篇小说的时候,却再也感动不起来了。与此同时,我在重读礼平的小说《晚霞消失的时候》(以下称《晚霞》)的时候,依然被它感动了,而且感动得更厉害,情不自禁地为其中深层次的意味流下了眼泪。这就是我要讨论的下一个问题:你为什么在25年后还会被感动? 或不再被感动? 要说清楚这个问题,我想仅仅在审美层面上是无法做到的。我之所以不愿意再从审美层面上谈,正说明我与两篇小说之间产生了历史性的距离,这种距离的存在,酝酿并强化了我对它们新的认识。我曾经在一些场合说过,《班主任》之所以获得比《晚霞》更大的成功,并感动了一代代读者,是因为它的文学叙述与当时的历史语境、文学成规、氛围、批评等制度化环境是一种非常匹配的关系。换句话说,人们与其是被作品感动的,不如说是被那些与之配套的制度因素感动的。实际上,不光在80年代,文学史上曾经多次地发生

---

[1] 程光炜.诗歌研究的"历史感"[J].新诗评论,2007(2).

过相类似的事情,即文学制度帮助众多读者理解了这些作家和作品。也就是说,我们是首先相信了作品周围的这些因素,也才相信作品告诉我们的那个故事的。正是在这个意义上,《班主任》周围强大的制度因素控制了我们的认同,并使我们忽视了作品文本的单薄和干瘪;而当我们今天对这些制度因素保持更高的研究警觉性的时候,作品文本那些早已存在的问题,就一下子暴露了出来。《晚霞》的情况可能正与之相反。这就是我要说的"历史化"的工作,即把感动或不再感动的阅读现象与当时制度化的文学环境区分开来,把作品文本与课堂讲授区分开来,要避免出现不加分析和研究就得出的结论。这种有距离的研究还表明,既然我们把文学经典带进了课堂教学和科研之中,就不能再把自己当作一般的读者,我们正在讲授和研究的并不是正在发生的历史,而是研究者曾经经历过的历史。

至为重要的是,当我们面对如此众多和出色的已有成果时,应该怎样开展自己的工作。在我看来,已有成果事实上是对文学经典及现象的一次有价值的重读,我们的研究,恰恰是对这重读的另一次重读。"'当代文学'的'发生',在过去的中国当代文学史研究中,经常被忽略。'当代文学'常被看作因政权更迭、时代变迁而自然产生。这种叙述方式,对证明'当代文学'诞生的'历史必然'和它存在的'真理性'虽说相当有效,但在学术研究上","却引开了我们对许多矛盾、裂缝的注意"。[1]这样的表述,说明研究者正站在与研究对象不同的历史语境,它是以今天的语境为根据而开展的对过去的中国当代文学史研究的重读性的研究工作。这样的已有成果之所以出色,正是因为它是一种能够及时利用今天的语境而有效处理了那些沉睡多年的文学史结论,并把后者重新"陌生化"或者"历史化"了的结果。"我可能深受詹姆逊关于'永远历史化'的观念的影响","按我的理解,

---

[1] 洪子诚.问题与方法:中国当代文学史研究讲稿[M].北京:三联书店,2002.

这里的'历史化'是指任何理论都应当在特定的历史语境中加以理解才是有效的,与此同时,'历史化'不仅仅意味着将对象'历史化',更重要的应当将自我'历史化'"。[1]于是,研究者发现的是"《红岩》与'样板戏'最为接近的一个地方,是对'身体'——准确地说,是对'肉身'的排斥。这一艺术手法在将50年代的道德艺术化的修辞方式发展到极限的同时,也展示了现代性特有的二元对立逻辑的终极形式,即由'个人'与'家庭'的对立发展到'民族国家——阶级'与'家庭——个人'的对立,最终发展到更为抽象的人的'精神'与'肉身'的对立"。[2]可以想到的是,这种对当代文学的"历史化"的处理,所根据的是再解读的国际汉学的特定历史语境,这种需要"历史化"的自我,也可能是一种早先被它所笼罩的自我。

而对于我来说,感到有难度的是在对文学经典抱着必要的历史的同情的同时,找到一个既在历史之中、又不被它所完全控制的认同,并把后者设定为所质疑的研究对象;既要吸收已有成果,从中得到启示,但又要有距离地认识和反思这种启示。毕竟,有意义的研究工作,事实上根本不可能从我开始。我意识到,实际也明显感觉到,所谓的"历史化"包括自我"历史化",其实仍然是那种非常个人化的"历史化",存在着不可能被真正普遍推广的学术性的限度。因此,当我知道任何有效的当代文学史研究必须首先将自己旁观化和陌生化的时候,接着而来的便是一个在做的时候如何掌握分寸感的问题。所以,有距离的研究即意味着它是一种有分寸感的研究。"在研究者对研究对象之间,存在着一个无可否认的历史时空。有很多人在研究工作中,都认为这个时空是可以从容把握和描述的,这其实是一个错觉。因为我们作为这段历史的'后来者',所知道的只是当时的诗人作品和诗歌批评所描述的状况;即使曾经是它的'当事人',亲眼目

---

[1][2] 李杨.50~70年代中国文学经典再解读[M].济南:山东教育出版社,2003.

睹过它的发生过程,那么当'今天'的文学意识形态已经变化,我们很难说会再真正毫无疑问与它'对话'——因为这样的研究,已经渗透了'今天'的观念和眼光","我们与研究对象已经不再是一种'同构'的关系"。[1]那么,在研究者与文学史、已有成果、今天眼光、观念、当事人和后来者中间,即存在着一个研究意义上的分寸感的问题。这种分寸感,指的是一种只有在讨论的意义上才可能成立的"历史化",而不仅仅是因为根据新的学术语境的变化所设定的"历史化"。换句话说,即使它是被新的学术语境所设定的,那么它也应该重新被列为被研究者讨论的诸多对象之一,而不是一种毫无疑问的结论。

三、本质论历史叙述与讨论式研究

像我在《历史重释与"当代"文学》一文中已经指出的那样,对当代文学学科问题的研究,是在以90年代语境和现代文学研究为参照和讨论对象的基础上进行的。[2]一定程度上可以说,对在后者心目中那些不成为问题的检讨,才是当代文学学科的"历史化"得以落实的一个前提。

在现代文学研究中,没有人对奠定其学科基础的80年代的启蒙论产生过怀疑。一定意义上,正是启蒙论赋予了现代文学研究的历史合法性,拓宽了其研究空间和历史活动的能量。因此,在一些权威研究者那里,启蒙论是作为统驭整个现代文学学科的思想基础、知识和方法存在的。"周氏兄弟在本世纪初所提出的'改造民族灵魂'的文学,概括了中国现代文学的基本文学观念",其基本精神"影响与支配了本世纪中国现代文学的整体发展"。正因为如此,"现代文学'改造民

[1] 程光炜.诗歌研究的"历史感"[J].新诗评论,2007(2).
[2] 程光炜.历史重释与"当代"文学[J].文艺争鸣,2007(7).

族灵魂'的启蒙性质,对文学内容与形式提出了"具体要求,"现代文学'改造民族灵魂'的启蒙性质,也决定了文学创作方法的选择"。[1]作者还强调,在写这部教材时,"我们广泛吸收了近年来最新研究成果"。这个最新研究成果,实际就是李泽厚在《中国现代思想史论》中最早提出的"启蒙与救亡的双重变奏"说。[2]"自80年代中期以来,由于李泽厚启蒙与救亡双重变奏论题的影响,国内学人多以'双重变奏'的框架谈论现代文学。然而,'双重变奏'并不能准确地概括中国现代文学的历史,更难以清楚地揭示文学思潮矛盾运动的"。[3]由此,以反封建(实际是反思"文革")的启蒙论为中心,并对当代化的中国现代文学史的史学观做新的建构,便成为80年代现代文学研究的核心内容。或者很大程度上说,它正是中国现代文学研究"历史化"的最重要的工作。

而这一"历史化"工作,又是通过套牢"五四"和鲁迅来实现的。某种程度上,它还被看作是比其他学科(如当代文学)更为深厚的历史基础。在他们看来,由80年代历史需要所建构的"五四观"是不能改变的,"他把'五四'和'文革'相提并论,认为'五四'是全盘反传统的,而彻底的反传统就造成了中国文化的断裂","这样的说法,我觉得是需要讨论的"。因为,"反对封建思想的斗争本来是一件长期的事情","启蒙必须不断地进行"。[4]他们老早就深信:"鲁迅自觉地、直接地以反动腐朽的封建制度及其伦理道德观念为抨击对象","所以具有如此深刻的思想深度和如此强大的反映社会现实的力量"。[5]其至今还认为:"我这几年一直在思考一个问题,就是大家都

[1] 钱理群、吴福辉、温儒敏、王超冰.中国现代文学三十年[M].上海:上海文艺出版社,1987.

[2] 李泽厚.中国现代思想史论[M].北京:生活·读书·新知三联书店,2008.

[3] 李新宇.中国现代文学主题的三重变奏[J].学术月刊,1999(10).

[4] 严家炎."五四""全盘反传统"问题之考辨[J].文艺研究,2007(3).

[5] 王富仁.鲁迅前期小说与俄罗斯文学[M].西安:陕西人民出版社,1983.

在说弘扬民族文化传统,但是,我们是要弘扬什么民族文化传统呢?
究竟什么属于民族文化传统?""在认识上还是有分歧的"。不过,
"民族文化传统原本是多元的,并不是只有一家。我觉得更重要的
是新文化,现代民族文化;而现代民族文化无疑是以鲁迅为代表的。
我们要继承民族文化传统,首先就要发扬以鲁迅为代表的现代民族
文化精神"。[1]出于对"文革"灾难的严重警惕,这代学人对现代文
学历史传统的重新建构,足以引起我们深长的历史同情和共识。作
为80年代最具有效性的学科性工作,这些认识已在该学科中深深扎
根,我们必须肯定它们对现代文学史教学、科研所产生的深远影响和
积极作用。但是,正如前面有人指出的那样,"双重变奏"并不能准
确地概括中国现代文学的历史,更是难以清楚地揭示文学思潮矛盾
运动的。如果主观化地用"五四"、鲁迅指导整个现代文学学科,或
者等同于现代文学的全部历史和精神生活,那么,这一"历史化"的
工作必将存在着很大问题。如果我们只以它们为标准,那实际上只
能对周作人、废名、沈从文、梁实秋、张爱玲、钱钟书,以及新感觉派小
说、现代派诗歌等"异质"性文学因素和形式探索,作"窄化"或"矮
化"的处理。[2]或将这些非主流、边缘化作家从文学史中拿出来,去

———————

[1] 钱理群.走进当代的鲁迅[M].北京:北京大学出版社,1999.
[2] 我们读钱理群的《周作人论》一书,可以发现它通篇都是以鲁迅的思想境界来
"苛求"和"反思"周作人并贯穿始终的,作者写作的主要目的,显然是要把周作
人纳入鲁迅那种被当代充分放大了的"思想的轨道"之中。(《周作人论》,上海:
上海人民出版社,1991年)这些情况,还大量出现在以"潜在"的"鲁迅精神"为
尺度去评价别的文学流派、社团和创作的研究文章中,尤其是在鲁迅与"第三种
人"、"自由人"和梁实秋的论战的研究中表现尤为突出。即使在"鲁研界"较为
年轻的研究者汪晖也这样写道:"从70年代末到80年代末,我的内心就像明暗之
间的黄昏,彷徨于无地的过客,那是在鲁迅世界覆盖下的生活。"他承认,"1988年
之后,我的研究工作从现代文学、鲁迅研究转向了晚清至现代时期的思想史,但
我在鲁迅研究中碰到的那些问题换了个方式又回到了我的研究视野之中了,几
乎成为我的思想史研究的一些背景式的问题。"(参见《反抗绝望——鲁迅及其文
学世界·新版序》,石家庄:河北教育出版社,2002年。)

当作另一部中国现代文学史来研究。[1]

以"五四"观和鲁迅研究为双中心的现代文学研究，在很多人眼里已经变成了一个不能再讨论的历史性学科。很多意见、观点和结论已经成为定论，所能做的工作，只能往边缘处靠拢，例如向社团、小杂志、三四流作家、教育、媒介、文坛轶闻和零碎边角材料上拥挤，或在晚清发现了另一个不同的现代文学。这正是"本质论——中心说"的学科思维导向"板结化"的结果。由此我想到，当代文学学科的"历史化"是否也应该通过一个被预设的"五四"和鲁迅来完成？它能不能同样也启蒙这个历史想象的基础？我觉得是困难的。至少两者的情况是不一样的。既然大家都没有亲眼见过"五四"和鲁迅，那么就可以通过放大和重构的方式来实现它们在现代文学史中的在场；但是，当代文学的许多人都亲眼见过"十七年"、"文革"和"新时期"，有具体、真实的历史经验与个人记忆，那么仅仅靠预设和重构能否再搭建起一个现场，我看实际上十分可疑。当代文学的"历史化"面临的主要问题是，它离自己所叙述的历史太近，尖锐、深长的历史痛感就在身旁，它无法借助叙述技术化的工作，要么用左翼压抑自由，或再用自由来简化左翼，也即把历史的复杂性就那么格式化。据说，十七年文学的历史脉络已经可以看得比较清楚了，大概是左翼内部的矛盾、分化、较量和重组，是以一体化为杠杆，来分析作家与体制的纠缠性关系。但"80年代"谁能看得清楚？中心杂志与地方杂志、事件与作品命运、翻译与现代派问题、文学经典化与有争议小说、潜在的前哨阵地与创作自由、国营出版与书商机制、主流批评与学院

---

[1] 参见程光炜主编的《文化与中国现当代文学研究丛书》(三卷本)，其中所收现代文学研究界最近十年的文章，则主要从"大众媒介"、"文人集团"和"都市文化"这些"非启蒙"的角度来探讨和研究现代出版、教育、集团和创作之间的崭新关系，它们与上述重要学者对"现代文学学科"的"规训"和"准入标准"，已有很大不同。(北京：人民文学出版社，2005.)

批评、批评家回归大学与作家签约、诗歌民刊及其内斗、诺贝尔标准与本土化问题、路遥的边缘化、先锋文学的主流化现象、主体性与纯文学，等等。有些问题，既是"十七年"的，又经过改装变成80年代文学的问题，如"文革"文学叙事模式与伤痕文学、改革文学叙事模式的成功接轨与置换利用。有些问题，仍然在90年代文学和新世纪文学中公开或隐蔽地延伸，但它们具有了国家面孔的严肃性，如主旋律文学、茅盾奖、鲁迅奖，如学院批评正在分享主流批评的利益。有人认为，80年代文学的"痛苦"，可以转化为一种专业化的学术工作，久远的书斋生涯足以稀释、冲淡和缓解思想的锐痛。它要人相信，90年代后，当代文学学科完全可以在书斋中处理文学的历史问题，不必像现代文学那样勇敢地站在启蒙的前沿位置。但即使如此，当代文学学科的"历史化"也无法以启蒙的视野来统摄、来规训，并顺利地到"五四"、鲁迅的历史轨道上运行。本质论的文学史叙述当然没有问题，它在80年代很大程度上彰显了现代文学的学科领跑者形象和存在价值。但它有绝对理由去领跑当代文学学科吗？用启蒙论去领跑社会主义经验吗？这或许是可能的，但也几乎是不可思议的。显然，当代文学学科"历史化"的最大问题，是如何面对和理解它漫长历史中的社会主义经验问题。它的"历史化"，也只能通过对后者谨慎的、长期的、艰苦的学术研究来获得。

　　大家不要误解，我谈到现代文学研究中的本质叙述现象，不是说这种研究方法已经过时。没有对自己学科的本质化想象，就不可能完成对自己学科的"历史化"的工作，这是我们人人都知道的道理。而且现代文学研究的成功实践，也已经把道理摆在了我们面前。但问题是在历史长河中，经过本质叙述高度肯定和集中的"历史化"，也会经常受到新的历史语境的威胁，它们必须通过不断的历史阐释才能恢复活力和生命力，而不是像现在这样。正是在这个意义上，当代文学学科的"历史化"，应该在不断讨论的基础上推进，一个讨论式研究习惯的兴起，可能正是这种"历史化"之具有某种可能性的一个前提。我的理解是，这种讨论不光要以文学的历史为对象，与此同时，也应该以自己的已有成果为对象。它不光要讨论过去的作家作品的历史状态，同时也应把研究者的历史状态纳入这样的讨论之中。当代文学学科更应该考虑的是，应不应该有自己的边界、范围和领域，当然这些东西，又只能是在不断的讨论之中才浮出水面，并逐渐为人们所接受。另外，我所说的讨论式研究还有一层意思，即它警惕对研究者的立场做本质性的设定，主张一种适度和有弹性的言说态度；它强调建立一个自足的话语方式或说系统，但它同时又认为，在此背景中不同的研究者是可以百花齐放的，而不像有的学科那样用新的一统去终结旧的一统。我所说的"历史化"指的就是这些东西。它指的是，一方面当代文学学科的"历史化"，另一方面我们同时也处在这种"历史化"过程之中。

第二讲　文学史研究的"陌生化"

为什么要讲文学史研究的"陌生化"问题？对此我也觉得难以回答。但正是因为它有某种认识上的歧义性，我才愿意拿出来讨论，并请教于大家。我们知道，文学是一种教人"相信"的审美形态，文学史研究则是一种将"相信的文学"进一步归纳、总结和系统化的学术工作。我们做文学史研究得有种共识，否则就无法交流，这是第一个问题。但我要说的是第二个问题，即对已经形成的文学史共识的怀疑性研究。说得再直白一点，即文学史研究之研究。它的目的是以既有的文学经典、批评结论、成规、制度以及研究它们的方法为对象，对那些看似不成问题的问题作一些讨论，借此提出自己的看法。

一、令人熟悉的文学经典

哈罗德·布罗姆在《西方正典——伟大作家和不朽作品》这本书中讲得很清楚，"经典的原义是指我们的教育机构所遴选的书"，这些必修书目是"主流社会、教育体制、批评传统"所选择的结果。因此，"经典就可视为文学的'记忆艺术'"。但他又指出"不幸的是，万事在变"，所以经常会出现"关于经典的争论"。[1]他指的是，经典

---

[1]［美］哈罗德·布鲁姆.西方正典——伟大作家和不朽作品［M］.南京：译林出版社,2005.

是一个被筛选的结果,因此成为人们共同的必修书目;不过,鉴于社会思潮、观念的渗透和扭转,它又经常处在被争论的状态。这对下面的讨论有很大启发。

　　文学史研究是以文学经典为对象的,而这些文学经典和经典作家,是主流文化圈子根据当时历史需要共同选举出来的。例如,80年代现代文学研究选定的"鲁、郭、茅、巴、老、曹"、沈从文、徐志摩、京派、左翼文学,90年代选定的周作人、张爱玲、钱钟书和海派、通俗文学,等等。于是,宣告了一个完整的现代文学经典谱系的诞生,现在大学课堂讲的和大家研究的都是这些。研究者都相信,这个谱系的确定,代表着现代文学研究不断地进步、拓展、丰富和成熟,通过教材、教室和各种考试的规训,本科生、硕士生和博士生也都认为这是最正确的文学史选择和结论。但没有人想到,它其实是最近30年"启蒙"与"日常化"两种文学思潮的一个妥协性的结果。启蒙思潮需要"鲁、郭、茅、巴、老、曹"、沈从文和徐志摩力挺它反封建和纯文学的叙述架构,它力图成为文学研究的主导势力,而日常化思潮则借张爱玲、海派和通俗文学分化这种野心,促成文学的多元化格局。这种文学史内部的秘密,人们当时不可能看得清楚。启蒙派的研究者深信:"鲁迅认为,不揭示病弊,不暴露封建思想和封建道德的腐朽野蛮,是谈不到改革,也不足以拯救所谓'国民性'的'麻木'的。"[1]越是研究沈从文,便越唤起"深藏在心底部的想象","使你禁不住要发生新的陶醉","这套《沈从文文集》给我的第一个突出的印象,就是它和这种美好情感的血缘联系"。[2]文学被看作是改造社会世道人心的非凡力量,而在日常化的研究视野中,这种看法即使不迂腐可笑,至少也令人不可思议。"启蒙"追求惊心动魄的文学环境,而"日

[1] 唐弢.鲁迅的美学思想[M].北京:人民文学出版社,1984.
[2] 王晓明.所罗门的瓶子[M].杭州:浙江文艺出版社,1989.

常化"主张与张爱玲、钱钟书们的日常叙事和审美态度接轨,文学回到平实的状态。在文学史中,这显然是两种截然不同的认识路径。根据上述两个历史思路,启蒙思潮的价值结构实际与日常化思潮南辕北辙,它们难道愿意被召唤到同一部文学史中,不会分庭抗礼?这实在叫人担心。但奇怪的是,并没有出现人们所期待的紧张对峙的局面,公开的冲突也未发生,一个心照不宣的妥协方案却已在现代文学研究界悄悄达成。这就是我们今天看到的两套文学经典在一部中国现代文学史中和睦相处的现实。

然而,没有人会赞同我这种奇怪的疑问。人们确信,"实际上经典化产生在一个累积形成的模式里,包括了文本、它的阅读、读者、文学史、批评、出版手段(例如,书籍销量,图书馆使用等)、政治等等"。[1]事实确实如此。经过近30年的经典积累,启蒙话语早已在现代文学学科中深入人心,相关知识被广泛普及,其他文学现象不过是它的陪衬,难以撼动它的正宗神位。看看各大学图书馆、系资料室的鲁迅专柜,堆满书架的"鲁、郭、茅、巴、老、曹"和沈从文全集,人们就会明白,这其实是现代文学研究的定海神针,在学科内部拥有绝对的统治地位。我记得1999年在北京中国现代文学馆"王瑶先生去世十周年暨《中国现代文学研究丛刊》创办二十周年座谈会"上,中国社科院樊骏老师有一个以详细统计该杂志研究重要作家文章数量为基础所作的长篇发言。据他统计,1989年至1999年十年间,《中国现代文学研究丛刊》出版40期,发表文章1 040篇,"以作家作品为对象的文章近500篇","最多的是鲁迅,达46篇;其次是老舍,有28篇",茅盾、张爱玲各17篇,郭沫若16篇,巴金、郁达夫各15篇,沈从文14篇。据他转引,1980年1月至1997年2月韩国研究中国现代作家的180篇博士、硕士论文,分别是:鲁迅(32篇)、茅盾(12篇)、老舍(11

---

[1][加]斯蒂文·托托西.文学研究的合法化[M].北京:北京大学出版社,1997.

篇）、郁达夫（10篇）、郭沫若和巴金（均10篇）。[1]由此可见，经过两三代学者的努力，经典化的格局大局已定。90年代后，张爱玲、沈从文等非主流作家虽然相对主流作家"鲁、郭、茅、巴、老、曹"显示出某种后来居上之势，对传统的文学史地图构成了潜在威胁，但也仅仅如此，因为两套文学经典并未在诸多现代文学史研究文章中留下相互争吵的痕迹。今天看来，现代文学研究显然是一个共识高于分歧的学科。更重要的是，这个学科还对经典化的积累模式表示了高度认同。我们看到，经过若干年积累的文学史、批评、出版数量所形成的话语优势，已经对阅读、读者构成明显压力，已经成为研究者心目中的常识，它浓缩的正是一个学科的基本面貌、研究现状和最高利益。

同样情况也出现在最近的当代文学研究中。举例来说，《当代作家评论》杂志这两年正在开启当代作家的经典化过程。贾平凹、莫言、王安忆等人显然已被视为是当代文学中的经典作家。该杂志2006年第3期、第6期，2007年第3期、第5期，刊发南帆、王德威、陈思和、季红真、陈晓明、孙郁、谢有顺、王尧、张清华、李静、洪治刚、王光东、周立民等人对这一经典化事实表示认可的文章。毫无疑问，这些批评家堪称当前中国文学批评的主力阵容。它的重要性在于他们不仅来自文学界的主流社会，是名牌大学教授，而且还担负着推介、宣传和传播当代文学作家和作品的重任。某种意义上，这个经典作家名单及其认同式的权威批评，已经对文学史研究和大学课堂教学产生了显著影响。新时期文学30年，历史已经带有某种盖棺定论的意思。人们不会怀疑，任何权威批评家的暗示，在这个敏感时刻都将具有文学史结论的意义，这显然已无可置疑。于是，更需要强调，在目前作家、批评家和文学杂志的文学史意识普遍高涨的背景下，敏锐

---

[1] 樊骏：《丛刊》：又一个十年（1989—1999）——兼及现代文学学科在此期间的若干变化（上）[R].中国现代文学研究丛刊.

地推出经典作家名单,组织大规模的文学批评,其用意已不仅仅为了办刊。这恰如有人指出的:"经典包括那些在讨论其他作家作品的文学批评中经常被提及的作家作品","在一种文学成规主要由作者、销售商、批评家和普通读者组成的情况下,如果它得到了一群人的支持,那么它就是合理的"。[1]

大家可能已经觉察到,我在说令人熟悉的文学经典生产过程的同时,也暗指了文学史研究的"陌生化"问题。由于我没有明说,有人还缺乏警觉,但在我(叙述者)所提出的问题和你们(听众)之间,实际已经酝酿了一种讨论的关系、氛围和意识。例如,有人不知道我为什么要这样说,还有一些人觉得我这种分析问题的方式很有意思。这就说明,不单在我与你们之间,同时也在我们都熟悉的文学经典课堂内外,出现了一个"陌生化"的研究效果。为什么会是这样呢?我最近有一个观点,即大学本科生的文学史课堂,是一个教人相信的课堂;研究生课堂则是一个教人在相信的基础上再加以怀疑的课堂。不教人信,就培养不起人们对文学基本母题,如真、善、美的信任感和精神依赖感,这是对从事文学研究或一般文学阅读的人来说最为重要的东西。但不教人疑,就进入不了研究的层次,不是在培养研究人才,因为他没有与他研究的对象之间拉开距离,即审美、研究的距离,而仅仅是在盲目认同——因为这种事情一般读者就可以做到,还要研究者干什么?这是原地踏步的课堂,而不是我所说的研究性课堂。我注意到,现在有一些大学把本科生课堂与研究生课堂混为一谈,至少没有严格区分。本科生课堂所得出的结论被原封不动地搬到研究生课堂上,不同只是在于后者的材料比前者稍多一点,但思维训练的方式并没根本变化。很多研究生也在老师的指导下讨论问题,但那

---

[1][荷兰]佛克马、蚁布思.文学研究与文化参与[M].北京:北京大学出版社,1996.

多半不是问题，而是在传播、分享和消费当前研究中的流行话语、观点和信息，是在重复这些东西的政治正确性。而我所指的文学史研究的"陌生化"，确切地说，就是你们也应该对我今天所讲的内容产生怀疑。提出你观点的根据是什么？你是在哪个层面上这样提问题的？既然，文学史中本来就有一个毋庸置疑的文学经典谱系，但你为什么还要在上面加上令人熟悉这个纯属多余的字眼？进一步问，你这样研究问题的目的到底是什么？我觉得，如果大家都习惯这样去质疑和逼问讲演者，这样来来往往地思考和研究问题，文学史研究的"陌生化"就具有了某种可能性。

下面我来解释为什么要说令人熟悉的文学经典这个问题。前面说过，经典是由主流社会、教育体制、批评传统为广大读者选择的必修书目，它有一个累积形成的模式，如重复性阅读、文学史编写、批评、出版手段、书籍销量和图书馆使用等，而且还得到当时社会思潮、国家教育部门的鼎力声援和制度化保障。以我们现当代文学学科为例，《中国现代文学研究丛刊》、《当代作家评论》是两家国家管理机构认定的"权威杂志"（另外还有《中国社会科学》、《文学评论》、《文艺研究》、《新文学史料》、《文艺争鸣》、《南方文坛》和转载性杂志《人大复印资料》、《新华文摘》等），它们对所有大学有一种至高无上的管辖权和监督权，很多教师只有通过在上面露面，才能获得教授、副教授的职称。尤其在于它还是权威学者的专属论坛。这二十年来，前者发表的那些文章都是我们必读的东西，几乎每天睁开眼睛，就能看到它们。这使这个学科的老师、本科生和研究生，对这些杂志和作者认定的文学经典，包括由此进行的细读、阐释，已经非常熟悉。而且这种熟悉不认为是在被动接受，它经过课堂讲授和传播，再经过老师学生的进一步讨论和阐释，这些经典在我们的文学记忆中已经变得无可置疑。我们注意到，很多作家形象已经在学科中定型，如鲁迅的忧愤深广、徐志摩的浪漫自由、沈从文的原始的抒情、张爱玲的苍凉、王安忆的海派风格、莫言的民间叙述等。在经年弥久的岁月里,在学科发展的长河中,上述细读、阐释、讲授、传播、研究方法、定型等,已经在我们周围设置了很多话语边界、方式、结论及成规,我们只能在这些范围内思考和写文章。作者、读者、编辑都在遵守这些东西。如果与之大相径庭,那文章将被无情搁置,即使刊登了,大家也不会阅读,不会引起重视。因为你是在冒犯本专业的行规。也就是说,这二十多年,在本专业中流通的令人熟悉的文学经典及研究方法已经形成一种过滤机制,符合它的标准的都被保留,与之相悖的则被淘汰。当然,它保证了我们学科生存、发展的稳定性和连续性,但也逐渐体验到思维停滞和方法重复的状态。在我看来,这可能是一个矛盾:没有自己文学史的学科被认为缺乏理论自足性,而文学史是靠一套相对稳定的文学经典来维持的,但当学科相对成形后,活力也同时在削弱和丧失,它的权威性要靠修修补补才能勉强维护。那么,怎么既保持学科稳定性,又不断开拓新研究疆域,提出新的问题,改善研究方法,尤其不能变成一个学科等同于一所大学、一家杂志和几个当家学者这样僵化的学科局面,是我们应该思考的紧迫问题。

二、"历史的同情和理解"

这是目前现代文学和当代文学研究中非常流行而且大家都很熟悉的一句话,可以说是一个显学的修辞。它的提出,意味着这个学科对历史的态度发展到了一个更具包容性和弹性的阶段,它的认识视野和研究空间显然已大大超过了80年代刚刚起步的时候。尽管如此,我仍感到它的含义还比较模糊和含混,有一点泛化倾向,所以,想和大家来探讨这个问题。

首先,什么是历史?它是谁的历史?一个理解是它是物理意义上的断代史,例如20、30年代、50至70年代或80年代。事实确实如此,任何年代的时间秩序、历史位置都是不能改变的,否则我们将无法与它对话。另一个理解是它是被建构起来的,例如,谁知道20、30年代是什么样子? 你见过生前的鲁迅吗? 并不是所有的研究者都与王安忆、莫言认识,即使认识,也很难说已洞悉他们的内心世界。也就是说,人们知道的以这些作家为内容的历史,是文学作品、批评、创作谈、后记、研讨会、轶事、各种传闻和研究等材料共同建构起来的,是与我们隔了一层的。但更多时候,研究者都在以自己掌握第一手资料的数量来证明历史的真实,或认为已回到现场,对佚文的发掘和利用,尤其被看作有价值的文学史研究。一篇文章写道:"三年前的一天,我在中国科学院文献情报中心开架的人文社科图书馆随意翻阅,偶然地发现了一本早期清华的学生刊物《癸亥级刊》,封面是'民国八年六月　清华癸亥级编'",上有一个"戏墨斋"的作者,证明是当时名为梁治华后来又叫梁实秋所写的一篇佚文。"我曾经请教致力搜集梁氏佚文的陈子善先生,他说肯定是佚文,并托我代为检出",稍后笔记本丢了,几年后"又遇陈子善先生,再次说到这几篇佚文,令我惭愧无地"。这篇文章,根据终于找到的佚文,经过复杂的引征、推断和分析,最后得出了"知性散文在四十年代的显著崛起是一件颇有意义的事情:它有力地矫正了被杂文的刻薄褊急、抒情散文的感伤煽情和幽默小品的轻薄玩世所左右了的三十年代文风,恢复了中外散文艺术之纯正博雅的传统"这样的大结论。[1]这种研究肯定是很费功夫的,且取以小见大的研究方法,写得也很缜密漂亮。但疑惑是,它有一个可以知道的研究路径:第一手材料——辨伪工作——根据今天需要作出判断。因为疑惑在于,它是预先设置了历史? 还是通过发现的材

[1] 解志熙.从"戏墨斋"少作到"雅舍"小品——梁实秋的几篇佚文及现代散文的知性问题[J].新文学史料,2005(2).

料才找到那个被图书馆封存因而是原封不动的历史？或就是按照作者本人愿望而重新建构的历史？说老实话，我读完文章一头雾水，不知所措。其实，读完很多文章我都有这种感觉。但我想，这不是作者自己的问题（这篇文章的水平是很高的），而是学科本身就有的问题。它没有意识到，"它是被动地被建构起来的，对于是什么机构作出的选择和价值判断""则只字未提"，"这种定义遗留下了'谁的经典'这个未被回答的问题"。[1]就是说，人们并不知道被同情和理解的历史的确指，它们更多时候，可能是根据作者写某篇文章的临时需要来决定的。当文章研究对象发生变化，又发现了别的材料，它的所指又可能不同，这就是我上面所说的这个历史的概念非常模糊含混的地方。

当然，这个历史又是我们大家都心领神会的。于是我想谈的第二个问题是，它要同情和理解的是一个被预设好的历史。大家都明白，不管你怎么折腾、较劲，研究的历史已被预设，研究范围和对象已被锁定。如20、30年代的浪漫自由，50至70年代的非文学，80年代的文学主体性和纯文学等。由于有这些东西的控制和约定，我们是在装作同情和理解那个年代的历史，但实际这个历史并不是那个年代的，而是我们自己的，是我们依据今天语境和文献材料的结合想象出来的。准确地说，这是根据今天的社会意识形态和历史经验所建构的历史，是80年代意义上的中国现代文学、当代文学研究。在这种情况下，我认为我们同情和理解的历史，实际是一个窄幅的历史，而不是宽幅的历史。这个窄幅的历史由于与今天的语境关系过于密切，所以密切得让人担心；而且它在一代学人圈子中形成，与共同学术利益挂钩，有一损俱损的意思。所以，当历史语境发生变化，它最容易被人诟病。尤其是当它以不容讨论的历史结论的权威面目出

---

[1] ［荷兰］佛克马、蚁布思.文学研究与文化参与［M］.北京：北京大学出版社，1996.

现时，那些已趋板结的认识部分，则更易于被推翻。历史上，同情和理解的方法并不新鲜，如50年代文学史著作因同情左翼文学命运，而对自由主义文学采取的贬低性的理解，重写文学史反过来又压抑"左翼"抬高"自由"，近年有人抬高张爱玲、钱钟书地位，而有人又不以为然，等等。事实证明，这些在窄幅历史需要中所进行的历史的同情和理解，过分暴露了功利成分和狭隘心态。人们对它同情和理解的特定历史不免心存疑虑。

同情和理解的研究还会发生另外一些值得注意的偏差。比如，一些鲜为人知的历史档案被发掘，作家冤屈真相大白，都容易使他们离开原先的形象轨道，向着更有利于研究者、家属愿望和今天趣味的方向骤变。又比如，一些作家的创作在"文革"时期，那么他们新时期的文学创作就被认为有投机色彩，受到强烈怀疑。前一个例子可以郭小川为代表。在一些著作中，"对郭小川的'评价'就有些'过高'，与他同时代的另一个诗人贺敬之形成比较鲜明的对比。这可能是受到了近年《郭小川全集》出版的某些'影响'，尤其是诗人家属把他50、60年代的'检讨书'出版之后，研究者会不自觉地意识到，他应该与贺敬之有所'不同'"。实际上，"无论是从两人的'创作史'、'革命生涯'，还是从当时写作的历史语境看，都不应该存在'本质'的差别。如果说有一些差异，只是贺敬之表现时代的歌声略微'高亢'了一点，对自己的反省不够，而郭小川由于特殊的个人气质和以后的社会境遇，他的作品，尤其是那些叙事诗，对个人与革命关系的'反省'力度比较大。但仅仅据此就把他们看作是'不同'的诗人，对之进行某种等级上的划分，我觉得其中的历史理由还不够充分"。[1]陈徒手《人有病　天知否》一书对北大荒时期的丁玲的再研

---

[1] 程光炜、张清华.关于当前诗歌创作和研究的对话[J].渤海大学学报(哲学社会科学版),2007(5).

究也有这个问题。因为有了北大荒，就有理由对她当年批判王实味和迎合时势而创作《太阳照在桑干河上》的历史，作无形的剪裁与原谅，这样的同情，显然就来自那种窄幅的历史意识。[1]后一个例子，在最近对刘心武小说《班主任》的再评论中比较典型。在90年代的视野中，对伤痕小说原先的同情和理解被取消，作者宣称："我并不是要指责刘心武的反复无常，或者质疑创作《班主任》时的真诚，事实上像贾平凹、路遥、汪曾祺等一大批作家在'文革'末期都有作品发表，我只是想要打破一种将刘心武视为盗火者的神话表达，并且提出一种'历史的同情'的态度。"[2]显然，这一判断是根据90年代后学术的政治正确性而作出的。这位年轻作者的才气和敏锐我很欣赏，不过，并不赞成《班主任》因为借用十七年文学叙事模式就简单贬低它的历史价值。我写过同类文章，也存在同类问题，深知既要反思，又要做到同情实际非常的困难。但我不主张因为语境变化，就把他的创作说得一无是处。这个问题牵涉到很大一个作家群，蒋子龙、张抗抗、韩少功、梁晓声这批作家都有这种问题，他们在"十七年"或"文革"中走上文坛，到"新时期"仍在用旧文体写新内容，这个事实应该承认。不过，我觉得应该把这两种东西分开来看，不能一概而论。原因在于，由于他们在60、70年代已经形成了这种写作模式和思维方式，不可能马上就调整过来。为什么？这是因为文学经验还在起作用。所以，我们不能把文学经验在一个作家身上的连续性都与文学意识形态挂钩，这样容易再犯简单化的错误。这并不是真正的历史的同情。所以，我们不能因为韩少功成功地完成了创作转型就同情他，却因为蒋子龙没有成功转型就怀疑他。这和同情郭小川却怀疑贺敬之是一个道理。我认为这是最近几年从窄幅的历史意识中生

［1］陈徒手.人有病　天知否［M］.北京：人民文学出版社，2011.

［2］谢俊.可疑的起点——《班主任》的考古学探究［J］.当代作家评论，2008（2）.

成的一种非常值得怀疑的窄幅的文学史意识。

以上是我对已有同情和理解的研究成果，所作的一些"陌生化"的讨论。我的"陌生化"的理由是，不能因为宣布是同情和理解的研究，就一定是靠得住的成果，就不需要再去讨论。因为，在我们今天的研究语境中，同情和理解的研究很容易被演变成一种主题先行和不容分说的权威方法。我们需要分析，它是在哪个层面上发生的，它的道理又是什么？第一种同情和理解的研究方式所依赖的是所发掘的佚文和材料，作为历史学科，它的确给了我们一种可靠性。但研究者显然未能注意，他自以为是客观的材料，已经经过了新的语境的挑选和淘汰，它并不是真正的客观性，而变成了符合新的历史语境需要的客观性。近十年来，我们注意到，对曾经被压抑的自由主义文学历史文献的发掘，在数量上远远超过了左翼文学的文献，而变成了一个更大和更重要的文学史事实。为什么会发生这种文学史研究的倾斜现象？我认为正是因为出现了一个对自由主义文学来说更为照顾和有利的新的历史语境。这一惊人的文学史研究现象，可能正符合福柯在《知识考古学》中得出的结论："历史的首要任务已不是解释文献"，而是"历史对文献进行组织、分割、分配、安排、划分层次、建立体系、从不合理的因素中提炼出合理的因素、测定各种成分、确定各种单位、描述各种关系。因此，对历史来说，文献不再是这样一种无生气的材料"，"历史力图在文献自身的构成中确定某些单位、某些整体、某些体系和某些关联"。[1]这段话表明，当研究者意识到这是他自己所发掘的材料时，实际上这些材料已经过了新的历史语境的严格过滤和挑选，是历史语境帮助他激活了它们，于是成为同情和理解的研究的有力的证据。第二种同情和理解的研究方式，所依赖的是主观化的历史真相和新知识。由于真相被披露，研究者的同情心明

---

[1]［法］米歇尔·福柯.谢强、马月译.知识考古学［M］.北京：三联书店,1998.

显向着被冤屈者一方倾斜,随着真相在整个作家历史中的被放大,其作品文本价值也得到了更大范围以至有点夸张的释放,最近几年的胡风研究、丁玲研究、郭小川研究、赵树理研究,都出现过这类问题。另外,是新知识对研究者的强迫性认同。由于有了新历史主义,因此所有的问题都可以在对话中产生;由于有了福柯,于是运用考古学方法,一切难题便足以迎刃而解,或者可以用强有力的思想史研究处理文学史问题,因此再困难复杂的问题都可以讲得直截了当、简洁明白,它毫无疑问会在年轻研究者那里大受追捧。当然,我们得承认,"批评家使用本学科的概念术语是将种种直观印象置换为另一种理论语言,进而纳入特定的理论范畴和系统,进行分析和判断。因此,区别于普通的凌乱观感,批评家的语言具有一种理论规范的力量"。但也需要警惕新知识对同情和理解的简单粗暴的统治,或说新知识势力对细致艰苦研究阵地的轻易占领。这种宣称是同情和理解的研究方式,可能与耐心细致和困难重重的同情和理解研究毫无干系。这些方式或许非常陌生,但它们却可能会以陌生的玄奇效应达到某种目的,这并不是我所说的"文学史研究的'陌生化'"。因为人们担忧,"批评家可能对种种事实作出随心所欲的取舍"。[1]

我讨论同情和理解研究的"陌生化"还有另一层意思,即,可以把它看成是一股学术研究的思潮,但不要简单地被这种强势学术话语所裹挟,而是真正回到文学现象那里。既要借用"陌生化"研究眼光,同时又设身处地发现并分析它(它们)的问题,并从中找到一个更适应自己研究方法的结合点。这样的研究,所得出的结论可能是令人陌生的,但所讲出的道理却是入情入理的。在这方面,李长之、李健吾两人做得非常好。在20世纪三四十年代,我觉得最好的批评家并不是众所周知的那些大牌批评家,而是非常年轻且名气不大的李长之和

[1] 南帆.理论的紧张[M].上海:上海三联书店,2003.

李健吾两人。如果说大牌批评家的作用，往往表现在推动文学思潮、促进文学观念转变上的话，那么，二李则应该说是更为到位的文学批评和文学史研究。例如，李长之对于鲁迅的批判性分析，他针对作品本身的深邃的观察和发现，那些著名的结论，到现在都仍很鲜活，对我们有很大启发。再例如，李健吾在《咀华集》《咀华二集》中对批评家身份、任务、话语限度以及批评与作品关系的"陌生化"的讨论，至今还生动如初，令人惊讶。为便于说明问题，我愿意把他的一些精彩表述抄在这里："在了解一部作品以前，在从一部作品体会一个作家以前，他先得认识自己。我这样观察这部作品同它的作者，其中我真就没有成见、偏见，或者见不到的地方？换句话说，我没有误解我的作家？因为第一，我先天的条件或许和他不同；第二，我后天的环境或许与他不同；第三，这种种交错的影响做成彼此似同而实异的差别。"作者还警醒地承认："唯其有所限制"，所以"批评者根究一切，一切又不能超出他的经验"。[1]这些论述，难道不是最为自觉的对研究者自己的反省吗？它们不正是我们所需要的那种同情和理解吗？

三、文学研究的"陌生化"和如何"陌生化"

这个题目就是在给自己出难题。事实上，我也不知道如何才能更好地处理"陌生化"的问题，但这不表明它不是一个可以被讨论的问题。

我首先以为，所谓的"陌生化"，是一个怎样面对本学科的公共经验的问题。我们知道，学科的公共经验是诸多学人经过长期艰苦的探索、追究、辩驳和研究的结果，是根据特定语境和思考而对文学史的重新发现，它被证明是一个真理意义上的学科共识。例如，一位

---

[1] 李健吾.咀华集·咀华二集[M].北京：人民文学出版社出版，2007.

擅长运用启蒙论来把握整个学科方向的学者这样认为《呐喊》和《彷徨》的研究在整个鲁迅研究和整个中国现代文学研究中都是最有成绩的部门"。理由在于,鲁迅的"主要战斗任务是彻底地、不妥协地反对封建思想,代表中国封建传统思想的是儒家学说,这个学说的核心内容是关于人与人关系的一整套礼教制度和伦理观念"。[1]应该承认,在"文革"后的社会转型中,这种认识确实达到了当时文学史研究的最高水平,因为它大胆而深刻地回应了反封建那种强烈的时代情绪。他把鲁迅摆在历史制高点,假托鲁迅的先驱者形象,并进而彻底颠覆专制文化观念的做法,使他自己也站到了一个研究文学史的罕有的制高点上。显然,此乃本学科几代学人思考与探索的结果,这种研究的价值就在它对已有的研究做了最好的总结,正因为它具有强烈的总结性,才积淀为本学科无人不信的公共经验和学科基础。但是,正如当时有人尖锐指出的,"这种研究模式的弱点恰好也在:它把鲁迅小说的整体性看作是文学的反映对象的整体性,即从外部世界的联系而不是从内部世界的联系中寻找联结这些不同主题和题材的纽带"。[2]不过,这位批评者只说对了一半,即研究者不能以整体性的社会观念来笼罩作家的具体作品,但他在批评别人的同时也很大程度认同了鲁迅精神特征对现代文学研究的垄断价值。在我看来,鲁迅研究只有在辛亥革命、"文革"后这些特殊历史语境中才最有价值。也就是说,越是处在惊心动魄的历史时代,鲁迅的思想和对他的研究也才能够让人激动,给人以最丰富的启发;而在和平年代,尤其是市场经济年代,情况可能就大不相同,它明显是在下滑,是弱化。例如,70后一代人就没有这么强烈的鲁迅观;再例如,在海外华人文化圈、港台地区也并非如此。所以,我这里关心的主要

---

[1] 王富仁.先驱者的形象[M].上海:华东师范大学出版社,2014.
[2] 汪晖.历史"中间物"与鲁迅小说的精神特征[J].文学评论,1986(5).

问题是：为什么一个作家所依托的历史场域变了，对他的关注度就会有如此大的差别，简直就不像是同一个作家？最近，我让博士生作"鲁迅与80年代"的研究，我希望他关注的是鲁迅是如何、又是因为什么理由重返80年代的中国大陆学界的？这就是要他重审本学科的公共经验，了解它的"发生学"，它通过权威性的解释进入学科的方式，以及为什么更多的后代研究者并没有"文革"后特定的语境感受，却毫不犹豫地相信了这就是他们的鲁迅的呢？这一切的背后，有什么机制在起着作用，它又是以谁的名义在发挥这种作用？或者进一步说，鲁迅研究有什么理由具有对现代文学研究的垄断性？仅仅是由于他的强大无比的作品吗？这显然是值得怀疑的。在这里，我想引用一个研究者对自己这代人文学史经典意识的反思性表述。他说："70年代后期，我读高中，然后上大学。很长一段时间，我是标准的文学迷——其实那个时候，没有人能够抗拒文学的诱惑。像我身边所有的人一样，我为每一部作品的出现而激动不已。《班主任》、《伤痕》、《爱，是不能忘记的》、《芙蓉镇》等等"，"不仅看，而且还真的感动，常常被感动得热泪盈眶。真的觉得那些悲欢离合的故事写的就是我自己（或我身边的人）的故事，表达的是我自己的感受"，"但现在回过头来一想，仔细一想，就觉得不对啊，这些故事同我的经验根本没关系啊，右派的故事，农民的悲惨故事，知青的故事，被极左政治迫害得家破人亡的故事，缠绵的爱情故事，都与我个人的经验无关"，"但为什么我会觉得这些故事都与我自己有关，并且还被激动得死去活来呢？为什么自己要把自己进到一个与自己的经验无关的故事里面去，进到一个'想象的共同体'里面去呢？现在我才明白，我被规训了，只是这种规训采用的方式不是批斗会、忆苦会，而是靠文学的情感，靠政治无意识领域建构的'认同'"。[1]这就是我要谈的

---

[1]　李杨.重返80年代：为何重返以及如何重返[J].当代作家评论,2007(1).

第一个"陌生化"的问题。既然我们与那位80年代鲁迅研究的开创者不是一代人，我们就应该问一问，我们是怎样被他（和他代表的这个学科）规训的。而在我看来，只有认真地研究这个规训的问题，真正回到自己这代人的历史场域中来，我们才能够突然发现，我们在这个非常熟悉的学科中，实际仅仅是一个陌生人的身份。也正是在这个意义上，我认为，一种与自己的身份和场域关系更大、更为直接的研究，也许就是针对这个学科而言的文学史的"陌生化"研究。

其次，我要谈的是再次回到本学科的公共经验中的问题。我这样说，大家肯定觉得更奇怪了。你刚才不是说，所谓"陌生化"研究就是要偏离这种公共经验吗？怎么现在又要我们再次回到它那里？这就是文学史研究的复杂性所在。或者也是一种"陌生化"的研究。艾略特在《传统与个人才能》一文中讲得非常好，他认为："不但要理解过去的过去性，而且还要理解过去的现存性，历史的意识不但使人写作时有他自己那一代人的背景，而且还要感到从荷马以来欧洲整个的文学及其本国整个的文学者有一个同时的存在，组成一个同时的局面。"[1]他的意思是，让我们把研究对象放在同一历史场域的多重层次中，在共同性中找出差异性，同时又在差异性中找到共同性。我前面说的学科共同经验，实际是一种建立在启蒙文学立场上的研究文学史的眼光和方法，是一个共同性。而我们与它的差异性就在于，我说它与我们的今天无关，说它的方法已经失效，不是说它真的无关和失效了，而是今天这种肯定个人和否定集体的社会语境宣判了它的无关和失效。一个十分典型的例子是当时对孙犁小说的单纯的分析："澄澈明净如秋日的天空的，是孙犁的小说。引起人们这种审美感受的，是统一了孙犁小说的那种'单纯情调'。"[2]把孙犁看成

---

[1]［英］艾略特.王恩衷编译.艾略特诗学文集［M］.北京：国际文化出版公司，1989.

[2]赵园.论小说十家［M］.杭州：浙江文艺出版社，1987.

是革命文学之中的纯文学的代表，是80年代文学史研究中的一种公共经验。有段时间，我们会觉得这种看孙犁小说的方式非常可笑，因此反感这种研究结论。原因是，认为它是在为申明纯文学的主张，而粗暴地把作家与他的时代进行了剥离。一位研究者就这样质疑道："不正面描写敌人，一味关注我方军民人情美人性美，必然无法正面和具体描写战争或战斗场面，这样会不会掩盖至少是让读者看不到战争本身的残酷，一定程度上美化了战争？尤其是当作家代表战争受害者一方时，这种未能充分表现战争的残酷而一味追求美好的写作方法，会不会本末倒置？"[1]由于今天的研究环境与80年代明显不同，我们会认为它对研究者过分依赖过去的过去性的做法的批评非常有道理。但是，如果联系艾略特的那个提醒，它的片面性就暴露出来了。因为什么呢？它是在今天与80年代的某种差异性来怀疑它们身上的那种共同性的东西，或者说用差异性代替了共同性，所以就取消了共同性的历史存在。我们注意到，前面的观点是以"理解过去的过去性"的方式，来支持80年代对纯文学的浪漫化想象的。因此，只有在理解什么是论述者的纯文学的方式里，才能发现那种本来就有的"过去的现存性"在今天语境中的真正缺失；而后面观点以为自己代表了"过去的现存性"，这种现存性将意味着用90年代的文化批评来取代80年代的审美批评，那么纯文学主张和研究方式就必然性地遭到了怀疑。但是，这种怀疑也将会遭到更大的怀疑，因为这种文化批评方式中的孙犁小说实际是无法成立的，或者说这种认定标准抹去的恰恰正是孙犁小说的独特性。因为人们会将进一步的质疑指向论者：难道在极其残酷的战争面前作家就没有权利去呈现人性中尚未最后泯灭的人情美、人性美吗？我想大家都看过《钢琴课》

---

[1] 郜元宝.柔顺之美：革命文学的道德谱系——孙犁、铁凝合论[J].南方文坛，2007(1).

这部电影,剧情写"二战"中德国纳粹对犹太民族有组织的集体屠杀。但是,犹太钢琴师在逃亡过程中仍在忘乎所以地弹他的钢琴,即使生命一息尚存,他都在顽强坚持这么做。这就像电影叙述的复调叙述,战争在有组织地毁灭人性美,但人性美却通过钢琴表明了自己最微弱和最惨烈的挣扎和自持。这正是我们为这部电影深深打动的地方。我的意思是说,你可以说孙犁可能有时候处理得不够好,有一点漏洞和瑕疵,但如果借战争题材为前提来全盘怀疑和否定他人性美的主题,那问题可就大了。因为人性美所代表的恰恰是过去历史中一种永远都无法取消的现存性,它既是我前面所说的那种人类经验中的共同性的东西,也是我们学科公共经验中不能被取消的基本品质。我觉得应该以这种循环式的思维方式,来理解再次回到学科公共经验中去的问题。

大家不要误解我的看法,以为又是在通过批评否定别人的研究。完全不是这样。我这是以一种讨论的方式再次回到学科的公共经验之中。我特别要强调,这是在认真地讨论,通过讨论,我发现了两位研究者成果的"陌生化"效果,它们在客观上给了我启发和继续往下讨论的兴趣。因此,我所说的回到公共经验的"陌生化"研究指的就是两位研究者的结论,让我看到了他们为什么要这样做背后的属于他们各自年代的语境、知识、审美趣味、个人立场、批评态度和研究方式等东西。也就是说,他们的观点不是我研究的起点,而成为我研究的对象,被我对象化了。我惊讶地看到,在他们的观点与我的研究之间,出现了"陌生化"的距离,"陌生化"的视野和心境。这和我们认识我们的学科是一个道理。不少人以为,所谓研究,就是在学科共识和流行话语中说话,只要顺着已有的权威成果去说就是真正的学术研究,其实不是,至少不完全是。在某种意义上,你的研究被别的研究覆盖住了,当你开始自己的研究时,事实上已经被别的研究所规训、所遮蔽,没有了你自己的声音和存在。总之,我指的是,既回到公共经验中去，与此同时，又把它"对象化"、"陌生化"，把学科的公共经验转变成你讨论的对象，在此基础上，提出你的问题。

最后，我还想说，当人们说，迄今为止的文学史研究都是我们很熟悉的，是我们所知道的，这实际是一个虚妄的看法。第一个原因，可能是他在研究中确实没有自我反省的意识，没有怀疑的习惯，把别人的结论误以为是自己的；第二个原因，他的研究刚刚起步，还需要别人研究的拐杖，这可以理解，因为他还需要一定的时间来产生研究的自觉。

第三讲 文学史研究的"当代性"问题

最近几年，在我为中国人民大学博士生、硕士生开设的"重返80年代文学"的课上，经常有同学问这样一个问题：在讨论当代文学史的时候，不少老师的结论都是不一样的，这是为什么？为什么80年代的当代文学研究界有那么多共识，而今天的共识却很少呢？我觉得这是一个老生常谈的问题。它是说，当代文学史的建构模式蕴涵了当代人的价值趋向和时代潮流时，它就具有了"当代性"。但是，当这种"当代性"还来不及沉淀和经典化，人们对它的理解和运用就会处在四分五裂的状态。然而，它虽然是老生常谈的话题，仍然有进一步具体分析、探讨的必要。

一、历史研究回答当今的问题

说到当代文学，大家都知道指的是什么，但是在理解当代文学研究的对象、范围和问题时，人们的意见分歧可能就大了。不少人认为，当代文学就是当下、当前、最近的文学创作的状况。所以，如何以批评的方式及时介入当前的文学，即是它的基本职责。这肯定没有错，但它指的只是当代文学研究的一个方面，即文学批评。当代文学研究还有另外一个任务，即它面对的是过去的文学，是文学批评已经难以处理的文学史的事实，也就是说，它已经是一种历史研究。它显然清楚,"历史是历史学家跟他的事实之间相互作用的连续不断的过程,是现在与过去之间的永无止境的回答交谈"。[1]"历史之所以是现在与过去的交谈,乃是因为:人们总是从现在的需要出发去研究历史,否则就没有意义"。[2]

　　然而,这样去理解"当代性"问题仍然是比较简单的,因为文学批评与文学史研究虽然承担着不同的任务,但是它们的"当代性"并不仅仅与当今的问题画等号,更不是后者的附庸。即使它们批评或研究的是当前的对象,这种对象也来自历史的深处,携带着历史的遗留问题,更多时候这些问题还表现为历史在当下的替身。巴尔扎克说过这样的话,大意是"小说家同时也应该是历史学家"。套用他的观点,我觉得文学批评家和文学史家也理当是训练有素的历史学家。即使他们不去做繁琐的考证、辨伪,不去在浩如烟海的史料中长期艰苦地寻找和爬梳,那他们也得具有历史学家客观的眼光,沉静的心境,宽阔的视野,以及把当代意识植根在复杂、缠绕、矛盾的大量问题之上的习惯。更具建设性的文学批评家和文学史家,不是告诉我们它是什么,与此同时也应该告诉我们它为什么是这样的。他们应该在为什么是这样的思维层面上寻找当今问题的答案,而不是总是停留在它是什么的思维层次上。

　　我想以对"路遥讨论"的再讨论来展开我的问题。我们知道,路遥在80年代至90年代前期是很重要的作家。他的《人生》、《平凡的世界》是不能不读的优秀作品。90年代中期之后,由于路遥被文坛严重边缘化,出现了为他辩护的声浪。出于"当代性"的焦虑,研究者强烈地希望把作家完整地请回到当今的问题之中。"他之所以如

[1] 陶东风.文学史哲学[M].郑州:河南人民出版社,1994.
[2] 在中国现当代文学史研究领域,近年来出版了不少讨论文学史问题的著作,它们专事于具体问题的研究,其中有不少收获。但从理论角度比较全面地反思文学史研究的问题,还是陶东风《文学史哲学》这部著作。

此,是与他对现实的'中国国情'的深察相联系的,不是他没有'理想'乃至'幻想',而是中国的现实如此这般地要求他选择这种'现实主义'。"[1]如果说当时的农村题材小说,最常见的是农村社会变迁和新旧势力冲突,"停留在就事叙事、摹写生活的水平上",而《人生》,不仅"带有浓重的哲理色彩和普遍的人生意识",还"引导人们进行富有哲学意义的再思考。"[2]"十一月十七日,是路遥的忌日。时间过得真快,转眼间,这位英雄作家,这个内心世界充满青春激情的诗人,离开这个他深情地爱着的世界,将近十个年头了。十年里,我常常想起他,想起这个像别林斯基所说的那样'把写作和生活、生活和写作视为同一件事'的、'直到最后一息都忠于神圣天职'的人。""每当看到那些令人失望甚至厌恶的文学现象的时候,我也会想起他,就会想到这样的问题:假如路遥活着,他会这么写吗? 他能与那些颓废、消极的写作保持道德和趣味上的距离甚至对抗的姿态吗?"[3]在作者设置的为谁写、为何写、写什么、怎么写的程序中,人们可以迅速发现路遥评论"当代性"的出发点:这就是,以路遥的现实主义、哲学意义的再思考和把写作和生活视为同一件事作为新的写作标准,来批判和反思当今那些颓废、消极的写作,通过还原一个完整的路遥,来回应和警醒当前文坛轻浮、非历史化和散漫的现实。

确实,上述观点也应该是关于路遥的历史研究,因为它们还满怀深情地回顾了作家创作的历史。但是,上述试图借路遥的历史来回应当今问题的做法,并没有得到更多人的认可,一位年轻的研究者尖锐批评道:"可以说目前大多数关于路遥的研究文章都是'反历史'的,对于路遥的无缘故的冷落和无条件的吹捧都不是一种实事求是的历史分析的态度。"他认为,路遥在90年代文学中被边缘化,有着

[1] 李继凯.矛盾交叉:路遥文化心理的复杂构成[J].文艺争鸣,1992(3).
[2] 赵学勇.路遥的乡土情结[J].兰州大学学报(社会科学版),1996(2).
[3] 李建军.文学写作的诸问题[J].南方文坛,2002(6).

非常复杂的原因：一是"路遥对自我身份的确认似乎带有某种'偏执'，他始终把自己定位成一个'农民'作家"。这样，他不仅把自己与所谓新潮作家区别开来，还有意拉开了与他有某种文化和精神联系的沈从文、汪曾祺和贾平凹的距离。二是"他夸大了文学界和批评界对他的'冷落'，从而形成了某种对现代的'憎恨'情绪，把自己想象为一个与'整个文学形势'进行斗争的'孤独者'形象"。第三，从《人生》到《平凡的世界》，路遥的成功都带有与1985年以前文学体制合谋的明显痕迹。但随着1985年的文学转型，"'现代派思潮'给'现实主义'提出了严峻的'挑战'，并对'现实主义'的话语空间给予了很大的挤压"。然而，他的现实主义小说观念和意识却没有及时调整，并在文学残酷竞争中获得更强势的地盘，这就使他和他的小说的被淘汰成为某种必然。就在现代主义处于强势，而现实主义处于守势的历史间隙中，作者对这位尴尬的作家的分析是："站在1985年以来形成的'纯文学'的或者'纯美学'的观念来判断路遥，当然会得出路遥并不'经典'的结论，因为路遥的作品并不能给现代批评提供一个'自足'的文本。但是如果站在一种'泛现实主义'的立场上来夸大路遥的地位，也同样值得怀疑，因为一个事实是，路遥的最高成就其实止步于《人生》"，他前期或后期的作品都未能真正超出这篇小说的艺术水准。[1]

　　之所以围绕路遥的评价存在争议，我想主要还不是谁的研究才是真正的历史研究的问题，而是这种历史研究在回答当今问题时谁更具有效性出现了不同理解。如果我没有理解错的话，前者试图把路遥从他复杂的历史状况中孤立地拿出来，并以他为标准来批评当下的文学状态；而后者则把路遥重新放回到他当时创作的历史语境

---

[1] 杨庆祥.路遥的自我意识和写作姿态——兼及1985年前后"文学场"的历史分析[J].南方文坛,2007(6).

之中,通过他与这种语境的分析性研究,来重审他被边缘化的"当代性问题"的。"韦勒克认为文学史的中心任务之一就是要描述结构的动态史,而这样做的关键是要建立一种'体系'的眼光,必须'把文学史视作一个包含着过去作品的完整体系,这个体系随着新作品的加入而不断改变着它的各种关系,作为一个变化着的整体它在不断地增长着。'"[1]也就是说,即使我们把从历史研究角度回答当今问题看作是一种最佳的文学史研究的"当代性"的时候,这种"当代性"也不是一成不变的。它是一种动态史,而且随着新作品的加入,它更重要的是一种"'体系'的眼光"。它尤其不应该是固定不变的"当代性",而应该是前面已经说过的"现在与过去之间的永无止境的回答交谈"。但是,路遥的问题显然不仅仅是现实主义已经走向枯竭的问题,当我们似乎已经找到了解释他创作问题的"当代性"的时候,这种"当代性"是不是又在固定对这位作家文学世界的理解,同样又是"当代性"为人们提出的新的问题?

二、"当代性"也是一个历史概念

最近十年来,现当代文学史研究重新呈现出活跃的状态,有很多出色的研究成果值得注意。不过,在什么是"当代性"的理解和使用上,也出现了相当大的人们并未清醒地意识到的分歧。

按照我的不成熟的看法,所谓"当代性"其实是一个历史概念,"因为今天的眼光同样也是历史性的,同样是不断地生成又不断地融入历史的"。[2]更有人善意地警告说:"在文明状态中,人类为了他们自身目前活动的缘故,感到需要形成某种对过去的图像;他们对过去感到惊奇并想要重建它,因为他们希望找到在那里所反映出来的

---

[1][2]　陶东风.文学史哲学[M].郑州:河南人民出版社,1994.

他们自己的热望和兴趣。既然他们读历史是被他们的观点所决定的,这种需要在某种尺度上就总会得到满足的。但是我们所必须得出的结论则是:历史学不是'客观的'事件,而是对写的人投射了光明,它不是照亮了过去而是照亮了现在。于是就不必怀疑,为什么每一个时代都发现有必要重新去写它的历史了。"[1]他的意思是,"今天的眼光"并不仅仅等同于"当下"、"现在",与此同时也包含了"历史性"因素;出于今天的观点来读历史,所以它就会在某种尺度上得到满足。但与此同时,历史又不是客观的事件,不是客观的知识谱系、话语以及这些东西所组成的主观色彩突出的预设所能完全处理得了的,因为它对"写的人投射了光明",通过"照亮"过去才使现在具有了意义。因此,所谓"当代性"是一个历史概念,是因为它本身充满了细节、矛盾、感性等远比客观知识暧昧和隐晦的内涵。

　　一个值得注意的现象是,很多研究者都相信预设的力量。"我最近突然成为'预言家',在许多场合都在说,现代文学史书写的又一轮变动业已开始了。"以此为标志,他认为可以做到的事是,"文学史的多元性,目前渐成共识。由此出发,我们或许能认识一种多元的、多视点的、多潮流的'合力型'文学史?"而这一主张,恰恰是出于80年代以来文学史研究中"用中国材料讲外国问题"的不满。[2]这种新的文学史写作的冲动背后的意图,恰恰如有人指出的那样:"人在现实的活动中产生的需要、目的,促使他去研究人类的过去,并希望从中发现和解决自己在当今所遭遇的问题。正是在这个意义上说,历史研究所回答的与其说是过去的问题,不如说是当今的问题。每个时代的人都有自己的需要、自己的迷惘和困惑,研究历史从根本上说就是为了解决这迷惘和困惑,故而每个时代的人都要重写历

[1]［英］沃尔什.何兆武译.历史哲学——导论[M].北京:社会科学文献出版社,1991.
[2]吴福辉."主流型"的文学史写作是否走到了尽头?[J].文艺争鸣,2008(1).

史。"[1]这种提问题的方式,无论从哪个方面看都是没有问题的,都是可以理解的。

不过,正如我在上一节谈到的,历史能够回答当今的问题,但它所指的是特定的对象,而不是说,所有的历史都能够起到这种作用。例如路遥已经成为一种历史现象,他之所以作为一种未能解决的历史问题而存在,就因为当今文学的很多问题都还停留在路遥所迷惘和困惑的起点上,而不是要把历史都做泛化的处理。那么这样看来,"'合力型'文学史"说尽管是在当代提出来的,但是,它是否是一个"当代性"的历史概念,是否是一个面对人们迷惘和困惑的问题,也并不是用中国材料讲外国文学的批评所能支持的。因为实际上,"用中国材料讲外国问题"并非不是客观的事件,而是对写的人投射了光明,它不是照亮了过去而是照亮了现在,不是一个固化在历史之中的文学史书写行为;即如一个文学史研究方法,到了20世纪,也没有所谓中国/外国的国族意义上的区分、对立和不同。20世纪的中国,恰恰是一个融汇于世界大潮的历史阶段,中国社会的转型,很大程度上都是以"用中国材料讲外国问题"的过程中得以进行的。这篇文章同样如此,充满了用中国材料讲外国问题的知识痕迹,如文学史、进化、革命、左翼文学、现代化、现代性、农业文明、工业文明、文化保守主义、权力、多元、话语暴力、纯文学、市民文学、传播、合力关系、精英文化、读者市场等等,离开这些外国问题,我们不知道中国材料究竟能不能真正讲好? 而这都不是在用中国材料讲外国问题吗? 前一段时间,我偶尔参加过几次小说创作方面的会议,也听到不少作家和批评家在那里大谈所谓中国经验。在他们的理解里,好像这种中国经验是离开了20世纪为外国问题(其实是知识话语)所包围和设定的文学场域一个从天而降的文学概念。这可能是全球化语境中对外国的过分性

---

[1] 陶东风.文学史哲学[M].郑州:河南人民出版社,1994.

警惕心理所造成的，但是这样的历史观既不能照亮过去也不能照亮现在却是无疑的。在这里，文学批评和文学史研究的"当代性"要么被泛化成"合力型文学史"概念，要么被窄化为对中国经验莫名其妙的探讨。这恰恰是我们应该警惕的一种文学史研究倾向。

由此可见，"当代性"虽然是一个大家承认的历史概念，然而，在如何理解的问题上仍然千差万别。有人主张，面对这些现象，"大可不必从学科本位出发，摆出一副捍卫现代文学的架势。因为我们深知，当今对现代文学传统的轻视或无视，其本身也在构成对于新传统的'选择'和'读解'，是对新传统的另一种'接受'，正好可以作为被研究的对象纳入我们的视野"。[1]他的意思是，现代文学传统不是已经固化在80年代的知识谱系，它的"当代性"可能正在它将要被新的研究者不断选择和读解的过程之中。另有人认为，在用"当代性"视角反思80年代文学史问题的时候，有一种研究方法也是值得注意的：这就是，把"'90年代'出版的'当代文学史'拉回到'80年代'启蒙式的文化理想之中。这种立场的重复性建立，一方面是基于对90年代后大众文化庸俗现象的强烈不满，另一方面则是针对'历史混合主义'、'庸俗技术主义'当代文学观的批判和警惕。说老实话，它的出发点是没有'问题'的，或者说它即使有'问题'也不是90年代的问题，而仍然是一个80年代的问题"。他接着指出并质疑道："在现实中，或在20世纪的文学史、精神史中，究竟有没有一个固定不变和唯一性的'五四传统'？具体在80年代，有没有一个至今未变而且大统一的'80年代'？"[2]上述主张、批评和质疑也许同样有问题，但这种批评的目的有利于扩大对"当代性"的讨论，丰富对于它的理解，而不是由于论述者权威性的结论而使这种讨论无法进行

---

[1] 温儒敏.现代文学传统及其当代阐释[J].中国现代文学研究丛刊,2008(2).
[2] 程光炜.历史重释与"当代"文学[J].文艺争鸣,2007(7).

下去。

在文学史研究中，20世纪中国文学和重写文学史作为一些尘埃落定的文学史概念，早已为人们所熟知。然而，在90年代后语境中与之进行有意义的对话，并对其知识肌理做深度解剖和讨论，仍然是一项相当有难度的工作。它的难度表现在：所谓重写文学史就是鲜明表现出与过去研究结论的对立式的不同，如因为要去政治化，而把孙犁竭力地说成是革命文学中的"多余人"，再如因担心西方学术话语在文学史研究中的过度使用，而指责这样做是"用中国材料讲外国问题"，等等。其次，现在有些现当代文学史研究问题的继续提出者，自己就是当年20世纪中国文学、重写文学史的提出者或参与者，他们要通过不断提出问题，让人们记住他们就是当年的提出者或参与者，始终产生对提出者权威性的敬重和畏惧。那么，这样的心理状态所在新的语境中提出的新问题，其实并没有真正经过新语境的知识过滤和清理，而一下子又拥有了今天的"当代性"。其中的隐秘状态，也许是更值得重新讨论的。在这样的"当代性"的解释中，被清楚地界定的历史可能已经是一种被泛化了的历史，而不再是我们在文学史研究中所需要的那种弥足可贵历史的概念。"作品的同时代人对作品的评价绝不是至上的权威，且不说他们的眼光不可避免地有历史的局限性，而且更根本的是：写历史是为了从今天的立场上更好地认识昨天，以便更成功地把握命题，如果一个文学史家主动放弃了今天所达到的时代高度，那么他就失去了作为今人的一切优势。"为此，他尖锐地批评道："如果我们接受了十七年尤其是'文革'期间所谓的权威人士对文学史的看法，我们就会把样板戏看作是中国文学史的高峰，把蒋光慈、柔石、殷夫等看成是比钱钟书、沈从文、张爱玲更杰出的作家。"[1]

---

[1] 陶东风.文学史哲学[M].郑州：河南人民出版社，1994.

三、"新方法"和"旧结论"

不知道大家注意到没有，从80年代至今的30多年间，当代文学的批评和研究至少经历了两次知识谱系的交接和更新。第一次是由"十七年"的意识形态性文学批评转换到80年代的主体性批评；第二次，是90年代后由主体性文学批评（包括审美批评、感性化文学批评等）再转向学院式文学批评。这两次批评类型的转换有没有道理，存在哪些问题，暂不管它，我不打算在这里辨析和探讨。但是，在此过程中出现的用新方法得出旧结论的现象却值得注意，因为它也牵涉到了如何从个人角度理解"当代性"的问题。

一种现象是，虽然是从分析差异性的角度描述90年代后文学创作中个人主义的自恋主义化的，包括也注意到"文学发展除了受制于作家主体精神与文学叙事伦理外，还受到生产、传播、接受评价等文学和文化体制层面的影响"，但最后还是暴露出把这种"新的'泛审美化'即'日常审美化'倾向"统统收编在"启蒙论"大旗之下的意图。"就作家自身来说，他们每个人都有责任和义务对这一现象进行自觉而深刻的反思，对自身的创作进行真诚的检视、批评乃至忏悔，通过自身素质的提高和使命感的回归重建新世纪的民族文学精神。"[1]且不说使命感、回归、深刻的反思等修辞有一些令人陡然想起的陈旧气味（它们不是不能使用，而是在什么知识层面上加以限定和谨慎使用的问题），仅仅就是这个宏大、沉重的结论恐怕是令前面的新方法承受不了

---

[1] 张光芒.论中国当代文学的自恋主义思潮[J].南方文坛,2008(3).（近年来，这位作者特别喜欢用大题目论述大问题，如"启蒙论"、"20世纪中国……"、"论中国当代文学中……思潮"，等等。这种文学史研究方式，自然包含着应该予以鼓励的对现当代文学学科巨大的使命感和热情，但对问题设定和理解的过于宏观化，也十分令人担心。）

它的。这恰如有人批评的那样："并不是每一个生活在当代的人都能具备当代性的品格，也并不是每个生活在当代的文学史家都能在自己的研究中体现当代性。生活在当代并不是当代性的充分条件，每一个时代都生活着大量的'古代人'。""在今天的文学史领域，不仍然充斥着、产生着大量'古典性'的研究吗？"[1]这样的讨论和转述可能不太厚道，有点尖锐的气味，实际上还缺少对上述现象更耐心细致、严密的界定和分析的缺点。它的严重性也许在于由于历史形成而现在并未加以清理、反思的启蒙论过于强大、自足（不是说启蒙论本身陈旧，已经没有意义），反而使新方法成为它不断剥离的装饰性的东西。因此，后者并没有对前者产生激活、融会和互文性的作用，相反却进一步助长了前者的自大与傲慢。事实上，新方法和旧结论都生存在具体的历史时间秩序中，谁都不是超级的不受限制的神话，因而"从具体时间点上生长起来的当代性也就与传统有千丝万缕的联系。当代性不是'天外来客'，而是在传统与革新的搏斗中迸发的火花"，"这就决定了它反传统又归于传统的必然命运"。[2]也就是说，新方法是以旧结论为怀疑点和起点而出现的，它身上的传统基因，通过"当代性"的锻造、渗透和调整，而变成研究文学史现象的新视野、新价值和新眼光，这决定了它拥有了新的历史的活力，而不是一个固定的研究的结论。

用新方法得出旧结论的另一个现象，是对新新方法的无尽开发或极力耗尽其历史能量的使用。在文学批评和文学史研究中，人们发现对当初概念命名权的相信和声称拥有，是一个相当普遍的现象。研究者深信，对新概念的发明，是自身具有历史高度的证明；而对新新概念的不断发明、不加限制和可以将之用于所有文学创作现象的使用，则是研究本身始终具有学术前沿性、热点性的秘密武器。在一种新新中国的视野里，研究者得出的结论是："从1995年到2005年的

---

[1][2] 陶东风.文学史哲学[M].郑州：河南人民出版社，1994.

10年其实是中国文学和文化深刻变化的时期","中国的高速发展带来的'内部'的日常生活的变化完全超越了原有的'新文学'在'新时期'的构想和预设","我们可以看到的是……完全相反的一个正在'和平崛起'的'新新中国'"。因此,他兴奋地宣布道:"一个'新新中国'对于'新文学'的多面的、复杂的冲击我们已经无法不正视了。"[1]"五四其实是晚清以来对中国现代性追求的收煞——极匆促而窄化的收煞,而非开端。没有晚清,何来'五四'?"[2]"'新'这个词几乎伴随着旨在使中国摆脱以往的镣铐、成为一个'现代'的自由民族而发动的每一场社会和知识运动。因此,在中国,'现代性'不仅含有一种对于当代的偏爱之情,而且还有一种向西方寻求'新'、寻求'新奇'这样的前瞻性"。[3]不用说,这比我们中的任何人都更具有"当代性",这种文学批评和学术研究的前瞻性,也已经达到了只能望其项背的地步,真的令人佩服不已。当然,处在文学史研究的转型期,新方法对旧结论所形成的历史冲击力仍然是不容忽视的。例如,80年代的主体论、向内转、现代派讨论等都属于新方法的典型例子,其历史价值已经成为一个大家知道的文学史事实。但是,对新新方法的无尽开掘和运用,也会带来对"当代性"的永久意义的怀疑,它们对历史问题的过度损耗,是否引起对其研究姿态化的担忧也自当考虑。

　　这就使我想到,在对文学史研究"当代性"的理解上,新方法与旧结论的关系可能不在一个层面上,它还有其他层面和其他的结

---

[1] 张颐武.十年来中国文学阅读的转变[EB/OL][2014-06-17]http://www.chinawriter.com.cn/2014/2014-06-17/207843.html.

[2] 王德威.想象中国的方法[M].北京:三联书店,1998.

[3] 李欧梵.现代性的追求[M].北京:人民文学出版社,2010.(近年来,该作者大概是使用"现代性"最多、最频繁的人之一,例如都市"现代性"、海派小说的"现代性"、浪漫个人主义的"现代性"、现代文学与"现代性",等等,这些时髦的名词和处理文学的角度,使其在研究生中一时被追捧之极,达到癫狂的程度。)

果,需要作进一步的辨析。前一个现象,是用新方法得出的旧结论。由于有启蒙论的预设早在问题讨论之前存在,已经暗示了讨论的方向和最终结果,所以,文学叙事伦理、生产、传播、接受评价、泛审美化即日常审美化都带着新方法的面罩,它们的新内涵,其实早已经被启蒙论剥夺、规训和整合;与强大的启蒙论相比,它们不过都是一些黏贴上去的、外在的东西,是作为前者的证明材料而存在的。"几乎每个时代都有一些穿着新潮服装的遗老遗少,他们操着洋文,大量引用外国最新的理论来兜售复古的幽思",这是由于,"当代性的核心决不是方法的新,而是价值尺度是否合乎当代社会发展的要求。因为不管文学的形式多么千变万化,其实质都是人对自身的价值反思"。[1]这种思考是把"当代性"纳入进化论的时间秩序里,因此它对用旧结论去套用新方法的研究方式表示了某种程度的反感。后一种现象,则表明了"当代性"在这种研究中的某种暂时性、阶段性和相对的存在状态。由于新话语对旧问题的过多的黏贴、强制和改写,它们的学术时尚性事实上已经达到了相当饱和的状态,而学术时尚对所研究问题空间的过多地占据、干扰和统治,就意味着,一旦风气一转、潮头过去,那么它们就将面临存在的危机。80年代的先锋批评、主体论、向内转,现在很多都已成为一种知识的象征,而不能作为"当代性"与我们的思考真正接轨,原因即在于此。相比之下,我们会发现,同出于80年代的李泽厚的"三论",尤其是他的《中国现代思想史论》这本著作,却仍在参与我们对今天的"当代性"的建设,它的思想活力并没有因为时空转换而过时。[2]原因也

---

[1] 陶东风.文学史哲学[M].郑州:河南人民出版社,1994.
[2] 李泽厚.中国现代思想史论[M].北京:三联书店,2008.(其中,"启蒙与救亡"的论断可能已有些问题,有过分简单化的倾向;但它对胡适、陈独秀、鲁迅思想的比较分析,对青年毛泽东思想复杂性的讨论,以及对马克思在中国和20世纪中国文艺的研究,仍然有鲜活的思想魅力,它们的存在价值很大程度来自李泽厚所具有的思想家眼光和更为深厚的史家的眼光与对中国现代问题的理解能力。)

在于李泽厚对当时问题的判断不仅贯穿了学术时尚的眼光，更重要的是贯穿了思想家、史学家的眼光和深刻辨识。即使其学术时尚成分在时间的流逝同样遭到了被剥蚀的命运，其思想者、史学者的价值，却仍然能够把今天的"当代性"问题照亮，仍然能够与我们展开有意义的对话。也就是说，前一种现象是因为新方法与旧结论是在同一个层面上思考问题的，所以它得出的结论不可能真正超越旧有的结论和想象方式；后一种现象的新方法虽然立足于旧结论之上，但它显然站在比后者更高的思想层面上，它与后者不是一种简单比附的关系，而是跳出了旧结论所能给予的既定的架构，在一个更大的历史时空拥抱、审视、反思并包容了这个架构，因此才能在这里不断生发出新的反思的力量。但我所说的"当代性"的永久的意义，指的并不是永恒真理，而是指在文学史研究中的那种更有弹性的、扩张性的、反省性的状态。

四、包含着过去作品的"体系"性眼光

讲到这里，我发现自己在今天、过去、当下、历史以及新与旧等概念之间绕来绕去，已经花费了不少笔墨，大家大概会厌烦，我也不知道是否做了应有的界定、区分和辨析。讨论这个问题牵涉到方方面面，非一篇文章能够完成。但我们不去管它。

针对有些研究者把"当代性"批评或研究看成是个人发明的现象，韦勒克曾提醒人们说："这种极端的'个人人格至上论'（personalism）必然会导致一种观点，即认为每一部个别的艺术品都是完全孤立的，这实际上就意味着它是既无法交流也无法让人理解的。我们必须相反地把文学视作一个包含着作品的完整体系，这个体系随着新作品的加入不断改变着它的各种关系，作为一个变化的

整体它在不断地增长着。"[1]他的意思是,文学史的主要任务之一就是要描述结构的动态史,而不把它简单看作是一个断层化的结果,一个用这个结论反对另一个结论,关键是要建立一种体系的眼光。实际上,这二十多年来的中国现当代文学研究中,以一种历史断裂的方式对文学史进行再解读的思潮和方法的影响是很大的,如20世纪中国文学、重写文学史、海外学界的再解读等等。而其最深刻的逻辑,就是去政治化的文学策略。"文革"十年,导致人们对所有政治思维的全面的反感,而文学/政治的二元对立及前者对后者的真正超越,被认为是文学获得主体性、自主性和文学性的唯一坦途。这也是支撑着迄今为止的现当代文学研究的基本方法。虽然宣布拥有世界眼光、民族意识和文化角度等体系性视野,对于20世纪中国文学,有的学者却认为个别的艺术品是可以完全孤立于它的历史之外的:"大跃进民歌,没有一首是悲凉的。但你细心品味一下60年代初的一些作品,一些历史小说如《陶渊明写挽歌》,历史剧如《胆剑篇》,甚至一些散文,你还是能触到那个顽强的历史内容规定了的美感核心。更不用说后来出现的《剪辑错了的故事》、《犯人李铜钟的故事》这些作品了。"[2]尽管这位论者也欣赏捷克学者普实克"把社会历史的分

---

[1] [美]韦勒克、沃伦.文学理论[M].南京:江苏教育出版社,2005.

[2] 参见黄子平、陈平原、钱理群:《二十世纪中国文学三人谈》中黄子平对当代作家作品谈的部分,参见《读书》1985年第10、11、12期,1986年第1、2、3期。实际上,就在"三人谈"发表后不久,已有人对这种表面以"系统论"而事实上以"断裂论"处理文学史问题的方法提出了怀疑。如封士辉表示:"我对'断裂'这个词很不感冒。梁启超提倡小说救国并不是什么创造,《琵琶记》的楔子就表达过这种愿望。至于说强调文学性,《诗大序》、《文心雕龙》也是就文学谈文学。只不过历来政治家总要求文学为政治服务就是了。"洪子诚指出:"对20世纪中国文学整体特征的概括基本上是准确的。当然,舍弃了一些不该舍弃的东西。比如,30年代左翼文学就没很好地概括进去。严家炎也认为:"现代学术界学风不严谨的实在太普遍,不能容忍","研究中常常实用主义地取舍材料,不合我结论的材料视而不见",所以,"要努力解释你所持理论不能涵盖的材料,充分考虑对立面的材料。"(以上观点,参见《关于"20世纪中国文学"的两次座谈》,《当代作家评论》1989年第5期。)

析和艺术分析交融在一起进行"的研究方法,但他仍然把上述作品或与历史相对立或相孤立来展开那种系统论的思考。再解读是90年代后又一次重写文学史的实践。与前者通过将"一些历史小说如《陶渊明写挽歌》,历史剧如《胆剑篇》"和它们的历史相对立而达到完全孤立于历史之外的办法不同在于,这一次又将延安文学、十七年文学从它们的历史之中抽取了出来。"虽说政治话语塑造了歌剧《白毛女》的主题思想,却没有全部左右其叙事的机制。使《白毛女》从一部区干部的经历变成了一个有叙事性的作品的并不是政治,而是一些非政治的、具有民间文艺形态的叙事惯例"。[1]"江姐果真是女中豪杰,惊见丈夫暴死,身为女人的江姐竟能不乱方寸",由此可见,《红岩》不仅再现了这种'去家庭化'的过程中家庭关系的弱化,更重要的是展示了家庭与革命之间势不两立的冲突"。[2]尽管有一千个理由相信,这种再解读是基于对文学史的历史的理解同情,即把再解读看作一个历史文本化的解构过程,"我们就会同时解读我们的现在",并且是"认真审视"自己的"时代"。[3]

　　而以"包含着过去作品的'体系'性眼光"来看文学史研究的"当代性",韦勒克的理解就可能与20世纪中国文学和再解读论者有很大的不同。在他看来,这种所谓的"当代性"表明:"进化过程不是单线的,不只是一个共时体系代替另一个共时体系,而且也是旧的共时体系在新的共时体系中的积淀。"[4]这样的理解角度显然受到了艾略特的某种启发。艾略特认为,针对作家作品的文学批评和文学史研究,并不仅仅是为当下观念服务的,因为即使是当下也

［1］唐小兵主编.再解读:大众文艺与意识形态［M］.香港:香港牛津大学出版社,1993.

［2］李杨.50～70年代中国文学经典再解读［M］.济南:山东教育出版社,2006.

［3］唐小兵主编.再解读:大众文艺与意识形态［M］.香港:香港牛津大学出版社,1993.

［4］陶东风.文学史哲学［M］.郑州:河南人民出版社,1994.

存在于浩渺的历史时空之中。但是,它们的关系经常又是互文性的:"现存的不朽巨著在它们彼此之间构成了一种观念性的秩序,一旦它们中间引进了新的(真正新的)艺术作品时就会引起响应的变化。"所以,"历史感还牵涉到不仅要意识到过去之已成为过去,而且要意识到过去依然存在;这种历史感迫使一个人在写作时,不仅要想到自己的时代,还要想到自荷马以来的整个欧洲文学,以及包括于其中的他本国的整个文学是同时并存的而又构成同时并存的秩序"。[1]如果用这种视角检视二十多年来的重写文学史思潮,我们会惊异地发现,它们正是以排斥自己"不喜欢"的"过去作品"的方法来建立文学史研究的合法性的。实际上,这种方法仍然在被视为当代文学研究新的增长点的十七年文学研究中以更隐蔽的方式在延伸和发展。某种程度上它是在重复和延续去政治化这种80年代意义上的重写文学史的结论。在这样的文学史理解中,由于"十七年"的文学体制是一体化的,是非常糟糕的,所以,这种文学体制和生产方式所孕育的文学作品必然是没有文学性的。它还可能导致另一种紧张:即拿"五四"文学、80年代的纯文学标准去要求十七年文学,由于后者的大多数作家作品不符合前者的标准,那么它的经典化地位就将遭到很严重的怀疑。尽管在十七年文学周围,有了很多民间性、差异性和间歇性的发现,但它们最终得出的仍然是与20世纪中国文学论者几乎相同的所谓非文学性的结论。由于再次使用了文学经典的"认识性装置"[2],所以,十七年文学研究的文学史合法性因此以"当代性"的面目建立了起来。但是,如果按照艾略

---

[1]［英］托马斯·艾略特.曹庸译.传统与个人才能,新浪博客［EB/OL］.［2012-06-21］.http://blog.sina.com.cn/s/blog_a6a041d6010163kj.html.

[2] 此说引自张伟栋《"改革文学"的"认识性的装置"与"起源"问题——重评〈乔厂长上任记〉兼及与新时期文学的关系》一文,此为中国人民大学"重返八十年代文学"讨论课上的主讲论文,未刊。这种说法显然是受到了柄谷行人《日本现代文学的起源》一书观点的影响。(北京,三联书店,2006.)

特所谓"当代性"的认识，更为复杂的理解应该是"进化过程不是单线的，不只是一个共时体系代替另一个共时体系，而且也是旧的共时体系在新的共时体系中的积淀"的话，那么，对上述现象的重新检视，就应该成为下一步重返十七年研究、重返左翼文学研究的一个理由。

正如我上面所说，怎样用"历史研究回答当今的问题"、怎样认识"当代性也是一个历史概念"，又怎样在"'新方法'和'旧结论'"的研究怪圈中找到一个适当的平衡点，以及怎样把"当代性"不仅仅理解成面对"当下性"的研究，同时也认为它本身也包含着过去作品的体系性眼光，仍会在很长一段时间内成为我们理解什么是文学史研究的"当代性"的障碍和难题。

第四讲　文学研究的"参照性"问题

　　在文学研究中,建立一种参照的知识视野是十分重要的。它的存在,使我们得以确认文学作品大致的历史位置,给文学一个相对客观的定位,再从这种定位中找出一些问题来研究。这种"参照"往往不是研究对象主动提供的,需要我们在深入研究中寻找和发现。[1]这种寻找不是在自己希望看到的思想状态、资料文献中进行,甚至不是在自己喜欢的观点中进行。因此,这种寻找的难度首先来自对自己研究习惯的克服,来自对自己观点的必要的反省,它包括了给自己不喜欢的思想状态和观点的应有尊重。这种难度就在于在一种别扭的研究状态中超越自己,同时又返回自己,以便使自己的研究视域尽可能地抻开,使文学研究尽可能地回复到圆融、包容和理解的状态之中。

一、在被批评的情境中看文学现象

　　前几年,白亮对遇罗锦小说《一个冬天的童话》(以下简称《童

---

[1] 程光炜.批评"对立面"的确立——我观十年"朦胧诗论争"[J].当代文坛,2008
　　(3).(注:本文谈到,如果要理解这场论争的全面情况,就不能仅仅关注谢冕、孙
　　绍振等主张朦胧诗创作的批评家的观点,也应该关注批评指责朦胧诗人创作的
　　批评家的观点,如程代熙、郑伯农等人的文章。)

话》）的研究给了我深刻的印象。[1]这篇论文的好处是在被批评的情境中，不仅仅从批评者的角度，同时也从被批评者的角度去认识和理解《童话》的历史多层性，看遇罗锦作为一个业余作者、"坏女人"是如何缺乏躲避社会和文学批评的风险而陷入窘境的。我这里所说的被批评，指的是80年代前半期，作家因为在"十七年"时期作品越轨被批评，生活虽然不像"十七年"时那样糟糕，但也受到一些负面的损害。遇罗锦也许是一个典型例子。

在白亮的研究中，遇罗锦并不是为当作家而自觉走上文学道路的。

遇罗锦，1946年生，北京市人。1961年考上北京工艺美术学校，1965年毕业。1966年"文革"开始，其兄遇罗克由于写作《出身论》而被判为现行反革命分子，她因此受牵连被逮捕，后经审判，才被拘押在河北茶淀站清河劳动教养三年。1969年劳动教养结束后被分配到河北临西县一小村插队落户。1970年迁至黑龙江莫力达瓦旗汗古尔河乡落户，在那里与一个北京知青结婚。1979年遇罗克平反昭雪，她也返回北京，并和北大荒的第一个丈夫离婚了。回京后，遇罗锦先是靠画彩蛋、糊灯笼纸维持生计，随后有关方面给她平反，她又重新回到玩具六厂工作。经人介绍，她嫁给一个电工，两人在一起平静地生活了几年后以分手告终。紧接着她又和一个工程师结婚。1983年，她应翻译《童话》的德籍华人出版商之邀到德国访问，后来辗转定居在德国，再没有回来过。

遇罗锦的《童话》发表在《当代》1980年第3期，同年《新华月报》第9期予以转载，在社会上引起了很大反响。《文艺报》、《文汇报》、《当代》、《作品与争鸣》等报刊纷纷发表评论，既肯定它在揭批

---

[1] 白亮."私人情感"与"道义承担"之间的裂隙——由遇罗锦的"童话"看新时期之初作家身份及其功能[J].南方文坛,2008(3).

"四人帮"方面的积极意义,又对作者在爱情婚姻问题上表现的观点提出异议。正值大家对这部小说热议之时,遇罗锦以没有感情为由坚决与第二任丈夫离婚,这一离婚案在社会上传炒得沸沸扬扬,《新观察》从1980年第6期开始开辟专栏"关于爱情与婚姻的讨论",主要刊登读者来信讨论她是否应该离婚。这场讨论整整持续了半年多,支持者认为每一个人都有自由追求爱情、幸福的权利,但更多的批评者则将遇罗锦看成是现代版的女陈世美。[1]

与多数文学史把遇罗锦看作有争议作家的观点不同,白亮提供了她作为被批评者这个有趣的参照。这个参照使我意识到,文学史往往是从遇罗锦的婚姻多变的角度评价《童话》的自叙传特点的,而不愿换另一个角度观察作为现行反革命分子妹妹的切身境遇、她在几次婚姻中的感受、各种社会思潮对她脆弱生活的冲击等因素;不会注意到遇罗锦被批评者身份的强化,可能是由于她缺乏文学技巧,是她业余作者的有限能力造成的。这就为被批评者的参照提供了更具体的实证,例如《当代》编辑部对小说初稿中关于性描写的修改,编辑把初稿中女主人公新婚之夜真人真事风格的描写,尽量"删得虚一些,美一些","编辑们把具体的动作描写完全删除,甚至将原稿中'我'的'顺从'(闭眼)改为'强烈的反抗'(拼命地转脸)",等等。擅长与众多专业作家来往且业务精通的《当代》的编辑,自然会减弱小说初稿被批评者的反抗姿态,将自叙传纳入主流文学的轨道。

白亮这样做不是他比文学史教材高明,而是这种研究让人们更理智地看到了被批评情境背后的一些历史情况。研究者告诉我们,《童话》的写作与作者个人身世之间确实存在着某种互文性,但这种互文性并不是作者有意为之的。事实上,伤痕文学时期的大

---

[1] 注:程光炜主编《文学史的多重面孔》(北京:北京大学出版社,2009年版)一书中,白亮为自己文章所写的"事件回放"。

多数文学作品,都带有作者的自叙传色彩,这不仅仅是遇罗锦一个人独有的。遇罗锦的每一次结婚和离婚确实有个人方面的问题,人们的指责也不能说完全没有道理,但人们为什么不同时想想,在小人物与历史大漩涡之间的选择上,这种小人物的卑微是不是也带有值得人们同情或至少是怜悯的成分? 这种参照,是在历史叙述的框架之外,又新搭起了另一个历史叙述的框架。我们不能只在一个历史叙述框架里想问题,同时也应该根据研究者的特殊情况在另一个历史叙述框架里想问题。而在我看来,这后一种历史叙述框架,就是我这里所说的应该注意研究小人物卑微状况的被批评者的情境。

白亮还引进《童话》发表后的读者强烈反应这个参照,来分析《童话》未成为文学经典的原因。他把这些小说之外的社会材料仔细放在注释里,通过被批评的情境令人对遇罗锦现象产生了更深入的理解,例如:“1980年初,人文社现代编辑室副主任孟伟哉‘一旦接到遇罗锦的电话,也要叫来别的编辑旁听。要是遇罗锦真人到达,更是赶紧叫人作陪。实在没人,就把房门大敞,以正视听’”;“参加作协1981年报告文学评奖而落选。同年,参加《当代》评奖,初评为‘当代文学奖’,但新华社的《内参》以《一个堕落的女人》为题,谴责遇罗锦的私人生活,随后‘一个电话’又质问:《花城》要发《春天的童话》,《当代》要给奖,是不是一个有组织的行动?’评委们紧急开会,决定取消获奖,并写信通知她:“原来说给你奖,经研究决定,不给你奖了”;“当时一位《当代》编辑回忆过这样一件事情:遇罗锦曾将《童话中的童话》(即《春天的童话》)送至《当代》,编辑们看后不准备刊发。于是,孟伟哉让另一个编辑姚淑芝打电话通知遇罗锦来取稿。遇罗锦来到出版社传达室,要姚将稿子送到传达室,她不想上楼。孟伟哉说,还是请她上楼来吧。遇罗锦上楼前,编辑们纷纷躲避,怕她发难。但遇罗锦却让大家意外,很平静地接受了退稿的事实。"[1]

白亮这里引进的是一个80年代的"编辑部故事"。它让我们看到了《童话》内部生产的详细过程。没有获得当代文学奖,就意味着它被拒绝在文学经典化的第一道门槛之外。而在80年代,如果不获奖、未编入中短篇小说选、探索小说选等选本的作家作品,想进入文学史重要作品行列几乎是不可能的。编辑部在80年代文学的重要性是毋庸置疑的,当然它在任何文学年代的重要性都是不可轻视的。作为经典初选最重要的程序之一,编辑部掌握着作家作品能否成为名作家、名作的权力。自然,白亮在这里列举的不甚体面的"编辑部故事"不能责怪这些编辑们,它背后有当时复杂难言的历史环境。不过,正是有了这个"编辑部故事"的参照,我们就不能轻易接受文学史对遇罗锦和《童话》的简单定型了。由于这种被批评情境的存在,我们才得以对遇罗锦和《童话》产生了更多的理解和同情;与此同时,我们也可以借遇罗锦的多变婚姻为参照,去理解她小说为什么会有如此强烈的自叙传特点,以及她最后离国不返的原因。

二、知青小说是如何"寻根"的

最近杨晓帆写了一篇题为《知青小说如何"寻根"》的出色文章。[2]她以阿城的小说《棋王》为个案,分析了知青故事变成寻根故事的原因,指出文学批评对寻根的倡导、寻根圈子的相互影响,以及《棋王》被热议后阿城对自己寻根作家形象的自觉修

---

[1] 白亮."私人情感"与"道义承担"之间的裂隙——由遇罗锦的"童话"看新时期之初作家身份及其功能[J].南方文坛,2008(3).

[2] 杨晓帆.知青小说如何"寻根"——《棋王》的经典化与寻根文学的剥离式批评[J].南方文坛,2010(6).

复并补充的过程。众所周知，很多研究都是采取遗忘知青小说和突然宣布寻根小说问世的叙述方式，来相信和接受寻根小说的意义的。

杨晓帆认为，阿城发表在1984年第7期《上海文学》上的《棋王》起初没有什么寻根意识。他只是不满流行的知青故事，只是有意想将这类故事的叙述传奇化。这与当时文学批评将该小说纳入现实主义小说的企图也不很合拍。但是，当1985年寻根小说兴起，寻根文学批评成为文学主潮后，阿城在文学批评的压力与诱惑下改变了主意，他悄悄地跟风重建自己的寻根作家形象和寻根身份，使自己进入了新时期主流作家的行列。杨文指出，要了解这一过程，观察当初的文学批评和作家自述的细微转变是必要的，它们"指出了阿城在构思《棋王》时的三点设计：第一点显然佐证了王蒙的判断，《棋王》的创作起点，是要从此前常被忽视的知青的不同出身阶层出发，去反思以往知青文学所塑造的'一代人'的苦难记忆；第二点可以看作是对十七年文学成规要求写'最能体现无产阶级革命理想'的'新英雄人物'的反拨，呼应新时期'告别革命'的国家意识形态回到普通人的日常生活叙事，这实际上延伸了第一点对知青文学写作中英雄主义、理想主义情结的怀疑；第三点关于'吃'，有些突兀却也给后来的批评留下了最大的阐释空间。非常有趣的是，这三点的顺序在阿城此后公开发表的创作自述中被完全颠倒过来。1984年第6期《中篇小说选刊》（双月刊，单月1日出版，即11月，杭州会议之前）全文转载《棋王》，后附阿城的创作谈《一些话》，原本排在最后的'吃'被大力渲染占据了开篇位置，甚至被叙述成《棋王》的创作源起：阿城说，'《棋王》可能很有趣。一个普通人的故事能有趣，很不容易。我于是冒了一个想法，怀一种俗念，即赚些稿费，买烟来吸。……等我写多了，用那稿费搞一个冰棍基金会，让孩子们在伏天都能吃一点凉东西，消一身细汗'。阿城后来在很多场合都喜欢'躲避崇高'，宣称自己写作的功利性……"[1]作家的原始自述作为一个新的参照,对我们了解阿城的知青作家史非常有帮助。它告诉我们,在寻根批评没有兴起前,阿城并没有意识到自己是寻根作家,《棋王》也不过是一种另类的知青小说。但这种参照却以追寻历史的方式,呈现出知青小说向寻根小说过渡时的暧昧情形,而这种暧昧情形却往往被人们的研究忽略了。

但杨晓帆却不愿意同我们一起追寻什么历史,她认为正是在容易被研究者忽略的地方隐匿着有价值的问题。她对问题发出了追问:

在前面的论述中,我反复用到"剥离"一词,意图是要说明在《棋王》被经典化为"寻根"小说之前,无论是当时的批评家还是阿城本人都没有强烈的文化寻根意识,阿城的写作缘起是基于他对自己一段知青经历的人生体悟,而批评家也是在知青文学的范畴内思考它对知青运动史的历史认识,并力图发现它对于如何重建新时期改革语境中知青主体位置的正面意义,只不过这种思考还没有深入下去,就被寻根文学的讨论阻断了。指出这一点,并不是要完全否定批评将《棋王》读作"寻根文学"的价值,也不是要将《棋王》简单判定为一篇标准的知青小说。不可否认,《棋王》的确有它溢出传统知青小说写作及现实主义文学成规的部分,因此值得追问的是,当阿城采取这套另类表述方式去书写自己的知青记忆时,它与以往知青文学对一代人历史经验的态度有何不同? 只有在文本分析中重新发现《棋王》之于知青文学的意义,才能进一步思考将《棋王》追认为

---

[1] 杨晓帆.知青小说如何"寻根"——《棋王》的经典化与寻根文学的剥离式批评[J].南方文坛,2010(6).

"寻根"小说的过程中批评存在的问题。[1]

在我看来,她指出的"当阿城采取这套另类表述方式去书写自己的知青记忆时,它与以往知青文学对一代人历史经验的态度有何不同?只有在文本分析中重新发现《棋王》之于知青文学的意义,才能进一步思考将《棋王》追认为'寻根'小说的过程中批评存在的问题",可能正是我强调的需要在文学研究中建立"参照性"的观点。杨晓帆把阿城放在知青经验史和寻根文学批评史这两种新的参照中,不仅激活了人们对寻根文学的思考,更重要的是她把对寻根文学的研究推进到了具体的步骤和知识平台上。

不过,杨晓帆和白亮的"参照性"角度是不尽相同的。白亮借用遇罗锦《童话》背后的社会史指出,我们在研究认定作品的意义时,可能会因为忽视社会史而影响到对这篇小说的全面的理解;而杨晓帆从文学史的角度指出,我们只在寻根批评史的结论中肯定《棋王》却没有意识到它同时也掐断了寻根与知青的历史血脉联系,与此同时回避了正是寻根批评发现了《棋王》并赋予了它经典地位的事实。杨晓帆以少有的理论锐气质疑了我们,她引入知青史和寻根批评史作为讨论《棋王》经典化的重要参照,其目的在于要恢复认识该小说之历史意义的全面性和完整性;目的是要撕破文学批评的樊篱,还作品以其本来面目;目的是提醒我们以历史研究者的身份重新回到当时历史之中。这让我想起有人在评价席勒时的话:"他描绘了一幅两种历史学家对比的生动画面:一种是混饭吃的学者(职业的研究者以其干枯如土的态度对待那些成其为历史学的枯骨的赤裸裸的事实……);一种是哲学的历史学家,他们以全部的历史为其领域,并

---

[1] 杨晓帆.知青小说如何"寻根"——《棋王》的经典化与寻根文学的剥离式批评[J].南方文坛,2010(6).

且把观察事实之间的联系和探测历史过程的大规模节奏作为自己的事业。哲学的历史学家获得这些成果，是由于以同情的态度进入了他所描述的行动之中；与研究自然界的科学家不同，他不是面对着那些仅仅是作为认识对象的事实；恰恰相反，他使自己投身于其中，并以想象去感觉它们，就像是他自己的经验一样。"[1]杨晓帆通过将阿城和《棋王》陌生化修复了前者比较完整的历史形象；她同时使自己投身其中，用这种方式触摸阿城"就像是他（她）自己的经验一样"。她对"参照"的采用，使寻根小说的研究具有了哲学的意义。

三、80年代初文学的"儿童叙述者"形象

为便于继续我的问题，我从李建立写于2006年的文章《再成长：读〈爱，是不能忘记的〉及其周边文本》的文章中提炼出这个小标题。这篇文章对我提倡的研究可能有所偏离，但它对作品的敏锐观察和细致分析，尤其是提出的问题则是不可忽视的。在对小说结构、母亲形象、80年代文学的范导者问题等进行了周到研究后，作者令人惊异地发现了一个事实：

> 成长是在回忆和阅读中进行的。作为相依为命的母女，女儿无疑是除母亲本人以外最切近的观察者和讲述的最佳视角，可是读者的阅读过程却多少有点扑朔迷离。原因在于，贯穿母亲爱情故事的叙述者始终是一个不谙世事的孩子，对于爱情，她充其量也只是懵懵懂懂，在母亲爱情故事的重要时刻（小说中着意描述的一次相见），叙述者表现得十分的幼稚，使得本来可能清楚明白的一次恋人相见变得真假难辨，最终借助成年叙述者

---

[1] 柯林武德.何兆武、张文杰译.历史的观念[M].北京：商务印书馆，1998.

的分析和"再解读"才得出结论。这些都可以看出，在"爱"这
一新的主体指标面前，叙述者是一个儿童形象，尽管她的生理年
龄可能已经不再是生理学意义上的儿童——按照文中的交代，
其实际年龄至少是少年。由于这一视角的限制，故事的场景被
"推远"了，这也平添了相当的神秘性，频频出现的特写并没有
给不明就里的读者（尚在阅读中）多少肯定，而是在随后叙述者
作为成年人对故事进行分析时，才直白地说出"真相"。而就在
这时，故事的主人公已经先后辞世，情节已经无法往复，这一悲
剧性的结果被嫁接在（从阅读效果上看）叙述者童话式的"阅
读"经验上，加剧了故事的严肃感和沉重感，也给读者和叙述者
带来了情感的震惊体验。[1]

　　这篇文章有价值的地方，是它帮我们提炼出新时期文学初期伤
痕期一个很重要的问题：即整整两代人在历史意识和认识上不成熟
的童年经验。处在历史控诉经验旁边这个小小的童年经验的参照，
过去是不太被人所注意的。于是作者运用这个参照分析新时期文
学初期的叙述结构，在具有主体性意义的母亲爱情故事面前，叙述
者始终是一个不谙世事的孩子。她在母亲爱情故事的重要时刻，表
现"十分的幼稚"。因此，他对该小说的中心结构——成年恋情，只
能借助成年叙述者的分析和再解读才得出结论。由此可以看出，"在
'爱'这一新的主体指标面前，叙述者是一个儿童形象"，"尽管她的
生理年龄可能已经不再是生理学意义上的儿童"，"其实际年龄至少
是少年"。对于熟悉伤痕期归来者一代和知青一代作家创作的人来
说，李建立通过分析《爱，是不能忘记的》的叙述者形象深刻揭示了

---

[1] 李建立.再成长：读《爱，是不能忘记的》及其周边文本[J].海南师范学院学报，
　　2006(5).

伤痕小说普遍幼稚的历史成因——也即揭示了他们"尽管生理年龄可能已经不再是生理学意义上的儿童",但在实际历史经验和对历史经验的理解与表现能力上,却顶多是处在少年思想和情感层次这一惊人的事实。想想王蒙《蝴蝶》无处不在的浪漫,张贤亮《绿化树》、《男人的一半是女人》的历史主义矫情,孔捷生《在小河那边》的强烈戏剧巧合性,梁晓声《今夜有暴风雪》的过于理想化色彩……进入伤痕期的许多当代作家身上,确实普遍存在着李建立所揭示的生理年龄上的儿童特征。也许正是这种不成熟,反而让我们这些经历过历史磨难却又看不到最深刻揭示的读者再次回望历史时,在内心深处不由地"加剧了故事的严肃感和沉重感",从而产生出由于这种历史得不到应有揭示深度而导致极度失望后的"情感的震惊经验"。

李建立文章的价值不是重新评价80年代初期伤痕文学的成就,而是由于他引进儿童经验这种重要参照使得我们对新时期文学产生了更新鲜的理解。这种参照性的价值在于,作者意识到"故事的主人公已经先后辞世,情节已经无法往复",历史制造者们大多纷纷撒手而去,所以文学叙述或者进一步说历史叙述在一种时过境迁的年代环境里事实上是无能为力的。倒不完全因为叙述者的天然缺陷——儿童经验,而是在一种日趋功利性的时过境迁的年代环境里,他们已经没有能力复原当年故事的严肃感和沉重感。在这里,参照性不是真正要指出归来和知青两代作家历史解释能力的缺乏,更重要的是它指出了这些叙述者已经处在不能解释这种历史"严肃感和沉重感"的年代环境里,这种环境决定了叙述者只能被迫地按照这种环境对历史的解释来解释历史。这种参照性更深刻地暗示着,叙述者们即使曾经秉持成年经验状态在当年的历史中生活过、思考过,但由于当时年代环境对人们成年经验的强制剥夺和将儿童经验的强加,也不能再回到成年经验里了。换句话说,叙述者即使曾经有过成年经验,它在过去年代里也秘密经过阉割的程序了,大多数人都退化到了儿童经验生理和心理阶段，他们就是想如成年那样想问题，这种能力实际也是天然匮乏的，因为当代历史的环境不仅没有培育这种能力而且事实上是希望把它剿灭在萌芽状态的。

有意思的是，不仅是参照性发现了新时期文学初期叙述者历史能力的匮乏，而是还发现了重读意义上的"文本效果"，作者写道：

> 讲述母亲的故事之前，"我"是一个面对人生困惑的青年，总想辩驳而又不断退让；讲故事中，"我"一直是一个不解世事的儿童，说话幼稚，仅仅对成人世界有着好奇，却无法解释；讲故事后，"我"成了一个可以告知别人如何行事的人，开始大声辩驳，滔滔独白。可是，讲故事前的"我"和讲故事后的"我"其实都是母亲去世之后的"我"，也就是说，是出于相同时段的同一个人，她在讲故事前，已经知道了所有的故事。这样一来，那个讲故事前的"我"的所有不知所措的言行就显得极其虚假和做作了……[1]

李建立在这里发现了新时期文学之建立过程中有一个历史的预设性。实际当时很多作家在叙述历史时都已经知道了那个预设性的东西的存在。在当时各种媒体中，原来历史的诸多形象都已经走向了自己的反面，这种预设性几乎就是当时社会公众和领导人物所作出的历史选择。在这个意义上，恐怕不只是作家，几乎所有新时期文学的读者在讲故事前，都已知道了所有的故事了罢。但是，这种发现不是通过判断而得到的，它是在参照性中建立起来的。因为有"讲故事前的'我'"做参照，"讲故事后的'我'"的历史有趣性才能凸

---

[1] 李建立.再成长：读《爱，是不能忘记的》及其周边文本[J].海南师范学院学报，2006(5).

显出来；正因为有"讲故事后的'我'"的存在，"讲故事前的'我'
的所有不知所措的言行就显得极其虚假和做作"的判断才有可能浮
出历史地表，成为文学史的发现。这样我们就能够理解，"一种这样
粗糙的或直接的自由，只有产生出它自己的对立面才能发展成为一
种真正的自由"。明白了"在一切知识里，不论是哪种知识，都有（先
验的）成分。在知识的每一个领域里，都有某些基本概念或范畴，以
及与它们相应的某些基本原理或公理，它们都属于那种知识类型的
形式或结构，而且（按照康德的哲学）并非得自经验的题材而是得自
认知者的观点。所以在历史学中，知识的一般条件就是得自认知者
被置于现在这个地位上这一基本原则，而且是正在以现在的观点观
察过去。对历史的直觉的第一条公理（用康德的术语来说）就是，每
一桩历史事件都被定位于过去时代的某个地方"。[1]

　　与白亮、杨晓帆又略有不同，如果白亮是在历史情境中、杨晓帆
是在文学史关系中揭示参照性对于理解问题的价值的话，那么李建
立的参照性则来自他对作品文本结构的观察之中。他从作品细读中
发现参照性是用以小见大的方式来从事文学研究的。

四、对"不喜欢"和"喜欢"的问题的理解

　　遇罗锦并不是我"喜欢"的作家。她的小说技术粗糙，理解历史
的方式过分个人化和简单化，而且似乎是以否定男人的方式来否定
折磨过她人生的历史的。这都不算是一个成熟或职业作家的表现。
不过，正是在这种"不喜欢"中，我理解了白亮的参照性的研究。因
为他引进被批评的情境这个参照，让我这个80年代文学的当事人能
够进一步确认《童话》大致的历史位置。正如我文章前面说过的，它

---

[1] 柯林武德.何兆武、张文杰译.历史的观念[M].北京：商务印书馆,1998.

促使我给文学一个相对客观的定位,促使我从这种定位中找出一些问题来重新研究。我找出的一个问题是,70、80年代转型的文学虽然正在鼓吹"回到个人"和建立"文学自主性",但是对于遇罗锦这种实录性的自传小说还难以适应和接受。因为即使是文学的新启蒙者们,也往往把个人理解成苦难的、理想化的、带着时代悲情和知识精英视角的抽象的形象,而不是像遇罗锦这样把个人经历,尤其是性痛苦的琐碎生活转换为个人主体性的文学表现。某种意义上,正是白亮所引进的被批评的情境,让我们能够看到80年代初真实的文化状况,看到知识界对个人的理解方式,看到文学实际承担着社会大使命而不是遇罗锦个人生死病痛的这些东西,更看到了在社会舆论介入一篇小说获奖和作家文学地位认知的强势过程……如果没有这些参照,《童话》背后的历史故事恐怕永远都没有机会浮现出来,遇罗锦风波可能还止步在当时的社会阶段上,她的"坏女人"的作家形象就这样被死死拴住了。

　　知青小说是杨晓帆提供给我们认识寻根小说的一个重要参照。就像我们面前的一个湖泊,我们以为它本来就是这种样子,而不会想到"湖泊"还有它的"上游",它不是一开始就形成这种局面的。其实,就像贾平凹新时期小说之前还有"文革"创作,莫言"红高粱"系列小说之前还有模式化的军旅小说,汪曾祺《受戒》前面还有京剧剧本《沙家浜》等一样,找出了阿城的知青小说家形象才能更细腻更丰富地去理解他的寻根小说家形象。"上游"成为认识和理解"湖泊"的参照,作家的史前史也正是在这个意义上成为认识和理解作家经典形象的参照的。杨晓帆这篇文章叫《知青小说如何"寻根"》,说明她有意识地在按照参照的视野尽量去全面地理解寻根小说的发生和发展。这就是我在前面已经指出的:"这种'参照'往往不是研究对象主动提供的,而需要我们在深入的研究中寻找和发现。"寻根小说作为一个已经形成的"湖泊",它早已成为了历史,它不可能主动找上来请我们去指出它的参照；我所说的在"深入的研究中寻根和发现"的意思，正是不满足于寻根小说作为"湖泊"的这个样子。正如有人所说的"历史哲学乃是从哲学上加以考虑的历史本身，也就是说从内部加以观察"。[1]这个"内部"在我看来指的就是历史运动本身的某些规律。以寻根小说为例，它与知青小说的脱离并不完全都是由于文学自身的要求而发生的，80年代的城市改革、走向世界的社会思潮都要求它强行扭断与知青小说的历史血脉，与改革一起走向世界。然而，正是这种从文学观念到小说写法的过早地脱离，造成了知青小说的未完成性；与此同时，也让寻根小说陷入自身困境。没有杨晓帆提供的这种参照性的东西，我们不可能看到寻根小说作为"湖泊"的全部风景，这个参照的存在，让我们有可能会找到"湖泊"的出湖口，找到它的"上游"，获得了重审寻根小说的机会。当然我们也可以说，这种参照性的东西正是由于"不喜欢"已经固定化的关于寻根小说的文学史结论的这个前参照的情况下而出现的，没有不喜欢的这个前参照的存在，也不会想到还会有另一个参照，从而开展对它的研究。

在文章开头我还说道："这种寻找的难度首先来自对自己研究习惯的克服，来自对自己观点的必要的反省，它包括了给自己不喜欢的思想状态和观点的应有尊重。这种难度就在于在一种别扭的研究状态中超越自己，同时又返回自己，以便使自己的研究视域尽可能地抻开。"这是我理解李建立为什么要通过对《爱，是不能忘记的》这篇小说的文本细读，来展开他对作家与新时期文学关系维度的思考的一个理由。他一定意识到了，新时期文学已经成为所有研究不能不面对的参照，那里堆满了对作家作品的定评。这种参照显然使他感到别扭，不那么"喜欢"，但他又要在这种别扭中超越自己，以一种重

---

[1] 柯林武德.何兆武、张文杰译.历史的观念[M].北京：商务印书馆,1998.

新返回自己真实阅读感受的方式再次面对这篇小说。因此我发现这里面有了这么几层参照:一是因为"母亲爱情故事"这种成年经验的参照,才有可能会发现叙述者(即新时期文学初期的很多作家)认识历史能力上的儿童经验在不少作家身上实际是普遍存在的事实;二是不少作家身上的这个儿童经验的参照,让人意识到并不是作家们不想拥有丰富的历史认识和解释历史的能力,而是"叙述者即使曾经秉持'成年经验',它在过去年代里也秘密经过阉割的程序了",由此看见了漫长和整合性的当代史;三是由于有讲故事前和讲故事后的两个"我"的不同这个参照的存在,作者才发现了讲故事后的"我"的"虚假做作",更重要的是发现了"新时期文学之建立过程中有一个历史的'预设性'。实际当时很多作家在叙述历史时都已经知道了那个'预设性'的东西的存在"。所以在这个意义上,新时期文学不仅在文学史段落上是成立的,它在题材意义上也是成立的判断,恰恰是前面的参照这面镜子所映照出来的一个历史镜像。从这个角度看,所谓参照性,也就是历史性;所谓参照性的研究,也就是历史性的研究。这个历史性并不是早就存在那里的,而是需要通过我们的"寻找"才可能出现。正像参照也不可能一开始就存在于那里,存在于我们的书斋中,而需要我们每天面对大量已有研究成果、各种历史文献,从那里像对"湖泊"踏访它的遥远漫长的"上游"一样去寻找,去发现。通过对三位年轻研究者文章的解读,我觉得这个过程虽然艰难,但也值得。

第五讲　当代文学学科的认同、分歧和建构

　　毋庸讳言，在目前中文系七个基础学科中，当代文学的学科可靠性一直让人疑惑和担心（类似情况，恐怕还有文艺学、比较文学和语言学理论这类非传统学科）。在国家教育部颁布的学科名目上，当代文学不叫当代文学史，而叫当代文学批评，一两字之易，差别甚大；现代文学则被称作现代文学史，在学科中处于较高位置。在现代文学研究人士心目中，学科内部的这种安排，好像是一个没有疑问的事实。但是，这种身份危机并不是所有人都能认同和看得清楚的。在我们能够见到的叙述中，当代文学是相当繁荣的，它的敏锐性、知识信息量，它的思想深度和对别的领域的启发性，可能都不应该在现代文学之下（或者更高）。当然，这样的确信是值得赞赏的。当代文学思想的活跃性和姿态的多样性，它对当代中国现实的深切关注和有力剖析，也都是一个必须看到的事实。不过，不同意见的存在却只能加重我们的担忧，即今天在当代文学研究界，对学科如何发展其实并没有形成任何共识，相反，分歧还有继续扩大的危险。当代文学作为一个独立学科的不确定性，一些可能来自同一学科内部的偏见、歧视，有一些来自对学科标准的不同看法，还有一些则是它本身的问题，例如，对批评、研究价值估定的分歧，是不停地跟踪现象，还是停下来做一些情理和切实的研究，以及设定边界、积累资料进而形成话语共识，等等，都使问题无法获得进展。

一

　　始终没有将自身和研究对象历史化，是困扰当代文学学科建设的主要问题之一。在我国现代学术史上，所谓学问之建立，一个很重要的检验标准，就是一个学科、一个学者有没有一个(或一些)相对稳定的研究对象，而这个(这些)研究能否作为一个历史现象而存在，并拥有足够清楚、自律和坚固的历史逻辑，等于是否可以作为学问来看待的一个基本根据。1978年我刚上大学时，记得系里治古代文学、古汉语的教授是最吃香的，不仅名牌教授云集，而且声誉极高，被认为是中文系最有学问的关键性学科。这种现象，在全国各大学中都很普遍。当时现代文学研究就如今天的当代文学研究一样跛脚，教授布不成阵，而且倍受"二古"歧视与奚落。经过二十多年和几代人的努力，这种落后状况有了很大改观。某种程度上，目前在现代文学研究界，他们的自我感觉，似乎已经和当年的"二古"学科一样良好了。其诸多原因我不再展开讨论，但有一点却是可以确认的，即由于它对自身及其研究对象持之以恒开展的"历史化"的工作，足以被人看作是一门可以称道的学问。这种历史化，既有时间范畴上的，如"五四"文学、30年代文学、40年代文学；也有地域上的，如国统区文学、解放区文学、东北沦陷区文学；既有流派上的，如京派、海派、自传体抒情小说、乡土小说、为人生文学等；另外还有作家作品研究，如鲁迅研究、郭沫若研究、茅盾、巴金、老舍、曹禺、沈从文、丁玲、钱钟书、张爱玲等专属研究领域。为此，成立了名目繁多的研究会(如"鲁研会"、"郭研会"、"曹研会")，还形成了不同的研究界和研究圈子。在现代文学研究界，凡知名学者，谁都知道他是研究什么的。而在当代文学界，提到学者名字，皆可以统称为搞当代文学研究的，或都是著名批评家。这样的称呼，自然让人感到不甚舒服，但实在也道出了当代文学研究一直缺乏学科自律、没有历史规划，因此带有相当的学科随意性的尴尬现状。

当然，上述缺失近年来已有所改观。在当代文学研究中，已经出现了一批富有成效的研究成果，有了基本的历史眼光和研究方法，同时也开始形成一定的比较固定的研究范畴，如十七年文学、"文革"文学、80年代文学等。但是，在人数众多的当代文学界，当代文学研究的声音依然是非常微弱、寂寞的。造成这种原因，一是历史习惯的问题。大家都没有将它当作一个历史学科看，所以，不认为潜下心来，就应该是当代文学的所为。在一些人眼里，它还可能被看作是不敏感、没才气的表现。而在当代文学研究中，才气往往被认为是当代文学研究的一个很重要的从业素质。这就使一些人，在很年轻的时候就已经非常出名。但是可能中年之后，随着敏锐度下降，精力日益不济，一些人便不得不渐渐退出竞争，变得无事可做；或以文学活动为主，当然也有例外（在当代文学研究中，知识结构的新旧与否是很重要的；它在其他学科虽然也有必要，但功夫的深浅却往往更受重视）。这种情况，与许多传统学科有很大的区别。因为属于历史学科，不少人虽出名较晚，但在中年、老年阶段反而日见炉火纯青，他们最好的著作，不少是在这一人生阶段完成的。二是偏重潜意识中追求轰动效应，把当代文学研究等同于提出问题的能力和思维方式，也不能说在研究者中没有较大的市场。当然，当代文学研究的一部分学科性质，就在于它比其他学科更重视前瞻性和前沿话题，这是毫无疑义的。但如果在学科中占有压倒趋势，甚或成为一哄而起的选择时，那么问题也会随之而来。如问题的表面化、话题化和泡沫化，缺乏深潜的研究和继续追问的实际效果。它还势必会导致心态的悬浮，使人们的批评观点经常处于一种朝见夕变、疑惑时起的状态。在这样的情况下，难以有稳定可靠、根据十足的成果问世，这也是我们必须警惕的。第三，仍然把对不断涌现的纷繁文学现象的宏观式跟踪和描述，看作当代文学研究的主流方向。自然，作为文学发展的某些标志性东西，现象、潮流的重要性是不待自言的。有时候，它还会成为认识一个时期文学根本规律的敏感的试金石，不过面对大量的宏观式眼光和论文，这种"现象批评"也存在一些需要质疑之处。

在我的视野中，所谓"现象"，一般是有当前和历史的区别的。不过，即使如此，当前现象中仍然含有历史的因子，不是一种从天而降的产物。而且在现象内核之中，还潜藏着多层交叉、重叠的含义，有不少性质不同的问题需要加以辨析才能看得清楚。但是，在诸多"现象批评"中，由于被认为是一项被批评家个人发现的最新成果，产生了急于攻占的欲望，那么在这一过程中，历史的重要性就势必降低，为当前所取代，甚至有可能完全被遮蔽。如在新世纪文学的讨论中，这种现象就比较普遍。在一些批评家的文章中，新世纪文学被认为是全球化、外国资本和跨国公司联合包装的东西，他们也许没想到，就在20世纪二三十年代，出现在上海的新感觉派小说、左翼文学等等，是可以用同样的话语形态、批评方式称之为新世纪文学的。至少在学理上，这种联想大概不会犯错。又如新近很热门的民间写作的现象描述，在不同的批评家那里，至少包括了这几层意思：一是指它与主流话语相对立、冲突的异质姿态和内容；另一是指作家通过对民间文学资源的吸收，所呈现出来的一种非常鲜活的个人化写作状态。还有人认为，如果缺乏个人创作才能，那么对作家来说，民间就很可能只是一个外在的、异化的因素。这样一些表述，使得这个概念变得非常的饶舌费解，造成概念、角度上的混乱，显然与缺乏历史的分析有关。另外，也不排除急于建立某一理论、方法的优势，争夺某些话语权的心理。这种可以理解的混乱，实际反映出当代文学研究一直缺少学术规范的问题。即便有再多现象跟踪、描述、总结，如果没有建立在对这些现象的材料占有、整理和分析的基础上，而是拿出来就写，用一种理论事先预设，得出结论的可靠性就不免令人生疑；如果连作品都未读完，就连声说好，并不着边际地给出吓人的定论，这样的做法难道就很妥当？又如果，提出一个问题，总得对基本概念做点限定，划出讨论范围，并指出它本身的某种限度，否则那只叫虚张声势，无助于问题的求证、分析和展开。在我看来，所谓的"历史分析"，就是在占有材料，充分理解现象背后所潜藏的各种问题的纠缠、矛盾和歧义之后，针对这些现象所作出的谨慎、稳妥和力求准确的论述。当然，当代文学每天都在发生，面对大量、鲜活且不重复的诸多"现象"，批评者怎能耐下心来冷静研究？要他足不出户，不出席各种座谈会，而日日那样坐在书斋翻阅材料、理清思路和字字掂量也不现实。……这是我们现实的困难，实际也是需要深入探讨的一些问题。

二

当代文学学科的另一个问题，是如何看待文学批评的问题。在一些人看来，文学批评是最能显示文学的当代特征的一种书写形式，它的敏锐性、针对性是一般的研究无法相比的。这种看法并非没有道理。但是近年来，批评也招致了一些抱怨，对文本不尊重，没有标尺的赞扬，或者那种既缺乏起码根据，也根本不与批评对象进行对话，而是自说自话的否定。例如有的美女作家写得并不怎样，却被封为罕见奇才，而有的知名作家偶失水准，或有点商业考虑，即被批得体无完肤，一钱不值。根据我有限、粗浅的阅读，有一部长篇小说一直没有使我感到兴奋、沉迷，但在一些文学批评文章中，却获得了很高的评价，也令人不能理解，如此等等。这里可能涉及一个触目的问题，即文学批评究竟有没有一个众所周知的标准？一方面，文学批评家对文本的兴趣，已经不限于文本，他本人就生活在这个物欲横流的大千世界，每天都必须面对金钱、声誉、媒体、观众。也就是说，文本已经超出了文学范畴，而变成了这个世界，那么你怎么叫他只对文本负责而不对整个世界负责。另一方面，文学批评还能不能回到文学当中。所说的文学，一般是指文体、叙事方式、象征、隐喻、文本独创性、作者、读者、作家的才能等。而在有的文学批评中，所讨论的却是知识分子、历史、性别、种族、妇女、地域文化这些文化批评话题，文学只作为某个故事片段或人物活动，成为证实、支持上述知识的鲜活个例。在这里，文学变成了知识的附庸，成为显示真理、话题的辅助性的一堆材料。但是，对于上述指责，批评家也有他们的理由。在他们看来，对任何文学文本，批评者都有权利作出自己的选择。作为文学批评主体性的显示之一，文学批评不应该成为作家、文本的附庸，不应该被人左右思想。在充分显示批评家个性的前提下，作家和文本，不过是其展示眼光、观点和审美态度的刺激性因素而已。在这种情况下，所谓批评没有公认标准其实是不奇怪的。所有这些指责和困惑的产生，相信都是正当和合理的。他们指出的，是依据自己的理解对如何建立当代文学专业标准和精神目标的一种接近个人化的设想和看法。

作为当代文学学科材料、文献积累的重要基础之一，当代文学批评无疑起着无可替代的作用。与此同时，它对当前创作现状、现象和作品最初也是最生动的把握，显然是当代文学史研究的一个重要起点，这都是无可争议的。问题在于，它是否应该与媒体批评严格地加以分析区分。我们应该懂得，在媒体批评年代，一切批评都会与媒体批评牵扯到一起，变得浑然一体。媒体批评最根本的价值诉求之一，是对社会大众取得一种震撼效果。一段明星轶事、离奇丑闻、黑幕公案、小人物悲欢，都可能成为批评的热点、焦点，被一再追踪、炒作和连续报道，直至掀起轩然大波。因此，媒体批评实际在意的是社会视听的高峰体验，但那才是一种真正的价值悬空。当代作家尤其是当红作家当然不可能与社会绝缘，他们中的一些人，还可能就是大众明星。所以，当代文学批评具有两面性质，一是面对大众读者发言，另一是要对文学发言。也就是说，它难以避免地暴露出某些媒体批评的姿态、性质，但批评又必须为文学负责，对文学的精神生活、审美生活负责。因此，文学批评只能是一种显而易见的价值批评，是对艺术品严格、谨慎的检验和评价的工作。它不能人云亦云、说东扯西，把作家作品都当作媒体对象，将刺激效果作为批评的最终目标。

还有一种来自海外的当代文学批评，例如20世纪英雄与人的文学、再解读等，由于以崭新理论为依托，所以给人以新鲜刺激和耳目一新的效果，它们对有些过于固化的文学史结论的改写，确也有一定的学术分量。不过，这种批评的明显不足是，对历史文献的轻视，不耐烦于扎实、烦琐的基础研究，作为80年代文论批评在海外的余脉和承传，暴露出那个时期一直未改的积习和毛病。但它以西学为武装的高端姿态，也令一般人士批评不得。既然有这么漫长的暑假，自然可以在国内学坛旅行和传授布道。但是，这一批评的武断口气，也时常令人吃惊。由于回避了研究的中间过程，以结论替代甚至遮蔽艰苦曲折研究进程的印象，同样给人触目惊心的感觉。当然，在这些方面，我们也遇到了难题。大量的疑惑阻塞着我们的思考，如：假如文学批评已失去了它质的规定性，完全与殖民、女性、少数民族和社会问题相混同，那么是否还需要文学批评？假如文学批评一定意义上变成西方知识的附庸、堆积，那鲜活、个人与贴近文本的感性的文学批评是否还有存在之必要？如果一切批评都与媒体、西方挂钩，那足以揭示人类困境、梦幻与抗争的文学事业，究竟能否再立足于当代中国的大众社会？或如果相反，面对浮躁局面去作一些复杂、深入（可能并不讨好）的细致研究，是否也存在一定的学术生存的难度？这些，都令我们感到了苦恼。

当代文学批评的这些状况，以及对当代文学学科的深度侵蚀，自然与90年代后的现状有关。90年代后的十余年中，我们对世界和自我的认识，都发生了难以想象的变化。一种震惊的现实，是它极大地动摇了我们对现实、传统、知识、精神、语言的稳定的认识。处变不惊的历史性沉着不见了，代之而起的是对未来的惊恐、不安和虚无。一些人甚至正在一点点地丧失对当代文学学科精神信仰上的依赖感，对学科积累的基本耐心。当代文学错过了像现代文学那样耐心积累的80年代，像后者一样，它有足够时间清理历史，建立学科存在的根基，和共同遵守的话语谱系。在语言学转向、解构主义、文化批评纷至沓来的十余年间，它经常随意采用各种理论、观点，提出各种问题，却没有对任何问题进行沉淀、整合和转化，并变成一种有效的属于本学科的通用知识。它甚至不愿意去回答：历史何以这样被叙述，中间经历了什么曲折、复杂的语言过程，并在一定的审视距离中，对其加以必要的解释和说明。在现代文学逐步确立起自己的话语体系和话语霸权的这十余年间，充斥在当代文学学科中，并弥漫为一种研究者生存环境和文化气候的，不是那种研究心态，而是一种十分深厚的批评心态。在今天，批评已经成为当代文学的一个特殊存在方式、表达方式和学科的基本特征。

当然，在客观上看，在大变革年代，我们都无权要求人人超越自己的时代和认识的极限。但客观条件却不能因此变成另一种特权，即认为本来如此，所以便只能如此。自然，对批评现状的学科意义的反省，对于它的改善、讨论和建议，似也不应在这一混乱的历史过程中停顿下来。

三

在当代文学批评之外，宏观论述是另一种运用非常普遍的当代文学研究的书写形态。宏观论述的作者，一般喜欢使用20世纪这种概括式的文章标题和概括性的描述与结论。我们有理由相信，采取这一主观化的方式讨论问题,并求得问题的解决,肯定是因为论述者首先掌握着一种先在的、经验的思想结论。他是在对论述对象了如指掌的情况下从事论文写作的。但是,它也会遭遇另一个问题,即研究变成了一个事先知道的仪式,一件很容易的事情。

我们之所以对宏观论述持比较保留的态度,一是因为它过于自信而忽视了研究对象的复杂性。我们知道,出于简单化的理解,当代文学研究会被读解成一种受到社会权力压制的结果,这在50～70年代的文学研究中多是如此。从大的方面得出这样的结论,应该没有问题。不过,文学与政治不同,不同就在于它是文人所从事的事业。因此,在历史过程中,它潜藏着文人的情绪、心理、历史记忆等一些为政治无法根本制服、剪灭的东西,在文人精神生活的私密场合,还会残留着许多人所不知的真实细节。例如,这在《文艺报》的"编者按"与作家作品关系的起伏变化中,可以明显地表现出来。其中原因,一是该报的编委会虽经过了数次清洗、改组,但它的主编、编委等"编者按"作者们都还保留了一定的文人本色,有一定的书生气,他们既忠诚于党的文艺事业,同时对作家作品也有很深的感情,另外,也非常爱才。一旦这种隐秘心态不与大的原则发生根本冲突,可以适当通融,那么,由此产生的温和态度,就会反映到对一个事件,或作家作品的评价中来。其次,文艺界的政治运动也会时紧时松,不可能始终剑拔弩张。通过报纸的约稿、审稿过程还可以发现,文艺界因为运动而出现的比较紧张的关系,有时候也会缓解、松弛。在编辑与作者之间,隔着一道意识形态的屏障,但文坛朋友的人伦关系偶尔也会闪现。在这种情况下,"编者按"文章的多样姿态便会呈现出来,令人不再感到可怕,甚至还有些亲切的意思。如此等等,都使人们想到,由于宏观论述只注意宏大的命题、结论,所以不关心这种历史过程的复杂性和互文状态,当然也不相信凡是事物其实都存在限度的问题。

　　宏观论述的另一个表现，是从我开始。之所以产生这种叙述幻觉，是因为在许多人看来，当代文学研究就是一种现状批评。有针对性、有力量对当下发言的现状批评，被理解成了一种更为有效并有学术价值的研究方式。如果从当代文学的某一局部功能看，这样的说法当然没有问题。但是，问题的另一面又是，现状并不是空洞的、抽象的和不及物的所指，随着时间推移，一些观念层面的东西，有可能沉淀为具有实在意义的材料（如批评文字、作家访谈、事件综述、争鸣文章等）；另一些是属于作品文本外部的东西，例如出版宣传、文坛酷评、依赖作品生存的文学批评，等等，也并非从批评空间中蒸发。在市场化年代，一切作品的生产，都不可能是真正纯粹的，而这些作品周边的诸多因素，即使只是两三天的事情，都应当称其为历史材料，是我们从事当代文学批评、研究的一个知识共同体。而现在的事实是，大部分的宏观论述，都遗忘了这些历史材料或共同体的存在，它们热衷于将研究者的主观愿望和理论预设作为唯一的起点。正是在这个意义上，从我开始的宏观论述带来了两方面的情况：一方面变幻不定、层出不穷的这类文章，既紧跟着社会生活、文化思潮的脉搏，又展现了南辕北辙的新鲜刺激，研究者的创造性话语在那儿不拘一格、自由驰骋。另一方面，千奇百怪的不同看法、观点同时拥挤在相同的历史时段，同一个话语空间，对同一个作家、作品的结论甚至于会大相径庭……就连著名的作家，也很难在今天众多研究者那里获得统一认识。从这个角度看，历史材料和知识共同体的存在，就意味着一种写作的障碍，一种思考的阻力，它无形之中增加了论述过程的限度，减缓了它的本质化叙述和无限膨胀的速度，改变了作者自以为是的态度——很大程度上，它是与历史的一次有意义的对话，而不是作者本人的自说自话。后一种情况，在许多历史学科中早已成为一种惯例，是大家必须遵守因而极其普遍的写作通则。

　　当然这样说，不是说宏观论述完全没有可取之处。而是说，有依据的、言之有理的、思考谨严和深入的宏观论述,不仅能给人更大启发,而且正因为其宏观视角而对当代文学研究的停滞局面产生爆破性的力量,有一种方法论的价值。一种严格依据材料,通过对它们的细致甄别、界定、提炼并加以历史归纳的宏观论述,实际是对研究者的一个更大的考验,有一种难以想象的写作的难度。例如,即使在宏观论述盛行一时的80年代,李泽厚的《启蒙与救亡的双重变奏》、《二十世纪中国文艺一瞥》,刘再复的《论文学的主体性》,在当时大量宏观论述中也能独树一帜,给人留下难以忘怀的印象,即为一个例证。那么如此看来,宏观论述并不是一时兴发之随感文章,而是久蓄心底、不得不发之深沉思考的结果;宏观论述并非人人可以轻易操作的现状批评,而是那些眼光非凡、匠心独具且经过艰苦磨炼、再三掂量和反复思虑之后的精神的结晶;宏观论述更不是一种流行写作体和流行话语,而是一种拙朴、滞涩、平实和难得一见且又灼见迭出的表达方式。而在我看来,之所以宏观论述在当代文学研究中大量堆积,且流行不衰,大概是避难就易的心理在作怪,是取巧的学科习惯起着支配作用。此风不刹,当代文学的学科建设将毫无希望,或者没有多大希望,大概也是我的宏观之语。

四

当代文学学科的最后一个问题,是写作的快与慢问题。对南帆最近写的一篇文章《快与慢,轻与重——读铁凝的〈笨花〉》,我很有同感。(见《当代作家评论》2006年第5期)他写道:"相当长的时间里,人们对'快'已经产生了一种上瘾似的迷恋","这肯定深刻地影响美学风尚的转变",因此他揪心地表示,"缓慢的叙述时常遭受嫌弃,多数人向往的是快节奏的情节","如今,'快'的追求肯定是最为强大的时代潮流"。90年代初,诗人萧开愚写过一篇劝告别人放慢写作节奏的名曰"中年写作"的文章，也有相类似的观点。一位一年能写一二十篇文章的朋友曾感到不解，一些做现代文学研究的为什么一年只写四五篇文章，这是相反的例子。

当代文学研究的从业人员，所写文章的数量往往都相当惊人。除了要为各种座谈会、发布会赶写各类时评，还因为感受很多，思维敏捷，因而也不得不发。这样的情况，在现代文学研究中也不是绝无仅有。不过，如果认真写一篇现代文学的研究文章，查找材料一般都要两三个月，再整理、过滤到写毕，怎么也需要三四个月时间，与上述朋友疑惑的情况比较相符——对此，没有必要避讳。当代文学作品的量大惊人，有其学科特点，历史习惯，不能够求全责备。其实，我们可以反问，鲁迅、周作人一生著述不都有几百万、甚至上千万字之巨吗？为什么没人责怪他们粗制滥造、批量生产？问题可能是，他们的著述，水平虽然也不整齐，但还注意谋篇布局、仔细经营，与更多现代作家相比，显然仍属上乘，其中不少，堪称是20世纪文学写作的典范之作。而当代文学研究存在的问题却是，许多文章并不是认真思考之所得，有一些还可能是不得已之作，而有些则多出自感性因素，没有经过理性过滤，所以留下印象极其不佳。

但是，当代文学研究写作的快与慢问题，一定程度上反映着研究者本人的心理素质。在当今传媒时代，杂志多如牛毛，约稿若雪片纷飞，而作家新作迭出，新人比春笋还多，这对每个文学批评者、研究者都是一种考验。因此，所谓心理素质，就是敢于拒绝。拒绝不是不食人间烟火，而是有严格的挑选眼光，并不一一从命。它是一道审美屏障，过滤着非文学、非学术的杂质。拒绝更是一种境界的显示，因为它拒绝人云亦云、随机应变、没有立场。拒绝还是一种缓慢叙述，它是拿准了才去发言，是真正心有所悟、心有所得，才字字谨慎，由表入里，对问题能作深入的掘发。这就是南帆所说的"笨"："在某些传统思想家那里，'笨'不一定是一个贬义词。从讷于言而敏于行到信言不美，美言不信，'笨'是许多思想家所推崇的品质"，"他们赞许的耐心与恒心，是兢兢业业，一丝不苟的笨功夫"，即"老子曰，大巧若拙"，"高也，朴也，疏也，拙也"。它还是郜元宝先生之批评（或挖苦？）洪子诚先生的所谓文风的滞涩。（见《作家缺席的文学史——对近期三本"中国当代文学史"教材的检讨》，《当代作家评论》2006年第5期）如此看来，所谓当代文学研究的心理素质中，既有一个热眼关注的现状，也有另一个冷眼旁观的自律问题。有一个不得不快、不得不应付的写作的苦恼和困境，事实也存在着可以减快为慢、转向步步为营的个人写作自由。并不意味着整齐划一，而是因人而异的。具体实行起来，其实相当矛盾、犹豫，举步维艰，并不像想象的那么简单。

写作的快与慢，还牵涉到对当代文学学科的整体认识。一是学科的新与老问题。如果从1949年算起，当代文学已存在50多年时间，超出现代文学20年之多。它起步不能算晚（王瑶虽然1951年出版了《中国新文学史稿》（上卷），但山东大学中文系的《中国当代文学史》（上册）1960年问世，迟到不多），与现代文学的真正中兴（80年代），差不多几乎同时。但在不少人心目中，当代文学一直是一门新兴学科。这决定了，他们不愿意放弃新兴的思维方式、表达方式，将问题沉淀下来，并对许多纷繁悬浮的文学现象作耐心细致的历史性检讨和反思。二是研究的距离问题。在许多人看来，当代文学研究属于近距离或无距离批评，越是贴近研究对象，便越容易抓住问题，揭出实质。这种看法相当误人。一定意义上，当代的批评、研究，也应该是有距离的批评和研究。它要求研究者（批评者）自觉地与研究对象（作家、作品）拉开心理距离，避免在认同中被对象同质化；它赞成以一种审视、怀疑、追问的方式，而不是与研究对象站在同一立场去思考和想象的方式进入后者的文本世界；有时候，它会肯定研究对象的主张，但更会追究它为什么要"这样主张"的创作动机和历史逻辑；它甚至会把自己置于一种冷漠的精神状态，以严峻挑剔的态度对研究对象开展精神对话。正是因为这种距离的存在，当代文学研究才有可能称得上是一种研究，是一种学科性的工作。最后，是研究对象如何沉淀的问题。凡作家新作出来，或新现象涌现，当代批评都要跟踪、描述，这应当是当代文学的学科任务之一。不过，在这一过程中，也有一个如何将对象尽量沉淀的必要，即不仅把它当作从未出现的现象，同时也当作是一个曾经有过的现象，用历史眼光将它解剖，照出纹路肌理，揭示其内在关联。与此同时，用知识考古学的方法，将它重新变成一个问题，在大量浮在上面的虚幻信息、声音和主观暗示中，剔除辉煌的假象，还其本来面目。这样，一切思考、酝酿、写作便不得不慢下来，日益变得缓慢、艰难、复杂。这使我们意识到，在我们面前堆积着许多难题，它们其实都不是那么容易的事情。

至于当代文学学科建构的问题，大量问题已经在文章中存在，新的问题还会不断涌出。它的复杂性可能并不是一篇文章、一次座谈会和若干次综述所能解决的，而是需要许多年的努力，认真的自我反省。这是一个需要不断警惕、修正、充实和完善的漫长的过程。

第六讲 为什么要研究70年代小说

当我们准备研究20世纪70年代小说的时候，已经意识到有两个框架的存在。一个是以"文学是人学"为标准来否定"显流文学"文学价值的观点。[1]另一个主张把文学价值认定放在对地下文学的挖掘开采工作上。[2]应该说，它们完成了研究"'文革'文学"的最基础的工作，这种工作被清楚地建筑在文学与政治相对立的逻辑结构中。如果脱离这些成果，等于脱离了70年代小说的历史语境；如果在这些成果中继续踏步，也等于没有与历史语境

---

[1] 董健，丁帆，王彬彬主编.中国当代文学史新稿[M].北京：人民文学出版社，2006年.(这种认识来自1980年代的启蒙论。对启蒙论思潮具有规定性意义的，是李泽厚的《启蒙与救亡的双重变奏》(《走向未来》1986年创刊号)、刘再复的《论文学的主体性》(分载于《文学评论》，1985(6)、1986(2).)，另外朱寨主编的《中国当代文学思潮史》(北京：人民文学出版社，1987.)、中国社会科学院文学所当代文学研究室集体编写的《新时期文学六年》(北京：中国社会科学出版社，1985.)、张钟等的《当代中国文学概观》(北京大学出版社，1986.)等，和当时的大量论文、文学批评都发挥了声援作用。《中国当代文学史新稿》与这一思潮的历史联系非常的密切。)

[2] 20世纪90年代后，因社会转型而触发的地下文学挖掘开采热在文学界兴起，较有代表性的是杨健的《文化大革命中的地下文学》(北京：朝华出版社，1993.)、陈思和的论文《试论当代文学史(1949—1976)的"潜在写作"》(《文学评论》，1999(6).)、李泽厚、刘再复的《告别革命》(台湾台北：麦田出版股份有限公司，1999.)、北岛、李陀主编：《七十年代》(纽约：牛津大学出版社，2008.)、刘禾编《持灯的使者》(台湾出版)，以及廖亦武选的《沉沦的圣殿》(乌鲁木齐：新疆青少年出版社，1999.)和林莽等对食指、白洋淀诗群的发掘等。

展开对话。但是既不脱离语境又展开对话就需要想别的办法，然而所谓办法又必须在找出来的一些问题上产生，这是我们目前感到为难的地方。

一、它有起点性的意义

在研究70年代小说时，如果非要确定这些作品是否具有文学性，我觉得是没有意思的，这样的确定显然取自于80年代重评"文革"的政治性结论，而并非研究者自己的真正的发现。在我们还没有能力将"'文革'历史化"的情况下，关于文学性或非文学性的争执是没有结果的。有人提醒说："在日本的文学家中很少有超越自己，溢出作品规范之外这种类型的作家。说其数量之少，不如说这样的类型没有清楚地浮现到历史的地表上来，而是以隐形的方式存在着。"[1]如果说，70年代公开发表的《金光大道》（浩然）、《机电局长的一天》（蒋子龙）、《闪闪的红星》（李心田）、《虹南作战史》（上海县《虹南作战史》写作组）、《牛田洋》（南哨）、《沸腾的群山》（李云德）、《万年青》（谌容）、《响水湾》（郑万隆）、《使命》（王润滋）、《红炉上山》（韩少功）、《对月》（贾平凹）、《优胜红旗》（路遥）等是很少超越自己的小说，那么也不能说70年代的地下小说《第二次握手》（张扬）、《晚霞消失的时候》（礼平）、《公开的情书》（靳凡）、《波动》（北岛）就一定超越自己的年代了。一定意义上，他们的写作也许是来自对"灰皮书、黄皮书"和50年代解冻文学《组织部新来的年青人》、《在桥梁工地上》等作品的不自觉的模仿。"'皮书'的出版史大约从20世纪60年代初至文化大革

---

[1]［日］竹内好.孙歌等编译.近代的超克［M］.北京：三联书店,2005.

命结束。"[1]他们对自己作品的重新定义,更毫无疑义地是80年代后对它们的再确认和再阐发。这种事实在北岛、靳凡和礼平的访谈中非常清楚地存在着。[2]但我们也不能由于这些作家没有超越自己的历史,就不再对那些"没有清楚地浮现到历史的地表上来"的作品类型进行历史观察,了解那些"以隐形的方式存在着"的小说是否连接着80年代文学的兴起,是否还关乎着90年代文学的发展形态和方向。也许正是在那些作品的隐形方式中,我们找到了文学发展的某些有价值的线头。

我仔细研究过蒋子龙发表在《人民文学》1976年第1期上的小说《机电局长的一天》,写过《文学的"超克"——再论蒋子龙小说〈机电局长的一天〉》一文。[3]这是一篇延续十七年文学模式,同时预示着80年代改革开放的暴风骤雨即将到来的小说,作为新时期改革的先声和自身"文学超克"的思维模式,它把改革开放30年势如破竹的历史趋势和阻碍改革正常发展的诸多因素都包含在作品里

[1] 沈展云:《关于"皮书"的集体记忆》,《灰皮书、黄皮书》[M].广州:花城出版社,2007.(据他统计,20世纪60年代初至"文革"结束的十余年间,上海人民出版社和北京的商务印书馆、三联书店、世界知识出版社、作家出版社和中国戏剧出版社等出版社,"大约出版了2 000种外国社会科学和文学方面的'皮书'",内部发行的政治著作有托洛茨基的《被背叛的革命》、《斯大林评传》、《赫鲁晓夫主义》([锡兰]特加·古纳瓦达纳著,齐元译)、《人的远景:存在主义,天主教思想,马克思主义》[法]加罗蒂著,徐懋庸、陆达成译)、《通向奴役之路》[英]哈耶克),文学著作《人·岁月·生活》、《解冻》([苏联]爱伦堡)、索尔仁尼琴的《伊凡·杰尼索维奇的一天》、《索尔仁尼琴短篇小说集》叶甫图申科的《娘子谷》、阿克肖诺夫的《带星星的火车票》、塞林格的《麦田守望者》、凯鲁亚克的《在路上》、加缪的《局外人》、萨特的《厌恶及其他》、贝克特的《等待戈多》和《艾略特论文选》(作者是艾略特)等。很多材料证明北岛、礼平等在此期间读过上述著作。)

[2] 例如靳凡在《公开的情书》发表后,与华东师大学生的通信和对话;这些再解释、再阐发和再确认,还可以见刘青峰、黄平《公开的情书》与70年代》(《上海文化》2009年第3期。);礼平、王斌、小燕《只是当时已惘然——〈晚霞消失的时候〉与红卫兵往事》(《上海文化》2009(3).).

[3] 程光炜.文学的"超克"——再论蒋子龙小说《机电局长的一天》[J].当代文坛,2012(1).

了。例如，主人公霍大道对阻碍工厂正常生产感到不满，他大刀阔斧推动改革的主张举止让人想到几年后出现的乔厂长们。他与副局长徐进亭有这样一个对话：

> "我可再也经不住大火了，每走一步都要反复掂量掂量。与其走错步，不如不迈步，何苦呢！"
>
> "所以就躲到医院的病床上去？不朝着建成社会主义的现代化强国这个宏伟目标往前奔了？不革命了？你这个领导干部躺倒了，对群众还怎么领？怎么导？"

霍大道纠正"文革"破坏工厂生产的举动，与邓小平大力推动整顿和激烈批评极左派的观点如出一辙。毛毛所著《我的父亲邓小平："文革"岁月》一书，为读者勾画了1975年的严峻形势：

> 4月份的时候，在听到钢铁生产存在的严重问题时，邓小平气愤地说："这种情况继续下去就是破坏，现在到了下决心解决钢铁问题的时候了。"
>
> ……
>
> 5月8日到29日，由邓小平主持，中央召开全国钢铁工业座谈会。中央把十七个省、市、自治区主管工业的书记，十一个大型钢铁企业负责人，及国务院有关部委负责人召集到北京，决心下大力气进行整顿，解决钢铁工业存在的严重问题。
>
> ……
>
> 在讲话中，邓小平用他那一贯简要明确的作风，两句开场白后，便单刀直入地讲道："当前，钢铁工业重要要解决四个问题。"他所讲的四个问题：第一，必须建立一个坚强的领导班子。他说："钢铁生产搞不好，关键是领导班子问题，是领导班子软、懒、

散。冶金部的领导班子就是软的。""有的单位领导班子散,与闹派性有关。现在,在干部中一个主要问题,就是怕,不敢摸老虎屁股。""领导班子就是作战指挥部。搞生产也好,搞科研也好,反派性也好,都是作战。指挥部不强,作战就没有力量。"[1]

这里蕴含着中国历史上一个非常重要的思想信息:改革开放竟以《机电局长的一天》和邓小平讲话那样的方式蓬勃地展开,他们都没有预料到一年后这个多灾多难的国家将会因某个人的去世出现巨变。从历史的诸多乱麻中理出的这条微弱线索,在我看来就是起点性的东西。有人说道:"风景一旦确立之后,其起源则被忘却了。这个风景从一开始便仿佛像是存在于外部的客观之物似的。其实,这个客观之物毋宁说是在风景之中确立起来的。"例如,"谁都觉得儿童作为客观的存在是不言自明的。然而,实际上我们所认为的'儿童'不过是晚近才被发现而逐渐形成的东西。比如,对于我们来说风景无可置疑地存在于我们的眼前,但是,这作为'风景'乃是在明治20年代由一直拒绝外界具有'内面性'的文学家们所发现的"。"这样的'风景'是不曾存在过的,它乃是在一个颠倒之中被发现的。"[2]这就提醒我们,具有改革意识的新时期文学作为客观之物不是一开始就存在于80年代的,只有把它们颠倒之后,才发现1975年的邓小平和1975年11月创作的小说《机电局长的一天》就已经开始尝试着建立关于改革开放的"认识性装置"了。这样80年代的改革文学,就可以一直追溯到70年代改革文学的缘起上。

蒋子龙的两篇小说《机电局长的一天》(以下简称《一天》)和

---

[1] 邓榕.我的父亲邓小平:"文革"岁月[M].北京:中央文献出版社,2000.
[2] [日]柄谷行人.赵京华译.日本现代文学的起源[M].北京:三联书店,2006.

《乔厂长上任记》能够放在一起来观察。《一天》主人公霍大道受1975年大力整顿的鼓舞，想把"文革"浪费的时间夺回来（小说自然不敢这么明写）。他计划在暴雨山洪到来之前，用五天时间把4 000多台潜孔钻机生产出来。思想守旧但稍有理性的副局长徐进亭不同意他这种急躁冒进的做法，矿山机械厂厂长于德禄也觉得这项任务与工厂实际生产能力不相符合。霍大道一边批评他们，一边直接跑到生产第一线发动工人群众，结果还真如期完成了生产任务。作者虽然没有明写，然而邓小平所指出的因为闹派性使得领导班子软、懒、散和不敢摸老虎屁股，使国民经济长期陷入停滞瘫痪的形势，是促使霍大道打乱工作程序大胆推动矿山机械厂生产潜孔钻机的关键原因。1979年前后，机电工业局局长霍大道决定派乔光朴到两年半都没完成生产任务的重型机电厂当厂长。乔光朴当众立下军令状，对全厂9 000名职工进行考核，将不合格的干部和工人收入服务大队搞基建运输，留下精兵强将突击抓生产。乔光朴顶住下岗职工向上级告他的压力，为解决生产材料和燃料问题亲自出差搞外交，但因不懂关系学大败而归。另外，改革家乔光朴还得抽出手来对付政敌副厂长冀申和冤家郗望北。当这位改革悍将在大会战前夕陷入各种困难无力自拔时，局长霍大道及时援手命乔光朴年轻时恋人童贞担任厂副总工程师和党委常委。改革派这边立即士气大振，干部工人思想混乱局面得到很大改观。为击碎厂里流言，稳定全厂大局，乔光朴当众宣布与童贞举办婚礼。

　　1975年的"文革"即将寿终正寝，1979年的中国将掀开改革开放时代新的一页。党内激进势力一直想把国家引向持续动荡方向，党内务实派则要终结这一历史悲剧重绘以经济建设为中心的新蓝图，两篇小说就处在双方的激烈博弈之中。就在这转折年代，要求改革的呼声从党内蔓延到全社会，作家蒋子龙顺应历史巨变及时叙录这一关系中国命运的大潮。以霍大道为代表的干部和工人的改革呼声虽然没有清楚地浮现到历史的地表上来,但确实是以隐形的方式存在于作品里面的。这种隐形的方式,让我们隐约嗅出几年后《乔厂长上任记》(以下简称《上任记》)释放的更加公开和丰富的改革信息,还曾为这种时代巨变激动过。但反过来,正是因为读了《上任记》而激动,经过数十年的历史变迁,我们再从这篇小说提供的角度回望历史时,才明白它原来并不是第一篇改革小说,第一篇改革小说实际是《一天》。这一点告诉我们,中国民众强烈要求改革的呼声并不是自1979年才开始的,说不定1975年就开始了,但当时人们都不敢这样大胆表达。历史潮流的涌动看似从1979年出现的,它的最深处的潮汐一定在1975年前后就潜藏着了,只是在等待一次合适的爆发而已。文学史从不曾注意到这一点。人们总以为80年代文学是以1976年为起点的,其实竹内好前面已经有了精彩分析:"风景一旦确立之后,其起源则被忘却了。这个风景从一开始便仿佛像是存在于外部的客观之物似的。其实,这个客观之物毋宁说是在风景之中确立起来的。"他还强调说:"这样的'风景'是不曾存在过的,它乃是在一个颠倒之中被发现的。"这就是说,当我们把被视为新时期正宗的改革文学颠倒过来看的时候,才发现那里面并没有起源性的东西,"风景"一旦确立之后,"其起源则被忘却了"。

我想这也许是开展70年代小说研究的第一个可能性。并不是看70年代小说有没有文学性,而是看这种起源性有没有研究的价值。如果我们觉得它的起源性确实有价值的话,就觉得再看什么文学性实际是没有太大的必要的。

二、小说也是一种史料

小说不仅具有观赏性、审美性,也是一种史料,它是历史的某种留影,可能还是比历史教科书更为忠实的对历史真相的记录。从巴尔扎克《人间喜剧》中，人们能够洞悉法国资本主义上升期从巴黎到外省的社会结构重组和人们观念的剧烈变化。在鲁迅小说里明白辛亥革命前后中国南方小镇的社会波澜。借助柳青的《创业史》看清楚了在50年代中国农业现代化过程中，如何适当安放几亿农民的命运遭遇的难题，以及这种社会改革试验失败的历史。我们想了解80年代青年对改革开放的真实想法，社会转型对他们的人生道路产生的重大影响，是不能不读徐星、张辛欣、刘索拉、路遥、遇罗锦和贾平凹等人的小说的。如果放在历史长河中，作家在小说里对人物思想行为惟妙惟肖和极丰富的描写所具有的史料价值，其实一点都不比图书馆里堆积如山的历史文献单薄和逊色。

我们在70年代"两报一刊"所代表的正史中，是看不到细致真切的史料的，但是小说将这些弥可珍贵的东西留在了人世间。"文革"初期，《晚霞消失的时候》的中学生李淮平带红卫兵去抄市政府参事、国民党原二十五军代理军长楚轩吾的家，没想到他竟是恋人南珊的外公，而且他居然是被自己作为解放军将领的父亲在淮海战役中俘获的。当他进一步追问楚轩吾还有什么家人时，南珊和她弟弟在他面前出现了，这使李淮平震惊不已："现在我们却在这样一种场面中重逢了：她将要受到一番无情的盘问和训斥，而我却坐在审问席上。"通过楚的自述，李淮平懂得了他是一个有历史反省能力和良知的老人。李淮平因内疚追到载着南珊等知青的火车上，还偷听到楚轩吾教导外孙女要原谅伤害者的一番话。李淮平的"'文革'信仰"随之垮塌了：

> 楚轩吾固执地摇了摇头："你是个没娘的孩子。我真担心，你会因为自己缺少幸福就对他人冷漠。你把整个心都埋到书中去了。难道你真的已经将人间看得萧瑟惨淡了吗？告诉我，孩子，你究竟怎样看待这个世界。如果你对于千万万的人还怀着

眷恋之情,外公就放心了。但是,如果你由于我们家族的罪过而感到世事坎坷,或由于书看得太深太多而学得只会以理性的眼光来看待人间的一切,那你无疑已经成为一个心地冷酷的人,你会把自己的块垒看得高于一切,把自己的理念看成老百姓的上帝,其他人都不过是你对世界秩序进行逻辑演算的筹码而已。这样的人,外公是不赞成的。珊珊,人之所以为人,就在于他不失赤子之心。所以,我只愿你心中有理,却不愿你心中无情。无情之心,对己尚可,若对人,就是有罪。"

南珊坚强地抑制住自己的抽泣。

……

老人在公理荡然无存的紧要时刻,却告知外孙女要站在历史高度原谅并超越这一切,对人和人间怀着赤子之心,这样的小说描写所具有的史料价值,恐怕是史无前例的吧。它警示人们,即使在前所未有的黑暗的年代,也有人在默默地坚守道德的底线。

版本学家陈子善把他考订史料的著作戏称为"边缘识小",但这种工作实际具有认识文学作品创作价值的起点性的意义。[1]解志熙在谈到现代诗人于赓虞一封创作通信《〈北风〉之先声》时也强调:"或许有人会这样说,诸如此类的文字讹误影响不大,不校也罢。但有些文字讹误,的确'差之毫厘,谬之千里',若不校理,文章是读不懂也不能援引的。"[2]讲的同样是史料对于认识文学作品创作起点的重要性。他们没有明说,都承认史料对于留存历史真实性的关键作

---

[1] 注:陈子善,《签名本和手稿:尚待发掘的宝库》,引自其著作《边缘识小》,这部分他讨论了手稿对于认识一个现代作家许多个创作起点的价值。上海书店出版社2009年版。

[2] 解志熙.考文叙事录——中国现代文学文献校读论丛[M].北京:中华书局,2009.

用。这就使我们暂时放弃了对70年代小说是否拥有文学性的固执的坚持，而回归到它是否具有史料的真实性的研究层面上。因为按照两位研究者的理解，文学作品真实性——史料真实性——文学史研究真实性的循环往复，对于通过文学作品理解这些作品所表现、所揭示和所记录的时代，几乎是无可替代的。那么按照这种理解，既然70年代的正史著作许多是不可靠、甚至是故意云遮雾罩和捏造的，小说之记述历史的功能和它被当作一种重新认识历史真实性的史料的价值，在这一点上就建立起来了。

两位史料专家的研究使我意识到，在研究者视野里，所有小说的地位应该是平等的。史料具有的历史客观性，不仅证明地下小说和十七年小说，70年代公开发表的小说也有研究的价值，如果说我们在这些小说的不同层面提取的史料是不一样的，那么就可以说从不同层面提取的史料拥有同等的价值。比如李心田的短篇小说《闪闪的红星》。一个晚上，当了红军的父亲跟着队伍撤离了这个村子，因为有人把毛泽东的正确路线改变成错误路线，导致红军接连打败仗。父亲走之前，给了儿子潘冬子一颗红五角星。第二天晚上，留在村里养伤的党员介绍母亲入了党。就在这凄风苦雨的日子里，还乡团地主胡汉三卷土重来，他抓来所有村民，宣布夺回分配给农民的土地。夜里，为掩护被救出的乡亲们撤到山里，母亲点着蜡烛梳妆打扮吸引狗腿子们的注意力，被胡汉三烧死在茅屋中。为替母亲报仇，小小年纪的潘冬子走上了革命道路。稍有70年代经验的人都知道，这是一篇成长小说，是那个年代的典型的励志小说。它通过向青少年一代反复灌输正确路线与错误路线斗争史，令他们巩固接革命的班的历史观。值得注意的是，为什么我们那一代人都愿意接受这类"家庭苦难——走上革命道路——才是人生正确选择"的历史逻辑模式呢？这是因为70年代小说借助文学复制手段，将这个逻辑深深地印在我们的脑海里了（从娃娃抓起）。因此，我们说这篇小说有史料价值,并不是说这种史料本身是真实和有价值的,而是说从这史料的整理分析中可以看到70年代的教育方式,70年代人的思维方式是如何确立起来的这个问题。并不是说与史料相关的这种教育方式和思维方式是有价值的,而是说建立这种教育方式和思维方式的问题本身是具有史料价值的。解志熙在前面说"或许有人会这样说,诸如此类的文字讹误影响不大,不校也罢。但有些文字讹误,的确'差之毫厘,谬之千里',若不校理,文章是读不懂也不能援引的",在这里就具有深刻的意味了。因为如果,我们再不愿意研究70年代公开发表的小说,认为它们都没有文学性,那么这种小说的史料价值就会随着一代的去世而逐渐地消失。所以,解志熙才会说出"不校也罢。但有些文字讹误,的确'差之毫厘,谬之千里',若不校理,文章是读不懂也不能援引的"这样具有文学史意识的话来。

由此我想到,如果说《晚霞消失的时候》是一种史料,它是对历史的某种留影,是比历史教科书更为忠实的对历史真相的记录,就不能说《闪闪的红星》不是一种史料。它不是对历史的某种留影,不是比历史教科书更为忠实的对历史真相的记录。它们只是在文学史档案馆的不同书柜上存放着。如果说只有一层书柜上的文学作品所反映的历史是真实的,还不如说将所有层次的书柜上的文学作品组织在一起,更能够揭示出时代辽阔的语境,与时代语境相结合的这些文学作品所反映的历史才更加的多层、丰富和真实。确切地说,我们今天之所以看不起《闪闪的红星》这种小说,那是因为支撑着它们的左翼文学被重评而历史地位一落千丈的形势所造成的。反过来说,如果过去几十年后,人们再对当年"重评左翼"的现象进行重评的时候,说不定存放在左翼文学书柜里的《闪闪的红星》等作品的历史位置就会发生移动也是有可能的。"若不校理,文章是读不懂也不能援引的"。文学史的研究,就是这种反复校理的过程。更进一步说,"没有70年代,何来80年代?"假如说70年代的小说最后都变成"读不懂也不能援引"的话,我们又如何去理解80年代的中国会爆发改革开放的强烈诉求呢?实际上,很多作家都抱怨文学史家总是把他们归放在一个固定的书柜上,"被放到单一的视角里面去观察"。刘心武说:"近三十年的文学研究,其实存在着一个问题,我作为一个作者、读者,不满足的就是,都是线性研究,只注重点、节,比如'伤痕文学'之后就是'改革文学','改革文学'之后就是'知青文学',那么每一个点就把前面那个点给遮蔽了"。[1]他抱怨是因为,他后来写过《四牌楼》、《树与林同在》、《民工老何》、《人面鱼》等许多作品,这些作品却因为《班主任》的巨大名声被遮蔽了,没有被评论家注意和理睬。刘心武虽然没有我们这种史料意识,他这种说法还是有史料眼光的,他不仅把他写的《班主任》看作是历史,也把他写的《四牌楼》、《树与林同在》、《民工老何》、《人面鱼》等作品看作是自己的创作史。他是在抱怨我们因为把《班主任》放在经典小说书柜中,就不再承认他其他小说历史价值的这种做法。

在某种意义上说小说是一种史料也不是绝对的,它主要是就大时代的小说来说的,平庸时代的小说作为史料的重要性就会明显地降低。因为平庸时代的小说记述是以家长里短为特色的,而大时代的小说家所概括的则是时代的本质。《金光大道》试图设计一个近乎天堂般美妙的中国乡村社会,《闪闪的红星》是说选择正确路线对于农民的命运如何重要,《机电局长的一天》目的是督促中国必须进行企业改革,走出历史困境,《公开的情书》是在探索青年人如何建立精神生活独立性的问题,《晚霞消失的时候》是与我们讨论在黑暗的年代坚守人的良知和道德底线等等。它们都不是小气的小说,我们如果真想了解中国人70年代所走过的曲折复杂的道路,

---

[1] 刘心武、杨庆祥.我不希望我被放到单一的视角里面去观察[J].上海文化,2009(2).

这些小说是不能不读的极其珍贵的历史文献资料。当然我更愿意说，70年代报纸杂志和各种著作给人们提供的历史史料，恐怕是史上伪证最多、讹误最多也最经不起时间检验的，它们反话正说的醒目的话语特征，让我们这些曾经生活在那个年代的人都为之汗颜和蒙羞。在国家正史资料的可靠性大为贬值的历史时期里，小说作为鲜活生动的史料也许是最好的补充。70年代小说就在这里具有了填补历史空白的文学功能。70年代小说可以说是20世纪中叶中国人生活的一幅"清明上河图"。在一个精神生活都死去的年代，这幅图画却顽强地记录了我们永远都不该忘却的年代生活的所有细节。

这也许是开展70年代小说研究的第二个可能性。不过这种研究一定要撤除人们在地下小说与公开小说之间所设置的栅栏，去掉它们之间的历史等级，恢复70年代小说的众声喧哗，否则研究者就难以对逝去的历史作更理性和长远的考量。

三、研究者是在重温自己的历史

说过70年代小说的起点性的东西和它的史料性之后，就要面对研究者自己了。在章太炎、王国维和陈寅恪等人身上，我发现学术研究的最高境界不是可以用名利来概括的，这些学者实际都是在借学术研究探索自己思想生活的真实性的问题。

北岛和李陀2008年编了一本很好的书，题目叫《七十年代》。我说它好不是说体例、篇目和人选如何完美和没有任何争议，而是说它起了一个很好的头。它让我意识到把"重返80年代"的研究的起点设定在70年代更为稳妥，这样我们对80年代思想和文学的整理就会稍微宽阔和更深远一些。王安忆在这本书的一篇非常短的文章里写道：

　　文工团的男女普遍年轻，大多在十二三岁招来，满二十岁就有成人感，特别能感觉年华易逝。一次去地区医院，听医生唤我"小女孩"，十分的不适和反感，这就是我们对年龄的概念。想不到之后还会有很长的岁月要度，很多的改变要经历，会拥有很多很多、多到令人厌烦的照片图像。70年代是个家国情怀的年代，可在我，总是被自己的个别的人与事缠绕，单是对付这么点零碎就够我受的了。并不经常地，仅是有时候，我会从拥塞的记忆中，辟出一个角，想起魏庄。那一个午后，送走访客，走在春阳下的坝顶，非喜非悲，却有一种承认的心情，承认这一切，于是就要面对。[1]

我手边正好有一篇初澜1974年写的《京剧革命十年》一文，我也愿意把它展示在这里：

　　京剧革命已经走过了十年的战斗历程。十年的时间不算长，但在我国的文艺战线上则发生了巨大的根本性的变化。

　　十年前，刘少奇和周扬一伙推行的修正主义文艺路线专了我们的政。在他们的控制下，整个文艺界充满了厚古薄今、崇洋非中、厚死薄生的恶浊空气。盘踞在文艺舞台上的，不是帝王将相、才子佳人，就是形形色色的牛鬼蛇神，几乎全是封、资、修的那些货色。[2]

虽然在70年代，年龄处在十几岁和二十岁之间的我，偶尔也会在心底深处涌起像王安忆这种家国情怀和非喜非悲的幽微晦暗的情

---

［1］北岛、李陀主编.七十年代［M］.香港：牛津大学出版社，2008.
［2］初澜.京剧革命十年［J］.红旗，1974（4）.（注："初澜"是当时文化部写作组的笔名。）

绪,可我还没有对自己的时代形成稍微清楚的认识。我像很多人那样深信过初澜对十年"巨大的根本性的变化"的结论,庆幸这样从此中国就更有救未来就一派光明了。个人道路是如此的曲折坎坷,而国家对这段历史的叙述又是那么的光明,我想这就是我们这一代人共同生活过的70年代史。我的生活的真实既来自成长过程中对于未来的茫然,也来自像初澜文章这种虽然霸道但又充满理想色彩的社会信息,塑造了我的这些因素并不能因为它们被怀疑而就不是真实的了。我不能因为走到了80年代,就说70年代给予我的东西统统都是没有意义的。正是在这样的心情中,我对后来文学批评家季红真把这两种东西说成是文明与愚昧的冲突,以及我这篇文章开头提到的批评显流文学和强调挖掘开采地下文学的观点,总会持一种半信半疑的态度。[1]更准确地说,即使是说我真实的感觉罢,也不是要跳出这个历史风景批判它否定它,或者是再昧着良心去歌颂去赞美它,而是像王安忆所说的"于是就要面对"的感觉。竹内好也持相同的观点,他主张研究者不要跳出曾经给自己人生教育正面或负面影响的时代背景,要想方设法地重新回到那种背景当中去,按照自己的历史经验从对象的"内面"去触摸、去踏访、去理解、去分析。"我想象,鲁迅是否在这沉默中抓住了对他的一生来说都具有决定意义,可以叫做回心的那种东西。"[2]我感觉到这种指认着人的"内面"的叫做"回心"的东西,同样也是我们这代人的起点性的东西,它是可以作为70年代的史料存活于文学史档案馆里的。

高大泉带着一帮农民兄弟来北京支援一个大库房的建筑工程,

---

[1] 季红真.文明与愚昧的冲突[M].杭州:浙江文艺出版社,1986.(注:在这本著作中,作者把新时期文学与"十七年"和"文革"文学的关系判断为"文明与愚昧的冲突"的观点,在当时文学界产生了很大的影响。)

[2] [日]竹内好:《鲁迅》,参见《近代的超克》[M].孙歌等编译.北京:三联书店,2005.

他们先是帮助装卸大卡车运来的木材、水泥,接着往挖开的深沟里浇灌混凝土。他们吃住在工地上,虽然辛苦,但也觉得作为新社会的主人翁是值得的。高大泉看到:一伙浑身冰水泥浆的工人围在基槽里,往上拉扯着一个人,可是那个人打着坠不肯上来。原来是二组的陈师傅,两天两夜没休息,还发着高烧,他是在那里拼命干呢。高大泉说:"陈师傅讲得好,搞革命就得拼命。我们农民应当学习工人老大哥的样子拼命干!""他说着,甩棉鞋,脱棉裤,扑通一声,跳进基槽的冰水里。"我最近读到浩然长篇小说《金光大道》第一部这段描写时,刚开始并不是非常的舒服,我清楚地知道,这种不舒服是因为接受了新时期文学观念培训后才产生的,认为它很假,违反了人道主义文学的创作原则。但穿越历史时空,恍然想起1974年我在插队的农场,也经常会在冬天的水利工地上穿着单裤这么拼命地任劳任怨地干活,不计较任何回报的情形,又觉得它虽然有些夸张,但却非常的真实。我刚才觉得它可笑,是因为我没有面对自己曾经生活过的历史,经过新时期文学对70年代生活的改写,我几乎快把它忘记了。前面我提到《七十年代》是一部好书,也是需要分析的,因为它记录的是今天社会精英们在70年代的历史,那里面没有高大泉等农民的历史,当然也没有我作为普通知青的生活的历史。我们如果只相信《七十年代》所叙述的历史,就等于像竹内好所说的跳出了给自己人生教育正面或负面影响的时代的背景,没有想方设法地重新回到那种背景当中去,按照自己的历史经验从对象的"内面"去触摸去理解去分析,而是根据另一套社会精英的经验掉进了那些人的框架。例如从北京、上海这样的大城市去农村插队,由于对上层社会的信息掌握得比较多,因此也容易禁锢在那些新时期文学的先驱者们所设计的历史框架里。我忘记我当时只是一个从小城镇去农村插队,在冬天穿着单裤到水利工地拼命干活,没有前途也没有未来的极其普通的知青了。我对《金光大道》的文学接受原来是根据别人的历史观而不是我自己的历史观来完成的。

　　我说这话不是在维护《金光大道》的历史弱点，而是说要把作为研究者的自己从新时期文学逻辑中抽离出来，不光面对被新时期历史所规定的那些历史，更重要的是要面对自己所亲历的那些历史。对70年代小说，在研究上要做到有好说好，有坏说坏，尽可能地做到客观、包容和全面。例如，《金光大道》对新农村的描写有许多确实是虚假的，有许多不是作者亲眼看到的，而是根据《人民日报》等权威报纸报道出来的现实虚构出来的。但我们也要说，虽然《公开的情书》对历史的认识非常有勇气，有尖锐的批评力量，但也不能说它所有的描写都是真实的，没有虚假做作成分。比如主人公真真在贵州一所山区中学教书，小说没写她怎样教书，如何帮助贫困地区的孩子们，她满脑子里都是老久、老嘎这些有思想的朋友，天天都是爱呀、痛苦呀、孤独呀什么的。她在一个脱离了社会现实环境的狭小的个人天地中，享受着一种与世隔绝的生活。对于我没有这种经验的人来说，这样的文学描写不仅是虚假的，而且也是比较做作的。与70年代社会喜欢争论什么真理、道路和未来的风气有关，两篇小说都偏向于讲人生的大道理，不注意写生活的细节、人物内心细微复杂的心理活动。高大泉老是在向农民讲大道理，实际上李淮平、真真等人也不例外，他们好像都是为了探索和解释真理才来到这个世界上的。

　　当然我承认，一个人的切身经验会决定他对历史和文学的判断。成长在大小城市或者不同社会阶层里的人，对70年代小说的接受性阅读并不都在同一层面上发生。例如王安忆前面那段话，以及初澜的文章，它们明显来自北京、上海，它们都有一个居高临下的历史姿态和感觉。自然，我这种小镇经验也是过于低伏了，它的历史局限性也同样明显。所以，我在这里提出一个如何将共同经验与个体经验相结合的问题。我的意思是，共同经验是指一个民族国家在历史中形成的大致相同的社会观念。例如，即使把"文革"放在100年或者200年的中国近现代史中，也是一次历史大倒退，这个看法恐怕不会出现根本的差异。因为在20世纪60年代和70年代的宝贵的20年间，世界完成了由工业革命向技术革命和信息革命的重大转型，亚洲四小龙由弱小国家和地区一跃而为发达的经济体，而中国却失去了一次追赶世界发展潮流的重大历史机遇。个体经验指的是，由于70年代每个人家庭遭遇、处境和命运的差异，决定了每个个体看待社会的眼光和评价会显示出非常不同的个别性、具体性来。因此，对于相对成熟的研究者来说，重要的工作就是如何把共同经验与个体经验的关系处理成一个适当的、有分寸的而且是符合理性的关系，在不损害个体经验的基础上照顾共同经验在社会生活中的通约性，与此同时在照顾社会通约性的基础上又保护维护了个体经验的尖锐性和鲜活性，在一种适当的状态中形成一个新的认识的张力。

我们有必要拿王安忆短文和初澜文章来比较。王的短文写的是作家在徐州文工团时期迷茫的心境，她承认70年代虽然是一个大时代，但又不是一个理想的大时代，于是只能是"一种承认的心情，承认这一切"，而且还要无奈地去面对它。初澜的文章是一种共同经验，它代表的是那个时候的国家意志，它表述的"现实"虽然与现实不符，甚至带有捏造的历史成分，但是这种"大革命"的氛围，确实就是当时社会的氛围，我们每个人都得生活在其中。正是它培养了我们的世界观、人生观以至于文学观，这是我们必须承认的事实。某种意义上，我所说的共同经验与个体经验的相结合，具体来说就是在短文的历史出发点上看初澜文章；再以初澜文章为蓝本，来重新阅读王安忆的短文，从中了解我们这代人在70年代的大命运、大环境，从而进一步联系到我们80年代改革开放后的精神历程。正是在这种双重交叉、相互比照和互为参考的视野中，我所认为的70年代小说研究就建立起来了。它不是批评显流文学的观点里的70年代，不是挖掘开采观点里的70年代，也不完全是《七十年代》编者试图去修复的70年代，而是一种逃出了新时期文学牢笼同时在对新时期文学的回望中与70年代经验发生对话的更为丰富多层的70年代。

因此，我觉得目前的70年代小说研究应该具备两种视角，一个是新时期文学视角，另一个是70年代视角。它们是在一种新的辩证关系中出现的新的历史视野。没有新时期文学的视角，70年代小说可能永远都会打上官印窒息在历史的棺木中，那些思想亡灵和工农兵作者大概不会幽灵重现。而没有70年代这个起点性的视角，也不会出现新时期文学对历史的叛逆，出现历史的觉醒，70年代小说是通过自己的没意义才换来新时期文学的崭新意义的。研究70年代小说，我觉得一个重要点就是要从70年代再出发，以体贴、肃穆和庄严的心态去看待创作了那个年代文学作品的作者和主人公。应该意识到，他们之所以这样做或者那样做是具有他们的历史理由的，他们这样做是当时的历史所决定的，而如果深入洞察当时的历史状况，我们从这些人物的一言一行中就可以提取到具体的样品，找出实证，从而才会对历史有一个圆融、深刻和全面的把握。例如，高大泉带着一帮农民兄弟来北京支援建筑工地确实充满了悲壮的牺牲的意味，不仅在工地上风餐露宿，而且不可能有任何薪水，那是一种白白劳作付出却没有资金回报的劳动。如果使用新时期审视70年代共同经验的那种思想视角，高大泉等一帮农民的行为就被理解是充满了乌托邦的极其可笑的意味，而如果结合着个体经验和实际处境，那么不可以说这些朴实农民也是非常令人感动的吗？他们与2008年从唐山跑到四川汶川从地震废墟中救人而不取任何回报的13个农民兄弟，在为人的朴实和悲壮意义上不是同样的感人吗？难道就因为高大泉一帮农民生活在70年代，唐山一帮农民生活在2008年就截然不同了吗？在我看来，这种穿越性的历史双向思考正是对蔑视70年代小说的人们的轻浮历史观的最严肃的质疑，是最严厉的否定。再例如，王安忆承认自己在70年代有过一段迷茫的心情，我们把她当年的幼稚与新时期的成熟结合在一起重新认识她，就觉得作为今天的作家她才是真正丰富和深邃的。这就是竹内好前面说过的"我想象，鲁迅是否在这沉默中抓住了对他的一生来说都具有决定意义，可以叫做回心的那种东西"的深奥含义所在了。这就是我在文章中反复强调的对于新时期文学来说，70年代小说具有起点性的意义，它同样具有史料价值的观点所在了。这也就是我们这些研究者能够在章太炎、王国维和陈寅恪经历了历史巨变的境遇中强调重温自己的历史并希望去摸索、去清理、去反省的那种感觉了。

为把我提出的问题做一个小结，我愿意再抄一遍王安忆短文的话："文工团的男女普遍年轻，大多在十二三岁招来，满二十岁就有成人感，特别能感觉年华易逝。一次去地区医院，听医生唤我'小女孩'，十分的不适和反感，这就是我们对年龄的概念。想不到之后还会有很长的岁月要度，很多的改变要经历，会拥有很多很多、多到令人厌烦的照片图像。70年代是个家国情怀的年代，可在我，总是被自己的个别的人与事缠绕，单是对付这么点零碎就够我受的了。并不经常地，仅是有时候，我会从拥塞的记忆中，辟出一个角，想起魏庄。那一个午后，送走访客，走在春阳下的坝顶，非喜非悲，却是有一种承认的心情，承认这一切，于是就要面对。"

确实如作家所说，70年代的时候我也确实年轻和无知，没有想到那将是我后来30年间求学、生活和写作的一个重要起点；也绝没有想到它们对于我、对于我的学生们其实都是一段抹不掉的重要的史料。我还得承认，我也曾有过像王安忆那样"七十年代是个家国情怀的年代，可在我，总是被自己的个别的人与事缠绕，单是对付这么点零碎就够我受的了"的切身的个人经历，根本没想到30多年后我还要重新回到那里去，"会从拥塞的记忆中，辟出一个角，想起魏庄"——这确是一种非喜非悲的历史的心情。

第七讲　80年代文学的边界问题

在三十年来的现代文学研究中,边界的勘探、确认和移动是经常发生的事情。因为无论确定在五四时期还是晚清,无论提出"没有晚清,何来五四"的新见解,还是发掘出陈季同的小说《黄衫客传奇》,每树起一处新界标,都会剧烈地变动现代文学的历史地貌,变更文学的规则和评价标准。[1]当代文学的文学史研究虽然起步较晚,但不一定没有踏勘边界的必要,例如现代/当代文学的转折研究、80年代文学边界问题研究等都是我们关心的问题。这些研究同样会影响到当代文学地图的重绘,影响到对80年代及其之后文学的再认识。

---

[1] 出于对中国大陆学界将"五四"新文化运动勘定为现代文学发生的权威起点的观点,旅美华裔学者王德威表露了不满,他以文学的"现代性"为根据,认为中国作家对现代的追求,在太平天国前后的晚清文学中就已经显露。大陆学界对现代文学的窄化理解,使得在文学史中早已存在的"现代性"一直处在被压抑的状态。为此,他指出:"五四菁英的文学口味其实远较晚清前辈为窄","五四其实是晚清以来对中国现代性追求的收煞——极匆促而窄化的收煞,而非开端"。王德威:《被压抑的现代性——没有晚清,何来"五四"?》,参见《想象中国的方法——历史·小说·叙事》一书,第3~17页,北京:三联书店,1998.在2010年9月出版的《二十世纪中国文学史》第一章"甲午前后的文学"中,该教材主编严家炎根据新发现的驻法国大使馆武官陈季同1890年用法语写作的小说《黄衫客传奇》,把现代文学的发端向前推移了30年。严家炎主编《二十世纪中国文学史》(上册)(北京:高等教育出版社,2010.)。

一、"70年代"叙述

2008年，香港牛津大学出版社出版了北岛、李陀主编的《七十年代》一书。2009年，该书的大陆版由北京三联书店推出。这本书重新勘探80年代文学边界的意图是十分明显的。李陀在序言中说："我们相信，凡是读过此书的读者都会发现，原来那一段生活和历史并没有在忘却的深渊里淹没（笔者按：这里指70年代），它们竟然在本书的一篇篇的文字里复活，栩栩如生，鲜活如昨。"为解释选择70年代的目的，他进一步对70年代与60年代和80年代的关系做了深入讨论：

> 在很多人的记忆里，20世纪70年代并不是一个很显眼的年代，尽管在这十年里也有很多大事发生，其中有些大事都有足以让世界历史的天平发生倾斜的重量。但是，前有60年代，后有80年代，这两个时期似乎给人更深刻的印象，特别对中国人来说，那是两个都可以用暴风骤雨或者天翻地覆来形容的年代，而70年代给人的感觉，更像是两团狂飙相继卷来时候的一小段间歇，一个沉重的叹息。这个十年，头一段和60年代的狂飙之尾相接，末一段又可以感受80年代狂飙的来临，无论如何，它好像不能构成一段独立的历史。这十年显得很匆忙，又显得很短暂，有如两场大戏之间的过场，有如历史发展中的一个夹缝。[1]

众所周知，这种重新重视70年代的观点，在80年代是被人严重轻视的。中国社会科学院文学研究所当代文学研究室编写的《新时

---

[1] 北岛、李陀主编.七十年代[M].香港：牛津大学出版社,2008.

期文学六年(1976.10—1982.9)》的表述有相当的代表性:

> 这是从思想僵化走向思想解放的六年。
>
> 这是破除个人崇拜和打碎文化专制主义的桎梏,使人民民主得到发扬,艺术领域人为的"禁区"被不断突破的六年。
>
> 这是文学从十年历史迷误的黑暗胡同里走出,阔步迈向未来光辉大道的六年。[1]

在社科院的研究者看来,70年代是中国当代史的一个思想僵化和文化专制的历史时期,80年代则是走过重重挫折的一段光辉大道。在这样的历史理解中,1976年四人帮被抓被当作了80年代文学的新起点;而李陀拒绝用这种断裂的思维方式去理解历史的复杂性,他是要试图重建80年代与70年代和60年代的历史联系,希望从这段史前史中分辨出潜伏在80年代里面的多重思想脉络,继而重新勘探80年代文学的边界。

《七十年代》作者之一的陈丹青帮助李陀解决了这个问题,他以亲历者的叙述证实70年代是具有自身的独立性的:

> 1971年林彪事败,我正从江西回沪,赖着,混着,忽一日,与数百名无业青年被居委会叫到静安区体育馆聆听传达。气氛先已蹊跷,文件又短,念完,静默良久,居委会头目带头鼓掌,全场这才渐次响起有疏到密集体掌声。散场后我们路过街头某处宣传橱窗,群相围看一幅未及撤除的图片:那是江青上一年为林副主席拍摄的彩色照片,罕见地露出统帅的秃头,逆光,神情专

---

[1] 中国社会科学院文学研究所当代文学研究室编.新时期文学六年:1976·10—1982·9[M].北京:中国社会科学出版社,1985.

注,捧着毛选。[1]

如果按照埃斯卡皮每一重大历史事件之后会出现新的思想浪潮、涌现另一代作家群体的说法,这种个人叙述是能够成立的。[2]因为明明已被确定为新继承人的人物突然又被宣布为敌人,确实令这一代人非常震惊。他们原来对权威革命叙述一直是深信不疑的,但是这种宣布就使60年代终结了,狂热盲目的青年政治运动终结了。这也许就是这一代人精神生活的新起点,历史变局彻底改变了他们人生的路向。就在这时,刘青峰、礼平和北岛秘密开始了《公开的情书》、《晚霞消失的时候》和《波动》等小说的写作。它们从文学的层面证实了60年代终结的信息。北岛对当时人们精神状态惟妙惟肖的叙述已经带着点戏谑的成分:"1971年9月下旬某日中午,差五分12点,我照例赶到食堂内的广播站,噼啪打开各种开关,先奏《东方红》。唱片播放次数太多,嗞啦嗞啦,那旭日般亮出的大镲也有残破之音。接近尾声,我调低乐曲音量宣告:六建三工区东方红炼油厂工地广播站现在开始播音。捏着嗓子高八度,字正腔圆,参照的是中央台新闻联播的标准。读罢社论,再读工地通讯员报道,满篇错别字,语速时快时慢,有时像录音机快进,好在没人细听,众生喧哗——现在是午餐时分。12点25分,另一播音员'阿驴'来接班。广播1点在《国际歌》声中结束。"[3]

李陀、陈丹青是想搭建起80年代文学与前十年的联结点,但是这种联结点到底意味着什么他们并不是十分清楚的。这正如有人指出的:"考古遗存是由人类行为导致的某些结果所构成的,而考古学

[1][3] 北岛、李陀主编.七十年代[M].香港:牛津大学出版社,2008.
[2][法]罗贝尔·埃斯卡皮.文学社会学[M].杭州:浙江人民出版社,1987.

家的工作就是竭尽所能重新组织这些行为,以重新获得这些行为所表达的意图。如果他能够做到这一点,那么便可称得上是一名历史学家。"而且他还警告说:"并不是我所提到的所有事项都值得被列入严格的历史范畴。"[1]显然可以认为,尽管李陀和陈丹青意识到80年代文学的叙述中应该拥有它自己独立的史前史——70年代。然而他们并不知道历史和史前史的联结点必须去重新组织才能够出现,并不是所有的个人记忆都值得划入历史范畴的。所谓的历史必须是一个值得的历史,而且尤为重要的是它必须是一个被重新组织起来的历史,而并非关于历史叙述的一盘散沙的议论。北岛显然是非常清楚这种联系的,他在《八十年代访谈录》这本书中明确地对查建英说:"现在看来,小说在《今天》虽是弱项,但无疑也是开风气之先的。只要看看当时的'伤痕文学'就知道了,那时中国的小说处在一个多么低的水平上。"所以,"80年代中期出现的'先锋小说',在精神血缘上和《今天》一脉相承"。它还孕育出美术品种:"除了《今天》的人,来往最多的还是'星星画会'的朋友。'星星画会'是从《今天》派生出来的美术团体。另外,还有摄影家团体'四月影会'等,再加上电影学院的哥儿们(后来被称为'第五代')。陈凯歌不仅参加我们的朗诵会,还化名在《今天》上发表小说。有这么一种说法'诗歌扎的根,小说结的果,电影开的花',我看是有道理的。"他还声称:"诗歌在中国现代史上扮演了重要角色,第一次是五四运动,第二次就是地下文学和《今天》。"在这种意义上正是前者启发了80年代文学,"80年代就是中国20世纪的文化高潮,此后可能要等很多年才会出现这样的高潮"。[2]于是这样,从70年代白洋淀诗歌中走出来的《今天》诗群,就成为80年代伤痕文学、先锋小说和第五代电影的史

[1][英]戈登·柴尔德.方辉、方堃杨译.历史的重建:考古材料的阐释[M].上海:上海三联书店,2008.
[2]查建英主编.八十年代访谈录[M].北京:生活·读书·新知三联书店,2006.

前史,因为这种叙述建立的历史理解是,没有《今天》杂志,就不可能有真正的80年代文学。

　　如果按照《新时期文学六年》作者对历史的重新安排,80年代文学的兴起是直接受惠于1976年"四人帮"被抓的政治事件的,在这样的理解中,这十年文学里被自然而然地预埋了一个被启蒙的启动器。《七十年代》作者则认为80年代文学是脱胎于70年代文学的,李陀、陈丹青意识到了这样一个史前史的存在,而北岛则把这两个时代用他的叙述方式联结了起来。如果根据《新时期文学六年》的判断,70年代的文学统统是文化专制和思想僵化的产物,所以70年代的地下小说是根本没有存在的意义的;但是按照《七十年代》的理解,尤其加上李陀在前面叙述的:"原来那一段生活和历史并没有在忘却的深渊里淹没(笔者按:这里是指70年代),它们竟然在本书的一篇篇的文字里复活,栩栩如生,鲜活如昨。"70年代地下小说非但不是没有意义的,而且竟然栩栩如生,充满了思想的生命力,它直接启发了80年代文学的发生。如果按照《新时期文学六年》的认定,80年代文学的边界在1976年是毫无疑问的;但是按照《七十年代》的勘探,它应该在1969年或者也可以说是在1971年前后。

　　我们明白,没有文学作品的文学史是不能作为历史单独存在的,因为历史叙述不能代表文学作品而存在,文学史作为历史叙述之特殊形式而存在是要依托文学作品的写作时间或者发表的时间。这个时间点往往能准确地判断出文学史的发生点。前面提到的鲁迅1918年发表了小说《狂人日记》、陈季同1890年创作了《黄衫客传奇》,可以证明现代文学发生在五四或者1890年,就是这方面最典型的例子。因此,我们还需要去寻找作品。有意思的是刘青峰中篇小说《公开的情书》恰恰就写于1972年,它是距离1971年这个重要年头最近的一篇小说。

二、70年代小说

2009年,小说《公开的情书》作者刘青峰(靳凡)在接受黄平采访时说:

> 这篇小说写于1972年,我与观涛结婚不到半年。……在1972年,由于1971年发生了"9·13"林彪出逃这一震惊中外的大事件,毛泽东思想开始解魅,但"文革"又没有结束的迹象,全中国人都看不到希望和前途,特别是年轻人,倍感压抑和黑暗。但这也是一段思想觉醒的为新时代来临做准备的时期。

如果说70年代叙述针对80年代文学边界的勘探,重在强调70年代文学的地下性,强调应该以1971年林彪事件而不是以1976年"四人帮"被抓事件为时间的基点,那么刘青峰对70年代小说的认定正是在这条历史线索上进行的:

> "文革"中,人人被迫参加一个又一个的政治运动,对于精神活跃、有独立思想的人来说,只能把自己的内心世界完全隐蔽起来,在日常生活中表现得与其他人一模一样。他们用独特的方式,如极其私密的个人通信、与朋友共同读书或聚谈来构建另一种精神生活。《公开的情书》以书信体为形式,就带有这一时代色彩。[1]

小说中有一段老久致真真的信:"我想,当我第一次吻你时,你一

---

[1] 刘青峰、黄平.《公开的情书》与70年代[J].上海文化,2009(3).

定会说我生硬。是的，这将是我平生第一次吻自己的爱人。过去我只得到过冷冰冰的礼貌和庸俗的说教，我时刻都在等待着真正的爱。我内心艺术情感的流水枯竭了，灵感的火花几乎被压灭……可是，狂风尽可以把小草压倒在地，却压不倒绿色的、自由的种子。"他再致信真真说："人们常说，一个人摆脱不了时代的局限，但这不等于时代预先已经给我们规定了局限。时代的限制只有在这个时代结束后才能说明。从这个意义上说，我们为什么要依靠时代呢?"小说故事告诉读者，老久与真真是70年代大学生，又是一对恋人。在公开场合，他们不敢对爱、灵感、自由、时代局限等当时社会不允许涉足、关注和讨论的敏感问题表达看法，但在私密空间中，他们却对这些禁忌大胆发表了见解，强调在一个困难年代里个人保持思想的独立是如何的珍贵。也正像前面作者所说的："他们用独特的方式，如极其私密的个人通信、与朋友共同读书或聚谈来构建另一种精神生活。"这些小说描写几乎囊括了70年代地下文学社会活动和创作的所有特征。

今天，虽然以地下小说划界来圈定80年代文学边界的声音越来越强大了，但是一个明显的事实是，80年代文学并非都来自地下文学，它也发源于多重不同的思想资源和文学资源。众多研究成果已经提示，伤痕文学、反思文学、改革文学、寻根小说、先锋文学和新历史主义小说就像河汉纵横的江南水乡，它们接通着不同的文学发生点，而并非横竖奔腾的长江黄河在中国地图上那么清晰，例如30年代的左翼文学、延安文学、苏联解冻文学和当代小说、19世纪欧美小说、美国垮掉派文学、法国荒诞派戏剧和新小说、拉美魔幻现实主义小说等，它们都用不同方式参与了那个年代文学的建设。另外，80年代文学还与70年代其他小说之间存在着错综复杂的渊源关系，比如当时公开发表小说、工农兵作者小说、知青小说等。在这一特定历史场域里，诸多文学现象和流派观念纠缠对立或是彼此混淆，代表着不同的文化传统和历史话语。更值得关心的是，不少新时期作家都带有70年代作家的跨界性身份。当他们成为新时期作家之后，研究者是不应该忽视他们写于70年代的那些小说的，这中间汤汤水水的历史联系和残留的痕迹，也不应该从我们的研究视野中轻易地消失。正是在这个节骨眼上，张红秋博士论文整理的70年代部分小说目录给了我丰富的启发。我意识到，在我们过多地信赖刘青峰等人所叙述的70年代小说的时候，实际上已经不再把当时杂志上发表的小说放在这一历史范畴，甚至不再把它们看作是文学作品。我现在把这个篇目抄录如下：蒋子龙《三个起重工》，《天津文艺》1972年试刊第1期；蒋子龙：《弧光灿烂》，《天津文艺》1973年第1期；蒋子龙：《压力》，《天津文艺》1974年第1期；蒋子龙：《时间的主人》，《人民日报》1975年4月29日第五版；蒋子龙：《势如破竹》，《天津文艺》1975年第3期；蒋子龙：《机电局长的一天》，《天津文艺》1976年1～7期；蒋子龙：《铁锨传》，《人民文学》1976年第1期；陈忠实：《接班以后》，《陕西文艺》1973年第3期；陈忠实：《高家兄弟》，《陕西文艺》1974年第5期；陈忠实：《公社书记》，《陕西文艺》1975年第4期；陈忠实：《无畏》，《人民文学》1976年第3期；贾平凹：《弹弓和南瓜的故事》，《朝霞》1975年第6期；贾平凹：《队委员》，《朝霞》1975年第12期；贾平凹：《豆腐坊的故事》，《群众艺术》1976年第4期；贾平凹：《两个木匠》，《陕西文艺》1975年第6期；贾平凹：《曳断绳》，《陕西文艺》1976年第2期；贾平凹：《对门》，《陕西文艺》1976年第4期；李存葆：《猛虎添翼》，《山东文艺》1974年第1期；李存葆：《合作医疗的风波》，《解放军文艺》1974年12月号；韩少功：《红炉上山》，《湘江文艺》1974年第2期；韩少功：《对台戏》（"文化大革命好" 征文），《湘江文艺》1976年第4期；古华：《"绿旋风" 新传》，《湘江文艺》1972年第1期；古华：《仰天湖传奇》，收入《朝霞》丛刊《碧空万里》，上海人民出版社，1974年；路遥：《优胜红旗》，《陕西文艺》1973年3月创刊号；路遥：《父子俩》，《陕西文艺》1976年第2期；陈国凯：《主人》，《南方日报》1976年1月31日第四版；陈世旭：《徐家湾里一人家》，《江西日报》1974年3月3日第四版；周克芹：《棉乡战鼓》，《四川文艺》1974年第5、6期。[1]由于现实处境不同，这些作者的历史感受、价值理念和创作风格确实与《公开的情书》等地下小说有天壤之别。在主题、题材和人物形象上，可以轻易地看出十七年小说对它们的深刻影响，不少小说还残留着"文革"小说的遗风。这些作者的人生观和文学观中，不可能有刘青峰那样的叛逆因素和先觉者眼光，他们很大程度上是被十七年的文学制度和文学环境训练出来的。作为研究者，我们没有理由责怪他们的后知后觉，但这些都不是我们关注的重点。我们的重点是应该怎样看在70年代的共同历史场域中存在着如此多不同的小说现象和流派。这个视野中包含着我们今天对这些不同小说的认识，包含着这些作者后来创作发展的线索，也包含着我们对80年代文学复杂性的理解，由于我们认识文学的方式还停留在80年代文学对我们的训练的水平上，因此这些问题并没有充分展开和得到很好的解决。

之所以把上述两种小说材料并置在一起，是因为我想到，在不同的历史观念中必然会产生截然不同的小说类型。柯林武德在这一点上说得是非常清楚的："人不仅生活在一个各种'事实'的世界里，同时也生活在一个各种'思想'的世界里。"因此，"一个人的思想理论改变了，他和世界的关系也就改变了"。[2]刘青峰当时落难于贵州一所山区中学，这种境遇决定了她看世界的方式将会发生转变。她之所以能够说出"他们用独特的方式，如极其私密的个人通信、与朋友共同读书或聚谈来构建另一种精神生活"这样的话来，是因为在林

---

[1] 张红秋.与"文革"有"染"？——"新时期"作家(评论家)在"文革"时期的文艺活动.《二十一世纪》网络版[EB/OL].[2006-07-31]http://www.cuhk.edu.hk/ics/21c/supplem/essay/0603089g.htm.

[2] [英]柯林武德.张文杰、何兆武译.历史的观念[M].北京：商务印书馆,1998.

彪出逃事件之后,她看到曾被奉若神话的权威思想的解魅,她的思想理论彻底改变了。这种改变就改变了她和世界的关系。在这个意义上,老久和真真实际代替她说出了对那个年代的评价:"人们常说,一个人摆脱不了时代的局限,但这不等于时代预先已经给我们规定了局限。时代的限制只有在这个时代结束后才能说明。从这个意义上说,我们为什么要依靠时代呢?"这显然是一次了不起的自我启蒙,这种启蒙是以否定那个时代的局限性为前提而建立起来的。也就是在这个意义上,她的《公开的情书》大胆指认了与那些杂志上的小说截然不同的70年代。蒋子龙一直是天津市重点扶持的工农兵作者,他虽然在工厂做工后来当车间主任,但他在那个年代是很得宠的。这种境遇也决定了,他会以不同于刘青峰的方式来认识世界。他在回忆70年代的小说创作时说道:"到1970年代初,工厂开始'抓革命促生产',过去的生产骨干、党团员等又开始被重视,我在车间的日子也渐渐好过起来,劳动多,被监督少了。因为是三班倒,有的是时间,市里也开始恢复一些文艺刊物,我便试着写点东西,想靠文章给自己落实政策,只要我的文章能发表,就说明我这个人也没有多大问题,工厂的人看到我能公开发表文章了,说不定就会给我一个说法。我像许多年前初学写作一样,努力按照阶级斗争的套路图解政治,但很快就发现很难编出新鲜玩艺儿。当时有几条规矩,写作时是必须遵守的,你不遵守到编辑那儿也会打回来。比如正面人物应该是'小将'、'造反的闯将',对立面自然就以'老家伙'为主,任何故事里都得要有阶级敌人的破坏……当时最火的文学刊物,也可以说是文坛的标杆,是上海的《朝霞》。"[1]在这段回忆中我们看到,林彪出逃事件没有作为一种震撼性的历史经验沉淀在蒋子龙的创作过程中(显然也不会),它还明显裹挟着70年代的思想的痕迹,如抓革命促生

---

[1] 蒋子龙、李云、王尧.现实主义正等待着一次突破[J].上海文化,2009(4).

产、生产骨干、阶级斗争、小将等主流化的表述。这和刘青峰自述中提到的私密的个人通信、思想解魅和构建另一种精神生活相比，是生活在同一个时代的截然不同的话语。也就是说，在创作小说时，他的思想理论并没有发生刘青峰那样的深刻逆转，这决定了他的作品的社会主流化状态。

《机电局长的一天》被标榜为蒋子龙从70年代向新时期过渡的跨界小说，不过，在主张抓生产的局长霍大道身上，我们仍能读出有意味的信息。他和思想保守、缺乏进取精神的副局长徐进亭有一个对话：

> 徐进亭鼻子哼了一声，没有回答。
>
> 老霍紧盯着他道："我们都是老同志，说话不用兜圈子。这个厂不是哪个私人的点，是局党委委派你来蹲点的，就不许别人来说个不字了吗？"
>
> 徐进亭点火抽烟，借以在脑子里掂量轻重。他感到，内心的一些想法摆到桌面上是站不住脚的，还是走为上策，于是大声说："这个点我蹲不了啦，这些问题你看着办吧，我去向云涛同志请病假。"
>
> "老徐同志，你带着这样的情绪，住进什么医院也无济于事。局党委的会必须开，你就是请病假，也要帮你把思想问题搞清楚。"
>
> 对老霍这些热诚的话，徐进亭听不进去，连楼也不上，坐车走了。

这篇小说发表在《人民文学》1976年第1期。对于熟悉当代文学前三十年小说的读者来说，这种人物关系和对话方式并不陌生，如《创业史》、《艳阳天》、《金光大道》、《欧阳海》、《七根火柴》，等等。先进人物总是在帮助落后人物跟上形势，改造自己的思想，先进人物在掌控着落后人物"思想问题"的话语权的同时，一个小说叙述模式便产生了：这就是，用反面人物衬托正面人物、用一般群众来衬托英雄人物直至主要英雄人物，而后者总处在比前者更为进步和革命的历史阶段上，他们对社会的未来总是未卜先知。这就是黄子平在"革命·历史·小说"中所发现的一种"进化史观"。[1]徐进亭像霍大道一样曾经是抛头颅洒热血的革命老战士，但在和平年代他思想退伍了，不求上进了，于是出现了思想问题。这样他的思想问题就落入了仍然保持着旺盛的革命精神的霍大道的手中。小说中，霍大道一定要帮助他改造思想，跟上形势，把机电厂的生产建设轰轰烈烈地搞上去。《公开的情书》中的人物老久、真真和老嘎的关系，就没有这种谁一定要领导谁的问题，尤其他们都没有徐进亭这种早已被前三十年小说模式设定好的思想问题，他们所焦虑的是如何在这个灰暗的时期重建人的精神生活的独立性，而霍大道这样的训导者也许正是他们所怀疑的对象。在《机电局长的一天》中，我们经常看到这种细节：英雄人物总是威风凛凛，而落后人物却老在那里犹豫不决，彷徨无定。而在《公开的情书》中，主人公一般都十分忧郁并且警觉性非常高，像地下工作者一样无声地蛰居在不被公众注意的时代的角落。

　　我把两篇小说并置在一起，无非是要探讨这样一个有趣的问题，即70年代在不同人群中是没有公约性的。虽然生存在同一个年代，刘青峰、李陀、陈丹青等所经验的生活与蒋子龙等所经验的生活就好像是两个相隔遥远的朝代，他们好像变成了不同朝代的中国人。在这个意义上，霍大道似乎是一个活在未来的文学"超克"，他公而忘私，完全牺牲了业余生活，一心只扑在工作岗位上，这种精神上的毫

――――――――――――
[1] 黄子平."灰阑"中的叙述[M].上海：上海文艺出版社,2001.

无瑕疵也许几十年几百年后的人们才能够领悟。而老久和真真则是生活在70年代的普通人，他们所表露的苦闷彷徨，表明他们是实实在在地生活在中国的现实土壤上的。但是在这里，两篇小说令人启发地强调了一个不能公约年代人们精神生活的并置性的特点。这种并置性是我们今天认识70年代小说的最最困难的地方。研究者需要克服的，是当我们把地下小说设置为一种历史界限和文学标准，应该在哪种范围内和层次上同时也把其他公开发表的小说吸纳进来。在面对公开发表的小说时，这种情形会同样发生。对这两种不同的小说创作，我们实际上也无法在同一个思想和学理层面上去评价和理解。不过作为文学史研究者，我们确实又是需要去辨析、包容和磨合它们不同的历史观和小说观的。这都是我们即将开始70年代小说研究的时候，几乎无法回避和不得不考虑的问题。

三、被剪辑掉的70年代的人和事

查勘80年代文学的边界，还有一个需要注意的问题，到了新时期之后，不少作家都在有意无意地剪辑掉与自己有关的70年代的人和事。

在回答批评家谢有顺访谈的时候，贾平凹是从80年代初他"写过一批农村改革的小说"《腊月·正月》、《鸡洼窝人家》等作品开始的，他对"文革"中的创作只字不提。[1]韩少功访谈的话题起止于寻根文学的发动。[2]在自传中，王蒙详细叙述了他在伊犁伊宁市郊巴彦岱生产队的生活，对那个时期究竟写了什么文学作品是一笔带过的。[3]在路遥的创作谈中，他对"文革"时期参加红卫兵组织活动和

［1］贾平凹.贾平凹谢有顺对话录［M］.苏州：苏州大学出版社，2003.

［2］韩少功、李建立.文学史中的"寻根"［J］.南方文坛，2007(4).

［3］王蒙.王蒙自传(第一部)：半生多事［M］.广州：花城出版社，2006.

文学创作基本采取了回避的态度。[1]即使我们刚刚列举的蒋子龙的自述,他对新时期创作叙述的容量也明显超过了"文革"时期。[2]这是一段"不光彩"的创作经历,对作家的形象只会抹黑而不可能增光添彩,这可能是他们避而不谈的原因。自然,这与新时期改革开放获得充分的历史合法性,"十七年"、"文革"被矮化贬低和抹黑的总体历史环境有很大关系。人要在历史上留名,被载入文学史,就应首先进入新时期叙述,被这种历史叙述所接纳,并成为新时期文学家族中重要的成员。这种情况下,没有人愿意原来的文学前史来捣乱、干扰和模糊自己的文学创作起点,从而破坏自己完整的文学史形象。

更需要注意的是,它不光影响到人们对作家文学创作的观察,还会遮蔽掉与其关系密切的那个年代的人和事。因为没有这些人和事,哪有作家这种文学创作的面貌。例如,作为天津市重点培养的工农兵作者,蒋子龙要被纳入市文联和作家协会的培养计划,不仅当地的报刊要留出重要版面推介他的作品,领导和批评家也会时刻关注他创作的动态和发展。对在70年代起步的贾平凹、路遥和陈忠实等作家也是如此。然而,与此相关的丰富的历史资料及其细节却在后来的访谈中被剪辑掉了,它们突然在作家创作档案馆销声匿迹了。这些本来可以与作家们的80年代创作做更深勾连的历史材料,在作家的历史再叙述中,好像已经变得无足轻重。这些对于文学史研究十分重要的历史材料的被简化、被压缩和被剪辑,或说由于它们的不在场,客观上就为《七十年代》作者们的历史再叙述腾挪出了很大很大的空间,这就容易使人们对刘青峰们地下小说家的思想独立性,给

---

[1] 雷达主编.李文琴编选.路遥研究资料[M].济南:山东文艺出版社,2006.

[2] 蒋子龙.蒋子龙自述[M].郑州:大象出版社,2002.(注:在本书中,蒋子龙对他"十七年"被天津列为重点工农兵作者加以培植,以及"文革"时期的创作,都采取了轻描淡写的方式来处理,而对《机电局长的一天》这个创作事件,则大加渲染。)

予更多的历史同情和理解。由于与80年代文学关系密切的众多丰富的历史线头被剪辑掉了,这样就剩下地下小说这条最具权威性的历史线索,用这条线头所牵扯和建构的80年代文学,于是就形成了我们今天能够看到的地下小说——新时期文学启蒙的历史框架。但是这种历史框架又是不能令人满意的,因为没有众多文学生态现象烘托的文学史,实际是一部没有历史参照物的文学史,而没有历史参照可供观察和讨论的文学史是不真实的。对我们这些还活在人间的80年代文学的亲历者来说,这并不是我们亲眼目睹的那个年代文学的全部事实。

举例来说,在贾平凹和路遥等人80年代农村改革小说的创作历程中,显然是有一条十七年和"文革"、农村题材小说的前路的。贾平凹、路遥是从那条由赵树理、孙犁、李准、柳青、浩然所铺设的农村题材小说旧路上走过来的作者,而不可能一下子就是80年代的那种创作姿态。贾平凹有一次也说过:

> 我不是现当代中国文学的研究者,以一个作家的眼光,长期以来,我是把孙犁敬为大师的。我几乎读过他的全部作品。在当代的作家里,对我产生过极大影响的,起码其中有两个人,一个是沈从文,一个就是孙犁。我不善走动和交际,专程登门拜见过的作家,只有孙犁。[1]

贾平凹是70年代初开始文学创作的,他阅读孙犁的小说并受其影响,也是在这一时期。值得注意的是,贾平凹并不是在地下小说的状态中认识、阅读并接受孙犁的小说的。他是出于文学创作的需要,也就是孙犁的农村题材和农村生活的经验方式与想象方式启发

---

[1] 贾平凹:《孙犁的意义》,参见《朋友》[M].重庆:重庆出版社,2005.

了他,所以在他的创作中,并没有像刘青峰那样一开始就埋入了自我启蒙的认识性装置。郜元宝2005年的一篇文章,帮助我们厘清了这个问题。他认为贾平凹是一个对文学思潮并不敏感的作家,他对创作道路的选择更多来自自己农村人的经验和事先零星散漫的阅读:

> 很长一段时间,他并没有找到适合自己的道路,只是靠着散漫的阅读、丰富的农村生活经验、中国当代文学某种惯性推动力,以及韧性的投稿,来表达一份朦胧的感动……
>
> 他显得相对迟钝一些,也正是这种迟钝,反而使他多少避免了过于直白地迎合时代主题……
>
> 和具有群体认同的"右派作家"、"知青作家"相比,贾平凹的时代意识并不明显。他加入"新时期文学"的合唱,主要不是依靠"右派作家"或"知青作家"的可以迅速社会化、合法化的集体记忆和思考,而是与生俱来的乡村知识分子难以归类的原始情思,以及西北落后闭塞的农村格调特异的风俗画卷。有人因此认为他在文学传统上属于孙犁所开创的"荷花淀派",他和那位蛰居天津的可敬的文坛隐士之间为数不多的几封通信,确已成为一段佳话。然而,……从《山地笔记》以及后来的《二月杏》、《鬼城》、《小月前本》、《腊月·正月》、《商州初录》和"又录"、"再录"、《鸡窝洼的人家》里吹来的,并非40年代荷花淀和冀中平原清新温润的风,而是80年代黄土高原一股燥热的生命气息。[1]

对修复被作家剪辑掉的70年代的人和事这项繁重的工作而言,这个孤例是不能令人满足的。但我们看到,郜元宝已经在做一些局

---

[1] 郜元宝、张冉冉编.贾平凹研究资料[M].天津:天津人民出版社,2005.

部的修复，这种修复对于恢复贾品凹创作的原貌，直至推进到逐个地修复许多作家创作的原貌显然是有用的。对于贾平凹来说，张红秋整理的他"文革"时期的创作目录，例如《弹弓和南瓜的故事》，《朝霞》1975年第6期;《队委员》,《朝霞》1975年第12期;《豆腐坊的故事》,《群众艺术》1976年第4期;《两个木匠》,《陕西文艺》1975年第6期;《曳断绳》,《陕西文艺》1976年第2期;《对门》,《陕西文艺》1976年第4期等的周围，是沉埋着许多有意思的故事的。如果以后的《贾平凹传》能够提供更详细的史料，那么我们就可以进 步看到贾平凹与十七年文学和"文革"文学的渊源关系，知道他是如何在80年代的小说创作逐步摒弃了那些前者的影响痕迹，吸收了孙犁小说的散文抒情成分;他是如何逐渐褪去前三十年当代文学中某些概念化的文学因素，又是如何注意接受80年代外国文学的影响，同时结合农村经验写作他风格独特的小说的;我们甚至还可以拿这些"文革"小说与他新时期初期的小说，从主题、题材和人物形象塑造的方式上加以细致的比较，分析整理出他文学创作转变的轨迹。对贾平凹、路遥和蒋子龙等人而言，如果我们不在介于70年代与80年代之间这个狭窄领域里作一点研究，这些作家的创作起点与后来创作的关系，就很可能变成一个模糊地带，一个被历史遗忘的角落。

四、新的边界需要确立在哪里和如何确立

事实上，最近以来，有的研究者已经为我们提供了切实有效的研究思路，例如刘芳坤的《女知青爱情叙述的失效》和艾翔的《文学史阐释模型的无力》这两篇文章。[1]

---

[1] 这两篇文章均为中国人民大学文学院现当代文学专业博士生2011年上半年"重返八十年代文学"讨论课上的发言稿，未刊。

刘芳坤写道:"早在1975年,25岁的她便发表描写知青生活的长篇小说《分界线》。进入'新时期',从《爱的权利》开始,张抗抗的小说也是屡受关注并频频获奖。"她认为,由于"文革"时期知青小说只允许塑造英雄人物形象,所以刚到新时期,从1976年到1978年,差不多有三年时间张抗抗的创作面临转型的困难。刘芳坤发现,张抗抗之所以成功创作了长篇小说《北极光》,并获得新时期读者和批评家的认可,是因为她借助了十七年小说如《青春之歌》人物原型和主题的资源。而主人公芩芩的人生问题虽然与林道静有某些相似之处,例如都在寻找最理想的人生答案,背景却与前者差异明显。就在这种转型情境中,芩芩的形象由英雄主义向平民主义发生了历史位移。促使作家创作转型的一个原因是:"1979年知青返城风后,1980年中共中央及时召开全国劳动就业会议,当年城镇新安置就业人员就达到900万人。"刘芳坤观察到:"大批的知青回城后,切实的生计问题提上了议程。《北极光》中的主人公的选择正是这千百万知青中的代表。"艾翔从张承志小说《北方的河》的理想性叙述中,发现了70年代遗留的红卫兵行为元素,他认为以此为线索,还可以打通80年代与60年代的精神联系。

有了张抗抗这个跨界作家的个案,我们可以借此把80年代文学边界问题的探讨落到实处。诚如前面提到的,无论是刘青峰、李陀和北岛等70年代地下小说家群体,还是蒋子龙、贾平凹和路遥等70年代就在公开杂志上发表作品、而后转型成新时期作家的小说家群体,或者像张抗抗这种虽然起步困难但最终也实现转型的跨界作家,他们都有一个思想起点或者说是创作的出发地——70年代。例如像刘青峰这种情况,由于受到1971年那个事件的震撼,她的思想理论改变了,她和世界的关系也随之改变了。又例如像蒋子龙、贾平凹和路遥这种情况,作家们尽管都不愿意正视自己的70年代创作史,他们受到这一时期的工农兵文学、孙犁和柳青等人的很大影响,仍然是毋庸置疑的事实。据此可以发现，他们80年代的文学思想与70年代的文学思想并不是一种割裂的关系，相反我们能够一次次地追寻到那个原初的文学起点。正是敏锐地注意到许多作家身上这种跨界性的特点，刘芳坤的研究给了我们更细致的提示，她认为张抗抗的文学创作虽然跨越了不同的历史时期，然而对人生问题的关切却是贯穿这一漫长过程中的一条红线。张抗抗70年代初在创作反映知青生活的长篇小说《分界线》时，由于受到"文革"文学观的限制，只能把知青一代的人生问题的焦虑加以变线而转移到对他们战天斗地生活的描写上。到了新时期，作家对人生问题的探索没有弱化，但她一时还找不到艺术表现的角度和方式，在犹豫彷徨了三年后，作家终于抓住知青大返城这个事件创作了《北极光》。因此在刘芳坤看来，从70年代到80年代整整十年，张抗抗与贾平凹、蒋子龙等人相比不算是一个成功转型的作家，不过她提供给我们的研究话题却是有价值的，因为仅凭知青问题——人生问题这一在张抗抗小说创作一以贯之的线索，并对之加以提炼，就可以用来观察很多同时期的同类作家的创作，发现有意思的问题。

到了现在，有一个结论大概已经没有什么问题，这就是上述小说家80年代的创作是从70年代开始的。这样，我们可以把80年代文学的界桩向前推移到1970年前后。能够在不同的小说家群体中找出他们的共性，应该是一个重要的收获。我把这个收获归结为以下几点：一是1976年并不是新时期文学真正的发源地，它思想和文学的温床大概可以界定在1970年前后。更确切地说，应该说是萌发于60年代的青年政治运动，经历了70年代的过渡期之后，才在80年代结出了文学的果实。二是80年代文学的发生和发展，并不只是地下文学这么一个发生点，还有很多个发生点，例如从"文革"公开杂志上走出的新时期作家、由知青文学中转型的女作家，以及从很多很多点上出现的新时期小说流派，等等。对这些发生点，我这里只是作了简单的清理，提出了一些问题，并没有认真深究，作更切实和具体的研究。如果这一研究得以展开，我们就可以从中找到很多80年代文学发生的资源和问题。更重要的是，从这些发生点上再出发，我们可以观察到从伤痕文学——改革文学——寻根小说——先锋文学——新写实小说这样的文学史线索和排序，是存在很多问题的。至少，为什么一些文学现象没有发扬光大就被淘汰了、被文学史筛选掉了，例如蒋子龙、柯云路的改革文学、路遥的现实主义小说等等。由于对边界问题的讨论没有受到重视，对这些问题的研究实际无法展开。三是由于80年代文学的研究刚开始不久，很多概念和问题还有待厘清，所以"如何确立边界"在我的想象中还是一个较长的过程。对自身边界的探讨，古代文学经历了晚晴以来近百年的时间，现代文学也经历了三十年时间，80年代文学边界的界定同样也会面临很多争辩和反复。鉴于当代史认识的复杂性，它必然会牵连到对80年代文学的判断和认识，以及对文学史边界查勘的难度，对此我们都不能掉以轻心。

第八讲 资料整理与文学批评

——以"新时期文学三十年"为题在武汉大学 文学院的讲演

我是学现代文学出身的,是贵校(当然也是我母校武汉大学)著名新诗研究专家陆耀东先生的学生。过去写过现代文学的文章,编过教材,后来兴趣转向当代文学史研究。由于转行,我近年特别怕见研究现代文学的学者,担心人家表面客气,心里却对搞当代文学的不以为然。这是因为,在现代文学研究界,发现和利用文献资料被看作是基本功,受到普遍重视,研究者的文章多是在此基础上写成的。所以,他们中的一些人很相信自己那才是学问。在当代文学研究中可能就有点怪怪的,因为批评毕竟是这个领域的显学。因此,在讲这个题目之前,我先对自己做点辩护,意思是不要轻看资料整理的作用。韦勒克、沃伦在他们的《文学理论》中说过,虽然文学理论、文学批评和文学史同属文学本体的研究,但它们又可以说都是一种文学批评,即使声称客观、公正的文学史也包含着批评的眼光和选择[1]。这样,资料整理可以看作是文学史研究的一个重要方面,它本身所包含的批评性是毋庸置疑的。

据了解,当代文学的资料整理工作确实比现代文学薄弱得多。20多年间,能够查找到的主要有1979年扬州师范学院中文系编的《中国当代文学研究资料》(内部发行)、1988年前后茅盾、周扬和巴

---

[1] [美]韦勒克、沃伦.文学理论[M].北京:三联书店,1984.

金等人任顾问,贵州人民出版社出版的《中国当代文学研究资料丛书》、2002年7月洪子诚主编,长江文艺出版社出版的《中国当代文学史·史料卷》(两卷)、2005年杨扬主编,天津人民出版社推出的《中国当代作家研究资料丛书》和2006年孔范今、雷达、吴义勤、施战军主编,山东文艺出版社出版的《中国新时期文学研究资料汇编》等几种。还有一些零星的争鸣资料、文坛回忆录以及规模和影响都较小的丛书等。它们都费时很多,规模浩大,实属不易。我不是要对它们再作一次书评,而是以它们为对象,针对不同丛书的变化和调整,来观察作家作品的筛选、读者的遗忘和重新激活、资料整理语境化以及历史对它的再叙述这样一些问题。同时说明,资料整理不单是收集客观事实,很大程度上是以批评的方式参与了新时期文学三十年的建构。换句话说,我们今天看到的新时期文学三十年不仅是作家创作层面上的三十年,同时也是被文学批评和文学史研究所叙述的三十年,资料整理就是其中一种有意味的叙述方式。

一、作品筛选、历史遗忘与激活

从一般文学常识看,文学批评总是走在文学理论和文学史研究前面的,担负着作品经典化、作家排名和规划文坛格局的特殊任务。通过批评的第一道筛选,优秀作品和优秀作家名单被初步确认。作为读者,我们的阅读会经常处在与同时代作品几乎同步的状态,所以容易受思潮摆布,而且比较个人化。那么,它就需要权威批评家来引导,指出哪些是最好的作品和作家,于是我们就在批评家所筛选、指认的文学作品中得到美的享受,形成初步的经典意识。我手头收藏过一些新时期文学选本,我发现它们尽管出版较晚,但还是残留着当时文学批评的痕迹。相信编选者肯定希望做到客观,不过当年文学批评对一些作家作品热烈的肯定和认同,也一定在他们脑海里积留下深刻印象，沉淀成对那个时代的文学记忆。所以即使是多年后出版的文学选本，仍然可能是文学批评的结果。只要我们把《文艺报》、《人民文学》、《当代》、《十月》、《上海文学》、《上海文论》、《文学评论》和《当代作家评论》所推崇的优秀作品，与诸多选本的入选篇目作一对应性比较，会发觉上面所述并非妄猜。为把分析做得更加周密和可靠，我们来比较两个不同时期的文学选本。前一类出版于1983年11月至1986年9月之间，分别是上海文艺出版社的《1981—1982全国获奖中篇小说集》(上、下卷，版权页为1983年11月)、上海文艺出版社的《1983年全国短篇小说佳作集》(版权页为1984年3月)、人民文学出版社的《1984年短篇小说选》(版权页为1985年3月)、作家出版社的《1983—1984·全国优秀中篇小说评选获奖作品集》(两册，版权页为1986年1月)和上海社会科学院出版社的《新小说在1985年》(版权页为1986年9月)；后一种1999年9月出版，即北京十月文艺出版社的《1949—1999·中国当代文学作品精选》(十二卷，版权页为1999年9月)。前类选本选入的，有李存葆的《高山下的花环》、《山中，那十九座坟茔》，路遥的《人生》，张承志的《黑骏马》、《北方的河》，王蒙的《相见时难》，王安忆的《流逝》，史铁生的《我的遥远的清平湾》，张贤亮的《肖尔布拉克》，汪曾祺的《陈小手》，梁晓声的《今夜有暴风雪》，阿城的《棋王》，铁凝的《没有纽扣的红衬衫》，张洁的《祖母绿》，韩少功的《爸爸爸》和《归去来》，徐星的《无主题变奏》，刘索拉的《蓝天绿海》，莫言的《秋千架》和《枯河》，马原的《冈底斯的诱惑》，残雪的《公牛》等。后类选本与前类选本出入不大，后类选本只增添了王蒙的《蝴蝶》、汪曾祺的《受戒》、王安忆的《本次列车正点》，其余未变。即使后增添的一些作品，也只是因为发表较迟，所以才没被前类选本收入。这说明，批评家和编选者同在知识分子圈子之中，没有知识分子的同意，即使这二十年社会怎么变化，文学经典的恒久性也是动摇不了的。它还说明，尽管编选者有了很大权力，但他还得严格遵守与文学批评的协约，即，批评家是经典的首选者。如果把当时发表的批评文章拿过来比较，会证实这种优秀作品篇目的经典化是与批评家对作品的明确认定同时发生的说法不是危言耸听的。所以我们说，与其说文学史是由作家创造的，它更准确的表达应该是，只有经过了批评家的参与和认可，这种文学史才会被看作是毫无疑问的文学史。没有批评的筛选，这个文学史几乎是不可能出现的。这一点非常重要。这是我要讲的第一个问题。

下面我讲第二个问题，即读者对优秀作家和作品的历史遗忘问题。我们知道，除非像诗经、唐诗宋词、托尔斯泰、红楼梦这样一些伟大经典，存在时间较短的经典作家和作品，一般都不可能被几代读者牢牢记住。也就是说，随着时间推移，对当时作家和作品的遗忘与误解便很容易在读者和研究者中产生。比如，谁能总是记得几十年前的这些东西？人们，尤其后代的读者，总是会因为别的事情的打搅而逐渐忘掉这些作家和作品的。我说这话，绝不是危言耸听，而确是事实。前一段时间，我去北京语言大学中文系参加一个会议，碰到在那里担任教授的著名作家梁晓声先生。闲聊中，他用带点伤感的语气对我说，他的作品60后读者都知道，70后可能只知道一点，但80后究竟是否知道就很难说了。我相信梁先生是一个诚实的人，他出身于复旦中文系，受过正规文学史知识训练，不会像有的作家那样盲目迷信自己作品会流芳百世。梁先生的意思是，每个作家都有自己的时代。这对我震动很大。法国社会学家埃斯卡皮有一个著名观点，叫"作家的世代"，也是这个意思。通过对18、19世纪英国、法国几代作家年龄史的统计学研究，他认为，一般作家20、30岁左右步入文坛，"在40至45岁时到达最高点，然后稳定在相当高的水平直至70至75岁"。不过，很多优秀作家的黄金时代都在一二十年，然后他们会逐步退出公众视野，并被世人遗忘。"一位作家的形象"，"几乎近似于他40岁左右给人留下的那个样子"。为此,他列举了斯达尔夫人、夏多布里昂、里瓦罗尔、贝朗瑞、司汤达、巴尔扎克、雨果和缪塞的例子来加以说明。那么,为什么会出现这种急速的作家更替现象呢?他认为是由于历史事件和文坛规律这两个因素:这个作家群体在"某些事件中'采取共同的立场',占领着整个舞台",但他们的文学命运最后又受制于"变动的政治事件——朝代的更替、革命、战争等;另外,文坛规律也不能小看,"历史性的考验所作的筛选针对壮年人的作品,尤其是老年人的作品,这些作品被淘汰,让位给年轻人的作品","当上一代的主力军超过四十岁,新一代的作家才会冒尖"。[1]对这种文学史现象的分析确实十分残酷,让那些热爱自己心仪作家的读者都有点接受不了。但它对文学史的资料整理很有参照价值。其价值在于,它提醒我们,所有在世或辞世作家的作品,都要经历被历史遗忘的过程。有的随着文学杂志进入了资料室,有的选集被图书馆或个人收藏,除非为了研究,人们很难再想起他们(它们)。举例说,在今天,有谁不是因为研究需要而仅仅出于阅读冲动去重读在80年代兴盛一时的作品,如伤痕文学、寻根文学、先锋文学或者朦胧诗呢?也就是说,当一个作家发表作品后,他要经过两道历史筛选:一是当时的批评,二是由于时间推移而发生的遗忘。人们注意到,年轻的文学研究者,很少有人再重视李存葆的《高山下的花环》、路遥的《人生》、王蒙的《相见时难》和铁凝的《没有纽扣的红衬衫》等小说。这是因为,孕育这些文学作品的事件已经不复存在,人们在遗忘当年事件的同时,也就将这些曾经红极一时的作品几乎遗忘个干净。这也没有办法。我们生活的社会语境毕竟发生了深刻变化,在一个更加多元和充满矛盾的年代,人们所焦虑的已经不是文学当年提出的那些问题,而是更为严重的生存危机和精神的无根感。所以,不要说

---

[1]〔法〕罗贝尔·埃斯卡皮.文学社会学［M］.杭州:浙江人民出版社,1987.

让生活在不同历史和文学环境中的"80后"读者对它们产生兴趣，即使连与作品一起经历过惊心动魄的历史和文学环境的当事人，也不可能始终保持那种震撼性的体验。后一种，就是我要说的同代读者对同代作家作品的遗忘。其实，不单是一般读者，即使受过专门训练的研究者，也只会永远对新作品感兴趣，如王安忆的《启蒙时代》、莫言的《生死疲劳》和贾平凹的《秦腔》等。不知道你们注意到没有，时间在我们毫无觉察和不断变化的文学记忆中正在形成某些等级秩序：譬如，人们总是认为作家后来的作品比他原先作品更为优秀，作家总是越写越好。这种文学记忆实际类似于一种过滤，它以过滤原来作品为代价来强化对后来作品的认同。而这种现象，人们往往是无意识的，并不是刻意为之的。这才是一种更为可怕的文学的遗忘。

前面我花去很多篇幅去分析作品筛选和历史遗忘的问题，这会不会影响到作家和作品的经典化认定？如果这样，还会不会出现经典作家？这种担心肯定有道理。这就是我接着要讲的第三个问题：即如何通过资料整理去重新激活那些被读者和研究者遗忘的作家、作品，让他们重返公众视野和记忆当中。在我看来，这就是资料整理的意义。或者说资料整理只有在这种情形中，才会变成一种更有力量的文学批评。但是，我所说的资料整理，不是单指机械性的资料汇编，它也应包括文学选本、作家研究资料丛书、本科生和研究生作品阅读书目等各个方面，许多人都明白，这些资料是通过主观建构的途径才成为有意义的历史。对于后代读者，比如对以80后为主体的硕士生、博士生来说，由于没有经历过那些文学作品产生的年代，不了解当时年代为这些作品营造的经典化的知识和历史氛围，他们对伤痕期文学经典的认识可能有些模糊。不过，当资料丛书将开列的经典书目和经典作家重新放在他们面前的时候，这个问题好像就解决了。孔范今、雷达、吴义勤、施战军等老师编选的大型丛书《中国新时期文学研究资料汇编》就这样宣称："发端于20世纪七十年代末的中国新时期文学至今已走过了近三十个年头"，但是，"到目前为止，国内尚没有一套权威性的能完整反映新时期文学发展全貌的文学大系"，"这无疑为我们在新世纪全面展示、回顾、总结新时期的文学成就"，"带来了诸多困难和不便"。[1]这种权威性口气，无疑是在向后代读者宣布：他们所编选的是一部非常真实的新时期三十年文学。接触这套丛书的人会产生一个印象，在许多大学课堂和研究生教学中地位明显下滑的伤痕、反思作家作品，正陆续在大型资料丛书中复活。比如，《中国新时期文学思潮研究资料·上》从第一篇刘心武的《根植在生活的沃土中》到徐敬亚的《时刻牢记社会主义的文艺方向——关于〈崛起的诗群〉的自我批评》，用139页、差不多占该书三分之一多的篇幅重现了伤痕文学惊心动魄的历史。再比如，《中国新时期小说研究资料·上》头条文章用的就是季红真当时为新时期文学定调的著名文章《文明与愚昧的冲突——论新时期小说的基本主题》。我相信作者对新时期文学基本意义的明确判断，会对后代研究者的新时期文学印象有非常明显的暗示："文明与愚昧的冲突"，在整个新时期文学中，"存在于小说诸多分散主题"中，这种"内在的同一性"，"我们称它为基本主题"。[2]同样值得注意的是，一些为人淡忘的作品也在被悄悄放回文学史的主轴叙述，它们是：王蒙的《蝴蝶》、《活动变人形》，刘心武的《班主任》，铁凝的《没有纽扣的红衬衫》，高晓声的《陈奂生上城》，《"漏斗户"主》，从维熙的《大墙下的红玉兰》，蒋子龙的《开拓者》，谌容的《人到中年》，张贤亮的《绿化树》和梁晓声的《今夜有暴风雪》等。不仅如此，"汇编"还启用了当年评价它们时的热烈字眼，如"对真善美的

---

[1] 孔范今、雷达、吴义勤、施战军主编.中国新时期文学研究资料汇编[M].济南：山东文艺出版社，2006.

[2] 季红真.文明与愚昧的冲突——论新时期小说的基本主题[J].中国社会科学，1985(3)、1985(4).

探求"、"美——在于真诚"、"短篇小说发展态势"和"当代中篇小说所处位置"等。[1]对我们这些经历过80年代的人来说,在心里多少会觉出它的夸张;但对"后代"研究者而言,他们会相信本来就是如此,因为"汇编"不就是一个最有力的历史的证明?它讲述的文学史就应该是这样的。

以上分析发现,资料整理尽管是一种滞后于作品批评的文学批评,但经过岁月淘洗,当一些作家和作品在时间里开始失势,并进入遗忘的程序时,它却在以一种更为强劲的后叙述姿态,显示出在文学史中的特殊分量。其中,一个最值得提到的例子,就是路遥的复活。我们知道,在80年代,路遥是被作为柳青的传人看待的,他的小说《人生》、《平凡的世界》被看作农村题材在新时期的高峰体验,后者为此还荣获过"茅盾文学奖"。但是,90年代中期以后,鉴于各种复杂原因,没有人再认为路遥是新时期的重要作家,他在文学史的叙述中,经常处在边缘化的尴尬位置。当然,关于如何评价路遥一直争论不休。我注意到,在王蒙、刘心武、蒋子龙等现实主义作家全部落选的情况下,"汇编"却独独把"作家研究资料"的特殊机遇给了这位失意作家,这就是孔范今等人主编的《路遥研究资料》。更有意思的是,该资料的篇幅,也明显超过当前某些当红作家,居然有57万余字之多。相比之下,贾平凹(54.6万)、陈忠实(53.8万)、王安忆(47.9万)、张炜(48.5万)、韩少功(41万)、莫言(38.7万)、余华(43.3万)、苏童(45.4万)……人们不免怀疑,难道路遥的历史分量和艺术价值都大大超过了这些作家?它的理由是什么?在对历史重新激活的资料整理中,评价者使用的是一种重叙历史的庄严声调:"五十岁,是人生的盛年,但路遥的坟茔却已是七载枯荣了。"然后他回忆了路遥贫困的童年,再与作家的小说创作接

---

[1] 吴义勤主编.中国新时期小说研究资料(中)[M].济南:山东文艺出版社,2006.

轨:"这段铭心刻骨的饥饿史,被他几度写入《在困难的日子里》和《平凡的世界》。"他认为:"正是由于环境和个体内部的现实冲突,使路遥的创作心理自觉或不自觉地以一种固有的模式表现出来,这就是:城乡的差距与现实的冲突,这也成为路遥创作的典型情结。"以此为研究方向,评价者发现,"作为一个农民的儿子,路遥对农村的状况和农民的命运充满了焦灼的关切之情",而且坚信,"他们的来路与去路,路遥萦绕于怀,牵挂一生"。为证明上述判断的真实性,评价者还把我们带到了一个历史现场:"一九九二年春,路遥在西北大学作报告时,我曾问他:'您最爱什么? 最恨什么?'他说:'我最爱劳动者,最恨不劳而获的人。'"[1]重读这些目的在于激活的研究文章,不难发现,在娱乐消费文化成为社会主导文化、人们的信念大厦几近崩溃的背景中,强调一个作家创作中的道德价值,无疑会增加他的文学史分量,使其处在比别的作家更为优越、有利和重要的认识位置上。尤其是当底层文学再次成为公共话题热点,路遥文学书写与它的历史性相遇,显然会使作家在公众心目中的重要性暗中增值。这也无可避讳。在这样的考量中,关于路遥的资料整理绝对不是一项纯客观、纯学术的工作,而明显带有重新规划新时期文学三十年历史地图的野心。

　　当然,重新激活也是有条件和有选择的,并不是所有被文学史埋葬的作家作品都能在资料整理中复活,像礼平的《晚霞消失的时候》、遇罗锦的《一个冬天的童话》、白桦的《苦恋》、北岛的《波动》等等,它们不照样还在历史漫漫长夜里沉睡而无人理睬? 这也是需要研究的现象。

---

[1] 陈思广.理解路遥——重读《路遥文集》[J].文艺理论与批评,1999(5).(又见《路遥研究资料》,第137～146页,济南:山东文艺出版社,2006.)

二、资料整理的语境化问题

资料整理、选择、归类和出版，一般都是在作家创作、文学批评活动的许多年之后，逐渐成为文学史的事实的。比如，天津人民出版社的《中国当代作家研究资料丛书》(2005)、山东文艺出版社的《中国新时期文学研究资料汇编》(2006)的问世，距80年代、90年代都有一二十年的时间。"围绕王朔所产生的'王朔现象'，是中国当代文坛不能忽视的人文景观之一。20世纪八九十年代的许多文学、文化争论，如大众文化问题、市民社会问题、人文精神问题、自由写作与个人写作问题、作家'触电'现象（作家涉足影视）等的论争都与他直接或者间接有关"，所以正因为如此，"有些争论甚至持续至今。不仅仅是王朔本人的作品及其文学观念，而且也包括那些对王朔的研究和争论"。[1]但编选者都相信："汇集一些有质量并且具有代表性的评论、研究贾平凹的文章，不仅有助于认识贾氏本人的创作，也可以此为线索，认识中国当代文学和文化的或一侧面。"[2]它们表明，在经历桥断路毁的历史风浪后，人们希望去重建一个统一的新时期文学三十年。

但今天看到，新时期文学三十年只是一个历史阶段，它作为整体性的历史时期来理解恐怕有了很大问题。这一二十年发生了很多意想不到的事情，不用说大家都明白。用一天一变来形容我们的时代，恐怕也不算过分。当前中国社会结构震荡与重组，对这三十年文学价值观念的撕裂是前所未有的。在人们心目中，几年前的文学现象，就像是那种恍若隔世的往事。即使活在相同时空之中，大家也都有

[1] 葛红兵、朱立冬编.王朔研究资料(后记)[M].天津：天津人民出版社,2005.
[2] 郜元宝、张冉冉编.贾平凹研究资料(序)[M].天津：天津人民出版社,2005.

"同床异梦"这种令人震惊的时代错位感。人们与其说在学科话语中说话，还不如说是在不断变化的历史语境中说话。或者说，语境正在重编人们对文学的认识，所谓新时期文学三十年实际上早已经处在被重编的文学史状态。语境因素参与到了新时期文学的建构活动之中，它对编选标准、入选作家等产生了顽强干扰，新的文学意识对编选者态度的影响，也大大超出人们的预料。举例说，20世纪八九十年代由贵州人民出版社等出版的《中国当代文学研究资料》大型丛书，曾有《王蒙专集》、《刘心武研究专集》、《从维熙研究专集》、《蒋子龙研究专集》、《徐迟研究专集》和《柯岩研究专集》。但到最近两年天津人民出版社、山东文艺出版社的"作家研究资料"中，这些新时期知名作家全部消失。这一现象说明了什么问题？我以为它与社会转型对人们社会、历史和文学观念的重大建构有极大关系。我们知道，新时期三十年，最重要的语境就是走向世界这一举国战略。一切的政治、经济、文化、文学活动都要服从和遵守这一民族振兴的战略。为什么新时期文学从伤痕文学到先锋文学的转变就这么顺理成章？仅仅靠激烈的文艺论战，靠寻根和先锋作家的卓绝奋斗行吗？没有走向世界作为它的历史逻辑行吗？肯定不行。进一步说，伤痕文学为什么没有发育成熟就迅速走向衰落了呢？如果在这种战略提供的历史途径中想问题，原因就非常简单，因为人们认为它仍然属于工农兵文学范畴（如李陀的看法），与走向世界的社会转型水火不相容，所以必须抛弃。在这种情况下，以贾平凹、张炜、莫言、余华、韩少功、陈忠实、王安忆、苏童等先锋作家去取代伤痕作家王蒙、刘心武、从维熙、徐迟、柯岩在文学史中的位置，被认为是理所当然的。然而，编选者没有意料到，就在这种新的历史叙述之中，原先被想象成整体性的新时期文学出现了明显断裂，这种断裂不仅出现在伤痕文学与先锋文学之间，与此同时也出现在两个作家群体中间。这两个文学时期，因为断裂而失去了逻辑性的联系，评价优秀作家的标准也随之发生了变化，于是便可能在人们的理解中出现数个面貌不同的新时期文学三十年。这样看，重编便不应该被理解成朝着一个方向走的历史的结果，它还会因人们心境、知识、体验的不同而形成歧路丛生的文学史认知局面。近年来，关于什么是真正的当代文学的分歧，不是已经在诸多当代文学史书写中出现？另外，在资料丛书对优秀作家名单的调整中，还有一个问题值得注意，即新时期文学三十年的建构史被等同于一个不断被剪辑的过程。在一些文学史中，先锋文学的文学史篇幅明显扩容，伤痕文学被严重压缩，新时期文学三十年被理解成以先锋文学为主流的文学期；而在另一些文学史著作，伤痕文学的地位并未因先锋文学的兴起而动摇，启蒙论仍是解读新时期文学的唯一历史钥匙。……当然，人们这样做也不能说就没有他们的理由。

语境化对资料整理的另一重影响，是文艺论争和思潮在文学史书写中的被边缘化。2007年12月底，我在中国社会科学院文学所主办的"文学史写作的理论和实践"国际学术研讨会上谈到过这个问题。文学所研究员白烨的观点也很有意思。他发言的大意是，过去文学史把文艺论争和思潮列为主要叙述内容当然不对，但最近十几年的当代文学史著作都在大幅度缩减它也同样是一个问题。因为这样，无异是在抽离文学作品发表所依赖的历史环境。那么在这种情况下，我们还怎样让学生真正了解文学史上曾经发生过的事情。我觉得他讲得非常好。最近几年出版的文学史研究资料，都或多或少有这个问题。有的在故意冲淡书名的意识形态色彩，用史料选这种中性词来代替；有的更愿意编成作家研究资料这样的丛书；有的即使有文学思潮、新文学史资料部分，也不再使用文艺论争等露骨说法，因为担心论争会影响丛书的学术质量。以山东文艺出版社的"汇编"为例。"文学思潮研究资料"共计142万余字，分上、中、下三册，但1979至1984年五年间文艺论争最激烈的文章，只占上册的二分之一，20余万字。最醒目者，莫过于虽收入《为文艺正名——驳"文艺是阶级斗争的工具"说》、《"歌德"与"缺德"》、《祝词》、《关于"向前看文艺"》、《新的课题》、《令人气闷的"朦胧"》、《时刻牢记社会主义的文艺方向——关于〈崛起的诗群〉的自我批评》等文，却未收入我们更加熟悉的《继往开来，繁荣社会主义新时期的文艺——在中国文学艺术工作者第四次代表大会上的报告》、《人是目的，人是中心——对在作协代表大会上发言的补充》、《在剧本创作座谈会上的讲话》、《在新的崛起面前》、《文艺与人的异化问题》、《四项基本原则不容违反——评电影文学剧本〈苦恋〉》、《论〈苦恋〉的错误倾向》、《新的美学原则在崛起》、《现代化与现代派》、《关于现代派文学的一次通信》、《马克思主义与人道主义的关系》、《高举社会主义文艺旗帜，坚决防止和清除"精神污染"》、《当前文艺思想的几个问题》、《在"崛起"的声浪面前——对一种文艺思潮的剖析》、《关于人道主义和异化问题》等等。我担忧的是，通过这些文章人们可以读到并亲自体验那个年代令人紧张、惊心动魄的文学环境；但如果离开它们，人们是不是甚至都无从理解《班主任》、《爱，是不能忘记的》、《苦恋》、《回答》、《宣告》、《致橡树》、《夜的眼》、《布礼》、《车站》、《你别无选择》、《一个冬天的童话》、《在同一地平线上》、《绿化树》等作品复杂的文本内涵和原初环境，集聚在它们周边的文学制度、文学成规、读者反映、文学与社会关系、历史转型和精神阵痛等等。必须看到，文艺思潮的被边缘化，是近年以资料整理为形式的文学史书写的重要变化之一。受到80年代以来去政治化风潮的一再冲击，思潮内容被许多人认为是严重遮蔽文学性生长的陈旧历史形态。但是，也有人开始意识到，在凸显和进一步强化80年代纯文学图景的同时，文艺思潮也在经历着被历史风化的漫长过程，相信很多年后，它终究会变成一片无人所知的长眠的废墟……

问题的复杂性在于，无论语境化批评还是资料整理者，谁都想尽可能地走进一个更为真实的新时期文学三十年。资料整理者即使意识到了语境的压力，也无法脱离它而单独与历史对话，它认为作为历史叙述的有效性之一，就是避免陷入资料大全的尴尬困境。福柯曾提醒人们，历史档案并非人们想象的那样杂乱无章，那些看似混乱的资料堆积，其实是一种有意图的历史分析。在我看来，这种历史分析的意图性，只有到了资料编选阶段才可能看得比较清楚。所以，一定意义上，"资料汇编"并不是一种纯粹的技术性工作，而是反映了编选者整理、压缩或扩充历史想象的叙述意图，代表着他重构历史的大胆想法。如此一来，我们在重读这些文学史资料时所产生的，不仅仅是与历史的重逢感，还包括同时被一种陌生感所笼罩的历史惊讶感。我们发现，尽管材料都是旧的，但是随着编选者把它们搬出图书馆，通过新的筛选程序把它们重新组装的历史过程，这些历史材料的陌生化含义，便源源不断地凸显出来。它们与早已经固定在人们记忆中的那个新时期文学，甚至有了南辕北辙的感觉。之所以会如此，我想这主要是因为这些材料脱离了原来的语境，而与今天的语境重新签订了协议。

但不难意识到，语境化在压扁或膨胀的背景中重编资料丛书的时候，将意味着一个怎样重新认识新时期文学的历史痛苦和历史浪漫化问题的开始。有的研究生在参考这些资料丛书时，可能会产生一种历史感觉，好像80年代只经历了短暂的伤痕文学期，一下子演变到先锋文学阶段，整个新时期一直都在分享先锋文学的辉煌成果，这就把文学界的痛苦探索悄悄排斥掉了。历史如果是这样，那将是这些资料丛书本身的问题。举王蒙小说《布礼》为例。他19岁写长篇小说《青春万岁》(1953)，22岁发表轰动一时的小说《组织部新来的年青人》，23岁被错划右派，1963年去新疆接受思想改造。1979年从新疆返回北京时，他已是45岁的中年人，20多年人生最美好的岁月都在社会动乱中被折腾掉了。《布礼》表面是意识流小说，作家的叙述也有点油嘴滑舌,但它的探索却很严肃,这就是对革命的忠诚问题。这个问题是很浪漫的,但又是很痛苦的,你要痴心不改地追求革命理想,但革命又因为它的过错,对你甚至有不当的摧残性行动。革命理想是崇高的,但革命现实又是残酷无情的。这是多么矛盾的历史命题啊。王蒙探讨的其实不光是纠缠在他个人内心深处的痛苦和困惑,他的小说反映的实际是一个中国的世纪性的历史难题。试想,我们这代人的历史,怎么能因为有了新世纪,就与20世纪革命史轻易地脱钩呢?所以我说,《布礼》实际是一部有很大历史难度的小说,是一部考验一个作家思想能力和写作能力的小说。托尔斯泰的《战争与和平》、帕斯捷尔纳克的《日瓦戈医生》都是这类题材的伟大作品。我们可以说王蒙写得并不很好,至少处理得不是很理想。但他能动这种大题材,胸怀和眼光就不简单,有大作家的气度。在今天这个以娱乐消费文化为中心的大历史语境中,人们会觉得我这个话题很可笑,至少是书生的迂腐。现在人们都搞后现代、现代性什么的,谁还对这种文学的老题目感兴趣?这就是我今天关注的问题:即革命文学怎么成了一个老题目?它是因为什么语境的压力才成为老题目的,将它变成一个老题目,是不是也是一个值得探讨的问题?……这些都让我很困惑。

《布礼》有这样一段描写,是说钟亦成被错划右派后的生活,他对革命对他的体力惩罚并不生气,真正难过的是把他的恋人(当然也有他自己)开除出革命队伍这个事实。他抗议道:"难道费了这么多时间,这么多力量,这么多唇舌(其中除了义正辞严的批判以外也确确实实还有许多苦口婆心地劝诫、真心实意地开导与精辟绝伦地分析),只是为了事后把他扔在一边不再过问吗?难道只是为了给山区农村增加一个劳动力吗?根据劳动和遵守纪律的情况划分了类别,但这划类别只是为了督促他们几个'分子'罢了,并没有人过问他们的思想。"又说:"好比是演一出戏,开始的时候敲锣打鼓、真刀真枪,灯光布置,男女老少,好不热闹,刚演完了帽儿,突然人也走了,景也撤了,灯也关了。这到底是什么事呢?不是说要改造吗?不是说戴上帽儿改造才刚刚开始嘛,怎么没有下文了呢?"这些叙述当然有点"油滑",过于饶舌,我觉得写得不好。但是,当听到凌雪因坚持和自己结婚而被组织开除党籍的消息时,钟亦成毫不掩饰地作出了强烈而复杂的反应:"布礼,布礼,布礼!突然,泪水涌上了他的眼眶。"……这可笑吗?我一点都不觉得它可笑。这实际是一个以信仰和痛苦做底衬的历史感受。现在,我想分析一下我所说的"历史的浪漫"。这其实是一种社会关系,指的是一群有知识、有头脑和自觉的人,出于对不公正社会的不满和反抗,为建立一种更公正的社会而与革命、战争、斗争、组织等发生的一种持久的、带有组织行为特点和有信仰内涵的联系。比如,投身革命、入党、牺牲、献身、岗位等等。如果按一般生活常识,这种关系确实显得匪夷所思,是对普通生活的一种脱轨。因为它脱离生活和时代伦理,有点接近某种戏剧性的思维和行为方式。在这个意义上,"历史的浪漫"这个专属词组又可以反过来理解,即"浪漫的历史"。它其实尖锐地凸显出一个难以解决的历史难题:即实现了现代民族国家目标后的革命应该怎么办?它还应该继续浪漫下去,不去脚踏实地建立完备、持久的现代民主制度吗?或者说,既然说革命本身就具有社会批判性,它只有保持对社会和自己的批判,才能始终具有历史活力。那么,它将怎样处理革命与建设的复杂关系?我们1978年以前的所有历史,不是都在这种巨大的历史困惑和矛盾中折腾和反复吗?我、我们同代人和钟亦成就曾生活在这一历史时空之中,在这一浪漫的历史中度过了童年、少年和中年,形成了这代人所独有的世界观、人生观和文学观。但是,浪漫的对面就是痛苦,因为浪漫所规划的理想目标太崇高了、太遥远了、太难以达到了,与我们每天面对的现实反差太大,简直无法兼容。于是,历史就要为它付出巨大的和难以想象的代价。这就是"历史的浪漫"和"历史的痛苦"的根本来源。

其实,"历史的浪漫"与"历史的痛苦"等难解的历史命题,不只是我们课堂上讨论的题目,在革命历史中它本来就存在。2002年我去重庆参加一个学术会议,顺道到渣滓洞、白公馆等历史遗址参观。纪念馆有两处材料给我留下极深的印象:一是牺牲烈士中80%的人都是四川大学、重庆大学的学生,很多还是富家子弟;二是他们在生前探讨过革命成功后如何预防腐败的问题。……显然,这些数字和材料的内在含义已远远超出人们对40年代、50至70年代和80年代的解释,它包含着中国人一个世纪以来对什么是理想国家、理想社会的艰苦思考和探索。我和钟亦成,也包括我们所有的人,都是这一漫长的历史链条上的若干个环节,是与它发生着血肉相连的深刻联系的。如果我们通过资料整理的方式重述新时期文学三十年,如果我们想站在忠实、公正的立场把这一文学期的历史面貌留给后人,那么,有什么理由把革命文学、社会主义经验、历史的浪漫和痛苦这些东西在资料丛书中淡化?我不是反对语境化的存在,不是觉得这些资料整理工作做得不好,我的遗憾是,对这些作家研究资料中作家名单的被置换、文艺论争材料的被忽视和边缘化,编选者都没有作出令人信服的交代、说明和讨论。它没有经过学术讨论这一复杂细致的环节,一下子就变成了今天我们所看到的新时期文学三十年。它的历史根据是有一些问题的。

或者,我更想说的是,当我们通过资料整理看到这个文学三十年时,不要以为它就是自己在研究中所要的全部的文学史了。我们应该回到图书馆、资料室中去,去翻翻当年的那些旧杂志、旧报纸和作家作品,以一种相互参照的阅读方式,以一种肃穆的历史心情,去比较一下第一手资料中看到的三十年,与被资料整理过的三十年究竟有什么不同,它不同的理由是什么,等等。我觉得,这才是一种比较可靠的文学史研究的态度和方法。

三、资料整理的"再叙述"

资料整理不光是一种后批评，它还是一种"再叙述"或"再批评"。这种说法的理由是什么？艾略特在《传统与个人才能》这本书里谈到过这种观点，大意是，为什么人们总是要重评历史？因为历史中有过去的过去性，也有过去的现存性。我对这种现存性的理解是，它是以过去的形态重现在今天并使今天的社会意识重建对它的认同感的。而对于新时期文学三十年来说，资料整理的重要价值也许就在于，它以再叙述的特殊方式，并以强烈的主观愿望（尽管所有编选者都声明自己的客观和公正）参与到当前文学史的叙述当中。

我举的第一个例子，是作为贵州人民出版社《中国当代文学研究资料丛书》之一的《刘心武研究资料》。人们对刘心武的"文学史印象"是通过他1977年发表的短篇小说《班主任》确立的。之后，他的《爱情的位置》、《醒来吧，弟弟》、《钟鼓楼》、《公共汽车咏叹调》、《5.19长镜头》等作品和大量评价他的创作的文章，在共同帮助我们巩固他这种伤痕文学第一人的形象。有意思的是，当我们作为一般读者零星读到这些作品和评价文章时，是很难勾画出刘心武的这种文学史形象的；但是，当它们以资料这种成规模的形式将零星材料提炼、集中和归纳成30万字的"刘心武研究专集"时，那么就没有人怀疑它确实已成为一种历史的结果。这部"研究专集"最具分量的不是30篇评论文章和后面的"评论文章目录索引"，而是第一个栏目"刘心武的生平和创作"中作家对于自己创作的再叙述，它们是以后记、通信、答问等方式展示在读者面前的。也就是说，通过刘心武对自己创作历程的再叙述，读者从中得知了许多鲜为人知的作家故事，而这些丰富、复杂和曲折的故事，也在参与对刘心武小说的阐释，进一步满足了读者在读这些原作时对作家本人的好奇心理。因为它告诉我们,这就是作家的真实的历史。谁不想了解作家的真实历史?就连我们这种所谓的专业研究者,有时也会对这隐秘的作家文本充满了好奇心。在后记体的作家"再叙述"中,刘心武告诉我们:"我几乎每天都要收到这样的读者来信,诚恳地、执拗地问我:'你是怎样成为一个作家的? 你小时候文章就写得很好吗?'"他回忆了"少先队员"时期的"幸福生活",非常自信地认为,"成年后写出的《班主任》等小说中",就"潜移默化"地体现了这样的"境界","这就是为什么我一听见少先队的鼓号声,泪珠便挂在睫毛的原因"。[1]《班主任》成功的秘诀是什么?"它"是我十多年在中学里'摸爬滚打',真情实感的产物,是我久蕴在心、发于一朝的结晶"。[2]为了写长篇小说《钟鼓楼》,要"用多种方式深入生活","我去京郊农村生活过一段","我隐去作家身份,'混'入到北京市民的婚宴上,从早泡到晚,仔细地加以观察……我觉得我采取的是严格的现实主义的创作态度。我力求准确而精微地反映生活,给读者留下一个时代一个地区的真实记录"。[3]毫无疑义,读完这些后记体文字,我们对作家和作品的理解,会很自然地与作家再叙述的愿望发生接轨,产生强烈的认同感。我们感觉它们并不只是作家的故事,而就像是发生在我们自己身上的故事一样。尤其是在当下相对主义社会思潮抬头,理想、认真、忠实、刻苦这些非常朴素的为人操守和精神信念普遍下滑的时候,人们会感觉它的"再叙述"几乎是"生逢其时"的,人们又重温并回到了那个朴素的年代,在刘心武的自述与前者之间搭起了一座精神沟通的桥梁。我们会相信这些伤痕作家不仅都有神圣的理想,他们的创作还是建立在严格的现实主义的创作态度上的。有的人可能还会抱怨,自己生活中为什么就没有了这些东西了呢? 今天的有些作家,为

[1] 刘心武.泪珠为何在睫毛上闪光——回忆我的少先队生活[J].辅导员,1980(5).
[2] 刘心武.班主任[M].北京:中国青年出版社,1979.
[3] 朱家信.刘心武研究专集[M].贵阳:贵州人民出版社,1988.

什么总是在所谓欲望叙事上没完没了？他们就没有自己把自己搞烦的时候？这恰如巴赫金所指出的："对作者，首先应该从作品事件本身去理解，即他是作品事件的参与者"，他同时"又是作品事件中的读者的权威引导者"。[1]某种程度上，《班主任》是在"文革"终结这个重大社会事件背景中问世并成为著名小说的，因此我们也就在对社会事件的理解中重新理解了这部小说。抑或说，我们又是在当下不理想的语境中，重新去找回过去曾经有过的对这小说的理解的。与此同时，我们正是在理解刘心武之后才得以全面理解了伤痕文学年代。我们把作家十年前的过去，当成了我们今天的现存性，尽管事隔多年，我们也没有一丝一毫觉得它就是过去的那种感觉。这种文学感觉，真的是非常奇怪和有意思的。

进一步说，把《班主任》看作是只在社会事件层次上才有意义的小说，我有自己的理由。第一，没有"文革"终结，刘心武就不可能提出"救救孩子"的问题；第二，没有90年代中国社会转型，革命意识衰退，娱乐消费意识重占社会生活中心，《班主任》也不会被历史认识边缘化；第三，正因为娱乐消费意识成为社会生活中心，人们的精神追求被放逐，大家才又会怀念起《班主任》的年代，进而希望重新发掘它的那些没有被意识形态化的价值。从这个角度看，既然"文革"终结、社会转型、娱乐消费年代都是布置在《班主任》小说文本周围的社会事件，那么这些社会事件中所包含的矛盾、冲突和问题以及人们对于它们的不断读解，就会给作家研究资料一个"再叙述"的机会。正是因为我们以今天娱乐消费文化观念的现存性作为评价尺度，所以我们看低了《班主任》"再叙述"中的现存性；而只有当今天娱乐消费文化观念的现存性再次受到普遍质疑的前提下，《班主

---

[1]［俄］M.巴赫金.佟景韩译.巴赫金文论选［M］.北京：中国社会科学出版社，1996.

任》"再叙述"中被娱乐消费文化所压抑和封存的现存性才体现为新的认识的价值。这种追问的方式,可能是非常拗口和矛盾的,但正是因为它是矛盾的,尤其是在我们这个时代是矛盾的,按照我的理解它才有意思,有认识的深度。

　　我举的第二个例子,是研究者对王朔创作生涯断裂史所作的缝补式的资料整理。在这里,我特别想提到葛红兵编选、天津人民出版社2005年5月推出的《王朔研究资料》。我们知道,90年代初王朔是一个优秀作家,在文坛表现很抢眼。他曾写过《空中小姐》、《一半是火焰一半是海水》、《动物凶猛》、《我是你爸爸》、《顽主》、《过把瘾就死》和《看上去很美》等小说,被认为是"后期京味"的代表作家之一。[1]后来,由于他的作品不节制地嘲弄、挖苦知识分子而招致普遍反感。著名作家王蒙写出《躲避崇高》来维护他,继而又被批评家王彬彬尖锐抨击,引发所谓的"二王之争"。90年代中期,王朔在他个人的市民哲学上越走越远,他不再写小说,开公司投身大众化电视剧的编导和制作,推出了影响很大的《渴望》、《过把瘾就死》等。他还变成酷评家,比如猛烈攻击金庸和他的小说等。王朔这种行为引起了知识界的众怒,一些文学史不再谈他的创作,有的即使谈,也没有把他看作纯文学作家。这种文学史叙述,不仅造成作家与他原来创作的断裂,而且也造成了作家与他的时代的脱钩。也就是说,没有人再把他当作一个作家看,而当作了文化市场上典型的顽主。我这里所说的脱钩,指的不是王朔与他的时代真的脱钩了,而是怎么去理解他与时代关系的问题。也就是说,假若站在精英化立场,他与知识者的话语系统当然是脱钩的;但如果回到他的市民哲学上来,他可以说就是大众文化时代所生成的经典作家,那关系太密切了。

　　以上是我对王朔创作背景的交代。下面我们再来看通过资料

---

[1] 王一川.想象的革命——王朔与王朔主义[J].文艺争鸣,2005(5).

整理怎么"复活"这位作家的正面形象的。读葛红兵和他的学生朱立冬编选的《王朔研究资料》，给我的深刻印象是他们对作家的深度同情和维护性"再叙述"。该书第一辑是"王朔眼中的文学世界"、第二辑是"评论家眼中的王朔"、第三辑是"争议中的王朔"、第四辑是"王朔研究论文摘要"、第五辑是"王朔代表作品梗概"、第六辑是"王朔研究论文、论著索引"、第七辑是"王朔主要作品目录"。进一步说，编选者的目的恐怕是要向后代读者、研究者复原一个更本真和复杂的王朔。其中很多例子我就不一一列举。说老实话，翻完这本研究资料，我也开始对他有一些同情，对自己过去的偏见产生了怀疑。在与王朔的对话中，葛红兵的再评价不能说没有说服力："你是新时期以来中国文坛最具争议的作家之一，你的小说无论是在创作观念还是在语言上对当代文坛都有颠覆性，你的思想观念对中国当代社会也构成了巨大冲击，许多中国当代文学事件、中国当代一些重要思想事件也与你有关"，所以，"这一切甚至构成了中国当代文坛独特的'王朔现象'"……他认为："总的来说，海外研究者对你的评价比较高，国内研究者许多人则低估了你的价值。"[1]与杨扬同时编的《莫言研究资料》、郜元宝编的《贾平凹研究资料》相比，这本书资料做得更为翔实，专辑分得更为细致、周到，为了强调对作家的理解，编选者又在后记中加重了肯定王朔的语气。这本书无论对关于王朔的不确定的评价还是贬低性的表述，都有很大的纠偏作用。在这样的表述中，王朔原来是一个被"严重误读"的"重要作家"，作为"中国文坛最具争议的作家之一"，他的"价值"和"复杂性"也许远未被当代人所认识。我们对那些关于王朔的多种结论，也差一点在"当代中国文学史无论如何已经不能忽略这样一位对中国社会有独到观察，对小说表现有独到创造的文学家"的大声疾呼中产生了动

---

[1] 葛红兵、朱立冬.王朔研究资料[M].天津：天津人民出版社，2005.

摇。……我的理解是，葛红兵还是希望把王朔拉回到知识者话语系统中来，希望读者从知识分子的角度去认识、理解和重新接纳他。他认为王朔对现状的批评其实是对的，是非常尖锐和真实的，知识者尽管都明白，只是没有人敢像他这样以刻薄、激烈、充满暴露和降低自己形象的姿态去批评而已。对他的缝补资料整理中是不是有这样一个逻辑，我还说不太清楚。

没有人怀疑，这是对新时期文学三十年对于王朔的值得注意的"再叙述"。对我们这些曾经经历过王朔所创造的那段"文学史"的研究者而言，显然知道"再叙述"明显带有"再批评"的意思，它对文学史研究的参照性作用，是不应该被忽视的；但对于不了解90年代的"王朔评价史"，刚进研究生阶段的年轻人来说，它或许就构成了一个更强有力的新时期文学史。因为一个作家身上的反叛，是更容易受到年轻研究者的历史同情的。他们会觉得，王朔这种叛逆有什么呀？值得这么大惊小怪吗？一代人有一代人的历史逻辑，说老实话，我对一些学生所持有的这种理解和同情也不会大惊小怪。我只是想借以提出另一个问题：即当我们这代人有一天退出历史，离开大学讲台和教职的时候，后者那里的理解和同情会不会重新改写历史？让更年轻的读者和研究者去迎接另一个作家王朔？所有的事情，都可能发生，这一切都在所难免……这让我再次回到艾略特对重评历史的精辟判断之中，我们对王朔的认识和评价是基于一种"过去"的"过去性"，而学生们发现的则是"过去"的"现存性"。他们只能在自己的"历史"中理解和重构王朔，而不会仅仅按照我们这代人的经验去固定他。大相径庭的历史感受，不是也在我们与我们的前辈学者之间出现过？这有什么值得大惊小怪和新鲜的呢？但与此同时，我也想到，艾略特所谓"过去"的"现存性"并不是一个固定不变的概念。我前面说过，确实有那种由于对当代语境产生怀疑而出现的对"现存性"的新理解。但现在我又有新的看法，即由于代际经验不同，即使生活在同一个时代，不同年龄的人对"过去"的"现存性"的读解和接受也有着很大的差异性。由此我预料，鉴于社会的不断变化，以上资料整理对王朔现象的"再叙述"可能还不是最后的结论。在这种理解中，王朔与其说是一个文化"顽主"，可能还不如说是一个问题型的作家。对他的问题的再认识，既意味着对他个人创作的再认识，也是对他的时代某个特殊的横断面的再认识。

我因此相信，同样事情若干年后也将会在刘心武、王蒙等人的再评价中发生。例如，当中国社会基本完成社会转型，解构主义文化思潮成为过去；当严肃、信念再次重返人们的公众生活的时候，刘心武、王蒙等人的现实主义历史情结，他们这代作家曾经有过的焦虑和痛苦等等，会不会在新的话题中被另一代读者和研究者所接纳，所理解？而在我看来，文学历史的这种反复活动，不仅经常发生在同代作家和读者身上，也会发生在隔代读者和作家那里。资料整理所面对的就是这种复杂、多变的历史生活。而新时期文学三十年，也只能是我们这代人所理解的三十年。它并不等于是所有人的三十年。正是在这个意义上，说资料整理其实就是一种特殊的文学批评不是没有道理的。

第九讲　评价新时期文学三十年的几个问题

　　我想谈的主要是在评价新时期文学三十年时的多重标准问题。我发现，大家谈的好像都是同一个新时期文学三十年，由于选取角度、方法和眼光不同，最后告诉我们的是各式各样的三十年文学。之所以会出现这种情况，是因为许多不同的文学评价标准进入了对新时期文学三十年的历史认识。我的讨论不是要告诉人们一个结论，而是想借这个问题分析为什么会存在着这么多的评价标准，支持这些标准的背后是一些什么因素。

一

　　文学评价的第一个标准是如何看待新时期文学成就的问题。人们会说，这有什么问题？很高呗。它不光对十七年文学、"文革"文学来说是一个巨大的历史进步，甚至可以与现代文学的成就相媲美。这当然没有问题。但我仍觉得它过于笼统，缺少具体、细致的分析。

　　最近几年，通过当代文学史的出版，人们开始形成一种共识，即先锋文学思潮代表了新时期文学的最高成就。持这种观点的人认为：一，先锋文学把1949年到1984年间公共空间（其实是社会主义现实主义文学不断变形的空间）的文学转变到私人空间之中，恢复了文学性的历史合法地位，使文学成为一种个人化的表达方式；二是认为它主张的语言实验、虚构等，更有利于表现现代人的孤独感、异化感，体现文学的现代意识，并与走向世界的社会潮流接轨。我们知道，1985年前后知识界的思想非常活跃，发生过"主体论讨论"、"文化热"、"二十世纪中国文学"、"重写文学史"、"创作自由"等重要文化事件，它们集中表现出"告别'文革'"与"走向世界"的历史路向和文化选择。先锋文学最高成就论，实际是这一历史逻辑所推演的一个结果。还有人认为，1949年到1984年的文学可统称为左翼文学，而不是当代文学，真正的当代文学是以1985年后寻根文学、先锋文学的兴起为标志的。在这种先锋文学的评价标准中，伤痕文学、反思文学因为与左翼文学有某种扯不断的历史纠缠，就被看作是艺术价值不高、低一级的文学形态。在这个意义上，先锋文学的评价标准显然是一个纯文学或文学性的标准，个人化、个人写作被推崇为一种真正的文学写作，以至被认为对整个新时期文学都有某种示范意义。当然，这种所谓的纯文学和文学性，是在80年代中期的讨论中建构起来的文学史概念。

另有人认为，90年代的长篇小说，代表了新时期文学三十年的突出成就。理由是，文学的成熟，某种意义上是以文体的成熟来体现的；而90年代后长篇小说在文体上的贡献不光超出了十七年文学，甚至超出了现代文学三十年。确实，经过二十余年文学的论争、探索、实验之后，文坛格局似乎已尘埃落定。很多作家已退出了文学竞争，不少名作家已经被读者淡忘，而几位众望所归的重要小说家成为90年代文学创作的中坚。这都是不可否认的事实。不过，这种文学评价仍然给人一种以小说写作的意义为标准的印象。它表面上有文学史做参照，但人们感觉在它的起点和终点上的依然是批评家的眼光。也就是说，它是在筛选、剔除了许多流派、作家和作品的基础上，才收拢到这个很严谨和小范围的作家名单的，而对后者的确定，所依据的又是他们文体上优越于其他作家和作品的贡献。我们得承认，正像先锋文学最高成就论有赖于1985年各种文化事件的声援和支持一样,90年代文体成熟论的论者,则得益于目前小说评论界对近十年小说创作的批评的结论。这种从各种文体中单挑出某种文体来证明文学发展的成就的做法,之所以在当代文学研究中还比较普遍,是因为很多人还相信,离开作家创作评价的文学史研究是缺乏依据的。那么,由这种文学共识所形成的文学评价标准,就自然渗透到了对新时期文学的历史认识当中。

在《上海文学》编辑部召开的"回顾与展望:新时期文学的评价和成就"的座谈会上,学者刘绪源先生表达了他对新时期文学三十年的新颖见解,这就是他的黄金年代论。他认为,在20世纪中国文学史上,真正的黄金年代是30年代和80年代,这是中国作家人文精神的高潮期。以此为标准,他认为所谓黄金年代并不表明该时期的文学作品比别的时期写得好,而是它们的精神风貌、人文气质、审美态度表现出更为自由和明朗健康的时代文化特征,所以优于其他年代。按照他的观点,所谓文学高潮期的代表作品并不一定就比别的作品写得好,它们之所以有代表性,是因为其反映了20世纪中国文学最好的气象和心灵状态。因此,我理解,他所说的黄金年代指的是一个时代文学的特殊氛围,是文学环境,是那种能使整个人的精神状态获得提升、并进而达到历史的某种高度的制度环境。刘先生说得是很有道理的。不过,我较为担心的是,一些优秀作家、优秀作品因为不在他规定的时间段里,他们(它们)的重要性是不是就失去了文学评价的历史平台? 那么,我们又该在什么理由中把他们(它们)重新放回到黄金年代? 或者说,他们(它们)就活该被黄金年代的评价标准所抛弃呢? 因为刘先生没有进一步说明,所以,我的疑问就一直徘徊在他的立论的周边,而久久无法释怀。

我们发现,新时期文学三十年才刚过去不久,人们对它艺术成就的看法已经很不一样了。批评家之所以会得出不同的结论,很大程度上是他们在评价这段文学史时，参照的是不同的批评标准。先锋文学最高成就论/当代文学的非文学性、90年代文体成熟论/小说写作的意义、黄金年代论/自由、健康的时代文化，这种比照性的认识方式，某种程度上催生了这些批评结论，或者某种程度上为我们推出了不算重样的新时期文学的成就。正因为有这些参照性批评标准的存在，设置了一个又一个进入新时期文学的路径，当然也使各种研讨会最后都不了了之，但是我想这有什么好大惊小怪的呢？既然新时期文学被列出了那么多不同的文学成就，我们就按照这种种理解与文学史的多张面孔亲密接触就是了。

二

文学评价的另一个标准，是批评家开出的经典篇目，后来被文学史所接受，成为理所当然的文学史经典的现象。在80年代初期，国家文学评奖有很多因素介入，如群众推选、专家投票，最后由有关部门平衡等等。在我看来，它们就是当时的文学批评，最终确定的获奖篇目实际是它们共同挑选和决定的。这是我要说的第一个问题。

我要说的第二个问题，是这个获奖篇目是如何形成的。我的意思是哪些权力介入了评奖，并通过一种文学爱好者看不见的博弈、协商、斗争和妥协，最终达成了这个方案。进一步说，群众推选、专家投票只是一个表面程序，起决定作用的，还是他们挑选的获奖作品是不是与当时的文学问题、社会意识、大众意愿等取得了某种平衡。为便于说明问题，容我对"1981～1982全国获奖中篇小说"做一个知识谱系的归类和分析。代表反思历史题材的有4篇，如王蒙的《相见时难》、王安忆的《流逝》、韦君宜的《洗礼》、从维熙的《远去的白帆》；反映改革题材的有10篇，如蒋子龙的《赤橙黄绿青蓝紫》，路遥的《人生》，水运宪的《祸起萧墙》，谌容的《太子村的秘密》，魏继新的

《燕儿窝之夜》,汪浙成、温小钰的《苦夏》,孔捷生的《普通女工》,张一弓的《张铁匠的罗曼史》,顾笑言的《你在想什么》,谭谈的《山道弯弯》;军事题材有3篇,如李存葆的《高山下的花环》、朱苏进的《射天狼》、朱春雨的《沙海的绿荫》;少数民族题材有2篇,如张承志的《黑骏马》、冯苓植的《驼峰上的爱》;文学探索题材的仅1篇,即邓友梅的《那五》。获奖作品共20篇,其中最多的是改革题材,有10篇,依次是反思历史、军事、少数民族和文学探索等题材。这说明,1979年至1984年的文学,还没有获得文学的自足性,(1985年后,文学自足性的标志,很大程度上是以职业批评家如先锋批评开始主导文学生产方式来体现的。他们编选的选本,在影响上已经超出了那些获奖丛书,最为典型就是《新小说在1985年》)因此群众投票对文学评奖仍然有着很大的影响。"群众"的权力制服了其他文学权力,如反思历史、军事题材等等,成为挑选和决定这一时期文学经典的主导势力。显然,"群众"最为关心的不是文学问题,而是社会意识,即中国社会的改革问题,这就使那个时候的文学评奖受到了改革问题的钳制。这个获奖(经典)篇目的文学价值可能都不高,所以不少作家在更严格的文学史过滤中都未能成为经典作家(如上面提到的水运宪、魏继新、顾笑言、谭谈等),其获奖作品,也被从新时期文学经典作品谱系中拿了出来(我们现在如果不是为了研究文学史,谁还记得这些作家和作品)。当然,1985年以后的文学评奖情况又有所不同,90年代后的鲁奖、茅奖更加不同,这是需要讨论的另一个问题。

　　我的第三个问题是,从以上列举的现象可以知道,这三十年新时期的文学经典并不是一次评奖、座谈会就能决定的,它还会因为语境的变化而不断调整。刚才我说到,1981～1982年全国获奖中篇小说的不少作品,后来没有进入文学经典的谱系。事实上,不少在寻根、先锋、新写实文学思潮中很有影响的作家、作品,也遭遇到了这种未能经典化的命运。其中一个表现,是同一个作家的代表作经常还会处在不确定的状态。比如,对马原的代表作,洪子诚的文学史指认的是《拉萨河女神》,陈思和的文学史认为是《冈底斯的诱惑》,我和孟繁华的文学史举出的是《虚构》,而朱栋霖、丁帆等的文学史则同时推出了《冈底斯的诱惑》和《虚构》两篇小说。文学史研究者之所以在马原小说代表作问题上难以形成一致的意见,我想可能是基于几个原因:一是受到当时文学批评的影响,批评家的选择在一定程度上决定着文学史的选择;二是研究者后来的审美趣味又推翻了这种影响,对代表作的确认,是一种再阅读的结果;三是认为一些小说也许并没有原来所说的那么重要,而另一些小说,则应占据更重要的位置,等等。这不光是对一个作家代表作的认定问题。由此类推,人们还可以注意到,原先被认为是新时期文学三十年的重要作家,在是否重要的问题上也已经出现了争议。换句话说,群众投票(如果还让他们给先锋文学投票的话)、文学批评,显然已经无法控制文学史研究者对什么是新时期文学经典的观点和认识。也就是说,在群众投票、文学批评的当下性,与文学史研究者的历史化之间,开始出现了关于什么是真正的文学经典的严重分歧。我举的仅仅是马原这个例子。如果我们拿出10位不同风格的作家的情况来分析,可能还会有更大的、更加惊讶地发现。例如,王蒙现象、刘心武现象、王朔现象以及刘索拉现象等等。

在这样的理解视野里,新时期文学三十年能否作为一个整体存在的问题是可以讨论的,因为它牵涉到如何去理解80年代、90年代和新世纪这些不同时间单元的问题。由于它们对新时期文学历史叙述的参与,我们过去所理解的新时期文学,已经不再是过去的那个新时期文学,它拥有了更具争议性和更为丰富的内容。在这个意义上,改革开放虽然是贯穿这一历史过程中的最主要的线索,但它已然在这三个不尽相同的语境中,被人作了不同的理解和阐释。这就使我们想到,如果说,文学评奖、文学批评和文学史认定构成了文学经典的不同认知层次的话，那么80年代、90年代和新世纪的语境化问题，也必然会使新时期文学三十年的评价出现不断地调整和转换。也就是说，从经典篇目、作家代表作的不断变动来看文学经典形成之复杂性，可以看出新时期文学三十年之历史面貌的差异性和多质性。我这种以文学来看改革的社会，又以改革的社会来看文学的比较性评价视野，是要指出，改革开放在新时期文学三十年的历史建构中是始终作为一条红线存在着的。但与此同时，不同时期文学、现象、流派对它的理解和诠释，却不都是同质的，有的时候的差异性还很大。比如，80年代初期的文学，相信群众投票是能否评出好作品的关键因素，改革开放使群众第一次在文学评奖中掌握了民主的权利；但1985年后，文学圈子又重新夺回群众的民主权利，文学评奖和经典认定的权力再次被批评家、大学教师和文学史研究者所掌控；90年代后，尤其是到了新世纪，群众又开始参与文学评奖，他们会利用各种媒体、互联网、群众文化等途径，分享文学的权力，最典型的例子，莫过于对80后作家的评价和认定。另外，群众（或说某些掌握权力者）还会通过社会关系来公关，最终使鲁迅文学奖、茅盾文学奖改变获奖篇目。这种情况下，新时期文学三十年的完整性再一次被撕裂，对它的历史完整性的重新叙述，将会面临种种想象不到的困难。

二

如何认定重要作家，是我要谈的评价新时期文学三十年的第三个问题。众所周知，新时期文学发展的历史，已与现代文学三十年的时间不相上下。既然已有三十年的时间，那么分出重要作家和一般作家就成为一个无法回避的工作，无论读者、批评家、杂志和研究者都会关心这个问题：有没有一份重要作家的名单？他们是谁？把他们列入这份名单的理由是什么？

最近几年,我的当代文学研究界的同行,恐怕都在私下谈论过这个问题。我相信批评家的心目中,更是应该有这么一份秘而不宣的名单的。最先打破这个沉默的是《当代作家评论》,从2007年开始,它分别推出了贾平凹、莫言、王安忆、阎连科的"研究专辑",每期都给这个专辑将近一半的篇幅,以示与过去一般性"作家研究专辑"的区别。这可能是该刊推出的一份新时期文学三十年重要作家的名单。但我不知道它之后为什么不接着往下做了,是因为别的作家还没有资格进入这个名单?还是因为别的杂志编辑技术上的原因?这至少给我一个印象,继续的认定已经出现了困难,因为不能通过降低认定标准使工作进一步展开。

通过这份名单,我们可以看出《当代作家评论》杂志关于新时期文学三十年重要作家的认定标准。这就是,有过较长文学创作期的、具有突出艺术贡献、至今仍有旺盛的创造力和新作的作家。在我看来,这个标准是非常严格的,对一个作家的要求也非常高和全面,恐怕不是所有的作家都能达到这样的标准。进一步说,这是一家文学杂志认定重要作家的标准。它要求一个作家始终处在有效的、具有创造力的写作状态,不能过时,尤其应当经常出现在读者、批评家和研究者的视野之中。具体地说,它是一种批评的标准,凡入这份名单的作家的创作,必须仍然有文学批评的价值,是批评的热点、焦点。否则,他们的重要性就将会成为一个问题。

我们知道,如果在一段文学的发展期认定什么人是重要作家,除了上述的文学批评标准外,还应该有文学史的标准。文学史的标准可能涉及面很广,入选标准很复杂,我这里无意去作讨论。我只想谈两个方面,即作家在当时文学转折期的影响力和他对文学期的贡献。

先说影响力。它指的是当一个文学期出现拐点,转入另一个文学期的时候,那些能够领一时风骚、具有标志性的作家。比如,伤痕文学期的刘心武,反思文学期的王蒙,现代派实验期的刘索拉,性与政治文学期的张贤亮，寻根文学期的阿城、韩少功，先锋文学期的马原，新写实小说期的刘震云、池莉，女性文学期的陈染、林白，抵抗文学期的张炜，新历史小说期的陈忠实，等等。范围如果再扩大一点，高晓声、余华、北岛、汪曾祺等人也应该进入这份名单。这些作家的重要性在于，他们的创作终结了前一个文学期的有效性，而使他们的文学期获得了某种文学合法性。通过他们的作品，人们可以看出新时期文学三十年的一个个不同的文学期，它们各自的标志、边界和差异点。而他们的创作，在一个特定时期对社会和文学的影响力是有目共睹的。

另外就是文学贡献的问题。这个问题与前一个问题有一些交叉，这是因为，一个作家的影响力，某些方面和程度上是通过他（她）对一个时期的文学贡献的大小来体现的。当然也有另一种情况，即有的作家身上显示的可能更多的是他（她）的社会影响力，而其文学贡献可能则不大。作家的文学贡献应该是他（她）所提出的文学主张、观点能够影响很多人，能推动文学明显的发展；更重要的，是他（她）创作的风格和方法具有较高审美价值，对其他作家有示范作用，在文学史上也是独一无二或具有鲜明特色的。正是由于他们的文学贡献，某一文学流派的意义才得以成立，如果放在几十年某一文体（如小说、诗歌）中，也将会极大地丰富和扩展这些文体发展的空间。我个人认为在新时期文学三十年中，有突出文学贡献的作家是贾平凹、莫言、王安忆、余华、汪曾祺、北岛、马原、阿城和韩少功等。当然，批评家和研究者也许不同意我的看法，他们还可能会提出另外一些人，如张承志、刘震云等，也许还有别的作家。甚至会觉得这些作家的文学贡献，比我所提到的一些作家更为突出和明显。

列举以上现象不是非要得出一个结论，或找出什么规律，为新时期文学提出一份重要作家的名单。我显然没有权力和能力做这件事情。而是说，如果真的把许多人集中到一起，大家讨论出一份新时期文学三十年的重要作家名单,这个过程肯定会是充满争执和分歧的,尤其是要求这份名单的人数严格限定在五个人或十个人的时候,彼此的争论就将会更加激烈。我的意思是,新时期文学三十年重要作家名单诞生的艰难,牵涉到方方面面的问题,有文学批评上的,也有文学史认知上的,有认定者个人经验和审美趣味上的,更有圈子意识和文人相轻上的,三十年的历史,已经把认定作家分化、撕裂成了许多个标准。对认定标准分化问题的讨论,将有助于我们进一步观察新时期文学三十年的评价问题,通过对评价问题的研究和分析,也会深化我们对新时期文学的历史的认识。

四

通过列出评价新时期文学时可能出现的一些问题,可以看到,虽然人们在对它的历史功绩和价值上能达成一定共识,但如果将认识进一步细化、深入,仍然有许多可以继续讨论的空间。之所以在评价新时期文学过程中,在什么是最理想的文学、文学经典和重要作家的认定等问题上,还存在着种种差异和分歧,与以下一些因素有较大的关系。

一是改革开放的社会环境和文化构成,虽然有利于文学多样化的发展,却不利于达成一定的文学共识。一个明显例子,就是在如何评价余华长篇新作《兄弟》的问题上出现的分歧。肯定这部作品和批评它的各方,都有自己的立足点和解释模式,有相对自足的评价标准。在认定贾平凹的《秦腔》时也有这个问题。就是说,新时期文学三十年并不是一个游离历史之外的文学史概念,它恰恰已经处在改革开放的解释系统当中。改革开放年代人们文化意识和文学意识的多次转移,也即多元化,都会带入对它的历史定型工作中,并将会在更具体的评价上呈现出多层化的状态。

二是文学史评价与当时文学现象之间的时间差问题。我们知道，新时期文学三十年刚刚落幕，如果马上作出准确、全面和没有争议的文学史评价，恐怕既不现实，也难以被更多的人接受。有人可能会提到王瑶为什么能够在现代文学三十年刚刚落幕不久的50年代初就写出了《中国新文学史稿》，我想这可能是由于王先生有一般人不能比拟的总结历史的非凡能力，再就是因为有新民主主义论做底，或者就是因为北京大学这所学校有惊人的自我经典化的办法。当然，这个问题非常复杂，我在这里一时说不清楚，请容许暂时搁置。时间差问题的存在，就会出现我在上面所列举的几种不同的评价标准问题、马原代表作认定的分歧问题、新时期文学经典和重要作家的名单等问题。它们就堆积在我们的研究中，谁也不可能绕开它们，采取视而不见的态度。对这些问题的清理，还需要一段时间的沉淀、过滤和寻找共识点的过程。

三是一些作家的创作已经走到了终结点，亮起了红灯，而另一些作家还有比较旺盛的创造力。后者新作不断问世，角度仍在变化，他们已经跨出新时期的门槛，进入了新世纪。于是，他们的新作会影响、干扰我们对他们整个成就的评价；我们甚至会在他们的新作中寻找其文学创作的新的制高点，由此而降低对他们旧作和他们所代表的新时期文学的评价的标准。那么，如何认识这种作家创作的跨界现象，如何处理它与新时期文学三十年的文学史关系，又如何将其中一些旧作"历史化"，将另一些新作仍然看作是文学批评的对象，都会是我们不得不面临的一些棘手的问题。

由于以上种种，我对新时期文学三十年的评价的看法可能不会像许多人那么乐观，当然也不至于悲观，而是感到比较的为难。我这篇文章实际试图讨论其中的一些问题，至少把一些问题提出来供研究界同行批评。在我看来，只有在批评与被批评的过程中，人们才可能逐步找到走近新时期文学三十年的历史感觉和具体办法，而不是想象在一次历史建构中完成那么简单。

第十讲　如何理解先锋小说

我们所知道的先锋小说，某种意义上也可以说是80年代作家、批评家和编辑家根据当时历史语境需要而推出，经"文学史共识"所定型的那种先锋小说。它"在文学观念上颠覆了旧的真实观"，"放弃对历史真实和历史本质的追寻"。[1]"是为了更好地表达作者独特的人生体验和社会感受。在这个意义上，叙述方式的试验无疑具有正面的价值"。[2]显然，从这些评述中可以明显看出人们更愿意与非文学、纯文学、旧真实观、叙述方式等问题相联系来论述先锋小说的超越性意义。但是1985年前后，城市改革、计件工资、消费浪潮、超越历史叙述、文化热、美学热、出国热、进藏热以及作家与编辑部故事等非文学因素正在密集形成，它们拥挤在文学的内部或外部，即使宣布是纯文学的先锋小说的生产也再难单独完成。鉴于主张者更愿意在文学层面上理解，先锋小说的含义实际已经被不少文学研究所窄化，它从当时多元的历史语境中脱轨成为一个无可否认的事实。所以，彼得·比格尔警告说："当人们回顾这些理论时，就很容易发现它们清楚地带有它们所产生的那个时代的痕迹"，然而"历史化也并不

---

[1] 朱栋霖、丁帆、朱晓进主编.中国现代文学史(1917—1997)(下册)[M].北京：高等教育出版社,1999.
[2] 董健、丁帆、王彬彬主编.中国当代文学史新稿[M].北京：人民文学出版社,2006.

意味着人们可以将所有以前的理论都看成走向自身的步骤。这样做了之后，以前的理论的碎片就从它们原先的语境中脱离开来，并被放到新的语境之中。但是，这些碎片的功能和意识的变化则还没有得到充分的反思"。[1]

一、先锋小说与上海

我首先想到的一个问题是先锋小说之发生与上海的关系。这在现代文学研究者看来已经不是新鲜的研究题目，但它对认识80年代的先锋小说还不失其有效性。当时先锋作家主要分布在北京、上海、江浙和西藏等地，显然就像20世纪30年代曾经发生过的一样，它的文学中心无疑在上海。[2]据统计，仅1985年到1987年间，《上海文学》发表了30篇左右的先锋小说，这还不包括另一文学重镇《收获》上的小说。[3]差不多占据着同类作品刊发量的半壁江山。另外，新潮批评家一多半出自上海，例如吴亮、程德培、李劼、蔡翔、周介人、殷国明、许子东、夏中义、王晓明、陈思和、毛时安等。正如作家王安忆

---

[1]［德］彼得·比格尔.高建平译.先锋派理论［M］.北京：商务印书馆，2002.（这本书是在我课堂上旁听的北师大文艺学硕士生杨帆同学推荐给我的，尽管因为翻译的问题，非常晦涩和绕口，但对我重新理解80年代中国文学中的先锋小说仍有不少帮助。）

[2]近年来，关于上海与现当代文学关系的研究有很多成果，如李欧梵的《上海摩登》、李今的《海派小说与现代都市文化》，王德威对王安忆与海派关系的研究、杨庆祥的《读者与"新小说"之发生——以〈上海文学〉(1985年)为中心》等论述。

[3]1985到1987年在《上海文学》上发表的"先锋小说"（当时叫"新潮小说"）有：郑万隆《老棒子酒馆》，陈村《一个人死了》、《初殿》、《一天》、《古井》、《捉鬼》、《琥珀》、《死》、《蓝色》，阿城《遍地风流(之一)》，张炜《夏天的原野》，王安忆《我的来历》、《海上繁华梦》、《小城之恋》、《鸠雀一战》，韩少功《女女女》，马原《海的印象》、《冈底斯的诱惑》、《游神》，刘索拉《蓝天绿海》，张辛欣、桑晔《北京人》，孙甘露《访问梦境》，残雪《旷野里》，李锐《厚土》，莫言《猫事荟萃》、《罪过》，苏童《飞越我的枫杨树故乡》等。

描绘的,那时上海的生活景象是"灯光将街市照成白昼,再有霓虹灯在其间穿行,光和色都是溅出来的","你看那红男绿女,就像水底的鱼一样,徜徉在夜晚的街市。他们进出于饭店、酒楼、咖啡座、保龄球馆、歌舞厅以及各种专卖店,或是在街头磁卡电话亭里谈笑风生",这"才是海上繁华梦的开场"。[1]而当时北京和大多数内地城市各大商场夜晚7点钟前已经熄灯关门,很多地方还是黑灯瞎火的情形。某种程度上,城市的功能结构对这座城市的文学特征和生产方式有显著的影响。所以,无论从杂志、批评家还是作为现代大都市标志的生活氛围,上海在推动和培育先锋小说的区位优势上,要比其他城市处在更领先的位置。这些简单材料让人知道,即使在80年代,上海的文化特色仍然是西洋文化、市场文化与本土市民文化的复杂混合体,消费文化不仅构成这座城市的处世哲学和文化心理,也渗透到文学领域,使其具有了先锋性的历史面孔。

从这一时期的文学杂志上,我们可以看到在小说观念上,上海批评家比其他地方的批评家有更明确的先锋意识。吴亮的《马原的叙述圈套》、李劼的《论中国当代新潮小说的语言结构》等文章率先确立了先锋小说的内涵和文体特征,他们对其形式、语言、叙述等价值的重视,与其他批评家仍在强调历史、美感截然不同。当许多批评家在历史参照视野里谈论主体性、伪现代派等话题时,上海批评家已经意识到先锋小说对历史的超越恰恰是与中国正在发生的城市改革紧密联系着的,先锋小说之所以是消费、孤独、个人性所催生的产物,是因为它的形式感、语言感更符合城市那种量化、具象化的特征。"我更侧重于文学作品的社会历史方面与美感形式方面的有机把握"(黄子平)。[2]"当前社会生活中的一个引人瞩目的重大变化发生在消费

---

[1] 王安忆.接近世纪初[M].杭州:浙江文艺出版社,1998.

[2] 黄子平.沉思的老树的精灵[M].杭州:浙江文艺出版社,1986.

领域"，"最能体现市场机制的莫过于通俗文学了，从订货、写作、付型出版、发行乃至出现在各种零售书摊上"都莫不如此（吴亮）。[1]虽然同为先锋文学战壕中的战友，黄子平这时主要关心的是《"诂"诗和"悟"诗》、《艺术创造和艺术理论》、《论中国当代短篇小说的艺术发展》(1984)等空灵抽象的文学问题，而吴亮对小说的认识明显在向更具象和生活化的城市层面转移。我这里拿吴亮和黄子平来比较，不是说吴更先锋，而黄不先锋，而是意识到了当时的先锋阵营内部已经存在着某种差异性。也就是说，上海的先锋派与北京的先锋派究竟是不一样的。或者说北京的先锋派是学院型的先锋派，而上海的先锋派应该是那种城市型的先锋派。我们知道80年代的吴亮曾经是社会历史和美感的坚定信仰者，但现在，一种久居城市却前所未有的孤独感突然打垮了这位强势批评家，"今年初秋的某天下午，我一个人匆匆地走在大街上，突然感到了一种惊奇，我发觉自己置身于陌生人的重围之中，而那熙熙攘攘的'陌生人的洪流'并没有与我敌对"。[2]当黄子平沐浴在文化气氛浓厚的北京学院式生活的风景中时，吴亮却对缺乏温情和历史联系的人际关系感到揪心，"尽管我广交朋友，可我仍然时时感到有孤独袭来"，"建筑在相同的或互惠的利益基础上，仅仅在计划、意见、观点、规约等超个性的社会性内容方面进行繁忙认真的交流，而许多个人的东西则被掩盖起来"。[3]显然，他的先锋意识除来自翻译和阅读的影响，还直接来自一种强烈的都市虚无感。80年代虽有持续高涨的思想解放和文化热思潮，但他精神生活已经无法抵抗重新复活的上海都市文化的腐蚀；他发现，先锋姿态不单是指那种与历史生活传统相对立的方式，可能还像本

---

[1] 吴亮.文学与消费[J].上海文学,1985(2).
[2] 吴亮.城市人：他的生态与心态[J].上海文学,1986(1).（就在这个"吴亮评论小辑"中，作者特别加上了一个提示性的副标题"文学的一个背景或参照系"。）
[3] 吴亮.城市与我们[J].上海文学,1986(11).

雅明在评价法国先锋作家时指出的:"波德莱尔高出同代作家的地方则在于,他今天高喊'为艺术而艺术',明天已一变而成'艺术与功利不可分割'的鼓吹者","文人通过报刊专栏在资本主义市场里占据了一席之地,从而在社会生活中占据了一个位置。他的订货性质和他的产品的内在规律已暗示了他同这个时代的关系"。[1]应该说,在认识先锋小说与上海的多管道秘密联系的问题上,吴亮是最早也是最敏锐的批评家之一。

众所周知,对吴亮、程德培、李劼、蔡翔、周介人、殷国明、许子东、夏中义、王晓明、陈思和、毛时安等批评家来说,《上海文学》的"理论批评版"就是这样一种非同寻常的资本市场的杂志专栏。他们80年代在全国文学批评家中所具有的领先性,一定程度上是和这家杂志理论批评专栏的文学市场敏感性与高端位置,以及与文坛的密切互动分不开的。同样道理,《上海文学》、《收获》等具有市场规划性的杂志专栏,对马原、扎西达娃、孙甘露、余华、王朔等正在崛起的先锋作家来说也同样重要。他们与这些文学杂志小说专栏编辑的密切关系,反映了与这座大都市密切的互动关系。而加强与这座在西方文化资源和现代影响方面都比中国的任何城市具有超前性、独特性的大都市的联系,显然就建立了与全国新华书店、大专院校、读者这个文学流通管道的联网式订货发售关系。《收获》杂志编辑程永新在写文学回忆录《一个人的文学史》时也许没有意识到,他告诉人们的正是文学史背后这个作家与杂志互动史的秘密。在1987年、1988年先锋作家们致程永新的信,发展到了密集轰炸的程度。扎西达娃告曰:"2期的稿子我已写好,三两天内寄出,两万字的短篇。如不能用请转《上海文学》,或退回。""谢谢你对我

[1][德]本雅明.张旭东、魏文生译.发达资本主义时代的抒情诗人[M].北京:三联书店,2007.

的期望,我的名利思想较之许多人淡薄,我永远不急躁,过去如此,将来亦如此,红不红是别人封给的,想也无用。"马原焦急地询问:"长篇真那么差吗? 李劼来信讲你和小林都不满意,我沮丧透顶,想不出所以然来。"因此,"很想知道其他稿件的情况。鲁一玮的,苏童的,洪峰的,孙甘露的,冯力的,启达的"。孙甘露谦虚地坦承:"《访问梦境》不是深思熟虑之作,这多少跟我的境遇有关。感谢你的批评,你的信让我感到真实和愉快。"苏童说:"《收获》已读过,除了洪峰、余华,孙甘露跟色波也都不错。这一期有一种'改朝换代'的感觉。"临末了,他不忘对"盛极一时"的莫言说点"坏话":"《逃亡》在南京的反应还可以,周梅森说莫言的文章,马尔克斯的痕迹重了,而费振钟、黄毓璜(两个搞评论的)反而认为莫言马尔克斯痕迹不重。告诉你这些,也不知道想说明什么。"王朔则露骨地说:"你在上影厂的朋友是导演还是文学部编辑?""史蜀君曾给我来信表示对《一半是火焰一半是海水》(《啄木鸟》1986年第2期)有兴趣,但我们至今没有进一步联系,如果你认识她,不妨问问她的态度。"又叮嘱:"仅一处拙喻万望手下留情,超生一下,即手稿319页第4行:眼周围的皱纹像肛门处一样密集","此行下被铅笔画了一线,我想来想去,实难割舍","老兄若再来北京,一定通知我,一起玩玩"。[1]

　　自然,我们在考察先锋小说之发生史的过程中,也能找到很多同类先锋作家与其他城市(如北京、南京、广州、沈阳、拉萨等)密切互动的材料,因为这些城市的《北京文学》、《人民文学》、《文学评论》、《钟山》、《花城》、《当代作家评论》和《西藏文学》等都参与了先锋小说的生产。不过,不应该忘记,1984年后中国社会改革重心已经向城市转移,上海虽然在企业改制和重组、引进外资方面暂时落后于

---

[1] 程永新编. 一个人的文学史[M]. 天津: 天津人民出版社, 2007.

广东，但作为老牌现代大都市，它的都市意识却遥遥领先于前者，这可在《上海文学》、《收获》、《上海文论》比《花城》更为频繁的栏目调整，组稿明显向先锋小说倾斜，先锋批评家规模和影响力大大超过后者的现象中见出一斑。不管人们愿不愿意承认，这些杂志的编辑家、批评家事实已经具有了某种现代出版商、书商的面目。吴亮前面的预见和不安在这里得到了证实。埃斯卡皮的论断非常精辟地揭示了文学与都市的秘密关系："因此，高雅文学的圈子呈现出一环套一环的连续选择的面貌。出版商对作者创作的挑选也限制着书商的挑选，而书商自己又限制读者的挑选；读者的选择，一方面由书商反映给商业部门，另一方面，又让批评界表述出来并加以评论，随后，读者的选择再由审查委员会加以表达和扩大，反过来限制出版商此后的选择方向。结果是，各种可能性呈现于有才能的人面前。"[1]至于后者，人们大概已在先锋作家与《收获》杂志编辑的通信中隐约觉察。

二、先锋小说与新潮小说、探索小说

这一部分，我准备讨论先锋小说与新潮小说、探索小说之间繁复交叉的关系，也就是说对先锋小说的多元化理解是如何被集中和简化了的，而这种理解上的变异性究竟与当时的文化状况是一种什么关系，做一些讨论。进一步说，经过这么一个去粗存精的过程，这些被精选的作家和作品是如何被看作先锋小说的。显然，这里存在着一个它被从上述各种新潮小说中分离的过程，而它为什么被分离，这正是我们感兴趣的一个问题。

先锋小说(当时叫先锋派文学)的名称可能最早出现在《文学评论》和《钟山》编辑部1988年10月召开的一次"现实主义与先锋派

---

[1]　[法]罗贝尔·埃斯皮卡.文学社会学[M].杭州：浙江人民出版社，1987.

文学"的研讨会上。[1]90年代后，密集使用这一概念的是陈晓明、张颐武等批评家。[2]它是一个带有追授性色彩的历史性命名。它之所以被追授，说明它本来包含着矛盾而多样的大家当时无法解释清楚的丰富的文学史信息。也就是说，1979年至1988年间出现的被称作意识流小说、实验小说、现代派小说、探索小说、新小说、新潮小说的小说实验，一开始携带着各种不同的历史目的，有不同的文学诉求。而后来所说的先锋小说就是从这些命名中分离出来的，但在当时，即使在上面这次研讨会上，人们还不会注意这个复杂问题，更不会对它作历史分析。我们先从王蒙对意识流小说的自我命名中做些了解。1980年，针对有人对他和宗璞意识流小说的批评，王蒙在《对一些文学观念的探讨》一文中指出："过去曾把恩格斯的命题译为'典型环境中的典型性格'"，即"认为塑造典型性格乃是文学的最高要求"，但这种"传统的文学观念，需要探讨"。文学要写人这没有问题，然而人是否就等于人物、性格？他认为写人也可以通过人的幻想、奇想、心理和风景等来表现。[3]王蒙对先锋小说的理解，是通过将意识流小说与经典现实主义文学相对立的方式来进行的。这种理解显然与"文革"后当代文学对经典现实主义理论的深刻质疑有极大关系。如果我们了解王蒙、宗璞这代作家与十七年"干预型现实小说"的历史渊源，就会明白，他们的意识流小说其实仍然还在"干预型现实主义"的文学规划之中，即人们今天所说的形式的意识形态。

但这种状况到1983年前后有了一个变化，原因是身居北京的一些青年作家和艺术家，受到开始转型的城市生活的鼓励，不愿再在文

---

[1] 李兆忠.旋转的文坛——"现实主义与先锋派文学"研讨会纪要[J].文学评论，1989(1).

[2] 在陈晓明的成名作《无边的挑战》一书中，他大量采用了先锋小说，而不是此前的意识流小说、新潮小说、新小说、探索小说等说法。该书1993年由吉林长春的时代文艺出版社出版。

[3] 王蒙.对一些文学观念的探讨[N].文艺报，1980(9).

学意识形态的简单框架中定义探索小说。他们渴望走出历史恐惧，把小说当作描述他们个人现代心理和生活的一种中介形式（类似于今天的信息公司、婚介所等似乎试图逃脱社会控制而貌似中立性的机构）。当时，在社会上和艺术院校校园里，已开始流行青年叛逆的情绪，还会出现一些有意规避主流社会意识的边缘人、局外人。于是，一种把探索小说、现代派小说理解成个人可以通过某种逃避方式而游离于社会群体的相当前卫的文学意识，一时间密集出现在刘索拉《你别无选择》、徐星《无主题变奏》和张辛欣等《在同一地平线上》等小说中，它们令在文学转型上找不出良策的文学批评大吃一惊。刘武以相当推崇和肯定的口吻写道："当刘索拉、徐星、张辛欣等一系列心态小说出来时，我们应该由他们塑造的人物体味过一种深刻的怀疑意识。"他认为这是由于80年代社会主义价值观念与因城市改革而兴起的现代社会价值观念没有衔接所出现的价值断裂造成的，"这些迷惘的青年正处在由自然经济结构社会向商品经济结构社会（即传统文学向现代文明）过渡的转型期，新的价值体系尚未建立，他们抱着对旧价值体系的鄙夷与嘲笑，急于摆脱它们，但却找不到新的大陆立住脚跟"。他认为，随着改革开放转向城市后力度的加大，文学的干预功能不再被年轻作家所理睬，而城市改革所催生的现代人危机，将成为他们定义现代派小说的一个独特的视角。[1]

城市改革对文学的冲击还有女性问题。1985年后，中国社会的离婚率、婚外恋持续升温，探索小说、新潮小说被匆忙贴上了新的历史标签。李宏林的报告文学《八十年代离婚案》是这方面最直接的反映。而且那时候到处都可以看到以"离婚启示录"为名来吸引读者的报告文学、纪实文学，这使刚刚从封闭时代走来的广大读者，尤

---

[1] 刘武.怀疑的时代[J].当代文艺思潮，1986(4).（在1985年到1988年间，"怀疑"曾是人们评论现代派文学创作时使用频率最高的专用词之一。）

其是年轻读者的感官大受刺激。女性解放、女性自由成为继"五四"和新中国成立之后的又一股社会潮流,它因为在大胆女作家的作品里越来越"实录化",而在主题、题材上产生了激动人心的文学效果。张洁的中篇小说《祖母绿》借女主人公曾令儿在生活重压下的坚毅形象,来凸显女性意识的全面复苏。她的《方舟》通过三位离异女性的婚变,则尖锐提出了女性身份危机这一社会问题。像王蒙的意识流小说,刘索拉、徐星和张辛欣的现代人危机一样,女性问题这时被文学界正式纳入探索小说的文学谱系。爱情、情欲等在当代文学中未曾真正品尝的尖端命题,就这样在特殊年代和文学认定机制的急促推动下被赋予了探索的历史特征。正像白亮在分析遇罗锦《一个冬天的童话》的内在困境时所指出的:"作品以文学的形式描写并歌颂自己的婚外恋和'第三者'是不符合社会主义道德规范的,作者孜孜以求的爱情不仅带有明显的私人色彩,而且是突出了强烈的'情欲'特点的'爱情',此外,作者的立场和观念也超出了国家和民众的期待和认定。"[1]他认为,由于作家叙述的个人生活成为社会焦点,造成了文学与社会的新的对立,社会舆论作为一种变形的文学批评开始进入文学作品的评价系统。同样理由,离婚、婚外恋、独身主义等社会思潮因为深度介入女性文学的创作(如伊蕾引起轰动的组诗《独身女人的卧室》,因受到有关方面的严厉批评,她的创作陷于停顿,不得不下海到俄罗斯经营油画作品),使这些充塞着大量社会问题的文学作品进一步凸显出先锋文学的色彩。在当时,人们还没有今天这么清楚的文体辨别意识,认定文学类型的文学史意识,所以,人们往往都会把这种与传统文学观念、社会习俗和道德伦理关系紧张,带有一定挑战性的文学创作,统统想象为探索、新潮、现代派的小

---

[1] 白亮."私人情感"与"道义承担"之间的裂隙——由遇罗锦的"童话"看新时期之初作家身份及其功能[J].南方文坛,2008(3).

说。在这种情况下,探索小说、新潮小说的文学选本多如牛毛,指认范围相当宽泛,而且从没有人对这种过于随意的文学主张表示过怀疑。因此,连一向有敏感批评触觉的批评家吴亮也在不同版本的探索小说面前,表现出选择的犹豫和无奈:"确实,在既定理论规范势力范围之外还有更为宽广的天地。我真对那些小说心悦诚服;概念把握不了、把握不全的东西,由他们的语言叙述来整个儿呈现了。"[1]

不过,探索小说、新潮小说这种群雄并起的混杂局面到1987年有一个急刹车。原因是西方结构主义理论开始被中国知识界接受,结构主义推崇的语言、形式、神话结构很大程度上声援了正在兴起的纯文学思潮。它使纯文学批评家们意识到,意识流小说、现代人危机、女性问题等涉及的仍然是社会内容,而非文学本体。这些社会小说在文学渊源上与干预生活小说、伤痕、反思小说实际如出一辙。出于这种不满,李劼有意识把内容小说推到形式小说的对立面上,他要采取"分身术"的方法使形式脱离内容的历史束缚,"人们以往习惯于从一种社会学、文化学的角度看待一个新的文学运动","即便谈及这种文学形式的革命,也总是努力把它引向""大众化、平民化之类的社会意义和人道主义立场,很少有人从文学语言本身的更新来思考新文学的性质"。他说:"当内容不再单向地决定着形式,形式也向内容出示了它的决定权的时候",它就会"因为叙述形式的不同竟会产生截然不同的审美效果"。在这种情况下,他感觉自己终于为先锋派小说创立了一个正确的命名:"从八五年开始的先锋派小说是一种历史标记。这种标记的文学性与其是在'文化寻根'或者现代意识,不如说在于文学形式的本体性演化。也即是说,怎么写在一批年轻的先锋作家那里已经不是一种朦胧不清的摸索,而是一种十分明

[1] 吴亮、程德培编.新小说在1985年[M].上海:上海社会科学院出版社,1986.(可以说,这是"新时期"第一部已经具有先锋小说价值倾向和审美规范的文学选本,从中能隐约感觉到编者后来先锋小说批评意识形成的来龙去脉。)

确的自觉追求了。"[1]当实验性比前面几批作家更加激烈和异端的马原、洪峰、余华、孙甘露等新人出现在面前时,吴亮的态度也在急剧转变。在批评文字中,各种探索、新潮小说的社会问题被弱化,它们被强制地归化和集中到一体化的先锋小说理论中。他明确提出了自己关于先锋小说的观点:"在我的印象里,写小说的马原似乎一直在乐此不疲地寻找他的叙述方式,或者说一直在乐此不疲地寻找他的讲故事方式。他实在是一个玩弄叙述圈套的老手,一个小说中偏执的方法论者。""马原确实更关心他故事的形式,更关心他如何处理这个故事,而不是想通过这个故事让人们得到故事以外的某种抽象观念。"[2]一年前,一向谨小慎微的先锋批评家南帆也意识到让各种形态的探索小说在那里各自表述是一场严重的灾难:"文学批评的具体化既可能是一种感受,一种宣泄,一种鉴赏,也可能是一种选择","可是,当这些形形色色的批评活动尚未分化之前,它们是否可能来自一种共同的缘起?"他发现,就在批评家从浩如烟海的作品中对先锋小说加以挑选的时候,一种比单纯追求社会轰动效应更具有先锋企图的文学生产方式出现了:"批评家所探究的并非纯粹的作品,而是作品加读者的文学现象。无论肯定抑或否定,批评家所摄取的考察对象都只能是那些拥有相当读者的作品。批评家时常乐于承认:这些作品比之那些默默无闻、虽生犹死的作品更有价值。所以,吸引批评家的与其说是作品本身,毋宁说是作品在读者中的成功。"[3]他们敏锐地意识到,探索小说、新潮小说、新小说、现代派小说说到底仍然是一个写什么的问题(经典现实主义文学观念),而先锋小说却是怎么写的问题(现代主义文学观念),它恰恰标明了回到文学本身的历史性要求。

---

[1] 李劼.试论文学形式的本体意味[J].上海文学,1987(3).

[2] 吴亮.马原的叙述圈套[J].当代作家评论,1987(3).

[3] 南帆.批评:审美反应的阐释[J].当代作家评论,1986(5).

先锋小说从繁杂多元的探索小说、新潮小说中被分离的过程，正是80年代中期中国社会各个阶层、社会观念开始分化的过程。城市改革某种程度上在争夺、分享或淡化传统意识形态对文学垄断权的迷恋，它直接催生的边缘人、局外人、女性自由、独身主义等社会思潮，则帮助作家摆脱了意识形态的精神捆绑，正式公布了纯文学思潮的诞生。先锋小说强调形式、语言就是文学本体的主张，为纯文学提供了一个最为理想的文学文本。因此，在文学界很多人的心目中，形式、语言正是从社会内容中被净化出来的文学观念，它距离社会越远，越能阻断文学与社会的历史联系，是使文学真正获得自主性的重要保证。1985、1986年后，更加繁重而多极的城市改革相当程度上缓解了文学与意识形态的紧张关系，西方现代语言学、叙事学、修辞学理论的大量涌进，使小说生存发展与认知空间得以更新，因此它面对的时代语境，与探索小说、新潮小说相比已有天壤之别。也就是说，先锋小说意义上的纯文学思潮在这里呈现出一个根本性的历史位移，它开始被文学界理解成一个纯粹的写作问题。进一步说，纯粹写作被文学界理解为是一种比社会写作更高级的文学存在，人们普遍认为这是促使当代文学真正转型的最强劲的动力。这是先锋小说被从探索、新潮等小说中分离出来的一个重要理由。黄子平1988年初为回应伪现代派指责所写的著名的《关于"伪现代派"及其批评》一文，对当时人们困惑的先锋小说与探索小说、新潮小说之间存在的不同点作了更为细致的理论区分。他说："从中国社会的'经济'角度来判断一部作品是否'伪现代派'，除了上述以现实工业化为依据外，还有以中国普通老百姓的生活状况和心理要求为标尺的"，"因而当代中国的大部分探索性作品，就陷入了如下的内在矛盾"。针对有些人对先锋小说的形式实验有脱离现实危险倾向的责难，他反驳道："用胃的满足程度来限制文学的想象力和超越性，其有效性是值得怀疑的。以中国现代文学史为例,我们能否说,在战乱频仍、民不聊生的年代里写下的《野草》(鲁迅)、《十四行集》(冯至)、《诗八首》(穆旦)等等,是不是真诚的作品呢?"[1]

当然我们必须看到,先锋小说观念之建立,是以对探索小说、新潮小说、现代派小说、新小说、试验小说的丰富存在的彻底剪裁为代价的。语言、形式、本体、暴力、异质等纯文学观念,对处在当代中国社会这一转型过程中千百万普通人的痛苦、矛盾和困惑,显然实施了新一轮的压制和排斥。文学史经验告诉我们,新时期文学三十年事实上已经变成了一个以先锋小说为中心的历史叙述。80年代的文学思潮被理解成是先锋小说不断克服非文学干扰而最终获得文学性的历史性结果。但在这一历史叙述过程中,它的文学前史,堆积在文学史断层周围的大量文学知识碎片,则由于后来文学史分析、归纳、总结等功能的过滤和筛查,很可能已经永远地消失。大家已经看到,刘索拉、徐星已经不被归入先锋文学的章节,张洁变成了一个无法归位的作家,遇罗锦更是在这种文学知识重新的整合中淡出了人们的视线。当然我们也能够理解,不将某一文学现象从混乱不堪的小说思潮中分离出来,就无法完成对于它的经典化工作,我们所谓的文学史叙述就难以建立起来。所以,正如海登·怀特在评价列维·斯特劳斯认为所有历史叙述中都有一个神话和诗歌的结构时说的那样:"只有决定'舍弃'一个或几个包括在历史记录中的事实领域,我们才能建构一个关于过去的完整的故事。因此,我们关于历史结构和过程的解释与其说受我们所加入的内容的支配,不如说受我们所漏掉的内容的支配。"[2]

[1] 黄子平.关于"伪现代派"及其批评[J].北京文学,1988(2).
[2] [美]海登·怀特.陈永国、张万娟译.后现代历史叙事学[M].北京:中国社会科学出版社,2003.

三、离乡进城与超越历史

前两部分主要围绕城市改革中的物质层面和社会风俗层面来谈人们对先锋小说的理解。因为小说，尤其是现代、先锋小说都是在城市发生，而且是与城市的现代出版业、图书市场、读者密切结合的一个行业，本雅明和埃斯卡皮对此有许多精辟的论述。但当代文学在80年代的转型，还不止上述方面，也包含着先锋小说对十七年文学、"文革"文学作为农村包围城市社会实践的最成功叙述的这一结论的强烈反弹和质疑。人们认为，当代历史固然已经"进城"，可它的思维方式、伦理经验和道德追求仍然顽强坚持着非常浓厚的中国乡村的习气，这是很长一个时期内农村题材小说、军事题材小说非常繁盛而城市小说相对萎缩的深层原因。如果说十七年文学、"文革"文学是"进城"后写的一个乡村故事，那么先锋小说就把自己超越历史叙述的最主要标志，定位在重新"离乡进城"来讲一个都市故事上（某种意义上，余华小说、马原小说可以说是充满都市经验的小镇和西藏叙事）。因此，我这里所说的超越历史，指的就是对"十七年"、"文革"文学叙述那种旧乡村历史意识的超越。当然，我这种看法的形成，可能也受到了城市改革的某种影响。

讨论80年代的先锋小说，必然会涉及历史问题。因为对历史的看法、见解和处理方式，往往决定了它的出场方式、历史内涵和审美特征。在这里，我不会直接讨论作家和批评家的历史观问题，而会以我惯常的方式注意他们是怎么处理历史难题的。

1985年至1987年间先锋小说家和批评家的历史态度是值得推敲的，不像我们所理解的那么简单。我查看过这一期间的《上海文学》、《当代作家评论》两份杂志，发现并不像研究者后来想象的，他们对历史采取的并不是一味激烈拒绝、否定的态度，而是相反，那是一种混杂交叉的犹豫的姿态。我注意这一时期的吴亮，既写"叙述的圈套"、"新模式的兴起"、"李杭育印象"、"文学与消费"、"城市与我们"等先锋文学批评的文章，也写《花园街五号》、《男人的风格》等跟踪现实主义文学的评论。李劼对路遥小说《人生》主人公高加林形象的"现实精神"大加赞扬，但是他的那些探索"文学形式"、"本体意味"、"理论转折"、"裂变"、"分化"等文章，又试图树立另一个激进的先锋小说批评家的形象。程德培、蔡翔、王晓明的情况大同小异。他们可能在《上海文学》上表现得相当激进和先锋，而到了《当代作家评论》上，又与很多跟踪或扫描文坛趋势、动态的批评家没有差别。[1]这些文章给人一个印象，80年代文学并没有一个固定的先锋文坛，大家更多时候还是那种传统文坛上的批评家。例如，1986年1月，李劼在题为《新的建构新的超越》的文章里宣布："中国的二十世纪文学在其文学思潮意义上就将从1985年小说创作所作出的这种从时代精神到审美心理的新构建开始。正是在这个意义上，似乎可以认为，1985年的小说创作将成为新时期文学的一个新的历史起点。"[2]但同时，他又赞扬了1985年以前的路遥的小说《人生》："作为一个当代青年的形象，

---

[1] 据统计，吴亮在两家杂志上发表的文章是：《文学与消费》(《上海文学》1985年第2期)、《城市人：他的生态与心态》、《文学外的世界》(《上海文学》1986年第1期)、《城市与我们》(《上海文学》1986年11期)、《爱的结局与出路》(《上海文学》1987年第4期)、《〈金牧场〉的精神哲学》(《上海文学》1987年第11期)、《社会结构的演化和开拓者的使命——对〈花园街五号〉和〈男人的风格〉的比较分析》(《当代作家评论》1985年第2期)、《新模式的兴起和它的前途》(《当代作家评论》1985年第3期)、《孤独与合群——李杭育印象》(《当代作家评论》1985年第6期)、《马原的叙述圈套》(《当代作家评论》1987年第3期)、《人的尴尬境况——评李庆西的〈人间笔记〉》(《当代作家评论》1987年第5期)。

[2] 李劼. 个性·自我·创造[M]. 杭州：浙江文艺出版社，1989.(此为著名的"新人文论"丛书中的一本。当时许多批评家都喜欢用个性、自我等超越历史的术语做书名，以显示自己与历史之间紧张、冲突和断裂的关系。他们也喜欢经常宣布一个新时代的开始。)

在70、80年代之交出现的许多青年诗作里可以看到高加林的胚胎。当人民谛听着那一支支或深沉明快、或哀婉或缠绵、或雄浑或宁静的旋律时,眼前浮现的是一个个年轻诗人的自我形象",《人生》也会因此成为一部足以跻身世界名著之林的杰作"。[1]这种混杂交叉的多元化历史态度不只出现在李劼一个人身上,在其他先锋作家和批评家身上也普遍存在。对于已经熟悉今天文学史概述的人,一定会感觉非常诧异和奇怪的,不是说先锋小说已经与1985年以前的新时期文学完全断裂了吗? 它不是已经成为一个新的历史起点了吗? 人们时而先锋、时而传统,他们的历史态度如此暧昧、矛盾和犹豫不决究竟是因为什么呢? 这就是我们重新观察先锋小说的一个角度。也就是说,它的所谓超越历史的叙述,其实是一种后预设的叙述。当时的先锋作家和批评家为了强调自己与过去的传统的不同,他们是把"埋藏在历史学家内心深处的想象性建构"(海登·怀特语)当作一种文学真实,从而感觉自己已经完成了对历史的超越。

　　海登·怀特在论述新历史主义批评家时的一段话,可能对我们有一点解惑作用。他认为建构这种印象的最直接的原因是"一种超验主体或叙事自我,它超越对现实的各种对立阐释","这个概念的优点在于它暗示了话语、话语的假定主题以及对这种主题的各种对立阐释之间的一种似乎不同的关系"。[2]海登·怀特在这里给了我们很好的提示: 如果设置一个假定主题,那么它作为一种脱离了现实环境的超验主体或叙事自我也就成立了,也就不成问题了。例如,马原的自述就有一定的代表性,读完它,你会感觉他不仅在自我辩解,实际也反映了那代作家和批评家当时在处理历

---

[1] 李劼.高加林论[J].当代作家评论,1985(1).

[2] [美]海登·怀特.陈永国、张万娟译.后现代历史叙事学[M].北京:中国社会科学出版社,2003.

史问题时的普遍方式。当有人敏锐问道:"我以为你大学毕业后从辽宁去西藏,使你获得了占有一种奇特的生活的优势",于是更"想了解你是怎样'深入生活'的"?马原对这一当代文学的理论问题作了规避,他回答:"我是个随意性很强的男人",但对"把握对混沌状态的感知,再比如对超验事物的想象还原",相信比别人略占优势。他还假定了一种与他原籍辽宁完全不同的生活经验,从而为对他作品主人公不能"构成主要矛盾"、"结构松散"、"结尾随意"等的批评性指责予以辩护。他强调说:"我其实在假想中还原,这是一个从高度抽象到高度具象的意识过程",其根据是"西藏确是神话、传奇、禅宗、密教的世界,这里全民信教","他们的精神生活与物质生活没有任何因果关系",可以随意"把辛辛苦苦几十年积攒下的房屋和牲畜、物财一下全部变卖",目的就是为了"喝酒唱歌调情"和"作为路费去拉萨……朝佛"。所以,在先锋小说的意义上,"好的棋并不拘泥于一子一地的得失,大势在他心里","我想写没人写过的东西。索性顺着自己的'气'写,气到哪,笔到哪,竟成了《冈底斯的诱惑》这三万多字"。[1]他还以一种调侃的口气对人们说:"我想要求那些想问我什么意思的读者和批评家不要急于弄清什么意思,不要先试图挖掘涵义,别试图先忙着做哲学意义的归纳;我要求你们先看看我的小说是否文通字顺?是否故事没讲清楚明白?"[2]

在读这些文字时,我发现自己越来越不喜欢马原对文学界这种居高临下的口吻(从很多文章看,马原那时在批评家面前表现得是比较傲慢的,自我优越感也很强)。不过,恰恰是这种姿态让我们对他们超越历史的策略有更深的理解和同情。因为无论在今天还是明

[1] 许振强、马原.关于《冈底斯的诱惑》的对话[J].当代作家评论,1985(5).
[2] 从马原的《哲学以外》这篇文章可以看出当年先锋小说家们的自信和傲气,大有这点事情你们还不懂的智力优越感。

天,对大多数的中国人来说,谁能真正超越自己所生存的历史环境?没有一个人(即使是伟人)能做到这点。于是,在对历史的困惑中出现了一个假定主题,这就使超越在这个层面上产生了可能性。而当时人们对先锋小说毫无保留的阅读和理解,不就是从这多种可能中生发出来的吗? 也就是说,上述在先锋文坛和传统文坛之间犹豫不决的批评家的矛盾行为在这个意义上是可以理解的。在现实生活层面上,他们像高加林、花园街五号的主人公一样是生活、挣扎在新旧历史的交换点上的;但在文学层面上,超越历史不光在文学界最激动人心的重新设计,也是随着城市变革而喷发的一股新的社会浪潮。于是,在现实生活层面上不能超越,而在文学层面却能超越,就在这种文学与历史的假定主题中被建立了起来,它对80年代大多数作家批评家学者思想家的头脑形成了强大的统治。具体到文学理论和文学批评来说,他们特别喜欢在文章中使用故事、形式本体、语言自觉、语言意识、观念、《树王》ABC、微观分析、解读分析、虚构、自足、表层语感、深层语感、隐喻性、符号、意象、物象、心象、理论的观照、情节模式、审视、叙述圈套等;特别喜欢用反思这个攻击性武器把对复杂问题的讨论推到一边,十分相信形式本就能处理文学的所有难题;还特别喜欢使用一些花哨并略带一点霸道、为文学事业担当又故意装作历史局外人的批评性语言,给人留下与现实环境没有任何关系的印象。而使用西方哲学和美学术语、借用反思话语优势而担任各种对立阐释的仲裁者,以及用边缘表述来偏离、疏远中心表述等做法的目的,就是要挣脱历史无休止的纠缠,在一种假定的后设前提中建立一个80年代文学中的超验主体或叙事自我。目的是要把先锋小说单独从整个当代文学中拿出来,当作不用经过后者检验、过滤和监督的文学性的标志。李劼偏激地声称:“文化的批判再偏激再深刻也不能代替文学自身的张扬和伸展,这时应该有一种新的革命,它将产生诸如小说叙事学、创作发生学”,“我个人认为,新的突破也许就在形式和语言的研究上"。[1]吴亮尖锐地说:"大一统的旧理论把人们的思维禁锢得太久了",批评的精神"革命性并非单单指向外在或历史上的权威,而且也包括它自己的反思"。[2]程德培表示:"当我们审视作品所反映的生活时,别忘了那渗透其中的主体意识","当我们总结作品的社会历史内容时,也别忘了那与个人经历密不可分的情绪记忆"。[3]蔡翔写道:"当代创作的研究即是我们通常所说的批评",它"对无规则的实践比对有规则的继续投注了更多的热情",还依靠"理论的假定和自身的自觉"。[4]在如何解决先锋小说与历史的复杂关系的难题时,王晓明更是明白无误地表明了立场:"文学首先是一种语言现象。这不但是指作家必须依靠文字来表达自己的审美感受,一切所谓的文学形式首先都是一种语言形式;更是说作家酝酿自己的审美感受的整个过程,它本身就是一种语言的过程",如果没有这种认识,"一切所谓思想的深化、审美的洞察就都无从发生"。[5]今天看来,这些议论非常武断、幼稚且问题成堆,然而在当时却都不会成为问题。

但我们也不会满意这些结论,而会反问:上述批评话语的混杂交叉、文学"假定主题"以及宣布"文学是语言现象"等的背后到底潜藏着什么? 对它含混和复杂的历史面目应该怎么去分辨? 我以为这都是80年代的特殊语境造成的。80年代,是一个新/旧、传统/现代等观念大碰撞的年代,同时也是"前社会主义"向"后社会主义"发生转型的年代。这是一个漫长而难耐的历史等待期。同时,也是一次当代中国包括其文学重新"进城"的隆重的历史仪式。某种意

[1] 李劫.写在即将分化之前——对"青年评论队伍"的一种展望[J].当代作家评论,1987.
[2] 吴亮.新模式的兴起和它的前途[J].当代作家评论,1985(3).
[3] 程德培.被记忆缠绕的世界——莫言创作中的童年视角[J].上海文学,1986(4).
[4] 蔡翔.理论对文学的解释[J].当代作家评论,1985(5).
[5] 王晓明.在语言的挑战面前[J].当代作家评论,1986(5).

义上，"进城"就要斩断与乡村的历史血脉，将抛弃前者的沉重负担和不良形象设定为自己再出发的起点。而"进城"的先锋小说要巩固自己的滩头阵地，就要建立另一套文学/城市的文学规则和文学理论。先锋作家和批评家意识到，假如再在立场、感情、主张等问题上无休止地争辩下去，那么只会深陷历史的泥潭，重蹈当代文学前三十年的命运。这是假定主题、超验主体和叙事自我之出现的历史前提，这是先锋文学所推出的另一套不同的当代文学的操作规则，这是能够回避重大的历史牺牲的一种最为理想的文学方案，也是足以被各方所接受或默认的文学的真实。就在这种情景下，先锋小说突然间跨过了历史的泥沼，超越了自己的现实处境，而把当代文学推进到了新的历史起点上。但我们不能不承认，这实在是一种"魔方式"的文学历史变动；我们也不能不指出，这被当时人们匆忙翻过的历史的一页，和其中诸多矛盾性地纠结的许多个细节，实际上一直没有得到应有的反省和清理。例如，历史能够被超越吗？超越的条件、准备和可能在哪里？超越之后又将会存在哪些问题？怎样看待超越历史这种表达方式、话语形态和体系，以及这种过分奢侈的话语狂欢对当时和后来文学发展有什么复杂的影响？如此等等。

四、怎样理解余华、马原的"小镇"、"西藏"先锋小说

这又回到我第三部分的问题上。前面说，"进城"后的当代文学通过都市经验的文化洗脑，已经使一切"小镇"、"乡村"、"异地"的文学经验充分都市化，进而把先锋小说变成一种更为有效的文学叙述。这里，我希望了解的是，余华和马原的"小镇"、"西藏"文学作品，是如何通过接受都市经验的筛选而成为先锋小说的。

不久前，虞金星对马原小说创作的前史——西藏文学小圈子进行了细致的梳理。他说："我们可以注意到，由马原、扎西达娃、金志

国、色波、刘伟等人组成的这个'西藏新小说'的'小圈子',在对西藏人文地理的描述与对小说艺术形式的探索方面,几乎是同时进行的。"[1]在1985年前的当代文学中,很少有来自西藏的小说家们的身影,历史倒是记载过饶阶巴桑等诗人的名字。虞金星的研究使我们想到,小说在西藏当代文学史上是非常萧条的,而小说的兴起与80年代的"进藏热"有直接的关系。这是因为,20世纪50、60年代的"援藏"主要出于政治目的,而80年代大学生的"进藏热"则把城市、现代化建设等带到了这块原始神秘的土地。在这个意义上,马原和他的无以数计的进藏战友无疑成为带有城市标志的一批访问者,他们无疑是一代浪漫、理想的西藏的旅游者(所以称他们是"西藏的旅游者",是因为后来,很多人在80年代中期后又纷纷返回内地工作,并没有把前者当成自己的定居地)。80年代,随着国内经济建设的高涨,港台旅游者也把西藏作为主要旅行地之一。因此,除日益明确的小说先锋意识,马原编选小说选本的旅游意识也同时萌生。他告诉程永新:"正在编西藏这本集子,二十八万字,几乎包括了我所有西藏题材的小说。""另外还有的两部分,一是以往内地生活的,一部长篇几个中篇;二就是这里的已经被国内多种选本选过的西藏部分,以传奇及想象的生活为主。我选这部分,主要考虑到读者的兴趣,海外华人多为西藏所迷惑,权为满足这种好奇心吧?"[2]我们不能说马原虽有历史性的旅游者身份就一定会为海外旅游者写小说,但起码已证明经由旅游者经验的他已开始拥有了都市意识,这在他的小说写作中悄悄安装了一个都市意识的特殊装置

---

[1] 虞金星.以马原为对象看先锋小说的前史——兼议作家形象建构对前史的筛选问题[J].海南师范大学学报(社会科学版),2009(2).(在文章中,他叙述了马原进藏后的生活和文学交友情况,对我们了解西藏先锋文学圈子以及他们与上海先锋文学批评的关系,颇有帮助。)

[2] 程永新编.一个人的文学史(1983～2007)[M].天津:天津人民出版社,2007.

（此为张伟栋语）。他已经在有意识地在用这个装置检验、过滤并规训自己的小说，他虽说不是单为旅游者写作，但起码是为上海这个80年代中国先锋文学的制造地而写作的。西藏的人文地理，正好与上海先锋文学批评和先锋小说本身的艺术形式的探索发生了秘密的历史接轨。

我们再来看余华以浙江小镇海盐为背景，以暴力、凶杀为叙述基调的先锋小说描写。研究者喜欢把它称作"暴力叙述"、"极端叙述"。这都是在先锋小说内部所作出的解释，认为先验、虚构可以营造另一种在日常生活中人看来非常"陌生化"然而又是非常"真实"的生活。对此我以前也深信不疑。但我又发现他80年代小说中还有另一个文学型人际关系网络：小镇/上海、自卑生活/都市消费。它们之间的秘密协议，某种程度正是余华后来崛起为著名作家的一种巨大推动力。余华1960年4月3日出生，浙江海盐人。1977年中学毕业，1978年起从事五年牙医工作。没有什么学历。1983年进海盐县文化馆，1989年调嘉兴市文联。这就是他十多年的小镇生活。80年代他常去上海并与格非等人交往；第一篇小说《十八岁出门远行》发表在《北京文艺》上，但他受到《收获》更积极的提携。在他与文学界友人的频繁通信中，记述了他几年间辛苦往返于上海与海盐和嘉兴之间，并同格非、程永新等交往中的各种有趣故事："这次来上海才得以和你深入交往，非常愉快，本来是想趁机来上海一次，和你、格非再聚聚，但考虑到格非学外语，不便再打扰，等格非考完后我们再相约一次如何？""我的长篇你若有兴趣也读一下，我将兴奋不已，当然这要求是过分的。我只是希望你能拿出当年对待《四月三日事件》的热情，来对待我的第一部长篇。""刊物收到，意外地发现你的来信，此信将在文学史上显示出重要的意义，你是极其了解我的创作的，毫无疑问，这封信对我来说是定音鼓。确实，重要的不是这部作品本身怎么样，它让我明白了太多的道理"，"你总是在关键的时刻支持我。"[1]上海在使余华获得先锋眼光、翻译读本和文学知识的同时，也把无比奢侈都市生活景象推到了这位野心勃勃的年轻作家面前。这使他愈加讨厌家乡小镇琐碎、平庸和单调的现实生活，加剧了他和它们之间的紧张关系。在上海与众多朋友对现代派小说的精神会餐，更给了他一种乌托邦式脱离凡世当然也近于抽象的现实观感，而小镇只会使他生出永远离开此地的强烈愿望。与此同时，也使他意识到正在走向消费化的上海对文学需要什么东西。在上海、海盐和嘉兴等地之间这么无休止的辛苦奔波，使他更加深信他本来的现实生活所具有的虚幻的性质（在80年代的先锋作家那里，都曾发生过这种过去生活与旅居生活之间的断裂感，而后者被认定是一种先锋意识），他愤愤不平地写道："长期以来，我的作品都是源出于和现实的那一层紧张关系。我沉湎于想象之中，又被现实紧紧控制，我明确感受着自我的分裂"，"这过去的现实虽然充满魅力，可它已经蒙上了一层虚幻的色彩，那里面塞满了个人想象和个人理解"。[2]

　　以上叙述令我想到在当代文学中从未出现过的一个专用词消费。我不否认现实主义文学/先锋文学、集体认同/个人反抗至今仍然是对先锋小说之兴起原因的一种有效的解释。不过，我也想提醒人们，另一历史维度此时也许正在成为先锋小说的强劲的助力：这就是文学消费正在取代政治需要而变成促使当代文学转型的全新因素。在前面，吴亮已经发出过最为敏锐的警告："当前社会生活中的一个引人瞩目的重大变化发生在消费领域"，"消费浪潮的兴起已对我们的社会生活发生了深远的影响"；"最能体现市场机制的莫过于通俗文学了，从订货、写作、付型出版、发行乃至出现在各种零售书摊上"都无不如此。[3]以先锋小说为标志的纯文学的新浪潮尽管当

［1］程永新编.一个人的文学史（1983～2007）［M］.天津：天津人民出版社，2007.

［2］余华.活着［M］.上海：上海文艺出版社，2004.

［3］吴亮.文学与消费［J］.上海文学，1985（2）.

时还以压制通俗文学的状态而存在,但是以消费为圭臬的通俗文学却在用更露骨的方式帮助先锋小说反抗并结束当代文学对文坛的统治。文学消费开始成为一种无所不在的紧箍咒,一种文学规律,它使伤痕、反思、改革等文学样式的历史能量在一夜之间几乎耗尽。法国社会学家让·波德里亚在《消费社会》一书中提出了一个对我的研究而言非常重要的概念"集体开支与重新分配"。他认为社会中潜在存在的等级结构造成了各阶层之间的紧张关系,那么怎样缓解和消除这种紧张对立呢?"人们试图把消费、把不断享用相同的物质和精神财富以及相同的产品,作为缓和社会不平等、等级以及权利和责任不断加大的东西"。[1]事实上,此前的当代文学是一个具有等级结构的文学形态,各类权威性文学现象、潮流和流派通过掌握自己独有的社会资源(如十七年文学的革命叙述,伤痕、反思文学的"文革"叙述,改革文学的改革叙述等在拥有社会资源的解释权的同时,也在垄断着文学话语权和生产传播权,并拼命阻止其他文学现象的成长)并对其他文学现象实行着统治。1985年后,在中国社会各个阶层中开始出现的消费热,在促使传统社会重新分配它单一的权力的同时,也在大力地促使伤痕、反思、改革等文学的放权。在这种情况下,先锋小说在享受文学权力重新分配的同时,其实也在借助消费浪潮获得对文学的新的垄断地位。

陌生而神秘的边地、落后小镇、玄奇叙事、暴力、恐怖等等,某种程度上正是先锋作家推给上海、北京等都市社会的最为成功的消费文化产品。在余华小说《现实一种》里,小镇居民山岗四岁的儿子皮皮因为厌烦躺在摇篮中的堂弟的吵闹,在一种潜意识的驱使下谋杀了他。山岗得知消息后求弟弟山峰原谅皮皮,山峰让皮皮趴在地上

---

[1]［法］让·波德里亚.刘成富、全志钢译.消费社会［M］.南京:南京大学出版社,2001.

舔死去的堂弟的血痕来羞辱他，山岗妻子代他舔了，恶心得连连呕吐。但山峰还不想放过哥哥全家，他从厨房拿出菜刀冲出来，要与哥哥决斗。这种无休止地报复、羞辱终于将山岗激怒，他瞅住机会反败为胜。他抓住山峰并用麻绳将他狠命地捆在树干上：

> 接着山峰感到一根麻绳从他胸口绕了过去，然后是紧紧将他贴在树干上，他觉得呼吸都困难起来，他说："太紧了。"
>
> "你马上就会习惯的。"山岗说着将他上身捆绑完毕。
>
> 山峰觉得自己被什么包了起来。他对山岗说："我好像穿了很多衣服。"

几个小时后，山峰就这样死了。以前的研究者都对作家余华这种极端叙述表达了欣赏。但我觉得除了作家的非凡叙述才能，他对当代文学叙述类型的积极贡献外，他似乎也在无意识地把它当作极端、新颖的消费产品拿给上海、北京的文学杂志编辑和广大读者。我们可以设想一下，作为在小镇上出生并长大的余华，即使稍微出名后调入更大一点的小城市嘉兴的余华，他拿什么东西来打破等级社会（上海/嘉兴）和等级文学结构（《收获》、《上海文学》/县市文化馆和文联）对他的窒息般的精神和心理统治？这就是他必须拿出大城市作家和小市民们普遍缺乏的小镇怪异故事和暴力叙述。某种意义上，越是暴力、极端，就越能在消费产品堆积如山、高度雷同的大城市文学市场赢得批评家、读者的刺激性文学需求和广泛好评。也正是在这个意义上，余华参与了对处在历史短暂停滞时期的当代文学的重新分配的过程，并获得前所未有的成功。这种成功在批评家樊星和赵毅衡那里得到了认可："余华以冷酷的《现实一种》震动了文坛。有人这么谈自己的读后感：'他的血管里流动着的，一定是冰碴子。'的确不错。""如果说《现实一种》至今是余华最出色的作品，余华的新作使我们有信心他将在中国文学史上站稳地位。"[1][2]

马原的中篇小说《冈底斯的诱惑》发表于《上海文学》1985年第2期，是先锋小说的重要作品。小说共16节，老兵作家、穷布、陆高、姚亮、小河、央金、顿珠、顿月、尼姆和儿子等都不是贯穿作品始终的人物，在小说中基本没有什么联系，但他们都是自己故事的叙述者。这种结构的故意混乱，出自作者的小说主张。这种混乱疑似马原那种个人变幻无常的游历。20世纪80年代初毕业的大学生秉承20世纪50、60年代的理想主义余脉，掀起了一股"进藏热"。短短几年，进藏学生迅速增长近5 000人。一度被人称作中国大学生占人口比例最高的地区。由于后来政策调整和商品经济大潮冲击，他们中的很多人消沉下来开始争取内调。1985年后，自愿申请进藏的大学生人数骤减。马原也在寻找自己的退路。从1987年5月30日、7月10日致程永新的信可以看出，他正在积极活动调回家乡辽宁省作家协会。可作协负责人金河不知怎么态度暧昧，没有准确回音，"好像存心过不去了"。接着又试图去春风文艺出版社。所以，性急又缺少招数的马原只能嘱咐友人把信"寄沈阳市省委院内《共产党员》杂志赵力群转我"。[3]信件透露出心灵的真实，它进一步证明了马原暂时性西藏游客的社会身份。别的游客可能只在西藏待上几天，马原与他们的区别是待了七年。虽时间有差异，但身份却完全相同，具有惊人的一致性。从这个角度看，《冈底斯的诱惑》在文体上实际是先锋作家马原的游记体小说，他惊羡于西藏山川、神话和传说的诡秘神奇，以一个外来者的眼光和笔调记下了自己的感触。他以消费西藏的文学方式，成为80年代先锋小说家族的一员。他更是通过消费西藏的方式，使西藏这个偏远的边地在人们对小说的刺激性阅读中被充分

[1] 樊星.人性恶的证明——余华小说论(1984—1988)[J].当代作家评论,1989(2).

[2] 赵毅衡.非语义化的凯旋——细读余华[J].当代作家评论,1991(2).

[3] 程永新编.一个人的文学史(1983～2007)[M].天津：天津人民出版社,2007.

地都市化,因为任何足不出户的中产阶级妇女和大学生读者都会以为老兵作家、穷布、陆高、姚亮、小河、央金、顿珠、顿月、尼姆就是自己身边的人物,这是发生在身边的故事。借助这次漫长旅游的西藏消费使马原如愿以偿地进入当代文学史的长廊。但离开西藏之后,除几篇零星的作品之外,马原几乎再写不出小说。他转向了影视改编、制作等大众文化的生产领域,但最终以失败而告终。这种历史分析好像背离了小说文本,然而在某种程度上,它把陆高、姚亮的小说故事与作家本人的现实故事串联到了一起。小说不光是作家天马行空的想象和虚构,同时也是作家生活的某种隐喻。所有的作家都通过描写自己的生活来影射所有人的生活,进而揭示社会、时代生活的深刻真相。苏珊·桑塔格在《疾病的隐喻》一书中曾谈到各种传染性流行病如何被一步步隐喻化的问题,她提醒人们注意从仅仅是身体的一种病转换成一种道德评判或者政治态度,这样就会从对疾病的关注转化成对关于疾病的隐喻的关注。[1]《冈底斯的诱惑》如果这样看,可能更大意义上是一种对先锋小说无法真正归化中国文化土壤和文学大地的命运的隐喻。正像苏珊·桑塔格所说,如果把疾病转换成一种道德评判或政治态度,就会把对疾病的关注转化成为关于疾病的隐喻一样,某种程度上,80年代人们对先锋小说的关注,实际转化成了对关于先锋小说隐喻的关注本身。这就是,凡是与传统的社会主义现实主义文学不同,凡是规避革命、乡村、城市等宏大文学场景而转向陌生神秘边地、落后小镇、玄奇叙事、暴力、恐怖,手法怪异且作家感官异常的文学书写,而且宣称是先锋小说经验的,读者都会把他们看作真正的先锋作家或先锋小说。

从以上叙述可以发现,当年存在的先锋小说,实际正是80年代中国的城市改革所催生,并由上海都市文化、众多探索小说、新潮小

---

[1]　[美]苏珊·桑塔格.程巍译.疾病的隐喻[M].上海:上海译文出版社,2003.

说、超越历史假定主题,以及马原、余华小说奇异故事等纷纷参与其中的非常丰富而多质的先锋实验。但城市改革的多元文化主张,并没有真正促成先锋小说向着多样性的方向发展,形成百舸争流的文学流派,相反它最后却被树为一尊。这种一派独大的文学现象,有可能会在文学史撰写、教育和传播中长期存在。虽然我在文章中力图还原它文学生态的驳杂性,呈现当时人们对它不同的甚至分歧很大的理解,然而它的历史形象早已经被固定化,要想改写将会遇到极大的困难。在此基础上我进一步认识到,今天的当代文学史,事实上被塑造成了一部以先锋趣味、先锋标准为中心而在许多研究者那里不容置疑的文学史。它已经相当深入地渗透到目前的文学批评和文学史观念之中,正在潜移默化地影响和支配着今天与明天的文学。

第十一讲　在寻根文学周边

寻根文学从1985年提出至今已经24周年，与它重要的文学史地位相比，对其中问题的质疑性讨论也同样醒目。[1]因此，有必要对这一文学史概念作重新观察。我感兴趣的问题有：传统的当代化，文化之根的国际化，寻根小说与被建构的穷乡僻壤之关系，以及寻根小说与乡土小说、农村题材小说的共时性和差异性等。不少研究者乐意将寻根文学从当代文学中拿出来并看作完全不同的东西，我不是要将它再放进去，而是想了解当年在它的周边究竟发生了什么。

---

[1] 参见查建英在《八十年代访谈录》(北京：三联书店，2006.)中对阿城的访谈(2004年9月8日)。在对自己和那个时代的历史清理中，阿城使用的是文化保守主义的知识资源，不过，他对历史教训的反思和文化建设的设想，仍有一定的可取之处。阿城表示："我的文化构成让我知道根是什么，我不要寻。韩少功有点突然发现一种新东西。原来整个在共和国的单一构成里，突然发现其实是熟视无睹的东西。"他认为，韩少功改变了"寻根"的方向，把它引向旧有的意识形态即改造国民性上去了，这是寻根文学出现问题的原因所在。张旭东在《从"朦胧诗"到"新小说"：新时期文学的阶段论与意识形态》一文中，与阿城的看法不同，尽管他认为李陀寻根小说表面上的美学保守主义可视为向中心话语或"毛文体"挑战的语言策略的观点富有启发性，仍然批评寻根文学是一种"遗老"气颇重的现象。(参见他的著作《幻想的秩序》第240页，牛津大学出版社，1998.)。张旭东与阿城、李陀观点的分歧，可能是来自年龄和历史经验的差异性，但也说明这个文学史概念本身还潜藏着许多需要重新挖掘、辨析和讨论的问题。

一、传统的"当代化"

如何将传统充分地"当代化",也许是中国现当代文学最焦虑的问题之一。梁启超说:"过渡时代,必言革命。然革命者,当革其精神","能以旧风格含新意境,斯可以举革命之实矣"。[1]陈独秀说:"凡属贵族文学,古典文学","均在排斥之列",应该"建设明了的通俗的社会文学"。[2]毛泽东写道:"驳俞平伯的两篇文章附上,请一阅。这是三十多年以来向所谓红楼梦研究权威作家的错误观点的第一次认真的开火。"[3]周扬强调:"新诗也有很大缺点,最根本的缺点就是还没有和劳动群众很好地结合,群众感觉许多新诗并没有真实地反映他们的生活、思想和感情。"[4]这些话语的背景虽然不同,它们所指的传统也比较含混、多元和矛盾,但它们所强调的"当代化"无疑都包含着如何排斥、改造、转译和重装传统资源的用意。这是我们认识寻根文学为何发生和为什么会以这种方式发生的一个关键点。

1985年提出了寻根文学之说。寻根主张者显然与文学前辈一样有着强烈的焦虑不安。这种焦虑不仅表现在与当代文学其他现象的差异性上,而且也表现在其内部的差异性上。阿城是在新儒学立场上质疑作为当代文学主要传统资源的"五四"和"文革"的。他说:"五四运动在社会变革中有着不容否定的进步意义,但它较全面地对民族文化的虚无主义态度,加上中国社会一直动荡不安,使民族文化断裂,延续至今。'文化大革命'更其彻底,把民族文化判给阶级文

---

[1] 梁启超.饮冰室合集[M].上海:中华书局,1936.

[2] 陈独秀.文学革命论[J].新青年,1917(2).

[3] 毛泽东.关于红楼梦研究问题的信(1954年10月16日)[M].毛泽东选集(第五卷),北京:人民出版社,1977.

[4] 周扬.新民歌开拓了诗歌的新道路[J].红旗,1958(1).

化,横扫一遍,我们差点连遮羞也没有了。胡适先生扫了旧文化之后,又去整理国故,而且在禅宗的研究上栽了跟头。逻辑实证的方法确是科学的方法,但方法成为本体,自然不能明白研究客体的本体,而失去科学的意义。"[1]而韩少功对"文革"的反思明显是来自80年代新启蒙的资源。韩少功在"寻根"主张中注入改造国民性的因素,表明他对传统的理解,没有超出新启蒙的范畴。也就是说,在同为"寻根派"的阿城和韩少功的理论储备里,有两个传统,支持着它们的是两个不同的"当代观"。如果说,80年代新启蒙文化思潮试图以"五四"传统来改造"文革"传统,从而实现80年代的文化环境的优化也即"当代化"的话,那么,阿城则把"五四"和"文革"都看成近代以来激进主义文化传统的组件之一。在他看来,"五四"文化激进主义与"文革"文化激进主义实际来自同一个历史光谱,正是它们造成了民族文化的虚无主义并贻害至今,不彻底抛弃、遗忘这一传统,当代文学就不可能与世界文化进行真正的对话,它的"当代化"目标就无法实现。学界认为近代以来中国思想界有三种文化思潮,即所谓激进主义、文化保守主义和自由主义等,由于现当代中国社会的特殊性,后来激进主义文化思潮取而代之成为主要的文化思潮,这种说法当然还有进一步商榷的余地。但如果这样粗略点看,那么韩少功和80年代文化思潮对传统的理解方式,则应与从梁启超到周扬这一脉络接近,属于激进主义文化思潮的装置系统。而阿城走的可能是《学衡》和林纾这一路线,带有较浓厚的文化保守主义思潮色彩。我这样做不是像过去那样对文学现象进行一般的知识归类或立场确认,如果这样下面的讨论就失去了意义。我不得不如此表述,实际还

---

[1] 注:查建英在《八十年代访谈录》(北京:三联书店,2006。)中对阿城的访谈(2004年9月8日)。在对自己和那个时代的历史清理中,阿城使用的是文化保守主义的知识资源,不过,他对历史教训的反思和文化建设的设想,仍有一定的可取之处。

是为了回应前面提出的,即去"认识'寻根文学'为何发生和为什么会以这种方式发生"的问题。由此可知,阿城等人的"寻根"主张虽然是80年代文化思潮的一个分支,但它的文化诉求却走向了另一方面。这种不同于大潮流的文化诉求表明,他们无意用一个被虚构的"五四"传统来修复被破坏的传统,而是想绕过近百年的中国革命,回到古代之中,请回一个完整的传统来重新构筑当代的社会根基。

从上述表述看,除韩少功外,多数寻根派都倾向用文化保守主义来置换当代文化的传统。这就使他们有意偏离现当代文学的主流知识谱系,试图将沉睡百年的那个路不拾遗、夜不闭户的文化传统纵向移植到当代社会中来。李庆西说:"我们的文学批评是否也应该放弃那种宗教裁判式的权威架势,真正着眼于当今的文学潮流,从中领悟一些东西?"[1]郑义说:"本来,对时下许多文学缺乏文化因素深感不满,便为自己定下一条:作品是否文学,主要视作品能否进入民族文化。不能进入文化的,再热闹,亦是一时。"《远村》、《老井》里多少有一点儿文化的意向,但表现出来的,又如此令人汗颜。不敢提及文化二字。《老井》初稿大约写了十口井,每一口井都有一段井史,也多少有点文化的意味。"[2]批评家对李杭育的印象是:"他尊重切身经验,又能无中生有地重塑他心目中的村落、河流和人群。""他毫不怀疑自己目前所做的事——采风、考据、实地察访、亲身体验、听野史秘闻、记录村夫老妪的风土掌故"。[3]这些自述和他述都让人联想到古代社会坐忘山林的名士遗老,它们显然在讲述一个当代社会不存在但又希望移植到这里来的充满文化意味的传统故事。80年代,鉴于世界、现代化、文化批判等显赫叙事垄断一切,遮天蔽日,没人会注意"寻根"等一干人竟想从主流叙事中另辟一条曲折和寂寞的小路;他

[1] 李庆西.论文学批评的当代意识[J].文学评论,1985(5).
[2] 郑义.跨越文化断裂带[N].文艺报,1985-07-13.
[3] 吴亮.孤独与合群——李杭育印象[J].当代作家评论,1985(6).

们无意像那些著名批评家、教授们高举启蒙救亡的大旗，把当时的文化舞台弄得天翻地覆，而是学着竹林七贤、顾炎武们悄悄地在精神生活上归隐山林。由于寻根文学当时已被启蒙救亡知识轨道招安，所以人们没有真正看清寻根主张者这一潜在的文化玄机。

当然，讨论这个问题太过复杂，至少现在时机还不成熟。我们不妨来看一个作品个案。王一生是阿城小说《棋王》中的一个知青，但你感觉他被作者从知青小说题材中剥离出来，变成知青群体中的一个异数，言谈容貌和精神状态都类似活在当代的竹林七贤。这种处理，恐怕不是一个简单的文学史事变，不是题材革新，而是一种正在当代文学中出现的崭新的文化想象方式。知青是一种政策意义上的历史现象，"寻根"则不想再按照这种政策文学的思路去出牌，它试图通过文学变轨的方式脱离文学对重大政治生活的过分依赖。就在这种变化中，王一生的知青形象经历了一个不被文学史家所察觉的被拆解的过程，他被重新组装成另一个人，被赋予了一种高于当代人的文化境界和精神水准。1949年后的中国社会，在不同历史阶段都出现过这种高于一般群众的另类人物，如土改队员、宣传队、下乡干部、先进人物、青年突击手、三八红旗手、军宣队、工宣队、示范岗、知识分子的杰出代表等。这些精神抽象而且面目模糊的历史人物，使得一种全新的文化想象方式在当代中国变得理所当然。作家阿城就生活在这一文化氛围之中，他尽管在80年代试图另辟蹊径，但他的文学思维不可能不受到这种文化想象方式的深刻影响。只有警觉"寻根"这种过于理想化的自我表达方式，我们才可能对它产生更深刻的理解和历史同情。王一生原来是在以避世的方式反抗不理想的文化状况，从而为当代作出某种精神道德的承诺和示范，就像上述那些杰出人物经常为民众所作的那样："人渐渐散了，王一生还有些木。我忽然觉出左手还攥着那个棋子，就张了手给王一生看。王一生呆呆地盯着，似乎不认得，可喉咙里就有了响声，猛然'哇'的一声吐出一些黏液,眼泪就流了出来。"对当时读者来说,这里具有一种看似无声却有声的历史效果,因为他发现了生活的意义。请注意,这是他个人发现的,而不是通常所说的被一种更高级的力量所事先知道的。而这种发现是在告知人们,应该主动离开宏大的教导,而选择做一个遗世独立的人。这就是寻根文学的魅力和历史复杂性。它产生于当代文化土壤,但又发布声明与它决裂。这就是很有意思的历史一幕。莫言《透明的红萝卜》里也有这种精彩的"脱世"描写:"刘副主任的话,黑孩一句也没听到。他的两根细胳膊拐在石栏杆上,双手夹住羊角锤。他听到黄麻地里响着鸟叫般的音乐和音乐般的秋虫鸣唱。""他梦中见过一次火车,那是一个独眼的怪物,趴着跑,比马还快,要是站着跑呢? 那次梦中,火车刚站起来,他就被后娘的扫炕笤帚打醒了。"说老实话,当年我读这两个经典的文学片断时,都曾产生过拍案惊奇的感受。但今天我终于知道,这些情景是故意从古代社会纵向移植来的。我当过知青,身边从未有过这类心境如此高古、超脱和忘我的知青伙伴。但在当时的文学氛围的范导下,我还真有过为这些当代文学中从未有过的人物描写而激动的经历。当然,这么说不是要否定它们的文学价值,而是强调应该关注它们背后的知识逻辑和历史根据。这种把古代社会纵向移植到当代社会的文学实践之所以获得成功,就是因为80年代的当代社会由于刚刚经历全面彻底的文化崩溃,它需要一种更自在、自足、平静、和谐的文化资源来加以修复。这种急不可待的心灵期待,使人们不至于怀疑这种被寻根作家如此大胆地构筑出来的理想化传统的真实性,也正因为这种期待,使寻根意义上的传统与当代成功对接,最终实现了它的当代转化。

二、"文化之根"的"国际化"

我想文学史研究有多种进入方式,最常见的就是顺着已有的成果去说，另一种方式可能是找一找当时大家都不太注意的一个角落。

这个"角落"就是1985年前后许多中国作家的出国访问。迄今为止的"寻根"研究都不太注意这一点。1982年王蒙在美国纽约参加文学研讨会后，又到新英格兰地区游览了若干天，频繁见各国作家。1984年接着去德国，"我们在西柏林度过了难忘的几天，住在美国的连锁酒店，Inter-Continental（洲际），大门是旋转的挡风玻璃门。按照那儿的习惯，我们的晚间应酬极多，常常深夜才回到酒店"。[1] 在美国旧金山，韩少功虽然因为与西方作家、学者在"文革"和"格瓦拉"等问题上争论而懊恼，还嘲笑过对方对中国历史的无知，却不忘兴奋地写道："又有几家商店熄灯了。天地俱寂，偶有一丝轿车的沙沙声碾过大街，也划不破旧金山的静夜。弗兰姬扬扬手，送来最后一朵苍白的微笑。"[2]（对80年代大多数中国人来说，轿车这个词是对未来世界的最富戏剧性的想象。王蒙在他著名的小说《蝴蝶》中，就为我们描述过主人公张思远官复原职之后如何在轿车的"沙沙声"里重返城市的情景（那时我在外地一个寂寞的中等城市教书和生活，这段描写构成了我对小说中出现的自己国家那个陌生而遥远的伟大首都极其新奇而激动的想象）。而我们知道，"弗兰姬——苍白的微笑"，让人联想起徐志摩50多年前的小诗《沙扬娜拉一首——赠日本女郎》对日本少女的经典记述。王安忆也告诉过研究者她在法兰克福国际书展一段有惊无险的奇遇。她在一次早餐上正为看不到一个中国人而感到很失望时，一位不认识的爱尔兰商人走上来邀请她吃饭（估计是为表达潜在的爱慕）。等她紧张地回到房间，惊魂未定，又响起一串电话铃响。不过，这次却是意大利男作家约她去汉瑟出版社谈著作出版

[1] 王蒙自传·大块文章（第2部）[M].广州：花城出版社,2007.
[2] 韩少功.蓝盖子[M].沈阳：春风文艺出版社,2002.

事宜。[1]这个文学史角落告诉研究者，80年代的中国作家开始具备国际作家的身份，他们飞行于东西方之间，正在丰富自己的出国经验，视野也已经相当地国际化。与此同时，寻根文学的旁边，正在堆积当时普通人难以想象的连锁酒店（洲际）、旋转的挡风玻璃门、轿车"沙沙声"、爱尔兰商人追逐、西方美女等文化因素。（研究者不应该忘记，韩少功、王安忆和我是同龄人，当年我和很多寻根文学的热情阅读者都还蛰居在小城且默默无闻，他们已经在国际空域飞来飞去，作为中国人民的文化使者与外国友人握手、拥抱、碰杯并频频祝愿双方身体健康。我意识到这是我一生都难以消除的差距。）一定意义上，它就是我们这代读者与"寻根"作家难以拉近的时空距离。这种距离使我们费劲想象寻根文学的神秘、陌生、遥远、西化等等。为什么它至今还在文学史中巍然矗立，谁都不能不去阅读它、引用它、阐释它和传播它，这都是因为它当时就与广大读者有一个无法缩小的陌生化距离。

　　以前研究者习惯从文学内部的角度来看待寻根文学的发生。基于这样的考察维度，就会认为，出于对"文革"文学的不满，必然会爆发伤痕文学、反思文学浪潮；而由于前者缺乏当时最为推崇的文学自主性、本体性，于是"寻根"、"先锋"的文学主张便会水到渠成而没有悬念。仅仅从国内文学角度看，这种结论当然没有问题。不过，不要忘记这时候很多作家已经具有了国际文学的身份想象和期待空间，也就是当代文学有了新的参照，它不需要只参照国内问题（如"文革"、"反右"等等）。更需要指出的是，也已经不再是80年代初的文学想象主要发端于中国社会科学院外国文学研究所的文学翻译

---

[1] 王安忆.接近世纪初——王安忆散文新作［M］.杭州: 浙江文艺出版社,1998.（作者对她下榻的"HOLIDAY INN（度假村）"周围美丽安静的氛围，以及在高速公路上，"心中不由骇怕起来，腾腾地跳着，眼睛紧盯着前边司机的后脑勺，不晓得此人会不会是歹徒"的缺乏出国经验的心态，也都有精彩的描述。）

的那种情形。后者的工作仅仅停留在纸面，它们与被翻译文本还隔着浩瀚无际和难以超越的太平洋（很多翻译家还未出过国呢）。如果说，此前人们与被翻译的国际作家只能在作品文本中交谈，那这时就可以看到真人且面对面地与他们讨论文学、文化、国别、民族、前后殖民甚至私人问题了。国际文学不再是外国文学研究所意义上的翻译文学，而被转移并具体落实到了轿车、纽约、旧金山、法兰克福国际书展、连锁酒店、骚扰女作家的爱尔兰商人、汉瑟出版社等现实的细节之中。中国作家此时都强烈地意识到，他（她）不应该只看到国内那点当代文学，眼里只有那么一点文学论争，什么"人道主义"呀、"清污"呀、"主体性"呀、"向内转"呀、"意识流"呀等等；他们得登上新的国家文化的列车，更换另一种理解文学和创作文学的眼光。这种眼光就是按照国际惯例和标准评价国内文学，它的目的之一是从这种评价体系中理出一个自己的文化之"根"。

　　既然已经把作家出访作为寻根文学外部研究的一个立足点，我们就不妨继续深入关注与之紧密相关的其他元素，例如他们的演说、论文等。一个时期当代作家这种文体的大量出现和密集增加，具有"文学史晴雨表"的作用，表明了它的转折、调整、转型、超越、态度等微妙的迹象。

　　此刻，韩少功在"国际文学研讨会"上的演说明显引进了比较文学的视角，它在强化与人辩论的色彩。比较文学这个突然闯入当代文学之中新的"他者"，转移了这位作家对国内历史问题的兴趣，使他变成了忧心忡忡的文化史专家，文化、语言在演说中的重要性急速上升，成为他思考历史和文学问题时的关键词。他与一位正在散发左翼文化老照片的英国姑娘有一个深有意味的对话："你到过中国吗？""没有。"她脸上浮出苍白的微笑。"你为什么赞成'文化大革命'呢？""'文化大革命'是无产阶级的希望。没有革命，这个社会怎么能够改造？""我是中国大陆来的，我可以告诉你，就是在这些照片拍下来的时候(我指了指传单)……成千上万的人被迫害致死，包括我的老师，包括我的父亲。""噢，很抱歉……人民在那个时候有大字报，有管理社会的权利。"这种文化的差异，给了他极深的印象。在巴黎一次文学酒会上，他为主人只讲英语把中国大陆文化人晾在一边感到恼怒："中文是世界上四分之一的人口所使用的语言，包容了几千年浩瀚典籍的语言，曾经被屈原、司马迁、李白、苏东坡、曹雪芹、鲁迅推向美的高峰和胜境的语言，现在却被中国人忙不迭视为下等人的标记，避之不及。"他还从都德小说《最后一课》联想到很严重的问题："我猜想一个民族的衰亡，首先是从文化开始的，从语言开始的。"在国际"文化"、"语言"、"氛围"、"境遇"等无形的压力下，这位作家伤感地写道："民族是昨天的长长留影。它特定的地貌，特定的面容、着装和歌谣，一幅幅诗意图景正在远去和模糊。"他不禁从内心深处产生出极其强烈地试图拯救民族文化的历史冲动。我们翻阅80年代中国作家、诗人出访归来后的大量游记、论文、演说、随笔，会发现文化、汉语、多元、本土、传统文化等词汇遍布这些文章的字里行间。我们的感觉是，它们正在为徘徊在1985年十字路口的当代文学重新绘制一份新的历史路标。[1]

另一个值得注意的现象是世界文学大师的名字、作品在寻根作家文章中明显增多。这说明当代文学出现了国内陷入困境及滞销现象，寻根作家正在转移文学资本，国际汉学界事实上已经成为中国文学之外销的海关。而要通关就要认真研究并遵守诸多繁富而复杂的国际质量标准，对文学产品而言，这些标准正是由这些世界文学大师的经典作品为蓝本的。为此，我作了一个简单统计：韩少功那个时期文章中有萨特、海明威、艾特玛托夫、丹纳、大仲马，[2]郑万隆文章

[1] 韩少功.蓝盖子[M].沈阳:春风文艺出版社,2002.
[2] 韩少功.文学的根[J].作家,1985(4).

中有福克纳，[1]阿城文章中有巴尔扎克、海明威、福克纳、劳伦斯，[2]
李杭育文章中有胡安·鲁尔佛、希腊、印度文学，[3]王安忆、陈村对话
中有马尔克斯、福克纳、魔幻现实主义、《败坏了赫德莱堡的人》，[4]
贾平凹文章中有川端康成、马尔克斯等等。[5]阅读这些文章，我觉
得不能受其字面表述的影响，应该由表及里地读出真正的文本效
果。这个文本效果是：这些世界文学大师日渐成为寻根作家创作的
尺度、样板和目标，而屈原、司马迁、李白、苏东坡、曹雪芹、鲁迅在这
篇描述当代文学大转型的文章里起着注释的作用。这些注释是要表
明，中国文学的"根"已在当代中断，而要激活它的文化传统，需要的
正是确立世界文学大师的新的质量标准。这些注释被用来反抗曾经
蔑视、颠覆文化传统的当代文化，因此它们的作用表明反抗并不是最
后的目的，而是通过另外的途径进行文学的重建。显然，寻根作家试
图建构的不是以这些中国经典作家为线索、为根据的文学的"根"，
而实际是符合上述世界文学大师要求、趣味和审美原则的那种文学
的"根"。也就是说，这种"文学之根"是经过国际标准审核、符合其
质量要求后出现的一种新的文学范式。否则就无法理解，为什么80
年代，寻根作家何以会纷纷突出中国形象的落后性，放大人物原型的
畸形状态，密集地跑到大兴安岭的鄂温克、黑龙江的鄂伦春，以及湘
西、商州、吕梁等那些甚至连普通中国人都不感兴趣的地方去玩命地
寻求文化珍宝。因为在以欧洲文化为中心的国际汉学的视野里，这
正是他们所希望看到的第三世界国家、后发展国家形象。这正是翻
译中的"东方"，是被西方话语所建构的"中国"，它正是繁荣了几百

［1］郑万隆.我的根［J］.上海文学,1985(5).

［2］阿城.文化制约着人类［N］.文艺报,1985-07-06.

［3］李杭育.理一理我们的"根"［J］.作家,1985(9).

［4］王安忆、陈村.关于《小鲍庄》的对话［J］.上海文学,1985(9).

［5］雷达、梁颖编.贾平凹研究资料［M］.济南:山东文艺出版社,2006.

年的资本主义可以向东方肆意炫耀的历史着眼点。就这样，国际标准匪夷所思地成为挽救当代文学之危机的超乎寻常的因素。

在这个意义上，被国际化标准的探照灯照亮"文化之根"，正是80年代的文学的"根"。过去我不明白韩少功等人为什么总喜欢暴露中国人的畸形形象，现在我渐有醒悟：丙崽"三五年过去了，七八年过去了，他还是只能说这两句话，而且眼目无神，行动呆滞，畸形的脑袋倒很大，像个倒竖的青皮葫芦"。(《爸爸爸》)我曾经佩服李锐对山西吕梁原始乡村近于木刻般的精彩描绘，现在却怀疑那文本早有暗藏着对瑞典皇家文学委员会的某种心理期许："他没笑，笑不出来。忽然觉得山里的白昼竟是这样地悠长，淡得发白的天上空荡荡地悬着一颗孤单的太阳。去驮炭的那个煤窑离村子二十五里路呢，真是太远，太长。"(《驮炭》，《厚土》系列)莫言的"红高粱"文学叙事在当时曾轰动一时，并被改编成电影广为人知，但今天我能够知道，那不是他最好的作品，至少不是他处在最好状态时的创作："余占鳌把大蓑衣脱下来，用脚踩断了数十棵高粱，在高粱的尸体上铺上了蓑衣。他把奶奶抱到蓑衣上。奶奶神魂出舍，望着他脱裸的胸膛，仿佛看到强劲剽悍的血液在他黝黑的皮肤下川流不息。高粱梢头，薄气袅袅，四面八方响着高粱生长的声音。风平，浪静，一道道炽目的潮湿阳光，在高粱缝隙里交叉扫射。奶奶心头撞鹿，潜藏了十六年的情欲，迸然炸裂。""余占鳌粗鲁地撕开奶奶的胸衣"，"在他的刚劲动作下，尖刻锐利的痛楚和幸福磨砺着奶奶的神经，奶奶低沉喑哑地叫了一声：'天哪……'就晕了过去。"(《红高粱》)这些小说描写，是读者过去在古代中国小说(包括民间传奇)中经常见到的场景，现在被国际化文学规则确定为中华民族的"文化之根"；过去是作家对故乡轶事飞石跑马般的想象，现在是福克纳、马尔克斯文学生产线上的合格作品；出国前这些都是寻常不过的日常叙述，访问归来后却惊讶地发现这里原来蕴藏着我们的"根"。一场不可理喻的文学史之变，就在这高粱地里合乎情理地完成。

三、不断被构造的穷乡僻壤

中国乡村向来没有讲述自己历史的话语权，人们所知道的乡村形象是被智者先贤的文章构造出来的。古代诗人把它比作精神生活上的世外桃源，这就是陶渊明的"采菊东篱下，悠然见南山"的美妙景象。到现代，乡村被"五四"作家描绘成不可救药的穷乡僻壤，他们在理想化的西方现代性镜像中，发掘出中国乡村的落后性、愚昧性，这就是鲁迅那些经常挖苦、嘲笑和扭曲农民形象的经典小说。

乡村形象在当代文学中经历的是过分浪漫化和再次妖魔化的历史。它之所以在80年代的小说和电影中被妖魔化或脸谱化，是由于国际资本这时开始参与中国市场的分配，文学艺术领域的国际标准（诸如诺贝尔奖、奥斯卡奖、威尼斯电影奖等），要求中国作家和电影导演再一次去开掘这一价廉物美的文化矿藏。寻根电影和小说作家都不约而同以突出中国形象的落后性，放大人物的畸形状态，来接受这些标准的审核、验收和放关。简而言之，就像"五四"时代一样，世界文学已经深度介入到80年代的当代文学的建构之中。正如阿城所指出的："最近又常听说，我国的文学，在20世纪末将达到世界文学先进水平。这种预测以近年中国文学现状为根据。"[1]当时，到处都响遍"只有民族的，才是世界的"的主旋律，很多人都在动脑筋怎样去参加文化意义上的世界博览会。但是，80年代的中国不像今天有如此辉煌令人骄傲的奥运会开幕式、超多的金牌、鸟巢、水立方、国家大剧院，当时社会经济与文化可以说是一穷二白，好像又回到"五四"时代的起点。于是，张艺谋、陈凯歌、韩少功、阿城、莫言们就

---

[1] 阿城.文化制约着人类[N].文艺报,1985-07-06.

拿最具民族性的中国贫瘠的乡村跟西方作家、读者和汉学家说事了，他们在那里建立了自己的"生活基地"。今天作为北京奥运会开幕式导演的张艺谋开始从容地抖落五千年文化的画轴了，可那时候，土得掉渣且形象猥琐的他满目皆是大红灯笼高高挂的多妻景象，是菊豆的愚昧大胆，是红高粱地的粗野丑陋。极力寻找、挖掘和演绎中国乡村的落后性，以强烈地吸引好莱坞的眼光，这就是张艺谋和所谓第五代导演所进行的大概是近代以来对中国形象最疯狂和最愚蠢的历史叙事之一。

中国乡村为什么会被构造成穷乡僻壤的形象有其复杂的历史和文化原因，这显然不是本文讨论的问题。我感兴趣的是上述现象中有一个值得注意的秘密结构。具体点说，就是在寻根作品中，对乡村社会和人物的人道同情这一装置正在被文化考察的装置所置换，它正在变成被展示的文化饰品。一种要拿出来给人看的文学理论诉求，正在影响着文学作品的主题、题材、结构和创作的具体过程。为此我想比较一下经济学家与作家韩少功心目中的湘西地区的差异性。

在从事区域发展战略与农业生态建设研究的中国科学院长沙农业现代化研究员王克林看来，湘西地区的落后已经到了非常危机的地步："喀斯特山区属于典型的生态脆弱地带"，"湘西山区中部和东部为逐渐递降的山地"，"为喀斯特裸露山地迭置和向深性发育区，多为碱性或中性石灰土及粗骨土"。个别地方"虽有较厚土层，但迭置发育漏斗、落水洞，易干旱缺水。因此宜农地仅占土地总面积的9%，可垦宜农地基本已垦完"，而"人口剧增与开发行为的短期化是近期生态环境退化的主导因素。该区为土家、苗等少数民族聚集地带，生育政策相对宽松，人口平均增长率比全国高3.9个千分点，这对承载力较低的喀斯特生态系统是一个沉重的负担。加之长期将农业发展的重点放在喀斯特洼地和谷地的粮食生产上，虽消耗了大量的人力、财力,仍难以从根本上解决基本温饱问题"。[1]在伤痕文学方面成绩不算很理想的韩少功,正是在这里发现了创作转型的生活源泉,他像是哥伦布发现新大陆式地宣布:一位朋友"在湘西那苗、侗、瑶、土家族所分布的崇山峻岭里找到了还活着的楚文化。那里的人惯于'制芰荷以为衣兮,集芙蓉以为裳',披兰戴芷,佩饰纷繁,萦茅以占,结苣以信,能歌善舞,唤鬼呼神。只有在那里,你才能更好地体会到楚辞中那种神秘、奇丽、狂放、孤愤的境界。"[2]我觉得一般性赞扬经济学家富有同情心和文学家过于无情可能是没有意义的。它们的差异只不过表现在具体性和抽象性的不同而已。经济学家是在使用80年代西方先进的土壤学、气象学的方法,为区域经济发展提出一个可供解决的救困济贫的方案。而文学家则想通过引进比较文学的方法,用国际化的因素为停滞不前的当代文学注入新的活力。正如他们所说:"不少作者眼盯着海外,如饥似渴,勇破禁区,大量引进","介绍一个萨特,介绍一个海明威","连品位不怎么高的《教父》和《克莱默夫妇》都成为热烈话题","都引起轰动"。贾平凹在商州,李杭育在葛川江,"都在寻'根',都开始找到了'根'"。但韩少功也担心别人批评这是"出于一种廉价的恋旧情绪和地方观念",因此辩解说:这种"对民族的重新认识","审美意识中潜在历史因素的苏醒",正是为了"追求和把握人世无限感和永恒感的对象化表现"。[3]这是具体思维和抽象思维的不同之处。在这种情况下,具体的湘西地区不过是一个"文化活化石",它是应该为建设更具世界化的当代文学服务的,那些具体的人的生存的苦恼又算得什么呢?

令人惊讶的是,阿城、郑万隆、贾平凹、莫言、郑义、李锐在国际汉

---

[1][3] 韩少功.文学的根[J].作家,1985(4).

[2] 王克林、章春华.喀斯特斜坡地带资源开发中的环境效应与生态建设对策[J].农业环境与发展,1999(3).

学视野里发现的中国文化的地方性，都无一例外像韩少功的湘西一样，是各省穷乡僻壤之所在。如郑万隆的黑龙江边境鄂伦春猎人杂居地、贾平凹的商州、莫言的山东高密东北乡、李锐的山西吕梁山区，等等。在那些地方，一定会有上面经济学家所说穷乡僻壤普遍具有的生态脆弱、干旱缺水、土壤退化等问题，作家们应该都非常清楚，但好像这些都未成为他们作品所关心的中心内容。贾平凹《浮躁》写到的商州是："州河流至两岔镇，两岸多山，山曲水亦曲，曲到极处，便窝出了一块不大不小的盆地。"莫言的《球状闪电》里的高密东北乡是一个光声电的世界："他暗暗地想着她。闪电继续撕扯着云片，冲击着空气，制造着壮美的景色。辽阔的草甸子像一幅巨大的水墨画，绿色的草皮在闪电下急剧地变幻色调。"刘恒《狗日的粮食》把主人公杨天宽与乡村女人的情欲等同于地方性的文化符号："以后他们有了孩儿。头一个生下来，女人就仿佛开了壳，一劈腿就掉下一个会哭会吃的到世上。直到四十岁她怀里几乎没短过吃奶的崽儿。"在"五四"后作家的小说里，这些景象往往是人道主义、为人生哲学所观照的对象；而在寻根作家笔下，它们是客观化的文化价值的具体呈现；"五四"后作家会把批判、反思贯穿在穷乡僻壤的一山一水、人物生死悲欢之中，当然后者是明确要为这批判、反思服务的；在寻根作家这里，批判、反思等伦理内容被搁置一旁，他们更关注的是一种被强化的地方性，是上述人物、景象的最富戏剧化的审美效果。然而，寻根文学所携带的穷乡僻壤的再次国际化，正是萨义德所尖锐批判的地方："一位法国记者1975～1976年黎巴嫩内战期间访问贝鲁特时对市区满目疮痍的景象曾不无感伤地写道：'它让我想起了……夏多布里昂和内瓦尔笔下的东方。'他的印象无疑是正确的，特别是对一个欧洲人来说。东方几乎是被欧洲人凭空创造出来的地方，自古以来就代表着罗曼司、异国情调、美丽的风景、难忘的回忆，非凡的经历。现在，它正在一天一天地消失，在某种意义上说，它已经消失，它的时代已经结束。"[1]

我之所以花这么多时间列举寻根作家在"构造穷乡僻壤"时异乎寻常的文学态度、形态和方式,说明我关心的不是萨义德的问题。这是因为我更愿意客观地看待这个问题。我注意到,"五四"后文学、十七年文学的价值系统,在"寻根"这里出现了一个很大的拐点。这个拐点是启蒙论的被搁置,是革命叙事的被抽空,是作家的主体性逊位于文学产品出口的现实需要。在寻根文学周边,国际汉学正在联手穷乡僻壤的历史叙事,挤兑启蒙文学、革命文学的生存空间。在80年代,这种对历史正剧内容的掠夺,被视为是当代文学重获文学自主性、主体性的根本前提和进步的标志。当然,我们也不能因为要重新处理这个题目,就说当年那些对自主性、主体性的艰苦追求没有它们的历史价值,完全不需要珍惜。如果说,中国乡村形象的穷乡僻壤构造曾经服务的是启蒙文学、革命文学的话,那么今天,它为寻根文学所服务也是历史的必然。但我们必须清醒地意识到,如果没有80年代在世界各主要西方国家举办的国际文学研讨会、国际笔会和各种国际出版计划等,中国的穷乡僻壤也许还沉睡在历史的黑暗里,不会被国际汉学话语激活为光鲜亮丽的寻根文学。自然也应想到,寻根文学中的穷乡僻壤是受到弱势国家(拉美国家)的文学启发而获得重新建构机会的,但由此推出的寻根小说却是销往西方国家的,它的市场和读者都在那里。这种非常奇怪的情况,有一点像是在拉美挖到矿藏,然后运输到西方国家精加工并成为具有高附加值的文化产品的讽刺意味。因此不妨说,深层次上制约着寻根文学发生和发展的,仍然来自西方国家的文化霸权话语。

---

[1] 爱德华·萨义德.王宇根译.东方学[M].北京:三联书店,1999.

四、寻根小说与乡土小说、农村题材小说

当年人们在谈论寻根小说时，会想到它身边有这么多文学史的"兄弟姐妹"，一定意义上寻根小说被看作是乡土小说、农村题材小说近亲繁殖的产物。但过去人们并没有注意其地缘和血缘关系，更相信它是一种完全不同的文学现象。

翻阅寻根作家的个人档案可以看到，许多人在成为寻根作家之前，都有过创作乡土小说、农村题材小说的历史。比如，贾平凹此前写过《满月儿》(1978)、《丈夫》(1979)、《玉女山的瀑布》、《阿娇出浴》(1980)、《商州初录》(1983)，莫言写过《春夜雨霏霏》(1981)、《因为孩子》(1982)、《售棉大路》(1983)、《民间音乐》(1983)、《雨中的河》(1984)，韩少功写过《七月洪峰》、《夜宿青江铺》(1978)、《月兰》(1979)、《吴四老倌》、《西望茅草地》(1980)、《晨笛》(1981)、《风吹唢呐声》(1981)。这些作品，如果用伤痕、寻根等来冠名，它们的取材方式、风格、审美眼光和文学气质与十七年的农村题材小说是难分难解的，再细读其结构、语言，应该说上面残留着许多赵树理、孙犁、柳青、李准、王汶石、马烽等小说的气息。事实上，一位著名的作家与前代文学、前代作家总是交错杂陈着的。我在前些时写的《文学史研究的"当代性"问题》一文，[1]受到艾略特的启发，发现作家创作中所谓的"当代性"，"实际包含着过去作品的'体系性'的眼光"。即是说，你总感觉这部作品是你个人的创新，然而，前代文学理解生活的方式、审美态度和语言形式早已内化在这种创新之中。很多事实证明，不少著名作家都曾经是前代文学图书馆、陈列馆里的读者，

---

[1] 程光炜.文学史研究的"当代性"问题——在华中师范大学文学院的讲演[J].文艺争鸣,2008(11).

只是当他们成名后都不愿意承认这一点而已。

为了说清楚这个问题,先把乡土小说、农村题材小说的历史来龙去脉和主要文学观念简略做点介绍。严家炎称20年代的乡土小说是受到鲁迅创作和周作人文艺理论影响的一种小说现象。在周作人看来,"'五四'新文学是从外国引进的,应该在本国、本地的土壤中扎根。而提倡乡土文学,就是促使新文学在本国土壤中扎根的重要步骤"。严家炎认为乡土小说克服了问题小说思想大于形象的毛病,更注重"现代意识与真切的生活感受结合","近代中国原是农业国,'五四'以后文艺青年大多来自农村,在这样的历史条件下,'为人生'派的文学从问题小说开头而走上乡土文学的道路,几乎是必然的"。[1]严家炎有意把乡土小说纳入对"五四"的认识框架中,这种乡土显然是一种被"五四"精神所预设和规定了的乡土观念。它虽然与问题小说不同开始具有了真切的生活感受,但是这种感受并没有超出"五四"思想、价值观念本身的局限。80年代研究者在评述50、60年代的农村题材小说时,也引入了生活实感这样的评价标准,但它的现代意识显然已由五四意识转移为社会主义意识。"在十七年的短篇创作中,农村生活是表现得比较充分的","这种情况,与农业在我国的重要地位、与'五四'以来文学发展的传统有密切关系"。但他们又指出,与乡土小说中农民命运过于知识分子化的倾向不同,在农村题材小说中,"农民的命运和斗争既是我国革命的重要问题,也是我们文学创作最为重视的表现领域"。其根本原因是,"建国以后,土地改革刚结束,农村就开始了互助合作运动。从互助组、初级社到人民公社,农村经济基础发生了重大变革","集体化"、"新旧思想斗争"、"摆脱私有观念束缚"等等,在创作中有广泛的反映。[2]从

---

[1] 严家炎.中国现代小说流派史[M].北京:人民文学出版社,1989.
[2] 张钟、洪子诚、佘树森、赵祖谟、汪景寿.当代中国文学概观[M].北京:北京大学出版社,1986.

上面材料看,在乡土小说、农村题材小说最根本的书写特征生活感受上,原来堆积着很多社会潮流性的词汇,"五四"、现代意识、问题小说、农民命运、中国革命、建国、土改、人民公社、新旧思想和私有观念等等。历史证明,一旦时代变化,它们都会从生活感受上脱落,当然也会有另一些社会词汇再附加、黏滞上去。也就是说,不管换上怎样一种文学史命名,用怎样一种社会词汇来预设,生活感受是乡村小说中唯一不变的元素。这就像一个在乡村生活的人,你无论称其为白领、经理、老板、进城务工人员、打工仔、打工妹、教授、领导,用怎样一种新的社会身份和符号改变他的历史,精神生活中一些深沉、内在的东西都无法改变一样。

1986年的贾平凹,已经是大名鼎鼎的寻根作家、西安名流。但在朋友的眼里,他身上的乡土气、农村味特征并未因这些赫赫声名而有所改变。"西北大学校园内的一座平房教室里,中文系近二百名师生沐着淋漓的热汗,倾听着又一次报告。三个小时过去了,秩序良好。没有人走动或离座位,没有人交头接耳或低声哄笑。什么人做报告? 什么赢人? 那是一个矮小如丁、孱弱如麻的约二十七八岁的青年人。他头发有些蓬乱,面色有些发黄,仿佛缺少阳光照射或缺什么营养。他给人的第一感觉是不修边幅。要不是在这堂堂的大学讲台,人们一定会错认他是刚从哪个监狱出来的。他发黄而纤瘦的右手食、拇指不停地变换着烟卷。""他讲话时的神情是拘谨的,有如一位腼腆的姑娘;他声调不具有一般男性公民的那种浑厚有力、抑扬顿挫,却有点像赶上架子的野鸭子叫极不自然;他的气质与他的外表相一致,谦和、温柔、内秀,好像永远与人无争,与世无争"。[1]一年前,贾平凹在《一封荒唐信》的文章中对自己也有一个自画像,他坦然承认:"现在做一个作家似乎很热闹,每年都有许许多多的笔会、游

———————————

[1] 刘建中.人、作品及其它——贾平凹印象记[J].当代作家评论,1986(4).

胜地,上电视,演讲和吃请,且各地又兴起文学茶座,听音乐,嗑瓜子,品茶谈天。每一次不乏有一些很位重的人物和一些打扮得很美丽的女人。有一次我被人拉去,那大厅的门柱上贴有一副对联,是老对联改造的,一边为'出入无白丁',一边是'谈笑皆高雅'。我怯怯地进去,呆在那里,茫然四顾,傻相可笑。后来跳舞,有几个令人动心的演员,传说是诗琴书画俱佳的女才子,邀我下池,我大出洋相,一再声明极想下池但着实不会。结果是我的朋友大加嘲弄我,说我的不开化,又帮助分析原因是'心理上有障碍'。"[1]自然,我们不能贸然认为这就是寻根作家的群体自画像。寻根人物有知青和回乡知青,生活经验与文学经验也千差万别。更不能说今天声名负重的贾平凹仍然一如当年,这可从其许多小说描写中得知。但我们从中剥离出一点乡土、农村的隐约的东西,发现寻根与乡土之间的某些相似性的因素。进而可以观察到,这些新时期作家虽然经常谈论如何受到外国作家影响,但此前他们的现实生活与乡土小说、农村题材小说是处在同一场域中的。其中不少人,曾经是工农兵作者。在他们的文学史书目中,分明都储藏过乡土小说、农村题材小说的作品。这些作品,可能还构成了他们文学创作的出发点。

为把问题说得更清楚一些,我想暂时抹掉作品题目和作者,将两部小说中有关农村姑娘经验的描写抄在下面:

> 秀兰紫棠色的脸通红了。她全身的血,都涌到她闺女的脸上来了。在一霎时间,闺女的羞耻心,完全控制了她。直接感觉是人类共同的,随后才因不同的思想感情,而改变感觉。在一转眼间,秀兰脑中出现了一个令人难堪的场面——陌生的村子,陌生的巷子,无数双陌生的眼睛,盯着自己,人们交头接耳,谈论她

---

[1] 贾平凹.一封荒唐信[J].文学评论,1985(5).

的人样,笑着,点着头,品评着没过门的媳妇![1]

小石匠怜爱地用胳膊揽住姑娘,那只大手又轻轻地按在姑娘硬邦邦的乳房上。小铁匠坐在黑孩背后,但很快他就坐不住了,他听到老铁匠像头老驴一样叫着,声音刺耳,难听。一会儿,他连驴叫声也听不到了。他半蹲起来,歪着头,左眼几乎竖了起来,目光像一只爪子,在姑娘的脸上撕着,抓着。小石匠温存地把手按到姑娘胸脯时,小铁匠的肚子里燃起了火,火苗子直冲到喉咙,又从鼻孔里、嘴巴里喷出来。[2]

如果不说出作品和作者,它们都应该是典型的农村小说。前者通过主人公秀兰自己的视角写了一位未出门的姑娘在农村男女关系上的羞耻心,后者借助旁观者小铁匠的视角,折射出人们对违背这一乡村伦理观念的激烈反应。然而,如果我告诉大家,前者来自柳青的《创业史》,后者来自莫言的《透明的红萝卜》,那么上面阅读经验就会出现很大调整,发生激变。人们立即会对它们加以文学史的区分,即前者是革命与性,后者是文化与性,大家马上意识到它们是不同的小说。这种实验性的分析使我想到,小说只有到了现代之后它才成其为现代小说,因为有很多题材、思潮、主义、主张要分割它们,将它们进行各种归类。没有这种外在因素的归类,它们可能都是乡土小说、农村小说,但假如加以区分,那么就变成了农村题材小说和寻根小说。正是作为强者的现代性的文学经验,使它们割断了与其文化地缘、血缘的本来联系,让它们分属于好像是完全不同的文学谱系。

我用了一定篇幅,意在强调寻根与乡土、农村小说在文学史意

———————

[1] 柳青.创业史[M].中国青年出版社,2009.
[2] 莫言.透明的红萝卜[J].中国作家,1985(2).

义上的兄弟姐妹关系。但必须指出，寻根又与乡土和农村小说生活在不同的当代，它经受的文学压力与后者有根本的不同。如果说后者要承担启蒙叙事或革命叙事的话，那么它所承担的文化叙事明显存在差异。这就是说，出访、文学国际化、利用穷乡僻壤资源等因素就布置在"寻根"的周边，国际汉学成为1985年后当代文学最具权威性的评价体系，它的读者、文学市场、文学生产方式、流通等已经发生了最根本的变化。它必须超越乡土、农村等文学前辈的现实场域、历史经验和生存范围，才能在国际大家族中生存，取得21世纪的身份绿卡。我们也不能因此责怪寻根文学等先锋文学现象的急功近利。这是因为，80年代是中国社会政治、经济和文化全面激变的独特时期，它的头等历史任务是要与世界接轨并如何接轨。因此，寻根、先锋等更具国际化眼光、经验的文学，就容易处在其他文学现象等更直接和有利的接轨位置上。当当代化的传统、文化想象的国际化和被建构的穷乡僻壤等因素逼迫当代文学，交出它所剩不多的权杖时，"寻根"对"伤痕"、"改革"等文学史位置的攫取就不会出乎人们的意料。

第十二讲　80年代文学批评的"分层化"问题

　　80年代文学批评具有社会批评的色彩,同时那些与社会观念变革密切相关的文化评论,某种意义上也可以归入文学批评的系列。因为80年代是很"文学化"的年代,许多文化评论大都显示出文学的性格和取向。但是,这样又带来将文学批评笼统化的问题,而没有作精细区分。事实上,80年代文学批评存在着"分层化"的问题。所谓"分层化"是指它们虽然都是文学批评,但功能、范畴、方法和效果却有明显差异,由于从不同层面处理文学的问题,它们发挥的作用就有所不同。之所以用这种方式提出问题,我以为80年代文学的发生是由多种因素、而不是由单一因素激发和催生的;另外,由"分层化"构成的丰富的批评空间,可以让我们观察到80年代社会言论开放的程度和真实状态。在对"分层化"问题的观察中,李泽厚、刘再复的理论倡导,谢冕、孙绍振、黄子平和吴亮的文学批评,柳鸣九、李文俊的外国文学翻译,甘阳、金观涛等的西方理论译丛等,将成为我逐个叙述和分析的对象。

一、文学批评的"舆论化"

　　我首先想谈的是文学批评的"舆论化"问题。80年代改革开放的大环境,决定了李泽厚势必会成为文化思想界的第一人。他联手刘再复在康德"三大批判"和对中国20世纪思想史深刻观察基础上提出的主体论、启蒙与救亡论，不仅如甘阳所说"对'文革'后最初几届大学生有笼罩性影响"，[1]重建了他们反思历史的方法，它们还对"四人帮"倒台后兴起的"人的文学"和"纯文学"思潮作了最准确的命名。

在对启蒙与救亡两大社会思潮的来源、脉络、成败原因和实践效果进行了非常详尽的分析后，李泽厚对中国"文革"后的现状作出了论断：

> 个体反抗并无出路，群体理想的现实构建又失败，那么出路究竟何在？……所有这些，都表明救亡的局势、国家的利益、人民的饥饿痛苦，压倒了一切，压倒了知识者或知识群对自由平等民主民权和各种美妙理想的追求和需要，压倒了对个体尊严、个人权利的注释和尊重……
>
> 特别从50年代中后期到"文化大革命"，封建主义越来越凶猛地假借着社会主义的名义来大反资本主义，高扬虚伪的道德旗帜，大讲牺牲精神，宣称"个人主义乃万恶之源"，要求人人"斗私批修"作舜尧，这便终于把中国意识推到封建传统全面复活的绝境。以至"四人帮"倒台之后，"人的发现""人的觉醒""人的哲学"的呐喊又声震一时。[2]

可以说没有当时大多数人对"文革"灾难的痛苦历史记忆，就不会有"两论"的问世。它们是针对当代社会人和文学的困境而提出的最醒目的解决方案之一，这已成为人们的共识。

---

[1] 甘阳.《八十年代文化意识》答问[N].东方早报，2006-08-10.
[2] 李泽厚.启蒙与救亡的双重变奏[J].走向未来，1986(创刊号).

李泽厚还对几年后在文学界出现的纯文学,做了理论上的展望和设计:

> 美作为感性和理性,形式与内容,真与善、规律性与目的性的统一,与人性一样,是人类历史的伟大成果。[1]

李泽厚、刘再复所倡导的人和美的归来,在80年代意义上显然已超出狭义的哲学、文学的范畴。它不仅给80年代的人的文学和纯文学安装上一个重要的认识性装置,而且直接把人和文学的问题引向了全社会视野,使讨论人和文学问题的"两论"变成了热议的社会舆论(或可说是公众舆论)。沃尔特·李普曼的《公众舆论》在对公众舆论与社会公众之间支配与被支配关系作了精彩分析后指出:"通过演讲、口号、戏剧、电影、漫画、小说、雕塑或者绘画把公共事务广而告之的时候,要想让它们引起一个人的兴趣,首先就需要对原型进行抽象,然后使这些被抽象出来的东西产生刺激作用。"[2]这对我们的观察非常有意义。因为李、刘通过从批判"文革"灾难中抽象出来的人的文学和纯文学,与反思"文革"的公众舆论紧密联系,所以就毋庸置疑地变成了这一公众舆论最为重要的一部分。

我对80年代文学批评"分层化"问题的第一个分析,就是在这个意义上成立的。因为80年代文学的发生,表面上看是作家探索创新和批评家思想解放这条线索推动的结果。然而,在文学转折期,公众舆论这只"看不见的手"却是一个远比文学本身作用更大的推手。因为我们注意到,很多作家在谈论80年代文学的发展时大量采用了

---

[1] 李泽厚.美的历程[M].北京:文物出版社,1981.
[2] [美]沃尔特·李普曼.公众舆论.阎克文、江红译[N].上海:上海人民出版社,2002.

公众舆论的语言，并谈到它对自己创作的启发和影响。刘心武说：一位概括了我所体验到的革命教师人格美与心灵美的班主任形象，便在1977年春天这个特定的环境中逐渐清晰、丰满、凸显出来了，这便是张俊石这个人物的诞生。[1]

格非说：80年代每一年都会发生一些非常非常重要的事情，每件事情的发生都很不平凡。每一个理论问题的出现都有很深的社会背景。[2]

贾平凹说：当思潮被总结和肯定下来之后，它必然会对创作产生影响，我的体会是当时的文学思潮所形成的气候，甚至是对我的争议与批评，都会或多或少地校正我的感知。[3]

即使不借助所谓"劲松三刘"神话来强化刘心武与刘再复、李泽厚思想理论的必然性联系，[4]仅凭刘心武、格非和贾平凹"1977年春天这个特定的环境"，"每一个理论问题的出现都有很深的社会背景"和"文学思潮所形成的气候"，"都会或多或少地校正我的感知"等说法，我们就能想到当年文学的"发生"确实相当一部分是来自社会背景和气候等公众舆论。被80年代充分文学化的公众舆论，某种程度还被修改成若干种文学批评的形式，而直接介入了作家的创作活动。例如，李泽厚、刘再复所倡导的人和美的归来不单被视为公众舆论日益开放和更为大胆的象征，而且这种大胆的公众舆论也在以某种文学批评的面目，暗中声援支持着文学更为激进和全面的发展。

---

[1] 刘心武.根植在生活的沃土中[J].人民文学,1978(9).

[2] 格非、李建立.文学史研究视野中的先锋小说——格非访谈录[J].南方文坛, 2007(1).

[3] 贾平凹、黄平.贾平凹与新时期文学三十年——贾平凹访谈录[J].南方文坛, 2007(6).

[4] 80年代文化思想界流传着"劲松三刘"的说法。是指刘再复、刘心武、刘湛秋三位80年代文学界的风云人物当时不仅都住在北京朝阳区的劲松一带，而且他们过从甚密，思想观点非常接近。由此联想到后二刘正在共享着李泽厚、刘再复理论资源等问题。

事实上，即使李泽厚、刘再复不自称文学界的舆论骄子，很多人也早把他们当作舆论人物来看待了。正像夏仲义所说的：李泽厚的"名文《启蒙与救亡的双重变奏》几乎就是解读80年代思想史的必读文本"。[1]它说明李、刘80年代的言论不能仅仅放在文化思想和文学理论的范畴里来看待，他们代表的是社会声音、社会导向，是开风气之先的象征，其作用有点类似于陈独秀、胡适当年对"五四"新文化的鼓吹和推波助澜。正因为如此，我们才能够理解为什么前面刘心武、格非和贾平凹等作家在采用舆论性的语言谈论他们的文学创作；能够理解至少在1985年以前，舆论语言像潮水一样涌进了文学语言系统，人们已经习惯不把它们看作舆论语言而当成了文学的语言。像"五四"时期一样，带着公众舆论色彩的李泽厚、刘再复理论也是从外围介入了80年代文学的，这就使他们的理论在当时难以避免地夹杂着舆论语言，而事实上变成了一种具有舆论性功能的文学批评。

二、文学批评的"纯文学化"

1980年5月7日，谢冕发表在《光明日报》的《在新的崛起面前》实际暗示着当代文学批评的一次转型：

> 我们一时不习惯的东西，未必都是坏东西；我们读得不很懂的诗，未必就是坏诗。我也是不赞成诗不让人懂的，但我主张应当允许有一部分诗让人读不太懂。世界是多样的，艺术世界更是复杂的。[2]

---

[1] 夏仲义.思想家的凸现与淡出——略论李泽厚新时期学思历程[J].学术月刊，2004（10）.

[2] 谢冕.在新的崛起面前[N].光明日报，1980-05-07.

虽然谢冕也像李泽厚、刘再复那样采用了舆论性的语言和表达方式，但他尖锐地提出了懂与不懂的问题。这种暗示意味着当代文学批评一个非常深刻的变化，这就是应该允许不太懂的诗歌的存在。它更象征着80年代文学批评开始厌恶20世纪50、60年代文学的社会化批评，在向着纯文学批评的方向悄悄转移。

一年后，谢冕北京大学同学孙绍振超越了前者忠厚周到的话语状态，他的《新的美学原则在崛起》一文明确地提出了文学批评纯文学化的主张：

当个人在社会、国家中地位提高，权利逐步得以恢复，当社会、阶级、时代，逐渐不再成为个人的统治力量的时候，在诗歌中所谓个人的感情，个人的悲欢，个人的心灵世界便自然会提高其存在的价值……而这种复归是社会文明程度提高的一种标志。[1]

联系到20世纪50、60年代舆论语言大规模挤压个人语言生存空间，个人思想和言论权利被粗暴剥夺的历史语境，这些不无偏激的文学批评"纯文学化"主张，既发出了80年代新潮批评之兴起的强烈信息，也表明了80年代的言论空间正在明显膨胀和扩张的真实状态。

约亨·舒尔特—扎塞敏锐注意到彼得·比格尔先锋派理论对"脱离社会，自我独立，并且与社会处于并存的位置"这一艺术目标的有意追求，他认为这是由"艺术将自身与它在社会中的交流功能分离，并将自身定位于与社会彻底对立"的先锋批评理念造成的。[2]

---

[1] 孙绍振.新的美学原则在崛起[J].诗刊,1983(3).
[2] [德]彼得·比格尔.高建平译.先锋派理论[N].北京:商务印书馆,2005.

他的观点对我有启发，我想这是由于某种历史原因，谢、孙不仅想将艺术与社会的交流功能分离，与之相对立，而且试图将社会从艺术中拿出来。这就将让人看到，如果说李、刘理论中的社会舆论是作为一种客观对象物存在的话，那么这种社会舆论就在谢、孙的诗歌批评中强烈地主观化了，他们意识到，只有对社会舆论进行这种提纯式的历史处理，80年代文学批评才可能真实实现纯文学的目标。

但是，为什么放弃"舆论化"而选择"纯文学化"的艺术方向，吴亮对多年前的这条历史线索说得是非常清楚的，他在回答别人的问题时说：

当时的想法？可能当时看了一些书受到了一些启发吧。我和程德培当时在上海作协理论研究室，假如我的记忆没有错的话，当时已经有些很有意思的书翻译过来了，比如《流放者归来》《伊甸园之门》《美国的文学周期》《1890年的美国文学》，这种回忆录加综述的、断代的文学研究的方式给我们影响不小。

……

另外我在1980年代初阅读了一些哲学美学方面的文章，当时没有大部头的哲学著作的翻译，主要是一些杂志上的文章，我记得有一本《哲学译丛》，我是在这里面看到李泽厚的一些文章，主要是译文，除了谈哲学美学以外，还有一些理论会议的介绍，综述，比如新康德主义啊，存在主义啊。

他接着回忆道：

当时我们的新小说的概念不是罗伯格里耶的那个"新小说"，只是针对当时中国文学写作的语境中所出现的一些新的东

西。比如我们比较喜欢的像张辛欣的《北京人》，我专门写过评
论文章，完全是口述体，口述实录的，我们当时给了很高的追捧。
对于那些看不懂的，晦涩的作品，我们也很喜欢，可能它的价值
不在于它说了什么，而是在于它就这么出来了，小说可以这么
写，最重要的是方式的改变，就是说有权利这么写，它可以成立，
而不在于它究竟传达了什么意思……[1]

正是在这"不在于它说了什么，而是在于它就这么出来了"的文
学批评理念中，黄子平用一种非常模糊、接近于诗化但同时让人读不
太懂的方式，批评了刘索拉的小说《你别无选择》，他说：

功能圈、T-S-D、赋格、勋伯格、原始张力第四型、亨德米特
的《宇宙的谐和》、和声变体功能对位的转换法则……不懂？不
懂也没关系。我也不懂，准确地说，我对音乐一窍不通。何况这
里有些术语根本就是半开玩笑式的杜撰。但是你既然翻开了
书，你就别无选择。你就下定了决心要与作者、与人物同甘共
苦、同生同死，直到最后一个标点符号你才能喘一口气……一切
都已安排就绪。[2] 在1985年以后出现的新潮批评文章中，像这
样连批评家自己也弄不懂、而只管照着"作者"的"创作意图"
去解释但实际上让读者读起来似懂非懂的叙述，实在是太多太
多了。如吴亮的《马原的叙述圈套》、李劼的《论中国当代新
潮小说的语言结构》、夏中义的《接受的合形式性与文化时差》
等等。

显然，这种"以作者为中心"、并把他们（她们）孤立于"社

［1］吴亮、李陀、杨庆祥.八十年代的先锋文学和先锋批评［J］.南方文坛,2008（6）.
［2］黄子平.刘索拉的《你别无选择》,参见《沉思的老树的精灵》［M］.杭州:浙江文
艺出版社,1986.

会"之外的"纯文学"批评,是把谢冕、孙绍振文学观念上拒绝社会的强硬姿态进一步推进了,这些新潮批评家把"文学"看作一种与"社会"完全没有"关系"的形态了。"我们必须为我们自己,究竟是什么进入了危机:是'作品'范畴本身,还是这一范畴的一个特定的历史形式?'今天,真正被当成作品的东西仅仅是那些不再是作品的东西。'阿多诺在这一段莫测高深的话中在两个意义上使用了'作品'概念:一般意义(在这个意义上,现代艺术仍具有作品的性质),以及有机的艺术作品的意义(阿多诺谈到'圆满的作品')。这后一个特定的作品概念实际上已经被先锋派摧毁。"[1]

不过,如果仅仅停在文学批评纯文学化的对与错上分析问题,肯定不是本篇文章的原意。我想,之所以把懂与不懂、作者至上这些在文学阅读上的纯个人经验看作是文学本体的东西,其聚焦点就是上述批评家心目中的社会出了问题。在他们批评的潜意识里,既然社会出了问题,变成不被相信的对象,那么就尽快寄情于永恒的文学罢。因此在这个意义上,文学代替了社会,文学批评标准代替了社会批评的标准,那么纯文学批评就显然被认为代表了80年代社会批评的最高水平。文学就在这个意义上被理想化了。文学被精心修改成精神、价值和社会导向,它在培养无以计数的文学青年(在今天他们已经是活跃于社会各界的知识精英和领袖人物),而且似乎已变成流行于80年代的社会评价系统和自我认同系统。从这个角度看,谢、孙、黄、吴等批评家谈的就不完全是所谓批评的纯文学化问题,具体地说是个人建设的问题。是个人如何在不理想的社会建立一个纯粹精神世界的问题。程德培对他80年代生活的回忆,为我们提供了一

---

[1]〔德〕彼得·比格尔.高建平译.先锋派理论〔N〕.北京:商务印书馆,2005.

个非常生动有趣的例证：

> 作为老三届的一员，经历几乎都是一体化的，而且我又很普通没什么可以说的。那个年头，生活比较一律和单调，唯有阅读是种乐趣，没有什么可读的时候，我甚至会找来50、60年代的《文艺报》、《人民文学》、《收获》、《文学评论》逐一阅读。作为读者，我喜欢把自己的想法通过写信告诉作者（当然，那时候除了通信也没有其他的方式）。可以说，与作者通信交流是我最初的批评方式，或者说批评的起步。从1978年2月与贾平凹通信开始，陆陆续续和张洁、陈建功、李杭育、吴若增、王安忆、邓刚、韩石山等都有通信往来，包括王蒙也有一封1979年11月的来信。最近有空把当年的信件翻阅了一下，里面谈的都是文学与创作，可谓"纯文学"了。[1]

在他看来，阅读、写信、谈纯文学就是个人建设最紧迫最真实的内容，它被很多人理解成一种不同于直接参与社会生活但更纯粹完美的社会生活。由此可见，为什么个人、自我、选择、迷惘、本体、语言、形式实验等概念在文学批评中那么拥挤而且非常流行了；为什么至今人们仍然把80年代看成是一个纯文学的年代。

三、翻译文学的"中国化"

80年代的另一种文学批评是外国文学翻译。中国社会科学院外国文学研究所的柳鸣九、李文俊等人就是其中主要的批评家。如果说，柳鸣九80年代对巴尔扎克小说的介绍告诉我们这代人什么是外

---

[1] 程德培、白亮.记忆·阅读·方法——程德培访谈[J].南方文坛,2008(5).

国文学的话，那么李文俊对福克纳小说的翻译则是催生80年代先锋小说的另一条重要线索。这正是李建立清楚地看到的"'西方现代派'（或'西方现代主义'）的译介是'新时期文学'研究中的一个绕不开的话题。这么说不仅因为后者作为前者的重要资源而存在，还因为围绕对'西方现代派'的选择、定位、误读、'批判'和'超越'所生发出来的一系列事件同样是'新时期文学'的组成部分"。[1]

　　我这里所说翻译文学的"中国化"不单单指外国文学翻译对80年代中国文学的影响，而是指这些被翻译的外国作家不光呈现在被翻译家所理解的作品文本中，而且更大程度地存在于翻译家这种根据中国人的理解所写的导言、序言之中，正是在这个意义上外国文学作品被翻译家中国化了，同时也被批评化了，它们好像变成了我们自己的作品，以至我们在阅读这些作品之前，首先很大程度上在接受着"译本序"等批评性话语的暗示、引导和影响。就我个人的经验来说，我正是在李文俊"批评化"的"译本序"中了解福克纳的《喧哗与骚动》，并且在对批评性序言的阅读中接受这部长篇小说的。李文俊说："《喧哗与骚动》是福克纳第一部成熟的作品，也是福克纳心血花得最多，他自己最喜爱的一部作品。书名出自莎士比亚悲剧《麦克白》第五幕第五场麦克白的有名台词：'人生如痴人说梦，充满着喧哗与骚动，却没有任何意义。'"我的意思是，在这些翻译家批评性的"译本序"中，被翻译成中文的作家作品按照翻译家的意愿作了艺术定型，翻译家通过他们批评性的分析建构起了一个也许并不符合直译标准但却适应中国文学国情的外国作家作品的形象。而我们这些文学接受者，一下子就认为这就是真正的"福克纳"了。李文俊对福克纳《喧哗与骚动》艺术特征的概括是：

---

[1] 李建立.1980年代"西方现代派"知识形态简论——以袁可嘉的译介为例[J].当代文坛,2010(1).

　　首先，福克纳采用了多角度的叙述方法。传统的小说家一般或用"全能视角"亦即作家无所不在、无所不知的角度来叙述，或用书中主人公自述的口吻来叙述。……福克纳又进了一步，分别用几个人甚至十几个人（如在《我弥留之际》中）的角度，让每个人讲他这方面的故事。

　　……

　　"意识流"是福克纳采用的另一种手法。

　　……

　　"神话模式"是福克纳在创作《喧哗与骚动》时所用的另一种手法。所谓"神话模式"，就是在创作一部文学作品时，有意识地使其故事、人物、结构，大致与人们熟知的一个神话故事平行。

　　……[1]

深受李文俊文学译著影响的作家莫言后来感慨地说：

　　语言自然都是翻译语言，我不懂外语，非常自卑，非常抱歉。《伤心咖啡馆之歌》是李文俊先生翻译的，他是优秀的翻译家，非常传神地把原来小说里面的语言风格在汉语里面找到了一种对应，因此我也是间接地受到了西方作家的语言影响……

　　虽然当时我们还很年轻，但我们每一个人的内心深处已经有了很多的关于文学的条条框框，这些对我们自己限制很大。随着我们对西方文学的阅读，随着我们听到很多的当时非常先

---

[1]［美］威廉·福克纳，李文俊译.《喧哗与骚动》[M].上海：上海译文出版社，1995.（在译文最后，即第361页，译者注明该小说"1980～1984年译成，1993年根据诺尔·波尔克勘定本校改"。由此推断，"译本序"是1980年至1984年间完成，小说不知因何原因，1995年11月才正式出版。）

锋的一些批评家和作家的讲座,我们心里关于文学的很多条条框框被摧毁了,这种自我的解放才能使一个作者真正发挥他的创作才华,才能真正使他放开喉咙歌唱,伸展开手脚舞蹈。在这样的背景下,我就写出了《透明的红萝卜》这部小说……[1]

作家格非在谈到李文俊译著对他的影响时,也充满敬意地表示:

> 这就是70年代后中国出现的一大批非常重要的翻译家,他们的翻译非常棒的,我有时非常感动,比如李文俊先生翻译的福克纳。我有次开会碰到他,希望他去翻译《押沙龙,押沙龙!》,他说,我年纪大了,没办法翻了。可是后来他还是翻出来了。我不记得是哪个国家的翻译家去世时说最大的遗憾是无法把这篇小说翻译成他本国的文字。李文俊那时也已经很老了,但还是翻出来了。包括翻译博尔赫斯的王央乐,翻译卡夫卡的叶廷芳,还有汤永宽等一大批人都非常认真,译本都是一时之选。这使得我们这些人在接受西方文学时一下子就取得了一定的积累。[2]

但是,更值得追问的问题是,为什么翻译家的翻译和他批评性的译本序会给中国作家这种强烈的印象——以为这就是他们心目中的"福克纳"了呢?一个原因是文学批评从来都对作家有辐射性的影响造成的;另一个原因是,80年代中后期的社会有一种李文俊所说的"充满着喧哗与骚动,却没有任何意义"的历史情绪正在抬头,历史认识的错位和扭曲,正在助长福克纳小说这种多角度、意识流和神

---

[1] 莫言、杨庆祥.民间·先锋·底层——莫言访谈录[J].南方文坛,2007(2).

[2] 格非、李建立.文学史研究视野中的先锋小说——格非访谈录[J].南方文坛,2007(1).

话模式在当代中国小说家创作中的疯长势头。在这里，我之所以认为80年代翻译家们的译本序是一种特殊的文学批评，不光是因为开卷问学、人们看外国小说首先要看导言的习惯，而是我认为它主要来自"文革"后当代文学的经典危机，也即劳伦斯·韦努蒂所说在西学东渐过程中"典律的倒置"。新一代先锋作家没有了模仿的对象，他们否定了本国当代文学的经典性（这是由新时期文学对十七年文学的重评带来的结果），而翻译家这时恰到好处地把新的西方典律送到他们的面前。这就是劳伦斯·韦努蒂所指出的："因此，翻译是一个不可避免的归化过程，其间，异域文本被打上使本土特定群体易于理解的语言和文化价值的印记。""它首先体现在对拟翻译的异域文本的选择上，通常就是排斥于本土特定利益相符的其他文本。"这样，"本土对于拟译文本的选择，使这些文本脱离了赋予它们以意义的异域文学传统，往往便使异域文学被非历史化，且异域文本通常被改写以符合本土文学中当下的主流风格和主题。"而且他深刻地洞察到，"学院与出版业的联合，可以特别有效地铸造广泛的共识"，即实现了"外国文学典律"与"本国文学典律"历史位置的倒置，从而使汉语文学处于新时期文学的边缘。[1]

　　韦努蒂的表述使我意识到，80年代被李文俊、柳鸣九等人翻译的外国文学就这样变成了许多当代作家心目中的中国文学。由于这些"异域文本被打上使本土特定群体易于理解的语言和文化价值的印记"，翻译家的出色语言转移就使"脱离了赋予它们以意义的异域文学传统，往往便使异域文学被非历史化，且异域文本通常被改写以符合本土文学中当下的主流风格和主题"。所以，没有人再怀疑西方典律被置于当代文学的中心，而当代文学反而被本国的当代文学边

---

[1] 劳伦斯·韦努蒂.查正贤译.语言与翻译的政治[M].北京：中央编译出版社，2001.

缘化,会对80年代文学的发展产生什么问题。所以,柳鸣九1984年2月为李丹、方于翻译的雨果《悲惨世界》写的"译本序"中写道:"最著名的雨果传记的作者作如是说,距今又已经好几十年了,当雨果逝世一百周年将要来到的时候,我们深感这段话说得非常切实。在雨果的'群岛'中,《悲惨世界》显然要算是耸立得最高的一个,它不仅没有被淹没在遗忘的大海里,而且已经成为不同时代、不同国度的千千万万人民不断造访的一块胜地。"[1]这种把其他国家的胜地非常乐意地当成自己国家胜地的翻译无意识,几乎成为80年代翻译界和思想文化界的一个醒目的标志。

千万不要小看翻译家批评性导言对80年代文学发生的显著影响。如果说李泽厚、刘再复理论倡导性的文学批评为80年代人的文学之建立扫清了思想障碍,谢冕、孙绍振、黄子平和吴亮的文学批评赋予了人们纯文学的概念,那么通过李文俊、柳鸣九等人的译著,西方文学典律则绕过当代文学典律与80年代先锋小说成功地会师。翻译家最终为犹豫彷徨的年轻的先锋小说家送来了可以模仿的文本,他们用导言、译本序的批评方式在引导前者彻底改变了当代文学的历史路向,继而创造了80年代意义上的当代文学。如果理论倡导的文学批评和指认纯文学的文学批评是在质疑本国当代文学的历史合理性的话,那么,翻译家则赋予了外国文学在本国当代文学重建过程中的历史合理性,并把它抬到了前所未有的历史的高度。杰弗里·哈特曼把上述否定性文学批评和建构性文学批评都称作是创造性的批评,那么,我们怎么来理解80年代文学的发生学呢?哈特曼说的同样精彩:"批评与小说的区别在于它使阅读的经验变得明晰:通过编辑、评论家、读者、外国采访记者等这样一些人的介入和支持,批评与小说加以区别",而且"批评家除了尽可能地把想象性的事物

---

[1] 柳鸣九.李丹、方于译.悲惨世界(译本序)[M].北京:人民文学出版社,1992.

改变成一种普通事物的式样之外,并不做别的任何事情,而在这一点上,普通事物能够成为被熟知的、在历史上是新奇的事物"。[1]在这个意义上,相对于十七年文学和90年代文学来说,80年代文学不就是当代文学史上的新奇的事物吗? 80年代,所有新奇的事物都无疑被急于改变国家现状的社会公众赋予了无可置疑的历史合理性。

四、"知识化"的文学批评

2007年我的文章《一个被重构的"西方"——从"现代西方学术文库"看八十年代的知识范式》曾经讨论过甘阳、金观涛等人的西方理论译丛在80年代文学氛围形成中的特殊作用,这些译丛为文学批评引进了很多陌生的知识,正是这些知识重构了新潮批评家们的文学批评。所以,我说这种理论译介也是一种文学批评。[2]

80年代中期前的文学批评,可以称之为历史美学的批评。在批评活动中,批评家是根据自己的历史经验和美学眼光介入作品文本的,这种批评最突出的特色之一就是批评家依据感性来看待作家作品。年轻的批评家季红真特别依赖历史这种大词和个体感悟来分析小说:"爱情、婚姻,这几乎是被人们嚼烂了的话题。然而,又有多少人了解它们的正确的含义呢? 读一读张洁的小说《爱,是不能忘记的》吧,听一听那发自人们心灵深处的生命的呼号。"[3]1984、1985年后,由于以索绪尔的《普通语言学教程》、弗罗伊德的《精神分析引论》、罗兰·巴尔特的《符号学原理》为代表的结构主义语言学和文

---

[1] [美]杰弗里·哈特曼.张德兴译.荒野中的批评——关于当代文学的研究[M].天津:天津人民出版社,2007.
[2] 程光炜.一个被重构的"西方"——从"现代西方学术文库"看八十年代的知识范式[J].当代文坛,2007(4).
[3] 季红真.文明与愚昧的冲突[M].杭州:浙江文艺出版社,1986.

化心理研究等涌入国内,"知识化"的批评开始代替"感性化"的批评并在新潮批评家那里流行。李洁非、张陵不愿意再像季红真那样关心作家的个体感性经验,而更愿意用符号学理论来解释作品的内涵:"真正把人物形象审美符号化的却是近一二年内出现的这样一些作品:韩少功《爸爸爸》、王安忆《小鲍庄》、邓刚《迷人的海》、莫言《红高粱家族》"等,"这些作品的作者开始有意识地把小说作为一种审美符号系统,把人物作为这一系统中的主要艺术符号来创作了"。[1]一些学现当代文学的人越来越热衷于写文艺理论的文章,如夏中义在一篇题为《接受的合形式性与文化时差》的文章中使用了大量深奥晦涩的知识概念:"读者的思路跟不上《尤利西斯》的叙述线索,就阅读心理而言,其实是指读者的语句思维定势不适应文本的独特句式",而且还"从人物的触觉动作(行为层次)直接跳到对人生的厌恶(心理层次),其转换利索得像高能物理中的量子跃迁",并且"若想欣赏用新方法写的作品也就亟需克服文化时差"。[2]注释引用的都是西洋人英伽登、宾克莱、萨特、卢卡奇、莫里斯·迪克斯坦和苏珊·朗格的著作,说明人们批评的学院化并非是今天的事情而是1987年就已出现。

编辑大型丛书"现代西方学术文库",在客观上迅速推动了80年代批评"知识化"的编委会成员们,自己就来自非常"学院化"的北京大学哲学系和中国社会科学院哲学研究所。甘阳认为,这是由于他们出身知青同时站在北大和社科院这个当时中国走向世界的最高知识平台上,整个学术界的势头是"西学比较突出",所以"我们就处在比较特殊的一个位置上","我们的书当时对大学生、研究生影响很大。因为整个氛围是人文的氛围,而且人文氛围是以西学为主的氛

---

[1] 李洁非、张陵.西方小说叙事观念纵横谈[J].上海文学,1987(8).
[2] 夏中义.接受的合形式性与文化时差[J].上海文学,1987(5).

围。"西学在80年代迅速成为学术的中心,一个解释是当时中国正处在走向世界的社会转型中,这一时代潮流在强势地推导着一代人的知识更新;李陀认为由西学所主导"知识化"的另一个原因是,很多人都意识到,一定要"凭借'援西入中',也就是凭借从'西方''拿过来'的新的'西学'话语来重新解释人,开辟一个新的论说人的语言空间,建立一套关于人的新的知识——这不仅要用一种新的语言来排斥、替代'阶级斗争'的论说,更重要的,还要建立一套关于人的新的知识来占有对人,对人和社会、历史关系的解释权"。正像前面我已经说过的,这些译丛为文学批评引进了很多陌生的知识,正是这些知识重构了新潮批评家们的文学批评。[1]

从教育体制和学科建设的角度看,文学批评"知识化"的更新,还由于当时新潮批评家中的许多人都是77、78级的大学生和研究生。他们中、小学阶段的知识系统曾受到20世纪50、60年代历史美学批评观念的影响,在知青生涯中又增强了对中国底层社会和历史经验的了解,于是,在阶级斗争叙述终结和走向世界叙述兴起的新的历史视野中,他们很容易受到甘阳等《现代西方学术文库》和包遵信、金观涛等的《走向未来丛书》的影响,把这些丛书中的西方知识转变为中国知识,并把它们变成一种我们非常熟悉而且不会觉得奇怪的80年代的批评性语言。另外,当时文学、哲学和历史三个学科有一个共生性的空间,是一个想象的共同体。即使声称是专门研究西学的《现代西方学术文库》的编委会成员们,也受当时非常浓厚的文学氛围的极大感染,在推广西方知识的中译本序或后记中,充斥着用文学批评的口气来谈西方思想家的言论。周国平说:尼采主张的"审美的人生态度首先是一种非伦理的人生态度。生命本身是非道德的,万物都属于永恒生成着的自然之'全',无善恶可言。""其次,

---

[1] 查建英编.八十年代访谈录[M].北京:三联书店,2006.

审美的人生态度又是一种非科学、非功利的人生态度。"[1]年轻哲学家周国平显然是在以哲学的方式介入文学问题,这就使这段知识表述充满了文学批评的色彩。在那个文史哲不分家的特殊年代,很多人表面上是历史学家和哲学家,但都可能是潜在的文学青年。专治尼采哲学的周国平90年代能写出畅销一时的散文随笔集《妞妞》,就可作一个证明。然而,正因为80年代一代青年的主要社会问题是人生问题,所以,尽管《现代西方学术文库》是在介绍西方现代学术,但翻译的对象、讨论的问题仍然多集中在人生意义这一聚焦点上。在一篇非常文学化的"代译序"《噩梦醒来是早晨》中,翻译者潘培庆是这样介绍萨特的思想的:

> 萨特感到……没有他,外祖母、母亲还是这个样子,他的存在完全是偶然的,多余的,既没有人在盼望他,也没有什么事在等着他去完成。在人生这个大舞台上,大家都在做戏,萨特虽也在忙忙碌碌,跑上跑下,不时还有几句台词,可他觉得自己只是一个在帮别人排练台词的跑龙套的角色,他属于没有自己的故事。这对他无疑是一个痛苦的发现。
>
> ……

但他不忘用一种"知识化"的方式解释萨特思想所涉及的人生价值的复杂性,认为萨特找到了人生与词语的关系:

> 靠着词语,一个孤独的人忘却了他的孤独,一个无票的旅客获得了在此世界上的居住权,一个跑龙套的角色成了一个主角,一个最卑微的人一跃而为最高贵者。

---

[1] 周国平.悲剧的诞生——尼采美学文选[M].北京:三联书店,1986.

……

　　萨特在《词语》中为我们研究他提供了一个极好的范例，即通过词语来研究他。因为他的整个一生正是在词语的环境中，在与词语打交道的过程中度过的……开始是对词语的惊奇，继而是对词语的征服，然后发展到对词语的崇拜，并将之确立为自己的上帝。[1]

潘培庆是从"词语的知识"的角度理解萨特对人生价值的深刻反思的，而甘阳则认为从语言入手来理解20世纪西方思想将非常的重要：

　　正是在这里，我们接触到了二十世纪西方哲学最核心的问题，即所谓"语言的转向"。应该指出，所谓"语言哲学"并非像国内以为的那样似乎只是英美分析哲学的事，事实上，当代欧陆哲学几乎无一例外也都是某种"语言哲学"。约略而言，在所谓的"语言转向"中，现代西方人实际"转"到了两种完全不同的"方向"去：以罗素等人为代表的英美理想语言学派是要不断地巩固、加强、提高、扩大语言的逻辑功能，因而他们所要求的是概念的确定性、表达的明晰性、意义的可证实性；而当代欧陆人文学哲学以及后期维特根斯坦等人却恰恰相反，是要竭尽全力地弱化、淡化、以至拆解、消除语言的逻辑功能，因此他们所诉诸的恰恰是语言的多义性、表达的隐喻性、意义的可增长性。[2]

我所以大篇幅地引用、分析文学批评家和哲学家们的言论，是要

---

[1] 萨特.潘培庆译.词语·代译序——恶梦醒来是早晨[M].北京：三联书店，1989.
[2] 恩斯特·卡西尔.于晓等译.语言与神话·代序——从"理性的批判"到"文化的批判"[M].北京：三联书店，1988.

说明80年代文史哲、生命体验、感悟和知识表达是错综复杂地扭结在一起的,经常有彼此不分、相互证实的状况。也就是说,文学批评中有哲学(如夏中义的文章),哲学解释中有文学(如潘培庆、甘阳的代序),无论文学和哲学,都是围绕着80年代的中心问题也即人生问题而展开和深入的。在这种情况下,西方哲学译介之进入文学批评,而西方哲学的译介又常常以文学批评的姿态和方式映入我们的眼帘,又有什么奇怪的呢? 但毋庸置疑的是,由于有《现代西方学术文库》、《走向世界》等译介丛书西方知识的示范性,明显更新了80年代文学批评、文学理论的知识结构和语言系统,从而促进了文学批评由感悟式批评向知识化批评的历史转变。西方知识译介以这种独特的方式,参加了80年代文学的历史性联欢。

五、"分层化"和批评多样性及其问题

我前面归纳的文学批评的"舆论化"、"纯文学化"、"中国化"和"知识化",并不是说所有的80年代文学批评都无出这几种类型之外。如果要我研究它的丰富性,就不会采取这种简单归纳的方法,而会以仔细区分的方式深入到其内部去讨论和辨析。在这个意义上,我是说由于批评"分层化"的出现,激化了人们对文学作品的不同的解读,关于文学价值、水平、好作品、坏作品的理解出现了很大的分歧。其实即使在今天让我们共同整理出一份80年代"最好作品"的目录,也是会争论不休的。这就是我写这篇文章的用意之一。

首先,"舆论化"的文学批评重视的是重大的社会问题和现象,他们更看重小说、诗歌聚焦社会问题的功能和提示大问题的能力,所以仍然把文学主题、题材视为文学的根本价值和构成要素。例如,刘再复是从鲁迅研究领域转入理论倡导的,所以他的鲁迅情结也会带入到对当代文学的观察中,并会重视这一类作品的价值:"人类历史

上一些深刻的、伟大的作家,都具有深沉的忧患意识,从司马迁、屈原到曹雪芹,从荷马到托尔斯泰,哪一个大作家不是充满这种忧患意识呢?"[1]这种忧患意识事实上就是没有直接挑明的舆论意识,而这种意识最后又被泛化为将作品的社会影响大小视作文学批评的评价尺度。但有人并不同意这种做法:"文学与思想的关系可以用完全不同的方式来表述。通常人们把文学看作是一种哲学的形式,一种包裹在形式中的'思想';通过对文学的分析,目的是要获得'中心思想'。研究者们用这类概括性的术语对艺术品加以总结和抽象往往受到鼓励。"他认为"今天大多数学者已经厌倦了这种过分的思索和推理"。[2]不过,这种文学批评也不是毫无道理的,例如它出现在历史转折期,推动文学的革新,相对于某些无趣的小作品、小批评,它还是有境界有骨气的。当然,这种评价尺度也容易让人在解读作品时感到枯燥、单一和乏味。

其次,外国文学翻译的"中国化"和文学批评的"纯文学化"虽有各自的侧重点,但它们也有着共同性的批评趣味。这种趣味即是文学经典的焦虑。它们会更多地从文学内部去考虑文学的问题。从这种经典焦虑中产生的批评,也会因为寻找不到与这种经典标准相匹配的作家作品而苦恼。它更使读过这些译作、又感到自己的创作达不到其艺术高度的作家不安。1985年陈村致信王安忆说:"应该感谢加西亚·马尔克斯,感谢《百年孤独》的译者与出版者",正是它打消了"我们在文化上隐隐显显的自卑"。[3]感谢正是由于不安而产生的,它实际潜伏着一种更强烈的不安和自卑。但是,翻译家们好像生来就是这种高端批评标准的执法者,他们从不出错的语气和言论也会加重作家心中的负担。例如上面提到的柳鸣九和李文俊在

---

[1] 刘再复.论文学的主体性[J].文学评论,1985(6)、1986(1).

[2] [美]韦勒克、沃伦.刘象愚、邢培明等译.文学理论[M].北京:三联书店,1984.

[3] 王安忆、陈村.关于《小鲍庄》的对话[J].上海文学,1985(9).

介绍评价外国作家时那种斩钉截铁的行文风格。这种无形的批评尺度使莫言难堪地意识到：我虽然"没有把马尔克斯的《百年孤独》读完"，但正"因为当时读了大概有十几页，特别冲动，第一反应就是小说原来可以这样写，就像当年马尔克斯在法国读了卡夫卡的小说的感觉一样。第二个反应是我为什么没有想到小说可以这样写，如果早知道小说可以这样写，没准我就成了中国的'爆炸'文学的发起人了"。[1]我相信谢冕、孙绍振和吴亮等批评家制定的纯文学创作的标准，也会使当时很多诗人、小说家受到了前所未有的艺术压力。不过，值得注意的是，正像"舆论化"文学批评因为大力提倡社会影响而砍削掉作家艺术创新性一样，经典焦虑和纯文学创作同样也会砍削掉作家参与社会改革的热情。它还会使读者长久地停留在纯学院化的审美趣味上，而会对积极通过文学参与社会变革的作品产生反感。举例来说，1985年后，由于先锋文学批评在广大读者中逐渐培养起了先锋文学趣味，1985年《新星》的出版虽然引起过一阵轰动，但它很快为先锋文学热所淹没。它甚至没有像同年问世的张贤亮的《男人的一半是女人》那样受宠。[2]所以，这就助长了1985年后远离社会问题的文学作品越来越多，而像1979年前后那样关心社会民生问题的文学作品基本退出了历史的舞台。

再来看文学批评"知识化"所带来的影响。与新时期初期文学批评对伤痕文学、反思文学、改革文学的命名不同，如果说这种命名是用文学概念把纷繁复杂而且矛盾的现象主题化的，那么文学批评的"知识化"则意在把作品文本固定在术语、方法、范畴、类型、状态等中。例如，刘索拉《你别无选择》、徐星《无主题变奏》等作品主人公的状态，会用黑色幽默、迷惘等文学知识来固定。再例如，谈到马

---

［1］莫言、杨庆祥.先锋·民间·底层——莫言访谈录［J］.南方文坛,2007(2).

［2］杨庆祥.《新星》与"体制内"改革叙事——兼及对"改革文学"的反思［J］.南方文坛,2008(5).

原《虚构》、《冈底斯的诱惑》,它们必定就在形式实验、语言自觉、叙述圈套等知识的范围。由《现代学术文库》、《走向世界》等丛书转手过来的西方学术概念,用知识的方式控制了80年代中期后的新潮批评,我们发现,后来很多对文学的理解,包括对作品文本的解读都能从那里找到来源和原点。例如,纯粹用知识来进入文本细读,最为典型的就是李劼。他看《虚构》,那么作为作者的马原必然会是语言中的汉族汉子,而一些词语暗示、它们的组合和语言关系,就是小说全部的意义。他非常肯定地认为,先锋小说的兴起,正是由语言的转向所导致的。[1]对《你别无选择》、《无主题变奏》、《透明的红萝卜》、《球状闪电》的评价,南帆归结为这是由于小说的叙述视点、结构与叙述语言等发生了变化等原因,"作家在形象侧面的选择和描述的语气中提示了一种导引的观察眼光。读者在接受形象体系的同时,也将不知不觉地为这种眼光所同化"。[2]不可信的叙述、读者反应、文学接受、叙述理论这时纷纷与中国当代小说零距离接触,依此来挖掘它们本来具有或也许就没有的文本内涵。80年代中期后在文学批评中被各自表述、差异越来越大的许多文学作品,就这样被纳入知识的殿堂,《现代西方学术文库》的哲学家们,在文学批评中找到了自己知识产权的销售代言人。因为1987年至1989年间的文学批评,已基本为西方知识所笼罩。

我在这里反复叙述由批评"分层化"而产生的批评多样性,并没有贬低它们当时的历史意义的意思。正是由于这种文学批评"分层化"现象的出现,显示了批评观念和状态的巨大进步。不是在评价这些现象,而是采用摄影机的方式把它们推到远远的历史中去,把它们理解成已经沉睡多年的一座"知识·历史·文化遗址",想强调的

---

[1] 李劼.论中国当代新潮小说的语言结构[J].文学评论,1988(5).

[2] 南帆.小说技巧十年——1976—1986年中、短篇小说的一个侧面[J].文艺理论研究,1986(3).

是它们并没有从我们的生活中消失,它们早已改名换姓地在我们今天的文学史认识、文学史课堂和文学史研究中潜伏下来,积淀为我们无法绕过的各种关于文学的知识和批评经验。所以,海登·怀特指出:"历史叙事也是如此。它们通过假定的因果律,运用真实系列事件与约定俗成的虚构结构之间的相似性提供多种理解,还成功地赋予过去系列事件以超越这种理解之上的意义,正是通过一个系列事件建构成一个可理解的故事。"[1]之所以说它们早已成为一座"知识·历史·文化遗址",但又在我们今天生活中复活并影响了我们今天的一切,就是说文学批评的"舆论化"、"纯文学化"、"中国化"和"知识化"的背后,都是由一个又一个历史故事来支撑的,如启蒙与救亡、朦胧诗争论、翻译热、文化热等。我们今天对文学的理解仍然与他们过去对文学的理解紧紧携手在一起。我们似乎表面上在今天语境中重新解读文学作品,而与过去的一切都无关了。事实上,那座似乎消失的"知识·历史·文化博物馆"就建筑在我们的身旁,我们今天的知识就来自于它知识软件系统的一部分,它们仍然在深刻制约和影响着我们今天对文学作品每一个侧面的仔细阅读和理解。

比如,我们在解读当时影响很大的现实小说时,会关注到它主题层面的社会历史价值;我们在分析代表着艺术转型的先锋小说时,会在意它的形式实验、语言自觉等东西;我们不满有些作品过于"小人化"的时候,情不自禁地就拿李文俊翻译的《喧哗与骚动》和《押沙龙,押沙龙!》、周扬翻译的《安娜·卡列尼娜》、耿济之翻译的《卡拉马佐夫兄弟》和吴健恒翻译的《百年孤独》来模拟,用傅雷、冯至、罗大冈、柳鸣九等一连串令人尊敬的名字连同众多经典名著苛刻地指责它们;我们还用各种知识把它们纳入自己所希望的那些意义范

---

[1] [美]海登·怀特.陈永国、张万娟译.后现代历史叙事学[M].北京:中国社会科学出版社,2003.

围,将它们与各种社会事件扯在一起,藉以放大这些作品的周边。当然,在用某种批评方式重读文学作品时,在得到期待得到的研究成果时,也都在牺牲、忽视甚至故意忘掉另一些东西。这种种不同的文学批评方式确如前面说过的可以观察到80年代文学发生的多种可能性,了解到那个年代言论开放的程度、幅度、范围和效果。但我们都是从事文学研究的人,我们应该时刻意识到,今天我们的研究都还在80年代的影响之中。分辨出影响和应该重新做的工作,才能更具历史张力地认识80年代的文学批评和80年代的历史。从更细微的方面看,当我们从一种批评方式去做具体的个案研究包括解读作品时,你只有意识到这种解读可能会牺牲掉其他方面和它是有局限性的,你的解读也许才是有意义的。或者说你只有在文学批评的分层现象里,最后到文学史的全局视野里才能认识到具体作品解读和研究本身已包含着的独特性。我想这正是我要写80年代文学批评的"分层化"问题的一点小小的意思。

第十三讲　批评与作家作品的差异性

——谈80年代文学批评与作家作品之间没有被认识到的复杂关系

　　"耶鲁四人帮"之一的耶鲁大学教授J·希利斯·米勒在其研究《呼啸山庄》等英国小说的著作《小说与重复》中强调道:"文学的特征和它的奇妙之处在于每部作品所具有的震撼读者心灵的魅力(只要他对此有心理上的准备),这些都意味着文学能连续不断地打破批评家预备套在它头上的种种程序和理论。"[1]米勒是站在作家角度谈文学创新问题的,他认为作家只有突破批评家设定的一道道封锁线才可能在艺术自由上有所作为。但我们看到的却是,作品一旦完成作家就无法再掌握作品的命运,只有听任批评文章对作品随心所欲的定义。而作家在后记、访谈录中的抱怨和辩解,根本不可能得到批评家的眷顾。人们对文学作品的理解,变成了对文学知识的一轮轮阐释。这种情况,在中国80年代文学批评与作家的关系中可以说比比皆是。

一、批评家对作家作品的优越感

　　批评家南帆回忆道:80年代是一个批评的时代,"一批学院式的

---

[1]［美］J·希利斯·米勒.王宏图译.小说与重复——七部英国小说［M］.天津:天津人民出版社,2008.

批评家脱颖而出,文学批评的功能、方法论成为引人瞩目的话题。大量蜂拥而至的专题论文之中,文学批评扮演了一个辉煌的主角"。[1]吴亮在一次访谈中这样说道:"到了1985年以后,年轻批评家的影响力越来越大,很多的杂志都在争夺年轻批评家的文章,就像现在画廊都在抢那些出了名的画家一样。"当采访者问他"80年代实际上是一个批评的年代,批评界实际上控制了作品的阐释权力,我们现在文学史的很多结论实际上就是当年批评的结论"这样的问题时,吴亮没正面回答,但他非常自信地表示:"喝汤我们用勺子,夹肉我们用筷子。假如说马原的作品是一块肉的话,我必须用筷子。因为当时我解释的兴趣在于马原的方法论,其他所谓的意义啊,西藏文化啊我都全部避开了。"[2]

　　批评家对作家作品居高临下的优越感,并不是中国文学中才会有的现象。巴赫金曾经讽刺道:"评论陀思妥耶夫斯基的著作洋洋洒洒,但读来却给人这样一个印象,即不是在评论一位写作长篇小说和中篇小说的作者——艺术家,而是在评论几位作者——思想家——拉斯柯尔尼科夫、梅什金、斯塔夫罗金、伊凡·卡拉马佐夫和宗教大法官等人物的哲学见解。"[3]显然,巴赫金认为陀思妥耶夫斯基时代的很多批评家对作者本人是不感兴趣的,他们感兴趣的只是他小说人物的哲学见解——准确地说是批评家们自己的哲学见解,文学批评都争先恐后地将自己洋洋洒洒的智慧和哲学见解展示给读者。这种以批评代替作家进而将文学作品充分批评思想化的倾向,在80年代中国新潮批评中也开始大量出现,例如吴亮在《马原的叙述圈套》中有意识地把作家马原看作自己潜在的对手:

[1] 南帆.理论的紧张[M].上海:上海三联书店,2003.
[2] 吴亮、李陀、杨庆祥.80年代的先锋文学和先锋批评[J].南方文坛,2008(6).
[3] [俄]M·巴赫金.佟景韩译.巴赫金文论选[M].北京:中国社会科学出版社,1996.

阐释马原是我由来已久的一个愿望,在读了他的绝大部分小说之后,我想我有理由对自己的智商和想象力(我从来不相信学问对我会有真正的帮助)表示自信和满意;特别是面对马原这个玩熟了智力魔方的小说家,我总算找到了对手。阐释马原肯定是一场极为有趣的博弈,它对我充满了诱惑。我不打算循规蹈矩按部就班依照小说主题类别等顺序来呆板地进行我的分析和阐释,我得找一个说得过去的方式,和马原不相上下的方式来显示我的能力和灵感。我一点不想假谦虚,当然也不想小心翼翼地瞧着马原的脸色为赢得他的满意而结果却于暗中遭到马原的嘲笑,更坏的是,他还故作诚恳地向我脱帽致敬。我应当让他嫉妒我,为我的阐释而惊讶。

最后他很自信地向读者宣布:

我想我对马原最好的评价是:请仔细读一读我这篇文章的每一行,在里面你会找到最好的一句。那就是了。[1]

正是由于这种优越感的存在,我们发现这篇著名的批评文章通篇都是以知识观念来解释马原的小说的。一定程度上,马原还有80年代很多作家的作品都成为吴亮个人思想、智慧和观念的实验场。

在80年代新潮批评家中,我认为王晓明的细读功夫也许是最好的,由此可见与作家的关系也是最平等的。可是,当他写出评论高晓声小说的《俯瞰“陈家村”之前》之后,你会感觉这位谦逊的批评家很多评论文章里都埋伏着一个俯瞰式的骄傲视角:

---

[1] 吴亮.马原的叙述圈套[J].当代作家评论,1987(3).

　　像我这样在十年浩劫中成长起来的人,应该是遇上再大的失望也无所谓了。可是,看到近年来接连有几位年轻的女作家,在写出一两部出色的小说之后便停滞不前,甚至越写越差,我由衷地感到震惊。我相信她们并不是存心和自己开玩笑,也知道就精力和才华而言,她们都还相当富足,为什么就写不出好作品呢?[1]

　　张贤亮的小说创作又使我感到担忧,中国作家要在对内心情感的忏悔式的解剖中达到真正深入的程度,恐怕先得排除掉那种完全只依据理性观念去进行解释的冲动。我们并不能真正再现过去的心境,看起来作家是在追忆往事,可他实际表现的却并非是真正的往事,而是他今天对这些往事的理解。[2]

　　他认为这种理性对过去的干涉,造成了作家表现章永璘与女人的关系时的心理的变形。他对这种变形颇不以为然,并且在评论中充满了教训的味道。于是人们看到,即使王晓明这么谦逊的批评家,也会对张辛欣、刘索拉、残雪和张贤亮等作家流露出智力的优越感。他表面上为他们(她们)越写越差而由衷地感到震惊,不就是在说自己就是作家作品的裁判者吗? 他装着与张贤亮等归来作家讨论如何处理往事也即历史记忆的问题,不就是在表明自己在理性、往事、昨天、今天等复杂历史关系的见识上站得比作家更高吗? 这也许是当时批评家们没有意识到、而事实上却已存在的批评家姿态。正是文学批评与作品之间这种显而易见的差异性,成为我们今天重新认识80年代文学批评与作品之关系并进而深入到文学史之中去的一个有意味的途径。

---

[1] 王晓明.疲惫的心灵——从张辛欣、刘索拉和残雪的小说说起[J].上海文学,1988(5).
[2] 王晓明.所罗门的瓶子——论张贤亮的小说创作[J].上海文学,1986(2).

那么，如何解释80年代文学批评家对作家的那种情不自禁流露出来的优越感和优势姿态呢？英国学者赫伯特·里德对我们有一个提醒："文学批评这门科学——如果可以把它叫做科学的话——包罗的范围确实很广。它是根据某种标准对文学的价值作出评定，但我认为在说明美学的时候不可能不涉及种种价值问题，这些问题就其全部含义而言，本质上也就是社会或伦理问题。"所以他进一步说："如果仅仅局限于狭窄的技巧研究，例如表现手段的分析等等，文学批评就会蒙受莫大危险，乃至走上死路。"[1]80年代的中国，自始至终贯穿着用"改革开放叙述"取代阶级斗争叙述的社会导向，一种将危机深重的国家从"文革"灾难中拯救出来并加入国际新秩序的潮流，受到千百万中国人的衷心拥护。由于传统政治媒介在长期的政治运动中丧失自我判断而受到普遍质疑，这就使文学杂志在那特殊时期成为推动社会变革的主导力量和新型媒介。而80年代被人称作文学的年代，并不是指文学受众大幅增加，文学阅读成为真正的公民阅读，而是说公众急切希望在文学杂志中了解到更多社会变革的信息、问题、动向和即将发生的思想潮汐。正是在这种历史背景下，文学批评急剧地转型为一种社会批评，文学批评家一时间变成了时代的精神导师、布道者和生活指南，他们用文学批评热情地推动着社会的发展；也正是在这个意义上，80年代的文学批评家明显占据着比作家更高的历史位置，他们开始对文学创作指手画脚起来。

因为如此，"文学巡礼体"的批评风格在当时特别盛行，文学批评家在盘点某年文学创作成绩、发展和问题时喜欢在作家面前扮演"文学帝王"的角色。他们经常使用的话语方式就是：这个文坛的格局就这么决定了。吴亮在《告别一九八六》一文中写道：

---

[1] 伍蠡甫、胡经之主编.西方文艺理论名著选编（下卷）[M].北京：北京大学出版社，1987.

现在，我正坐在书桌前搜寻着记忆力的每一个角落，使那些淡淡的残痕再度复原为一个个具象——一九八六年已剩下了最后的几天，我不愿就这样一无所获地和它道别。我想从残雪女士开始回顾一九八六年。

……

《葛川江的一个早晨》是李杭育长篇小说中的独立一章。

……

在告别一九八六年之际，我特别要提及的是马原的《虚构》。

……

另一个鲜为人知的青年作家孙甘露有篇小说题为《访问梦境》。

……

曾经像明星般耀眼的刘索拉仿佛已经相距遥远了……

……

说到女作家，就不能不提到王安忆。

……

我突然想起了我差点儿忘了的一个奇才——莫言。

他还特意模仿俄国大批评家别林斯基的口吻告诉广大读者：

……

我已在书桌前熬了两个深夜，现在我感到真正的疲惫。我不能写得更多了。可是那些我喜爱和钦佩的年轻小说家们一个个来到我的幻觉中……我不知道以后还会不会重读你们！[1]

……

---

[1] 吴亮.告别一九八六[J].当代作家评论,1987(2).

这种80年代独有的批评文体确实令人难以忘却。

二、作家后记、访谈录中的自卑和自傲

任何时代都有对文学批评不以为然的作家,80年代也是如此。但我这里说的是另一类作家,他们深通文学的规律,知道作品问世后就不再属于自己,无法掌握这些作品的命运。他们把作品的归宿交给了最厉害的读者——批评家。所以,他们在后记中就像是交代后事,充满自怨自艾的情绪。他们虽然在多年后的访谈录中极力为自己申辩,但自卑却像影子一样纠缠着他们漫长的创作生涯。1986年6月,贾平凹在完成长篇小说《浮躁》后的"五味什字巷"里写道:

> 现在已经有许多人到商州去旅行考察,他们所带的指南是我以往的一些小说,却往往乘兴而去败兴而归,责骂我的欺骗。这全是心之不同而目之色异的原因,怨我是没有道理的。

因担忧新出炉的作品被人酷评,他一个月后又对自己作了维护:

> 我之所以要写这些话,作出一种不伦不类的可怜又近乎可耻的说明,因为我真有一种预感,自信我下一部作品可能会写好……一个时代有一个时代的作品,我应该为其而努力。现在不是产生绝对权威的时候,政治上不可能再出现毛泽东,文学上也不可能再会有托尔斯泰了。[1]

贾平凹当然知道,作家一辈子都是要与批评家打交道的,至死不

---

[1] 贾平凹.浮躁[M].北京:人民文学出版社,2007.

能摆脱批评对作品的解释、规训和纠缠。所以,他无奈地抱怨说:

> 文学批评超越了文学,成了一件大事,你的生活、你的人身就有了麻烦。

然而,他又把自己对社会舆论和文学批评的敏感,归结为自己的多病:

> 上了大学,得了几场大病,身体就再也不好了,在最年轻时期,几乎年年住院。30岁时差一点就死了。
>
> ……
>
> 你一个人躺在床上的时候,你无奈,觉得自己很脆弱,很渺小,伤感的东西就出来了。我没有倾国倾城貌,却有多病多愁身。多病必然多愁。我是一个写作者,这种情绪必然就会带到写作中。好多人说,你太敏感。这都是病的原因。……有人说我的文章里有鬼气,恐怕与病有关……我写《太白山记》那一组短篇小说,基本上是在病床上写的。……我是喜欢那一组文章的。病使我变得软弱,但内心又特别敏感。

但他对批评未做到完全心悦诚服,这说明他自卑里还包含着自傲的因素:

> 评价一部文学作品的时候,如果非文学以外的东西太多,那么作家就是不甘心的。[1]

---

[1] 贾平凹、谢有顺.贾平凹谢有顺对话录[M].苏州:苏州大学出版社,2003.

我们拿贾平凹做研究的个案，并不是说80年代所有作家都是这么敏感、软弱、自卑并对文学批评有埋怨情绪的。而是说，虽然80年代文学有着与其他文学期一样的共同性，但也有它的独特性。这种独特性，就是80年代是一个社会思潮和文学思潮特别集中的年代，对这些思潮的热情投入、解释和评论成为当时文学批评家很繁重的一个任务。就在这种情况下，作家和作品不仅成为一个被解释的对象，有的时候他们还会由于某种特殊历史语境的激发而变成文学思潮和批评的附属物，这就是吴亮在前面骄傲地宣布的："喝汤我们用勺子，夹肉我们用筷子。假如说马原的作品是一块肉的话，我必须用筷子。"[1]这也许就是贾平凹在前面所抱怨的，"评价一部文学作品的时候，如果非文学以外的东西太多，那么作家就是不甘心的"的深刻的历史原因。

布迪厄很早就残酷地揭示了批评与作家作品之间这种不可调和的尖锐矛盾："新定义的艺术劳动使得艺术家前所未有地依靠评论和评论家的全部参与。评论家通过他们对一种艺术的思考直接促进了作品的生产，这种艺术本身常常也加入了对艺术的思考；评论家同时也通过对一种劳动的思考促进了作品的生产，这种劳动总是包含了艺术家针对其自身的一种劳动。"然而，他也对批评家的功利目的提出了批评，认为正是这种功利目的、物质生产、市场等因素的存在，才使得文学作品被反复地经典化，使得作家和他毁誉参半的作品因此而名扬天下。"从这里可以看出，评论家的操作注入的意义和价值直接暴露出来，评论家本人以及评论和评论的评论都处于一种场中——暴露天真又狡诈的虚伪的评论有利于意义和价值的注入。取之不尽的艺术作品的观念或作为再创造的'阅读'，被在信仰的事物中常常可以看到的几乎全部的暴露，遮盖了这一点，即作品不仅可以

---

[1] 吴亮、李陀、杨庆祥.80年代的先锋文学和先锋批评［J］.南方文坛,2008（6）.

被对它感兴趣的人，被在读作品、给作品分类、了解作品、评论作品、重新创造作品、批评作品、反对作品、认识作品、占有作品中觅到一种物质或象征利益的人造就两次，而且可以造就上百次、上千次"。[1]

贾平凹小说后记、访谈录里所释放的信息和布迪厄的分析，不光帮忙我们得以回到80年代文学的现场，而且提供了一个重新观察那个年代文学多层化场域的线索。这就是，在所谓理想和浪漫这种单一化的80年代文学叙述中，还有另一个更真实的80年代。在这个正因为更隐蔽而更容易被我们所忽略的多层化的文学年代中，新启蒙、纯文学尽管是一个最响亮的文学话语，但批评家对作家的欺负和压力，已经存在了。伴随着"五四"启蒙话语的归来，旧时代文学的很多东西开始在80年代泥沙俱下，并在这里死灰复燃。例如批评家借助市场对作家作品的控制，布迪厄所说在"批评作品、反对作品、认识作品、占有作品"过程中对文学作品的上百次、上千次的造就，再例如浪漫文学年代的文学名利场，等等。在这个意义上，批评家既是文学政治家，同时也是可以用与时代话语结盟的文学批发商的形象而目之的。80年代在请回一个60年前的"五四"的同时，也在请回与"五四"新文学相配套的市场、书商和批评家等另一种文学体制。"五四"对80年代的渗透不光表现在价值观念上，同时也表现在对这种明显不同于十七年文学体制的偷偷地借用上。

贾平凹表面自卑而实际对文学批评不满的表述，提醒我们注意到文学批评与作家作品显而易见的差异性；但他的自傲则暗示了批评是不能离开作品独立地存在的："我接触过一个饭店老板，他没多少文化知识，但他给我讲了他对人的认识，他说人活在世上就像你去商店买东西，你买一个茶壶回来，有茶壶了就得买杯子，

---

[1] [法] 皮埃尔·布迪厄. 刘晖译. 艺术的法则——文学场的生成和结构 [M]. 北京：中央编译出版社，2001.

买了杯子又得去买杯子垫，然后再买桌子、椅子，人就这样按需求来到世上的。世上的事就有秩序在里面。"[1]贾平凹这段话使我意识到，我们在面对作家作品时，不能把批评的权利和它与社会思潮的联盟看作是理所当然的事情，与此同时也应该从作家的后记和访谈录中这些被压制的历史文献中去反问，这种理所当然的事情是不是都是应该的？在千百万次想当然的文学批评活动中，文学作品的本来意蕴是不是也被压制了？不经过与作家商量就被知识化了？当然我们得承认，没有批评家随心所欲的——自然也是问题成堆的批评活动，作家、作品能否成为名作家、名作并获得经典的意义，也是难以想象的。在这里，也许我们恰恰可以借用布迪厄对文学批评的批评来说明另一个问题，这就是，有了文学批评的功利目的、物质生产、市场等因素的存在，才使得文学作品能够在文学制度的环境中被反复地经典化，才能进一步地推动文学的生产和作家作品的大量的涌现。

三、批评对作品的渗透和带来的问题

不过我们也经常看到，在文学批评中，批评家并不理睬作家这种独特的个人感受，他们不光在自我感觉上优越于作家作品，而且他们还会将新的时代观念灌输到作品文本之中，来定义它们的历史内涵。许多年后，当年的新潮批评家南帆终于醒悟到："批评对于意义生产的迷恋可能导致某种新的不安。一系列标新立异的意义会不会将作品肢解得支离破碎——这些意义的超额重量是作品的既定框架难以承受的。"[2]

[1] 贾平凹、谢有顺.贾平凹谢有顺对话录[M].苏州：苏州大学出版社,2003.
[2] 南帆.理论的紧张[M].上海：上海三联书店,2003.

　　有人在介绍路遥的创作时相当肯定地说:"路遥出身农村,因此他的写作素材基本来自农村生活。他始终以深深纠缠的故乡情结合生命的沉重感去体验和感知生活,因而所有的作品都呈现出沉郁、厚重的写作特色。"[1]但批评家李劼却认为这些因素对于新思潮来说是落后的,并以鲁迅笔下的阿Q为标尺,非要说"从阿Q到高加林的人物形象变迁,向我们提示了'五四'以来六十多年的时代变换","觉醒中的人们,开始以表现惨痛的人生,揭露和抨击黑暗的社会作为自己的审美理想"。李劼还将高加林从"五四"谱系嫁接到外国文学谱系上,以说明他的人的主体性的苏醒:"高加林性格所属的那一族文学形象,其祖先可以上溯到一个半世纪前的法国青年于连·索黑尔。当司汤达把那位野心勃勃的年轻人引入文学殿堂时","他带进去的不仅仅是一个,而是整整一族文学形象"。[2]但是按照介绍人的原意,路遥在小说创作时并没有像批评家想的那么丰富那么多,又是什么鲁迅、什么司汤达的。路遥仅仅把自己工作和笔下主人公的人生都理解为一种非常朴素的劳动:"艺术创作这种劳动的崇高绝不是因为它比其他人所从事的劳动高尚。它和其他任何劳动一样,需要一种实实在在的精神","我们应该具备普通劳动人民的质量,永远也不丧失一个普通劳动者的感觉"。[3]然而批评家却不同意了,他们不愿意作家都这么低层次地看待自己和作品。批评家不会理睬路遥这种希望作为普通劳动者的感觉,他们非常主观当然也充满热心地要把高加林定义在80年代文学所需要的鲁迅和外国文学谱系上。而且正像80年代的很多批评家都乐意做的那样,李劼等人把主人公对自己生活处境和历史状态的超越,看作是文学作品所呈现出新的时代意义。于是

---

[1][3] 孔范今、雷达、吴义勤、施战军主编.中国新时期文学研究资料汇编[M].济南:山东文艺出版社,2006.

[2] 李劼.高加林论[J].当代作家评论,1985(1).

这里就出现了两个高加林，一个是作品里以人物形象的形式存在的高加林，另一个是被批评家所解释自然是以文学批评的形式存在的高加林，或者说出现了一个我们在原作中读到的与批评家的理解不那么相同的高加林。农村代课教师高加林在这里才真正被迫离开了他的农村谱系，他被解释成了一个新时期的英雄："如果把高加林看成是某种具有新人素质的新时期的农村青年形象，也许并不过分。"[1]

"文学史旨在展示甲源于乙，而文学批评则是宣示甲优于乙。"[2]韦勒克和沃伦提醒我们，文学批评往往都是站在比作品更高的历史位置上要求作家服从它赋予作品的意义的。批评家的甲所代表的是时代、思潮、历史意识形态等，而作品的乙则指的是作家的个人经验。所以，"文学批评则宣示甲优于乙"的结论是不会受到怀疑的。1983年7月1日，周介人在《难题的探讨——给王安忆同志的信》批评王安忆道：

> 您显然是下定决心要去克服题材方面的困难的。因为您对这个中篇一位生活在资产阶级家庭的女子（笔者按：指《流逝》）的主人公欧阳端丽）的生活并不熟悉。……于是，小说出现了这样一种矛盾：一方面其中真实地记录了那个年代的某些人生世相，例如菜场即景、抢房风、生产组劳作图、动员知青上山下乡以及某些殷实之户突然面临危机的困窘等等，这些都写得相当细腻，因为那是您当时曾以不同形式在心灵中深切体味过的；但是，另一方面您对这一个资产阶级家庭中的各式人物在那段历史中可能有与必然有的表现的描写，就显得比较粗疏、比

---

[1] 陈骏涛.对变革现实的深情呼唤——读中篇小说《人生》[N].人民日报,1983-03-22.

[2] ［美］韦勒克、沃伦.刘象愚等译.文学理论[M].北京：三联书店,1984.

较浮面了。而这个中篇的重心本来是应该放在这里的。

　　像路遥所遭遇的一样，王安忆的个人经验的可靠性在批评家那里受到了质疑，原因就在"欧阳端丽生活在'文革'这样一个到处充满尖锐复杂矛盾的时代，难道她以及她的家庭能躲过这些彼此相互冲突的力吗"的历史原因没有得到更令人信服的解释。[1]进一步说，也就是阿Q、于连、"文革"这些时代思潮性因素被批评家看作是比路遥和王安忆小说里的个人经验更为重要的东西，因此它们对《人生》《流逝》文本的渗透就将是不可避免的了，主人公被定义为"新时期农村青年形象"和"'文革'悲剧人物"也就在这个意义上成为了理所当然的结论。

　　就在文学作品被定义的过程中，作家对这些批评的反抗也在不断地出现，但我们所注意的是文学史叙述并不理睬它们。比如，《"难"的境界——复周介人同志的信》中，王安忆虽然表示写《流逝》时"心里确有点不踏实"，但又辩解说创作"需要一个长时期的练功过程。而这种练功，也并非练飞毛腿，脚上绑沙袋，日行夜走"。[2]她对小说创作的理解是，要达到批评家周介人所要求的"难"的境界，将是一个"长时期的练功"。因为她意识到，这实际是一个历史认识与个人经验相结合的相当艰苦复杂的磨合过程，而并非像批评家们所说只要掌握了时代、思潮就那么容易地成为一个杰出作家，写出杰出的作品。然而，这种南帆后来所担心的"这些意义的超额重量是作品的既定框架难以承受的"后果，却一直未受到文学史叙述应有的注意。文学史教材采纳了批评家的意见，认为《人生》的"主人公高加林是一个颇具新意和深度的人物形象，他那由社会和性格的综

---

[1] 周介人.难题的探讨——给王安忆同志的信[J].星火,1983(9).
[2] 王安忆."难"的境界——复周介人同志的信[J].星火,1983(9).

合作用而形成的命运际遇,折射了丰富斑驳的社会生活内容";[1]并把批评家的观点吸收到对小说《流逝》的论述中,认为它表现了"动荡的社会背景下,普通人经济、社会地位沉浮所获得的人生体验"。[2]由此我们发现,80年代文学批评对作品的渗透和定义不仅压制了作家们的个人自述,而且它还在向文学史叙述深处继续延伸。文学史叙述继续在用"作品的既定框架难以承受的"的超额重量来为这些小说的内涵定义。这正是布迪厄前面所指出的,"新定义的艺术劳动使得艺术家前所未有地依靠评论和评论家的全部参与"。[3]

这样就给我们提出了一些相当难对付的问题。比如,我们经常说,作品重读就是要回到原来的作品当中去。然而,通过上面的交代、比较和分析,我们的问题就出现了,我们是应该回到哪部作品当中去呢?因为经过时间漫长隧道的文学作品,已经是这么几种作品了:一个是由作家当时创作的作品,一个是经过批评家阐释、定义过的作品,另一个是不断在读者中流传(当然是受到批评影响的)的作品,最后是加载史册也即文学史教材当中的作品。能够使人接受的是,我们应该根据自己的研究把它们整合到我们的问题当中去,用过滤、甄别、筛选和重新分析的方式去理解我们所需要的作品。也就是说,需要过滤掉一些被批评过分添加上的东西,将作品被压制的某些部分重新释放出来;或者用作品的本义与批评的定义再做谨慎的对接,将作品内涵调试到最大最丰富的状态。我们提出这样的问题,并不是说我们已经想清楚了,解决了,情况也许正好相反;我们这样做无非是以提问题的方式,提醒人们注意批评在渗透作品过程中可能带来的一些问题,因为只有意识到了这一点,所谓的研究才可能接近

[1]陈思和主编.中国当代文学史教程[M].上海:复旦大学出版社,1999.
[2]洪子诚.中国当代文学史[M].北京:北京大学出版社,1999.
[3][法]皮埃尔·布迪厄.刘晖译.艺术的法则——文学场的生成和结构[M].北京:中央编译出版社,2001.

于开始。

四、从差异性看80年代批评

我在前面反复论述了文学批评与作家作品的矛盾,认为虽然任何时代文学都存在着这种显而易见的差异性,但它仍能帮助我们进一步观察80年代批评的历史状态,因为这种状态至今仍在深刻影响着对80年代作家作品的理解和重读。

80年代与"五四"一样是20世纪中国文学最富文学创造力的年代,而创造性年代又是文学话语、文学知识生产最为频繁的一个时期。正如"没有'五四',何来鲁迅"的道理一样,没有新启蒙话语,也是不可能真正生产出80年代文学。而批评家,就是新启蒙话语的主要生产者和掌握者。刘再复是相当清楚地知道这一点的,他说:"作家的主体性,包括作家的实践主体性与精神主体性。实践主体性是指作家在创作实践过程中(包括为创作作准备的感受生活的实践)的实践能力,主要是作家的表现手段和创作技巧;而精神主体性,则是指作家内在精神的能动性,也就是作家实践主体获得实现的内在机制,如作家创作的动机,作家在创作过程中的情感活动等等。我们所探讨的创造主体性,主要是作家的精神主体性,即作家内在精神主体的运动规律。"[1]作为新启蒙主要理论构件的主体性理论对当时社会的冲击和影响很大,"这次对我们两人进行批判,有三个主要会议,两个先后在长沙(我的老家)和北京召开的……一是在山东召开的……都批判主体性"。"大约觉得主体性理论冲击了课堂"。[2]尽管有前面贾平凹对文学批评的抱怨和路遥、王安忆对自己小说内容

[1] 刘再复.论文学的主体性[J].文学评论,1985(6).
[2] 李泽厚、刘再复.告别革命[M].台湾台北:麦田出版股份有限公司,1999.

的辩解,但新启蒙话语这种从文学杂志到大学课堂,从时代氛围到作家创作的全面渗透,已经传播到全国城乡的趋势,不仅令作家们无法逆转,即使是有权者也无力回天。由此可见80年代文学批评对文学创作的影响之大之深远。

这种批评对作品的强势性优势,令我们看到批评所解释定位的个人、自我、个性解放、自由、主体等话语概念全面渗透作家创作,并内化为批评家批评作品的一个评价系统的时候,批评对作品的简化分析也在同时发生。这种情况不仅让我们看到两者的差异性存在,更让我们看到批评正顽强地绕开与作品的差异性而把后来读者对作品的感受定义在他们对作品重复性的解释之中。

> 高加林究竟属于一代新人,还是一个资产阶级的个人奋斗者?回到这个问题,是不应该回避中国农民的现状和十年内乱后的农村现实的。[1]

> 在《人生》中,高加林的一切奋斗便自然拥有了现实的有效性和文学本身的悲剧性……高加林的人生怪圈揭示的正是这种精神逃离的无望。[2]

这两段引文告诉人们,这种简化表现在他们仅仅把高加林看作一个个人,而牺牲了他背后的中国农村历史的复杂性和丰富性,并且牺牲了两者之间应该有的关联点。由此可以想象,1980年代的文学批评就是这样从个人角度来理解《人生》的主人公高加林的,这种对高加林的定型正如我在开始时所说的,经过20多年的岁月,它已经

---

[1] 雷达.简论高加林的悲剧[J].青年文学,1983(2).
[2] 惠雁冰.地域抒写的困境——从《人生》看路遥创作的精神资源[J].宁夏社会科学,2003(4).

内化并沉淀在读者的阅读中了。然而,读者反应并不都是被动的,它们有时候又是复杂和多层化的。如果说一般读者是受制于文学批评的影响的,那么作为作家路遥朋友的另一类读者也许并不想满足批评家的愿望。他们不一定意识到,客观上却会使批评家绕过作家本人当时的写作状态而把80年代关于个人的知识观念投射到作品当中的幻想落空。正是在这种情况下,我们读到了作家朋友对《人生》写作状态的最鲜活的回忆:

> 就在他写作《人生》的日子里,他兜里连吃饭抽烟的钱也没有了,跑来向我借钱。因为我当时管着《延河》的发行费。[1]

> 《人生》问世后,当看到高加林那种拼命地挖地的描写,我不由得想起路遥站在半崖上挖土的形象来。当然,高加林是带着情绪拼命的,路遥则不,他是把自己完全地投入到劳动人民之中的。[2]

必须看到的是,这些回忆帮助我们怀疑批评的结论,因为路遥的朋友试图在复原一个真实的路遥和《人生》的写作情形。在文学史的理论上说,这一切最终都是无济于事的,因为一般性的读者批评(也即路遥朋友的回忆),往往都不具备文学批评的那种可靠性和权威性。自有文学以来,还没听说过读者批评会代替文学批评而成为对作家作品的最终结论这样的事实,很多的读者批评只能生存在被图书馆封存的发黄的文学杂志上,永远地待在那里。它对研究者的影响是微乎其微的。这是因为,我们看到权威性的文学批评早已制

---

[1] 袁银波.相识在《延河》编辑部[J].延安文学,1993(1).
[2] 刘凤梅.铭刻在黄土地上的哀思——缅怀路遥兄弟[J].延安文学,1993(1).

服读者批评而把高加林纳入到80年代关于个人价值的解释谱系之中。我们还看到这篇2003年发表的研究《人生》的论文已经在重复权威的结论,并将会把这种结论继续传播下去。因为直到今天,我们都是把高加林作为80年代的个人奋斗者来理解的。

　　然而更需要看到的一个问题是,后代研究者一方面要受制于前代批评家的话语暗示和影响,但他们也强烈地希望回到作者,借此寻找重读原作的历史资源和激情。在这个意义上,作家的后记和访谈录,他们对于病、自传、自卑和文学野心的叙述,便会在这种历史情景中重新映入研究者的眼帘,以致引发对当年的文学批评的一次又一次重审。这种重审使我们意识到,虽然80年代都在倡导回到文学,但批评家和作家所理解的文学史是不一样的,文学在作家这里意味着写作本身,而批评家回到的则是与社会思潮关系密切的文学话语,如个人、自我、启蒙、主体性等。他们必然会绕过作家的后记、访谈录中所叙述的病、自传、自卑等纯个人因素,而把个人、自我、启蒙、主体性定位成系列性的关于文学的知识。他们是用这些知识标准进入对作家作品的解释的,因此他们对作家作品的解释语言中就充满了时代知识的气味、痕迹和烙印,这样他们就让这些非常个人化的文学作品带上时代知识的气味、痕迹和烙印了。例如,马原的"叙述圈套"、路遥的"阿Q"、"于连"、王安忆的"文革"、贾平凹的"颓废"等。如果我们按照这些知识走进作家的作品,我们无疑就揭示了这些作品的时代因素和历史规律;但是如果我们再次回到这些作品中,就会发现这些时代因素和历史规律原来都是批评家当年添加上去的,这些时代因素和历史规律是绕过作家解释这些作品的后记、访谈录而人为和机械地存在那里的。当我们在若干年后以另一种心情和眼光重读这些作品时,便会惊异于批评家对作品的主观的添加居然在光天化日下存在了几十年,而且它们早已积淀成了我们的共识。

　　通过上面的叙述和分析我们发现,在80年代的文学场域中,批评家原来是一个非常强势的群体。他们是寄生在社会思潮、文学口号和知识话语中的一群特殊的文学动物。80年代文学因为他们的叙述，而成为人们今天所知道的伤痕、反思、寻根、先锋、新写实这样一个文学知识谱系的，他们在此基础上建立了一个知识共同体。研究者对80年代文学的理解是在这种知识共同体中才被证明是有效和有意义的。正是在这种情景下，我们注意到大量丰富、复杂和细节化的文学作品被普遍地口号化、知识化了，无数的文学作品身上，都夹带着时代口号、思潮、话语和知识的印记。而作为80年代文学的当事人，我们对那个年代文学作品最清晰最真切的印象并不都是那样充满理性、条分缕析和知识化的。那么，怎么通过解放知识来实现解放作品的目标呢？我认为首先要意识到文学批评与作品的差异性，因为只有这样才能看清楚它们之间的时代关联性；也只有从关联性上入手，我们才有机会再次从作家关于作品原作的后记、访谈录的"文学湿地"上出发，在对文学批评大量的证伪、辨析、甄别和分析中，充分复原作品原作的历史丰富性。这一复杂性的循环往复的工作，将很大程度地牵涉到80年代文学的经典化、文学批评史、阅读史和课堂教学史，引起文学的变局。但恰恰在这里，会形成一个从文学批评回到作品重读的一个非常新颖的角度。

第十四讲　孙犁"复活"所牵涉的文学史问题

从 2002 年 7 月 11 日著名作家孙犁逝世到现在，"孙犁现象"对当代今文坛产生的冲击波一刻也没有停息过。很多作家、学者都抱怨文学史没给他应有的评价，这对文学史研究提出了很大的挑战。于是，一个孙犁能否像汪曾祺那样以更显赫的地位重回文学史的问题便提了出来。但是，我不想讨论孙犁小说的特殊价值，因为它非常复杂，不是三言两语就能说清楚的。我更关心的是因这个话题牵涉出来的一些文学史问题，它们构成了我讲演的重要立足点。

一、活着作家对死去作家的评价

不知同学们注意到没有，孙犁辞世的几年间，许多活着的作家都在以不同方式重新评价他，尤其是高调评价他的晚年写作。这很重要吗？我觉得是非常重要的。因为当代作家要求给死去作家追授更高文学荣誉的呼声，会潜移默化地影响广大读者，进而影响文学史的写作。当代作家之所以要重评孙犁，这是因为文学史对他的评价与他们对他的评价有距离。一般而言，文学史对作家的评价与作家的自评总是不尽相同的，而且叙述他们字数的多少、强调程度如何，还会反映其在文学史上的影响力和地位。例如，在夏志清《中国现代小说史》第三编第十八章"第二阶段的共产主义小说"中，谈到赵树理和丁玲，但只字未提孙犁的小说。（这当然是有问题的）在钱理群、温儒敏和吴福辉等著北京大学出版社1998年版的《中国现代文学三十年》（修订本）中，孙犁的名字也未在专章、专节等头条位置露面。在第二十三章"小说（三）"第四节"现实与民间"中，对他创作有近2 000字的叙述，认为他不光在解放区短篇小说家中，而且是赵树理之外最重要的作家。我们知道，按照文学史编写通例，名字列为专章题目的是第一流作家，列为专节题目的是第二流作家，比如赵树理和他的创作就是第二十二章的题目内容。这就给我一个印象，这两部文学史并不特别看重孙犁；在这些文学史家的认识中，孙犁在20世纪40年代小说中的地位实际与人们的期待存在着令人吃惊的差距。

这种状况，在孙犁死后引起了严重不满和质疑，它成为当代作家高调评价孙犁的重要原因之一。在他们的表述中，孙犁不但应进入文学大师行列，而且他的精神操守和文化修养也足以成为许多作家的榜样。贾平凹充满感情地写道："我不是现当代中国文学的研究者，以一个作家的眼光，长期以来，我是把孙犁敬为大师的。我几乎读过他的全部作品。在当代的作家里，对我产生过极大影响的，起码其中有两个人，一个是沈从文，一个就是孙犁。我不善走动和交际，专程登门拜见过的作家，只有孙犁。"[1]冯骥才态度坚决地认为："孙犁是当代文坛特立独行的'惟一'。他是不可模仿也无法模仿的，这便是他至高的价值。"他忧心的是"也许我们的理论界过于钟情于种种舶来的新潮，对孙犁的空间远远没有开掘。"[2]当然，作为文学史研究者，我们应该警惕活着的作家在对死去作家荣誉的追授活动中的

［1］贾平凹.孙犁的意义.新浪博客［EB/OL］.［2005-04-05］.http：//blog.sina.com.cn/s/blog_670fb5ba0100jypl.html.

［2］冯骥才.悼孙犁——留得清气满乾坤.新浪博客［EB/OL］.［2009-09-18］.http：//blog.sina.com.cn/s/blog_6239a1a40100elj1.html.

过度阐释现象。更应该注意,90年代后,追悼会或高寿现象往往会突然拔高某些作家和文化名人的历史地位,急速扩充和膨胀他们在自己时代中的精神示范性。但铁凝诚恳的讲述却希望把我们的不安重新纳入文学范畴:"孙犁先生欣赏的古人古文,是他坚守的为文为人的准则",她所发掘的孙犁价值的理由是,"他于平淡之中迸发的人生激情,他于精微之中昭示的文章骨气",都已尽在其中。[1]在这意义上,"中国再不可能产生第二个孙犁"(从维熙)。[2]显然,与文学史家的含蓄不同,作家们急欲撕开框定孙犁的文学史框架,把他放在当代文学、古代文学的宏大场域中来重新定位。他们相信孙犁在文学史中经历了两次失落:一个是他与现代文学史上的重要作家身份失之交臂;二是他作为当代文学创作的一个传统最近才被人提起:"如果还有人再写现当代文学史,我相信,孙犁这个名字是灿烂的,神当归其位。"[3]这种高调评论是否会对目前的文学史认识形成威胁,并导致它的剧烈波动,我不想讨论这个困难的问题。

但我想提醒同学们注意密集的作家评论所带来的两个文学史问题。第一是将文学史中的作家"当下化"的问题。我们知道,在文学史中,孙犁已经是历史人物,对他的小说已有高度经典化的认识。但是,为什么又会经典化结论中跑出"当下化"的现象呢? 这就是当代和当代作家需要他。90年代的文化状况,导致了传统文化的强劲复苏。在对左翼传统和消费文化的双向警惕中,孙犁作品平淡、文章骨气、古人古文的高古品质,显示出警世恒言的认识价值。于是,作家们需要把他从文学史中"拎"出来,参与他们组织的精神自救活动,

[1] 铁凝.四见孙犁先生[N].人民日报,2002-11-06.

[2] 从维熙纪念孙犁.新浪博客[EB/OL].[2011-08-27].http://blog.sina.com.cn/s/blog_7c41998c0100x5rr.html.

[3] 贾平凹.孙犁的意义.中国散文网[EB/OL].[2009-05-07].http://www.sanw.net/swzt/2012-05-16/26.html.

让他来支持他们对当下文学的重新建构，并使这种建构因为孙犁这样精神含量较高作家的加盟而获得更大的现实可信性。80年代鲁迅、徐志摩和沈从文的当下化、90年代张爱玲和钱钟书的当下化，都是这种历史重评运动中出现的先例，也都在这种文学史重写中大功告成。这种重评，在中外文学史上多次发生，也不独是今天文学的特例。但我们仍需要认真分辨，在孙犁和他作品"当下化"的过程中，哪些是他固有的东西？哪些是当代作家根据自己的历史需要添加上去的？另外，这种经过酿造、膨胀而放大的孙犁作品有什么理由重新放回40年代解放区文学的课堂？我们该以多大篇幅或更准确和合理地评价他？这已经成为作家被"当下化"后需要认真对待的问题。第二是怎样看待左翼作家群体在文学史重写中被分化和分离的问题。在80年代以前的文学史中，左翼作家是作为一个历史整体而存在的。90年代末，随着左翼被重新研究，这个群体就开始经历不断被撕裂和分化的历史过程。例如，对左翼阵营中激进派和温和派的分析，对丁玲身上性、小资、都市因素的格外关注，左翼与上海现代性关系的研究，左翼如何从全球性转向了本土性，等等。这些研究，使左翼作家接二连三叛离原来阵营，开始与非左翼群体、流派和现象亲密接轨。孙犁重评也有这个问题。我们懂得，作家们既然是当代社会的明星人物，他们的看法就会对公众舆论产生强劲影响，当然也将使这个文学史问题更加复杂化。他们的表述会进一步扩大孙犁作品传统文化底蕴与革命文学之间的裂痕，强化他当年投身革命的偶然性、临时性的色彩，从而得出所谓不值得的奇怪的结论。更值得注意，在80、90年代文学史中重新复活的作家，都是与革命文学阵营无缘的，而且它逐步强化的认识是，在中国现当代文学史上，凡是文学大师，就都不是革命作家；而曾被列入革命文学发现又是文学大师的那些作家，并不是他们自己有问题，而是他们与革命的关系出了问题。……在此前提下，影响到对革命文学（左翼文学）的正常认识的,已经不是它的边缘化问题,而是与它密切联系着的历史生活将会在这种叙述中严重走样并将模糊化的问题。这是我在当代作家重评孙犁中想到的一些问题。

二、从革命文学中剥离出的 "多余人"

近年来,在孙犁研究热中有一些值得重视的研究成果,其中非常值得注意的,是郜元宝和杨联芬两位老师的研究。

杨联芬的文章《孙犁:革命文学中的 "多余人"》比较有影响,并获 "唐弢学术奖",证明她的观点已得到现代文学研究界的充分认可。[1]她认为,如果说接受主流政治领导和规范的革命文学被称为当代主流文学的话,出身于工农兵、成长于解放区的孙犁 "向来是被作为主流文学中'正宗'的一派作家看待的"。但她指出,无论孙犁本人的精神方式,还是主流文化对他的评价和态度,都让人感到他与主流文化貌似一体的关系中的不协调与不愉快。为重点论证 "孙犁的精神世界远比他的小说文本丰富和复杂得多" 这个中心问题,作者从四个方面下手:一、"主旋律边缘的知识分子言说"。根据是革命文学中很少有人像孙犁那样去表现女性的形式美,"文革" 中连造反派都评价他是:生活上,花鸟虫鱼;作品里,风花雪月。即使在战争年代和革命年代,他身上这种知识分子 "非功利的、人情味十足的情调"——小资情调,自始至终就没有离开过。二、孙犁的观念 "深受'五四'启蒙主义影响",一生坚持人道主义的文学主张,抗日战争的特殊环境虽然 "使他轻易实现了人道主义与革命的统一",然而在漫长岁月里这两种信仰不能得兼,又使他经常感到痛苦和忧闷。三、孙犁想调和这种写作上的中间地带,但发现这其实是一种 "尖

---

[1] 杨联芬.孙犁:革命文学中的 "多余人" [J].中国现代文学研究丛刊,1998(4).

锐冲突的艰难处境"。1947年《冀中日报》以整版篇幅对他纪实小说《新安游记》的批判，都说明这是无奈的选择。四、"道德二元：'多余'的根源"。这是这篇文章的重要支撑点，也是作者借孙犁"重新讨论"革命文学的历史价值的关键之处。她得出的结论是，"孙犁人格中有一个核心的东西，那就是道德中心意识，这是他身上儒家文化精神的集中体现"。他的价值观念和个性气质，都不属于"现实中的这个革命文化"，但理性上又将"主流革命文化视为'道统'"，正是现实和理想中这两种革命文化的激烈碰撞，使他晚年的"随笔杂著"，"看似道的虚静"，但"实际还是儒的退守"……

由于带着"后革命"的眼光，郜元宝在《孙犁"抗战小说"的"三不主义"》一文中写道："可以窥见孙犁'抗战小说'的特点，也可以清理出20世纪40年代兴盛起来的革命文学之浪漫主义传统的精髓，并据此进一步描写出40年代以迄今天大陆文学以'柔顺之德'为核心的特殊道德谱系。"正是在这世纪性的历史认知框架中，他认为作家"晚年虽有劫后彻悟之《芸斋小说》，但心理皈依仍在'抗日小说'所记录的'真善美的极致'"，"无法忘却的早年革命战争的美好经历"，不仅是他"晚年的心理依赖"，也是晚年小说抨击人性丑恶的"唯一价值根基"。[1]这种试图以"后革命"眼光去推敲并追问革命文学复杂性的研究，在作者另一篇文章《柔顺之美：革命文学的道德谱系——孙犁、铁凝合论》中又有进一步展开，但视角与杨联芬已有差异。[2]他认为，"不正面描写北国人民的'阴暗面'，不正面描写'敌人'，不触及激烈而残酷的战争场面，这种'三不主义'显明了中国现代革命文学一种至今没还有获得充分阐释的品质：它的美学

---

[1] 郜元宝.孙犁"抗日小说"的"三不主义"[J].同济大学学报(社会科学版)，2007(2).
[2] 郜元宝.柔顺之美：革命文学的道德谱系——孙犁、铁凝合论[J].南方文坛，2007(1).

上的基调,不是日益紧张化的悲苦愁绝、低回凄凉,而它的主要使命,也不是抗击外侮,或清算(启蒙)国民内部的劣根性"。因此,抗战时期的孙犁,"既不简单地从属于'五四'以来知识分子启蒙文学的传统,也不简单地延续三十年代的'革命文学'"。与前一位作者企图以"儒家思想"来化解革命文学焦虑的设计不同,本文作者认为孙犁所代表的主要是革命文学中"对新的人情美和人性美的痴迷追求"。所以,"他的孤决与超脱,对人性彻骨的透视,绝对不是针对自己所参与的'革命'和'革命文学',而是针对'文革'以及'文革'后遗症"。

强调孙犁小说在革命文学中的人性美并不是新鲜观点,80年代的孙犁研究就是经此维度而展开的。[1]但有目的地使孙犁与他原有的革命文学的精神谱系相剥离,给作家戴上一顶"多余人"的新帽子,却明显是当前文化思潮规训现代文学研究的结果。"娱乐消费文化"的兴起导致了"革命意识"的衰落,由消费文化所派生的文学意识形态,要求重评革命文学的价值及其问题,这就使许多左翼作家与革命文学基本教义相剥离成为了必然。这是学界近年"左翼研究热"之兴起并很快热闹起来的最大秘密,也可以说是现当代文学研究中的新趋势和新成果。

但不能不注意,这种将孙犁从革命文学基本教义中剥离的做法,与目前研究界用都市、阶级与性别、身体想象、报刊、出版、叙事、殖民者牢狱、文本、民族国家文学、病、文学生产、日常生活、现代性等新知识来挤压和重释革命文学原有内涵的研究视角是互相帮忙的。研究者想通过对作家原有身份的还原,来增加革命文学本身所谓的复杂

---

[1] 80年代曾经一度出现过"孙犁研究热",值得提到的成果有:郭志刚、章无忌的《孙犁传》(北京十月文艺出版社,1990年版)、赵园:《孙犁对于"单纯情调"的追求》(《论小说十家》,第253页,杭州,浙江文艺出版社,1987年版),以及散见于《文学评论》、《中国现代文学研究丛刊》等杂志上的大量论文。

性和丰富性，但他们引来的却是革命文学的另一个陌生人；他们用在今天看来司空见惯的外科分离术将作家与他们时代的强行撕裂，来达到重构历史的做法，倒更容易令人"在现代文学的会议中看到这种危机意识的表达"。[1]这类添加式的研究，理所当然会推出以下新颖的结论："萧军的《八月的乡村》也有女人被强奸的情节。但是在这部小说中，此类情节不过是抗日宣传的一种转喻。李七嫂的遭受凌辱被用来展示中国的困境。国家民族主义在此取代了女性身体的意义。"（刘禾）"如果我的分析看上去像是夸大了非政治及民间文艺传统在《白毛女》文本中的地位，而对政治话语的强制机制做了轻描淡写，那么这并非我的本意"（孟悦）。[2]"丁玲不是在理性的层面上讨论'娜拉走后怎样'，而是在都市的消费文化、社会的凝视的历史背景下，把抽象的'解放'口号加以语境化了"（罗岗）。[3]"通过牢狱故事与描写对中国统治者和外国殖民者进行'地狱性'还原、显露与揭示"，"因信仰、政治和革命入狱的政治犯人和广大的'我们'，在叙事中被'主体化'与正义化了"（逢增玉）。[4]……按照这种添加式研究继续推理，那么革命文学（左翼文学）单质、一元的元话语，就将被另一种所谓多质和多元的文学事实所代替，它的历史叙事因为被安排了都市、阶级与性别、身体想象、报刊、出版、叙事、殖民者牢狱、文本、民族国家文学、病、文学生产、日常生活、现代性这些新成员，它的斗争性、阶级性的历史性质，就应当在这历史重评中被彻底地解构。在这种历史理解中，孙犁的抗战小说势必会成为多余的东西，也

———————————

[1] 程凯.2006年度中国现代文学研究评述[J].中国现代文学研究丛刊,2007(4).

[2] 唐小兵编.再解读[M].香港：牛津大学出版社,1993.

[3] 罗岗.视觉"互文"、身体想象和凝视的政治——丁玲的《梦珂》与后五四的都市图景[J].华东师范大学学报（哲学社会科学版）,2005(5).

[4] 逢增玉.三十年代左翼"牢狱文学"[J].粤海风.2007(5).(注：另外，还可以参考程凯、张宁、赵寻、孟庆澍、刘震、孟远、岳凯华、袁盛勇、姚辛等人近年来的论著和论文。)

正是在这种理解之后的新锐研究中，与他小说血肉相连的左翼文学在整个文学史中的重要性，显然已经是无足挂齿的了。

对一些研究者来说，这种剥离之价值，是使在孙犁创作中长期被压制的花鸟虫鱼、风花雪月、小资情调、道德中心意识、儒家文化精神等非革命元素终于扬眉吐气，还变成比革命更有价值的东西；在贾平凹、铁凝等心目中，为人、平淡、古人古文和文章骨气对一个作家来说才是性命攸关的，它们是孙犁荣登文学大师之位的唯一的前提；而对有的研究者来说，就可以窥见孙犁"抗战小说"的特点，也可以清理出20世纪40年代兴盛起来的革命文学之浪漫主义传统的精髓，并据此进一步描写出40年代以迄今天大陆文学以"柔顺之德"为核心的特殊道德谱系，这样就为革命文学的多质性找到了学理的根据。但我必须声明的是，我之所以选一些研究者为讨论对象，其意绝不是要看低他们的成果。恰恰是因为这些出色的成果激活了我的思考，正是由于他们这种提问题的方式进一步彰显这些问题是不应该被忽略的，至少是不应该不被重新追究的。

90年代以来，基于怀疑左翼文学单质性历史神话而出现的剥离式研究其实早已不绝于耳，像李书磊对1942年延安时期文坛原生态的呈现、旷新年对1928年革命文学的再叙述，都是引人注目的研究成果。这些成果，即使没有当面质问单质神话的虚构性，它们以文人聚会、周末浪漫、都市意识、商业出版等话语而包装的另一套话语谱系，也实际对多质性视野中的单质性残迹作了相当彻底的清扫。90年代后，中国社会本来面目的历史重现，使过分神圣化的历史叙述陷入前所未有的难堪。而对左翼历史的重新解释，势必就变成以对它的进一步稀释、掺杂、改编、戏剧化为前提来凸显所谓人性化的历史内容。当历史因为人事原因仍然云遮雾罩，尤其是当重大历史判断难以进展的情况下，这种以改写为主调、以"多质化"为目的的历史重释是否真正达到与它重新博弈的目的，目前还看不清楚。但更深的历史意味是,剥离式研究最终向往的是"文学性"的乌托邦前景,是对80年代文学规划的重新肯定,是转型社会对左翼历史的并不厚道的重审,是大历史转动链条对文学研究界的必然带动,它的目的是剥离掉社会话语在文学话语周边的堆积、侵蚀和干扰,恢复纯文学生机盎然的新鲜气息。剥离式研究是要脱离左翼文化所垄断的沉重历史,让中国社会真正与走向世界的历史大趋势完成最后的接轨。对这样的良好用心,我们怎么能不报以深刻的理解和同情?

不过,与革命文学相剥离也许并不出自孙犁本人的真正意愿,也不一定就是那些曾经为革命文学抛洒热血的诸多革命作家的真正意愿,尽管孙犁许多作品(包括晚年作品)中确实都夹带着与革命文学的不协调甚至紧张性的关系,尽管由于这种关系而给这些当事作家造成过极其深重的精神痛苦,尽管事过多年人们重提那些历史仍会心灵颤栗。但我敢说,这种剥离,很大程度仍然只是文学史研究的需要,或者说是研究者为了使现代文学研究获得新的活力而不得不采用的立场和研究路径,他们并没有真正碰到历史的关键之处。当历史的一切还未尘埃落定,我们就这么着急地将左翼历史和左翼文学纳入自己的研究,它会不会暴露出也许并不是我们这代人就能解决的另一些问题,说老实话我并没有把握。当然,我得承认,人们已知的80年代以前的那个左翼文学是否是原汁原味的,也是一个非常可疑的文学史命题,对它的追问已经十分必要。但是,我们今天这样做的结果,是更接近还是更疏远了革命文学本身呢?提出这后一个问题也并不是没有必要。

三、"晚年写作"的发现及其重要性

在推动孙犁"复活"的研究中,另一个需要关心的成果是对他的"晚年研究",在这方面,阎庆生老师倾五年之功而作的《晚年孙犁研究》可说是最出色的代表。

如果按学术标准去观察，这部著作虽不能夸张地说它是惊世之作，但至少也属于那种入情入理的值得关注的拓展性研究。在阎老师的设计中，孙犁的晚年是在对"文革"的大反省和大彻大悟中度过的，与他中青年时代投身革命并写出诸多著名抗战小说的最初人生轨道简直就是南辕北辙的人生选择。而且，由孤独意识、情爱意识、红楼情结、反思现代性、道家美学等组成的强大的美学与心理学的新的坐标，终于压倒由诸多大概念而堆积的革命意识，于是得出"晚年"价值超过"中青年"价值的研究结论，并提出了孙犁的文学史形象应当改写的尖锐命题：孙犁作为文学大师的实绩主要在于他的晚年。以"晚年"为审视点来研究孙犁，有助于打通这位作家早年、中年和晚年的创作，从动态发展中把握其一生创作与文艺观、美学观的演变及其价值，从中找出某些带有规律和学科意义的线索，从而为文学史提供比较典型、完整、深入的个案。只有这一个案做扎实了，并在它的基础上展开纵的和横的两个向度的真切比较，孙犁这位文学大师的真正价值，才可能被学术界和广大读者进一步认识。

作者认为，"文革"是孙犁思想的一个重要转折点，《书衣文录》是20世纪中国文学史上一部罕见、奇特"的写作，"'孙犁现象'的当代意义，就在于他在'文化大革命'那样的生存困境中"，在面对文化专制时，以这种特殊方式建立起"作为纯粹文化人的安身立命之'本'"，并经过极其痛苦和矛盾的"忧患意识"、"入世与出世的意识冲突"、"恐怖感和大病之后一度出现幻觉"等过程，最后皈依了与革命叙事截然不同的以自然、平淡为思想主轴的道家美学的境界。"孙犁晚年的美学思想，正是以道家美学思想为其基质的。他相当有深度地承传了道家崇尚自然之道的美学思想，并在当代文化语境下作出了创造性发挥"，"道家美学思想是贯穿孙犁晚年文学活动的一条红线"；"文化精神化入主体的生命，便成为一个人的人格"，而"人格理想与审美理想的统一性,使孙犁在按照道家人格范型塑造自我时,自然而然地在审美理想上追求'平淡',在艺术创造上经过长期磨炼达到了一个高的境界"。在作者看来,"此一时期长达20年,孙犁读、写日夜不辍,理论、创作两翼并进、良性互动,文、史、哲融会贯通",从而形成他超越现实关怀、入世情怀等矛盾的强大的张力。而他把这一切都归结为"新""老"孙犁的蜕变。[1]

在将孙犁"晚年思想"与中国传统文化、传统美学的久塞管道打通的工作上,《晚年孙犁研究》作者难能可贵地建立起他自己一整套的逻辑。而且无疑,这套逻辑由于与贾平凹、铁凝、冯骥才、从维熙等"重评孙犁"潮流的积极合流,并与近年现代文学界"左翼研究热"产生精神共鸣,显然已对目前的孙犁研究构成可以想象的文学史压力。它使下一步的孙犁研究处在左右为难当中,因为在这一特殊的历史逻辑中,任何与它悖逆的研究结论都无法在学术界生存。不过,以"晚年"来压倒或修复"中青年"的研究方法在学界并不新奇,90年代后,陈寅恪、吴宓、顾准、季羡林等文化名人的"晚年发掘"是人们熟知的显学。这些发掘使一批文化明星在一般读者中,甚至在研究界大受追捧。它通过"晚年"的主体性恢复来鞭挞文化专制主义,降低处在文化专制之下"中青年"时代思想和写作的价值,从而宣布"晚年"与当下文化语境的接轨。这种历史叙述的本质不是要强调被叙述者一生各个时期之间的传承关系,而重在宣布它们之间的断裂、分离、脱轨,或者它是以断裂为前提和代价来借以证明"晚年"在"当代的意义"。孙犁"晚年"的再评论和再研究,所追求的难道不就是这么一个历史的结论?

假如我只讲到这里,它显然不再是文学史的问题,而跑到思想

---

[1] 阎庆生.晚年孙犁研究——美学与心理学的阐释[M].北京:中国社会科学出版社,2004.

史领域去了。所以，我想接着追问。我想问的第一个问题是，如果认为孙犁直到晚年才根据自觉建立他"作为纯粹文化人的安身立命之'本'"，那按这种研究逻辑势必就会推理出，40年代他作为一个革命文化人是不纯粹的，因为他没有找到安身立命之"本"。这实际等于说革命文学所反映的并不是人类真正的终极价值，而道家美学才是真正的终极价值，它才是作家写作的最根本的依据。在这种命题中，孙犁40年代的抗战小说的历史合理性将会被推翻。而实际无论在现代文学史、还是当代文学史上，孙犁主要是以小说家的身份被世人认知的，那么上述结论会不会将导致这种文学史结论的重写，导致这一历史认识的重大危机。我问的第二个问题是，"晚年研究"和"晚年发掘"是响应并倾向于新世纪文化语境而出现的研究热点，作家40年代～60年代的革命小说由于与这种文化语境产生矛盾而成为熊市股，这样一来，孙犁的晚年写作就被表述是一种优越于他中青年写作的更成功的写作。但据我知道，一个作家的历史，实际是以他的创作过程为线索的历史，换句话说是以文学经典为根据的历史。《荷花淀》、《芦花荡》、《白洋淀纪事》、《风云初记》、《铁木前传》等文学经典正是孙犁在"中青年"时代所创作的优秀作品，经过文学批评和文学史无数遍筛选，它们已深深植入广大读者和文学研究者文学记忆之中，使人一想起这些小说就情不自禁地想到孙犁这个名字。那么，我们凭什么故意遗忘这些文学史经典，而用他晚年的《芸斋小说》、《书衣文录》和那些随笔、散文加以替换？我们有什么理由把这些"晚年写作"经典化，其根据是新世纪文化语境吗？这又是由于社会转型而出现的另一番文化暴民的过分功利化的举动？凡持文学经典主张的人，都很可能会产生这种文化的忧虑。但是必须承认，这种文学史结论却容易被人怀疑是一种语境化的结果，"晚年研究"的进入，将会使原有文学经典和当下语境的矛盾处在水火不相容的状态。由此可以提问，特殊语境当然能够催生新的问题意识，但它能否就此认定新的文学经典篇目,在多大程度上能使这种认定变得毫无疑问? 同样是一个值得当心的问题。第三,"晚年孙犁"所夹带的绝不是他个人的问题,而是如何评价传统文化、传统美学与革命文化、革命美学关系的问题,或者如何在今天语境中重新安放后者的文学史位置的问题。既然传统文化、传统美学在孙犁研究中的复兴,目的是要"复活"被现当代文学史埋没的孙犁,因此势必将牵连出如何重新评价孙犁革命作家身份这个更加敏感和更重要的问题。也就是说,当我们想当然地把孙犁创作中的传统文化和传统美学因素从"全部孙犁"中剥离出去的时候,孙犁创作中的革命文化和革命美学不仅处在被压抑、被关闭的状态,而且还与他的整个历史发生了严重断裂,以至会出现所谓文学史上"两个孙犁"的现象。进一步说,如果以孙犁为个案,再由他的研究推及到"晚年胡风"、"晚年周扬"和"晚年夏衍"的研究,从而启动对整个左翼文学的大规模的重审工程的话,那么左翼文学与整个中国现当代文学史的最终历史分手就将不可避免。由此看来,"晚年孙犁研究"一定意义上增进了革命文学研究的复杂性、丰富性,与此同时我们也不能不注意到它引来了另一层意义上的简单化、平面化的问题。尽管孙犁研究者未必会同意我的这些观点,但这不等于由于这种反对而我所说的问题就因此不存在。

四、现代作家在当代的"复活"

　　孙犁"复活"绝不是文学史上的第一个事例,在此之前对周作人、张爱玲、钱钟书、沈从文、徐志摩、赵树理、汪曾祺和郭小川等人的重评早已经开始。"经典的一个功能之一就是提供解决问题的模式。历史意识的一次变化,比如像18世纪所发生的那样,将引发出新的问题和答案,因而也就会引出新的经典。""政治制度的变化",

都会改变 "那些监督和认可经典的机构,因而也改变了经典的内部构成",[1] 说的就是这个问题。

在晚近十几年中,上面提到的作家都在课堂和研究中陆续复活。其实还不止这些,许多在文学史中被长久埋葬的文学观念、理论、流派、现象、主张和术语,也都经历过这种向死而生的文学历程,如人的文学、人道主义、感情、美感、京派文学、海派文学、鸳鸯蝴蝶派等。这是为什么呢? 在我看来,这是社会转型对文学史研究进行干预的结果。一般情况下,我们都习惯于从文学史的视角看文学史问题,认为文学史研究只是行业内部的问题,与正在发生、发展的社会没有多少关系,否则就不算是纯文学,这其实是一个错觉。一定程度上,文学史是社会史中的一个组件,当社会史这个母机的运作规律发生重大变动的时候,文学史势必会调整自己的齿轮,产生配合式的反应。但是也必须看到,一个现代作家在当代的复活仍然是有条件的,有文学规律和人事因素等因素,不是什么人想复活就可以复活,对于很多作家来说,这种现象在他们身上可能一辈子都不会再次发生。而且,这些条件又必须是与当代社会语境密切联系的,是后者精心认定和挑选的,它们提出的最终目的是为了证明后者存在的合理性。而在我看来,一个作家的年龄、事件、遭遇、传统文化修养、大家庭出身、历史同情等,就是我所说的这诸多种条件之一。也就是说,在这一过程中,新的意识形态、文化观念和伦理因素都在参与对文学史的重写,它将历史的同情赏赐给一部分作家,同时冷落另一部分作家,它是要将前一部分人从他们原属的流派、群体和现象中抽离出来,成为人们今天看到的许多新版文学史中充满新意的章节。这样的例子,我们已从近年出版的文学史关于周作人、张爱玲、赵树理、孙犁、汪曾祺和

---

[1] [荷] 佛克马、蚁布思著.俞国强译.文学研究与文化参与 [M].北京: 北京大学出版社,1997.

郭小川的叙述部分陆续地读到。

综上所述,对于活在今天的人们,尤其是对当代有着深刻生存体验的研究者来说,都会认为最有资格促使孙犁"复活"的莫过两个因素,一是他在当代的遭遇,另一个是他的高龄。阎庆生老师写道:"新中国成立前家乡土改时,因对家庭成分有保留意见被'隔离'过",孙犁曾"很为这种变化而苦恼";"1966年夏袭来'红色风暴',给孙犁带来了厄运:遭受批斗和百般侮辱。在被揪斗受辱的当天夜里,他'触电自杀,未遂';所以"几十年来孙犁在革命文学队伍中,一直处于边缘位置"。[1]杨联芬老师的文章也告诉读者:"建国初,《文艺报》为活跃学术气氛,刊登了孙犁与几个中文系学生讨论《荷花淀》的通信,很快便收到'无数詈骂信件',孙犁再度因'心浮气盛'而受创",这些因素加上他的处世方式、中庸色彩,更"加深了他'多余人'的处境。"[2]我们知道,这些材料的出笼将对新的研究结论产生重大影响,因为它们拨动了学术界最敏感的神经。这些研究和它们的结论使人相信,而且连我们这些所谓最为清醒的文学史研究者也不得不接受这个与历史材料相连接的事实:正因为政治因素葬送了一个有才华作家的文学前途,它因此将激发文学史写作对于他(他们)的同情。在新时期对现当代作家的研究中,同样事例之所以频繁地发生,原因就在研究者对当代的这种重大历史的认识。我虽然在《历史重释与"当代"文学》这篇文章里认为,目前文学史著作对共时态中当代的认识存在着较大差异(参见《文艺争鸣》2007年第7期),但不得不承认,大多数研究者对当代的历时性的看法却接近于一致。这就是,新时期的当代,与"十七年"和"文革"的当代是根本不同的,它们是不同质的两个历史时期。在"十七年"和"文革"的当代中,正

---

[1] 阎庆生.晚年孙犁研究——美学与心理学的阐释[M].北京:中国社会科学出版社,2004.

[2] 杨联芬.孙犁:革命文学中的"多余人"[J].中国现代文学研究丛刊,1998(4).

直和有才华的作家都遭遇了文学厄运,他们的创作被认为是没有价值的。但是,当将这些作家回归到新时期的当代,这些文学厄运不仅会受到同情,而且其价值也会得到普遍的肯定。显而易见,我们在这种当代认识的主轴上读两位老师所列举的历史材料,自然不会怀疑它们的真实性,更不会怀疑它们作为重评孙犁历史根据的正确性。

事实上,即使在90年代后,这种政治/文学二元对立的理解方式并没有在重写文学史的声浪中出现变轨,它一直是支持文学史写作的基本游戏规则。胡风、冯雪峰、丁玲等因为50年代的落难,使其在80年代文学史中得以"复活";周扬、夏衍在"文革"中的遭遇,使其文学史形象在80、90年代不断被极大地修复和调整。同样道理,正因为有左翼文学势力长达数十年的压抑、删改和涂抹,周作人、张爱玲、钱钟书等的非主流作家身份在新时代才得以咸鱼翻身。也就是说,最近一二十年来,"文革"和市场经济已毫无疑问地成为改变经典认定机构和经典内部构成的两把最重要的历史钥匙,它们以历史补偿的方式,使许多已经沉寂在文学史叙述中的作家在新的历史条件下重新回归公众的视野。孙犁的"复活"很大程度是依赖于上述历史背景才成为可能的。更需要注意的是,我们和我们研究的对象,都曾活在当代,因此我们会把我们对当代的历史感受带入到对研究对象的认识当中。我们会把我们对当代的某些反感的部分认识,如对"文革"的负面看法,作为一个研究出发点和逻辑起点,来重新建构我们的文学史观念,并对符合这一观念的作家作品进行重评,而孙犁,不过是这众多历史取样中的一个突出例证。所以,当我们在进行这样的文学史写作的时候,同时也应该研究为什么会有这样的文学史认识。这正如陶东风所指出的,文学史家不必对形成文学史的原则本身提问,而"文学史哲学家所要提问的恰好是原则本身"。"文学史哲学是一种元文学史学,如果说一般文学史研究的对象是过去的文学史事实,以史料为依据重构这一事实的进程;那么,文学史哲学的对象就是人们用以重构评价过去了的文学事实的框架、依据、标准,它要询问: 这些框架、模式、依据、标准是否合理? 文学史是如何可能的?"因此,"文学史哲学的任务不是将过去了的事实装进一个模式或框架中,而是对模式和框架进行反思,通俗地说,是解决如何写作文学史的问题"。[1]这里引用陶老师的观点,目的是要引进另一个视镜,借以反观孙犁因个人磨难而复活的这个文学史写作模式。我们会惊讶地发现,它并不是自然而然地出现的,而是首先有了这种模式,也才出现并成为一种文学史结论的。

再看影响孙犁"复活"的"高龄"因素。孙犁1913年生,2002年谢世,属于现代作家中的高龄老人。为什么高龄老人在今天时代特别容易被标榜为文化名人,他的影响可以翻越本领域的地界,而受到全社会的共同瞩目? 第一个原因是90年代后,随着市场经济的全面兴起,80年代对文化、文学的迷恋,转向文化和文学被当作消费产品的大众文化消费。人们普遍感到精神生活的无着、空虚,没有信仰成为这个时代最本质的特征之一。在这种情况下,把一个高龄作家、学者精神价值的放大和扩充,不仅使研究界重新夺回对文化和文学的解释权,而且前者作为一种最佳消费产品,也特别容易受到精神生活贫乏的大众的特别青睐。"季羡林现象"的持续升温,他的随笔之成为热门读物的根本原因,并不在这些随笔真的就写得独异、深刻,而是在于他的名字和随笔已经成为大众文化消费对象,成了热销产品(对此,老先生在《病榻杂记》中有相当清醒的认识)。第二个原因是作家、批评家对当代文学的普遍不满。我们知道,今天的所谓当代文学,实际就是"文革"后的新时期文学三十年。由于它是从一个经历了严重文化毁坏的时代开始的文学,而且文学补课与文学建设同时进行,其起点和视野都不能算高。30年来,虽然已拥有贾平凹、莫言、

---

[1] 陶东风.文学史哲学[M].郑州: 河南人民出版社,1994.

王安忆、余华、阎连科这样的重要作家,当代文学却并没有出现自己的"白银时代"。汉学家顾彬的指责尽管偏颇,我们也不一定完全认同,但他毕竟道出了人们对当代文学现状的普遍不满和担心。这就为孙犁的"复活"提供了深刻的现实根据。作家、批评家指认孙犁为文学大师,正因为当前文坛没有文学大师;孙犁在没有文学大师的时代的二度出现,恰恰说明解释者有意在扩大、夸张他的小说和晚年随笔的思想艺术价值;人们把孙犁拿出来关照、批评当代文学,更说明当前文学与外国翻译文学的接轨而与本民族文学的断裂已经到了何等严重的地步。通过孙犁"复活"这种现象,我们可以感觉到人们对当代文学的整体不满,进一步说,也包括了人们对当代文化、当代学术现状的整体不满。在经济积累成倍增长的年代,当代文化、学术和文学并没有获得与之匹配的增长、扩充,并像经济那样产生走向世界的巨大动力和辉煌前景。在这里,孙犁的"高龄"某种程度上成为一面高悬于当代文学之顶的历史镜子,它是在以世纪性的眼光重新打量新时期三十年的文学,客观上还起着反省的作用。

现代作家在当代的纷纷"复活",显然还与当代中国仍然处在重大转型之中的历史状态有关。我们知道,这种转型不光在悄悄修整、复苏和恢复被压制的许多东西,使中国回到与世界各民族价值互通的正常社会,而且它也构成了重大的历史重评。以中国现当代文学史为例,我们注意到这二十年间,它的文学史地图被一再改写、挪移和调整。先是沈从文在80年代初的被重新研究,接着是徐志摩、胡适、梁实秋,京派文学、海派小说、第三种人、自由人、战国策派等被恢复本来的历史面目;90年代后,周作人、张爱玲、钱钟书这些被现代文学史所认定的非主流作家,纷纷重回文学史,明显是在以主流作家的身份威胁到"鲁、郭、茅、巴、老、曹"等人的正宗地位。当然,这种做法已在现代文学研究界引起了争议。人们在80年代当代文学中还发现了一个汪曾祺,原因即在他的带有旧时代痕迹和笔法的小说,在当时人们看来,比革命文学具有更丰富的传统文化底蕴和审美趣味,所以他的小说在某些先锋作家心目中,比革命文学更有艺术价值。在这一历史过程中,自由主义、人性、纯文学、传统文化、古人古文、士大夫气质、十里洋场、都市化等一起重现出那个在历史中消失的二三十年代,它被看作是一个令人惋惜的历史生活。它因为中国社会转型被请回到90年代,它所带来的是都市、知识分子和文学的现代性,被认为是土头土脑充满乡土气息当代文学所根本缺乏的。二三十年代就这样重新挤占了90年代和新世纪的历史地盘,它以"历史还乡"的形式,正在那里重构中国现当代文学的精神面貌和文化气质。

一定意义上,孙犁正是与一个被历史虚构的二三十年代的历史观和文学观一起被请回到当代文学中的。他作品中的传统文化、古人古文、士大夫气质之所以被大肆渲染和高价标示,他的"'五四'启蒙主义影响"、"痛苦和郁闷"之所以被开辟成新的研究资源,他的"以'柔顺之德'为核心的特殊道德谱系"之所以作为重评左翼文学的批评话语,还有他的所谓"平淡"和"道家美学思想"之所以被忽然拔高价值水准,目的都是为了与那个在过去历史中消失而又在今天历史中重建的二三十年代进行热烈而隆重的历史性接吻和拥抱。它的目的就是要扭断孙犁与抗战、革命的所有精神联系、所有纠葛和所有记忆,而与"新世纪"完成全新而轰轰烈烈的精神婚礼。所以,为了更有利于孙犁对于今天的历史叙述,研究者才会如此大胆和公然剥离和贬低他作品中的革命气质,发掘其被压抑、忽略、埋葬,特别是在晚年随笔中才涌现的传统文化精神,最终目标仍然是为了将这位已死去六年之久的老作家净身抬到今天的社会意识形态和大众时尚的平台之上,成为另一位"尊神"。……站在这个立场,尤其是站在这种文学史研究视野之中,我对孙犁发现者、研究者们表示极大的历史的同情,我不认为他们这样做就没有道理。……我之所以那样地把他们的言说作为新的文学史样本来研究，目的还是希望增强文学史研究本身的张力，与我的对象之间展开有质量的学术博弈和心灵的对话。

不过，我不觉得在社会转型的大背景中，请回二三十年代和请回孙犁就一定能解决目前的所有问题。我想说，绕开左翼传统和当代 "社会主义经验" 的这次精神 "还乡"，就一定能够缓解或摆脱当前已经非常严重了的文化危机吗？且不说这种工作已经造成了左翼文学历史空间的极大收缩、扭曲和质变，以及二三十年代、孙犁文学价值的人为扩大化，就说这种文学史研究吧，它是不是真正带来了学术研究的进步而不是已经出现过多次的所谓的 "翻烧饼"？这种以展现、释放文学史之复杂性、丰富性的研究，是不是同时也在牺牲历史认识的深度冲突、矛盾和痛苦感呢？说老实话，我比较赞成华裔美籍历史学家黄仁宇在《中国大历史》这本书中的某些看法，他说："中国的长期革命有如一个大隧道，需要100年时间才能摸索过去。当这隧道尚在被探索的时候，内外的人物都难以详细解说当中弯曲的进程。即使是革命人物也会被当前困难的途径迷惑，而一时失去方向感。"[1] 所以，他建议要在数十年甚至更长一点的历史纵深中，发现和认识问题。在我看来，孙犁 "复活" 负载的最大问题，其实是左翼文学（也可以称之革命文学）与传统文化的关系。这一二十年来，这种基本关系一直在极大地困扰着中国现当代文学的研究。很多人想用 "去左翼" 的方式解决这个问题，但事实上收效甚微，因为很大程度上它的成果主要是一种话语的状态；当人们把非左翼的东西添加在研究对象身上的时候，后者身上原有的左翼元素不仅没有被剪除，反而因为剪除手段的过于简单化而显示了它的在场性。我认为他们在用 "新孙犁" 来压 "老孙犁" 的时候，新的文学大师所代表的新的当

---

[1] 黄仁宇.中国大历史[M].北京：三联书店,1997.

代文学不仅没有露面，反而将原来的那个当代文学弄得面目全非、更加的不堪……我不敢说，但确实已隐隐意识到了，那些过于性急的历史研究者，正在受到曾经被他们藐视过的历史本身的折磨和无休止的考验……

第十五讲　文学年谱框架中的《路遥创作年表》

一

一个学科发展到一定时期,大都会提出"历史化"的问题。这种历史化包含的方面和名目很多,这里先不详述。而在历史化视野中,逐步建立作家的文学年谱,分门别类地把他们的文化地理背景、文学渊源和社会活动归入其中,加之具体细致和系统的整理,则是需要重视的工作之一。一般意义上,社会学把年谱视为自己的研究范畴,将500年一个周期的家族年谱,看作是观察社会变迁规律的重要个案。如果用历史学的眼光看,在中国,年谱整理和研究古已有之,在治小说史的学者看来,它的思维和工作方式实际是一种典型的历史学的研究方法。学者石昌渝说:"中国小说是在史传文学的母体内孕育的","传统目录学家始终把小说看成是史传的附庸"。因此,后来的目录学编纂者有的把小说列入子部,有的列入史部,或看作"注疏"、"通于史"、"志传",认为它并不单独成立,因为不少小说都是作者根据民间流出甚久的传说、故事改编而成的,作家只不过是历史传说的整理者,例如《水浒》、《三国》等等。[1]尽管唐代传奇小说后,小说由实录逐步转向虚构,性质大

---

[1] 石昌渝.中国小说源流论[M].北京:三联书店,1994.

变,后来历经上千年,再经"五四"后翻译文学的洗刷冲击,小说与历史的关系日趋多元,而不再是历史的附属品。然实录与虚构并存或者交叉,始终是小说创制的基本特点。按照现代文艺理论的说法,文学创作应该来自作家个人心灵的活动,许多作家和作品都是以反社会反历史来标榜的,这在某个认识维度上当然没有问题。然而即使如此,文学史研究者如果想整体性地把握一个作家,仍然需要把他从精神个体重新还原到历史之中,以目录学的眼光,判定他是哪个年代、哪种文学思潮、流派和类型中的作家;如此一来,虽说作家本人并不认为自己仅仅是历史的产物,但研究者如果跟着他们的思维走就无法开展工作。进一步说,对于相对成熟的文学史研究而言,不这样把作家作品的活动重新历史化,置于目录学的视野中,他的工作就很难称得上是理性的、客观的和超越性的,称得上是一种文学史的研究。

我这样说不是要在这里自说自话,而是认为目前研究者应该遵循此前中国古代文学、现代文学研究的历史方法而把它们看作是当代文学史研究一定会经历的一个必然阶段。当代文学史不可能、也无法永远使自己脱离这一历史程序,把自己看作是独一无二的东西,可以自我生产,不遵守历史学的规则。古代文学的年谱不可胜数,例如《李太白年谱》、《杜甫年谱》、《施耐庵年谱》、《李渔年谱考叙》等等,它从来都是古代文学研究的一个基础领域。80年代现代文学勃兴后,撰修作家年谱之风大盛,规模和体系经三十年的积累已很可观,这对该学科的奠基和稳定功不可没。我们知道比较有名的有《周作人年谱》、《沈从文年谱》、《闻一多年谱长编》等。《闻一多年谱长编》尤其详尽,而《周作人年谱》则有恢复名誉的成分。文学史家唐弢当时就敏锐指出:"历史需要稳定。有些属于开始探索的问题,有些尚在剧烈变化的东西,只有经过时间的沉淀,经过生活的筛选,也经过它本身内在的斗争和演变,才能将杂质汰除出去,事物本来面目逐渐明晰,理清线索,找出规律,写文学史的条件也便成熟了。"[1]80年代初的现代文学研究者有意识地把这项工作列入重点领域,例如在《中国现代文学研究丛刊》上,"1980年第一辑的《有关鲁迅早期著作的两个广告》(刘增杰)、《与〈两地书〉有关的一份史料》(钱超尘)、1980年第二辑的《中国左翼作家联盟》(涪村)、《萌芽月刊》(沐明)、1981年第二辑的《艾青著译系年目录》(陈山)、1982年第三辑的《谈四十年代茅盾的行踪》(叶子铭)、1983年第二辑的《关于郁达夫脱离创造社及〈广州事情〉》(潘世圣)、1985年第4期的《胡风著译系年目录》(下)(赵全龙、吴晓明)、1986年第1期的《郭沫若书简九封》和1987年第1期的《〈苦闷的象征〉的两种译本》(朱金顺)、1987年第4期的《老舍·茅盾·王昆仑》(王金陵)、1989年第4期的《一位现代派诗人的去向——谈吕亮耕的诗》(蓝棣之)等等"。[2]王瑶的文章同样强调了开展作家"著译系年目录"工作的学术价值:"我们有一套大家所熟知的整理和鉴别文献材料的学问,版本、目录、辨伪、辑佚,都是研究者必须掌握或进行的工作;其实这些工作在现代文学的研究中同样存在,不过还没有引起人们应有的重视罢了……我们考察作家思想艺术的变迁和作品的社会影响,不能根据作家后来改动了的本子,必须尊重历史的真实。此外,有关一些文艺运动以及文学社团或文艺期刊等方面的文字记载,常常互有出入;特别是一些当事人后来写的回忆录性质的东西,由于年代久远或其他原因,彼此间常有互相抵牾的地方,这就需要经过一番考订功夫,而不能贸然地加以采用。"[3]唐弢和王瑶是老一辈学者,都有旧学功底,也就是史学训练。而王瑶40年代则是治中古文学史的学者,他的史学训练

[1] 唐弢.唐弢文集(第9卷)[M].北京:社会科学文献出版社,1995.
[2] 程光炜.韦勒克、沃伦的《文学理论》与中国现当代文学[J].文艺研究,2009(12).
[3] 王瑶.王瑶全集(第5卷)[M].石家庄:河北教育出版社,2000.

与唐弢的旧学根底,都证明他们希望在现代文学研究与古代文学研究之间搭建一座桥梁,体现历史的连续性,所以由他们领衔的中国现代文学学科之所以在十年浩劫结束后不久就把文献整理、作家年谱研究提上日程,并不令人感到奇怪,且是有着非常深远的文学史研究的眼光的。在我看来,他们所谓"版本、目录、辨伪、辑佚,都是研究者必须掌握或进行的工作"的忠告并不限于现代文学,也适用于当代文学史研究,对我们是一个提醒。当代文学如果再把自己看作是一个隔离于中国古代文学、现代文学之外,可以单独发展的学科,显然是难以理解和接受的。

事实上,当代文学史的整理工作此前数年已有所展开,例如80年代中期贵州人民出版社推出的大型作家研究专集资料,这套出版二十多年的工具书至今陈列在各大学图书馆,仍被很多研究者反复引用。它的历史价值,随着岁月流逝而愈加珍贵。洪子诚、孔范今、吴义勤、杨扬分别在长江文艺出版社、山东文艺出版社和天津人民出版社主持的当代文学资料丛书,已经或正在陆续出版。白烨主持的年度"文情报告",张健、张清华主持的当代文学编年史,吴秀明主持的当代文学史资料整理,也是引人注目的成果。当代文学史研究者,已经意识到资料长期匮乏的严重性。然而坦率地说,这种工作无论规模、连续性和系统性都不能与现代文学的资料建设相提并论,迄今还有业内人士对他们的艰苦努力不以为然,以为与当代文学无关。对此我不想作过多评论。在我初步的设想中,在文学史整理中居以重要地位的作家年谱工作,拟在两个方面进行:一是对故世作家年谱的整理工作。50、60年代作家中的一些人已经去世,有的虽然健在但年龄多在80岁上下,身体和记忆都不太方便,因此有必要带着抢救历史资料的心情开展有步骤有系统的收集、整理和编纂。这项工作,实际是对历史资料的抢救,是在与时间赛跑。但好在文字资料还在,他们的家属还在,这种工作的进行就有一定保证。二是对80

年代开始创作的作家年谱的整理。这代作家的创作生涯已有30年，年龄上基本属于50后，除路遥等少数人之外，大部分人也只是50岁到60岁的年纪，思想、头脑都很清楚，回忆起来没有问题。这样整理工作的有效性就会很大。当代作家年谱整理的意义在我心目中，一是像唐弢前面所说是对当代文学进行历史稳定的工作；二是通过年谱整理，可以在50后（少数60后）作家创作的周围，建立起历史的视野、根据、关联和背景。经过这种暂时的固定性的建设，对作家文学生涯的来龙去脉和未来创作的展望，都会更为扎实、可靠和深入。它远比现在那种厚古薄今、以今非古或随意变更看法而另辟新论的一般性的批评，更加令人信服，也更具有启发性。也因为如此，当代文学史研究就能够与古代文学、现代文学史的历史联系合乎理性地建立起来。

二

以上的叙述和展开，是我写这篇文章的前提。路遥成为第一个编选对象，一是因为他已经故世，初步的实验不会惹出什么麻烦。二是正因为他的故世，我们过去看不清楚的问题，现在能够稍微看得清楚一些了。他的创作年表，正好是一个最佳的研究对象。虽然路遥的文学史定位现在还是一个问题，然而这不妨碍我们先行把他列为较早建立文学年谱的作家。在下面的分析中，我不想谈编纂路遥年谱的价值，而想根据有人已经整理出来的一个创作年谱，谈年谱与作家身世、创作经验、文学趣味和人物塑造的一些复杂微妙的关系。

我首先提出的一个问题是：创作年表是否真能真实地展示作家个人的历史？这个观点可能不好作出严密论证，讨论起来也比较困难。例如，出于为贤者讳的原因，有些现代作家家属会设定若干不可理喻的禁区，如茅盾在日本、老舍在重庆的婚外恋爱史等，都曾令研究者大感烦恼。我也曾碰到过这类情况,在写一位作家的传记时,为使得材料稍微全面一些,偷偷瞒着作家现任太太去采访他的前妻,像做地下工作的人们一样,行迹很是诡异紧张。我这样紧张是因为担心作家家属不愿意看到历史真实性和全貌而横加阻拦,而治史的学者都想把真实的历史留给读者。治史的学者与作家家里的关系不论如何亲密熟悉,交往如何频繁,都不应被其牵扯左右,而应该超越其上,超越其上就是超越非学术的因素之上,使自己站在观察和研究的高度上。我想这不是我一个人的遭遇,现代文学研究者恐怕碰到过不少这类问题,这关乎作家传记、年谱能否真实的问题。所以说,现在已经大量出版的现代作家的传记、年谱是否已经做到了全面客观,是否已没重要遗漏也许还很难说。这使我进一步想到,对80年代的作家而言,他们对"文革"中的文学活动和创作经历也许更为讳莫如深,因为毕竟许多当事人还在,这段历史还没有最后结论。《路遥创作年表》(以下简称《年表》)的可信性和权威性也许还成问题,远未到翔实的地步,但它并没有回避历史,所以显得弥足珍贵。这使它率先一步建立了路遥与"十七年"、"文革"和"80年代"、"90年代"的联系,[1]正是这种联系使《人生》和《平凡的世界》的固化形象有所改观。

　　路遥1949年12月3日出生在陕西省清涧县王家堡村,原名王卫国。七岁时过继给伯父,迁居陕西省延川县郭家沟。他的原名比较土气,远没有笔名具有文学气质。他的身世非常不幸和寒微,他后来的小说中都隐藏着由于童年不幸而刻下的这种敏感自卑神经质又过于自负的划痕。从现代到当代的很多作家都不同程度地有过这种经验,但对这种经验的处理,在作家那里却有所不同。路遥的身世,就相当强烈和不自觉地传染到主人公身上,比如高加

---

[1] 此年表由我的博士生杨晓帆提供,她正在准备关于路遥的博士学位论文。

林、孙少平等。这种敏感自卑神经质又过于自负的性格，在1966年有了第一次总爆发。《年表》写道："（19）66年年末至（19）67年年初，初次徒步走到北京。返回后以王天笑的名字写大字报、批斗稿。"后成为"红卫兵组织'井冈山'造反派领袖"，随着延川中学教师学生分裂成两个派别，他率领"井冈山"成为县里主流派的"红四野"军长。"1967年9月15日按照'三结合'成立县革委会，路遥任副主任。但作为革命大众代表并无实权。后因武斗嫌疑被审查"，之后以返乡知青身份回乡劳动，当队办小学教师。这段简历无损路遥的形象，经历过那个年代的人，会不由自主地卷入斗争漩涡。有的是刻意为之，乘势整人；有的则过于盲目冲动，不小心犯下错误，甚至是不可饶恕的罪行。另外，在"文革"中发表作品并不丢人，新时期作家中很多人在"文革"中都曾如此，例如李瑛当时在公开杂志上发表作品，蒋子龙是天津重点扶持的工农兵作者，贾平凹那时在陕西已小有名气，等等。今天再研究他们的创作时，没有人会觉得那是他们的污点。其实，值得探讨的倒是十七年和"文革"中的"理想性"与80年代文学中的"理想性"，它们之间复杂曲折的承传关系究竟是一种什么思想脉络，至今都没有在当代文学史中得到清理。路遥也是一个真实的人，真实的作家，观察到他在红卫兵运动中的"理想性"，才可能进一步延伸地试着去理解他在创作《人生》时的"理想性"所产生的历史脉络。它们之间是在什么时代气候里被撕裂又在什么文学背景中接续起来的，"文革"文学难道真如很多人所说与80年代文学是一种水火不容的历史关系吗？恐怕直到目前为止，是与不是的结论都是一种历史叙述，它们没有被落实到文学史的实证研究上。《年表》显然具有了一定的基础，可是它的简单、含糊和潦草却让这种关系的讨论无法深入和真正地展开。

　　《年表》描述了路遥文学创作的习作的阶段。人们据此知道他文学创作的起点应该是1967年，他"开始在县文化馆油印刊物《革命文化》上发表《塞上柳》、《车过南京桥》等短诗"。为什么那个年代的人都非常喜欢文学创作，是因为创作可以使人出人头地，借此获得参军、改行、就业和提升的人生机会。所以，路遥的选择并非是个人选择，那代人多半会如此决定。1969年在"新古胜大队黑板报上发表诗歌《我老汉走着就想跑》"。1971年，这几首诗在《延安通讯》、《延川文化》等稍微正式的报刊上登载，并起用最早的笔名"缨依红"，是说革命的"红缨"依然通红的意思。1973年，路遥改写小说。这年他作为工农兵大学生被推荐到延安大学中文系就读。1973年至1977年间，他发表的作品分别是：小说《优胜红旗》（《陕西文艺》1973年创刊号）、《银花灿灿》（《陕西文艺》1974年第5期）、《灯火闪闪》（《陕西文艺》1975年第1期）、《不冻结的土地》（《陕西文艺》1975年第5期）。1976年在《陕西文艺》发表小说一组，它们是《父子俩》、《刘三婶》、《曳断绳》、《丁牛牛》；散文《难忘的二十四小时——追记周总理一九七三年在延安》（《陕西文艺》1977年第1期），等等。这些作品的主题、题材、创作风格和手法显然是十七年文学和"文革"文学训练出来的，是对那个年代流行文学的模仿。这些文学经验被深深沉淀在作家的小说世界之中，因为它们很容易使研究者联想起赵树理、柳青、浩然等人还有八个样板戏的创作。1978年是路遥的转折之年，四处退稿的中篇小说《惊心动魄的一幕》经过很多磨难，发表在《当代》1980年第3期。引起轰动的另一部中篇小说《人生》发表在《收获》1982年第3期。不做文学史研究的人，大概会以为路遥的文学创作就是从《人生》开始的，没有人知道他还有一个文学的史前史。按照权威的当代文学史定论，80年代文学与十七年文学和"文革"文学是一种历史性的断裂。但有丰富文学史经验的人却知道，这都是后来人们为了树立后朝代的历史合法性而对前朝代作出的最无情意的判决，它根本经不起历史检验。所以我从来都不相信作家创作的史前史与他的创作成功史之间没有任何联系。路遥在《陕西文艺》1976年发表一组小说《父子俩》、《刘三婶》、《曳断绳》、《丁牛牛》，从题目到内容都够笨拙的，散发着陕北人的土气和淳朴气息。但是，这种气质并没有因为"新时期"的降临而在路遥小说世界里有丝毫改变。虽然《惊心动魄的一幕》、《黄叶在秋风中飘落》、《人生》和《平凡的世界》在主题内容上与新时期的改革开放接轨了，不过活动在这些小说里的主人公与《父子俩》、《刘三婶》、《曳断绳》、《丁牛牛》里的人物并没有本质差别，他们在性格气质上根本没有断裂。相反，倒很像是同一组人物的"前世后生"，骨头血肉精神灵魂都是紧密连在一起的，只不过年代话语对它们重新编码了而已。例如，它们在文学史档案里被编码成了"文革"小说、新时期小说等等，被放置在不同的书柜格子中。又例如，前面的小说被取消了历史合法性，后面的小说因为具有历史合法性而受到了人们的追捧和研究，血脉相同而只是命运待遇发生了变化而已。

客观地说，《年表》比较简单，像是一堆无人理睬的断简残篇，布满历史的尘土。之所以利用价值不大，一是未发表的作品和发表的作品数量究竟多少，在统计上并不确切；另外，在作家写作和发表作品过程中，有些材料需要补充，例如由于读了谁的文学作品受到启发，才决定这样写作的，发表时接触了哪些杂志的哪些编辑，作者与他们有什么交往。我们都知道，路遥对前辈陕籍著名作家柳青非常崇拜，一直在认真阅读他的小说，成名前后都是如此，有时连出差都带着《创业史》等作品；又例如，"文革"中路遥人生起伏跌宕的故事中，应该有一些当事人和朋友的叙述，交代详细情况，使研究者得以掌握基本情况。《年表》这方面的交代过于简略，有些失之粗糙，各部分之间也没有历史联系。我手头有一本李文琴编选的《路遥研究资料》，编选者显然下过一番功夫，尤其是"研究资料索引"——即文学批评文章的收集整理，做得较好。[1]不足是"作品年表"却极简单，还没有这份《年表》丰富——虽然仅仅是相对而言。好在书中有几篇路遥朋友的回忆文章，说他上县城关小学时是"半灶生"，即学校不负责全部伙食，开饭时必须赶着去学校厨房抢自己的干粮，否则就会饿肚子，颇受屈辱。这种场面令人想到《平凡的世界》刚开始对孙少平的描写。另一篇文章谈到上大学时，路遥非常爱读艾思奇的通俗哲学著作《辩证唯物主义与历史唯物主义》和柳青的《创业史》第一卷，反复阅读，几乎达到烂熟的程度。平日里，也喜欢用辩证的观点分析事物，让同学感到充满了哲理等，路遥本人对此可能还比较得意。

三

通过细读《年表》，我发现有两个元素在路遥25年的创作生涯中发挥着至关重要的作用。一是他童年不幸身世所形成的敏感自卑神经质又过于自负的性格，相当固执且始终控制着他文学创作的走向，决定着他创作的主题、题材和人物的内心世界。这种性格的潜意识转移、孵化和变形在他笔下主人公身上，便是高加林、孙少平不堪贫穷而近乎病态的奋斗挣扎。他们有时候的表现也许脱离了中国乡村那种固化、停滞和保守的环境，超出了自己的时代，成为抚慰、激励和煽动一代代渴望走出乡村和摆脱贫困的中国农村青年的精神楷模，成为80年代特殊的文化符号。他们的性格包括人际关系也有相当严重的问题，但是由于他们那种感人而且执着的奋斗精神，反而容易被广大读者和批评家原谅。我们读那个年代的文学批评，发现很多

---

[1] 孔范今、雷达、吴义勤、施战军等主编.中国新时期文学研究资料汇编[M].济南：山东文艺出版社，2006.

人都在鼓励这种倾向，好像大家不会为此产生怀疑。原因就是，这些看似超时代、病态的和不可理喻的性格特征，一次次地与33年中国改革开放的历史语境发生接轨，被后者接纳。在一个重大转型的中国，任何这种非常自私、功利和顽强的精神气质都是受到鼓励的，是被允许的，有时候甚至是可以逾越各种道德和法律栅栏的，因为这种历史语境需要千百万像他们这样的人去支撑、去响应、去拥戴，33年来中国社会的巨大活力也来自于此。这是我们内心都深深知道的一个道理。于是，他们身上的这些东西，就被知识界加以了改造，作了历史深度加工和概念塑造，在知识平台上变成了奋斗、人生、劳动、尊严、生命等概念。这些概念又在反复地繁衍生产着路遥的文学史形象，繁衍生产着他小说的意义和价值。这些关键词通过大学、书店、图书馆、电视、报纸等传媒被广为传播，深刻地教育了我们这代人，同样也在深刻教育下面的一代代青年。为什么说路遥的小说是励志型小说呢？[1]为什么说他的小说就是21世纪中国农村青年的人生教科书呢？这都与作者、主人公性格与改革开放历史语境有紧密互动的关系相关。因此，我想提出的第一个问题是，需要反省路遥小说主人公性格的问题，由此开始对路遥小说与80年代文化作文学批评和文学史结论之外的重新观察，也就是说应该把路遥小说放在文学史的环境之外。当然，我们也不能故意拔高，人为地把路遥本人和小说再次英雄化，如果那样，就不能理性地认识路遥现象，也不能理性地认识现在青年对他的继续拥戴。

　　第二是他的创作与十七年文学、"文革"文学之间的联系。《年表》告诉我们，路遥文学创作的习作期是在这一时期完成的。我们很容易想到，如果没有对十七年文学和"文革"文学营养的吸收、模

---

[1] 黄平.从"劳动"到"奋斗"——"励志型"读法、改革文学与《平凡的世界》[J].文艺争鸣,2010(5).

仿,没有这种历史经验的沉淀,没有这种特殊的文学训练,是否会有路遥80年代的文学创作不免存疑。而对这个问题,此前路遥小说评论很少涉及。记得2009年,在我参加的《文艺报》创刊60周年纪念会上,曾经是80年代文学论争中有争议人物的郑伯农,在会上却说过几句具有历史反省意义的话,他说:"80年代文学初期的许多著名人物,都是十七年的大学培养出来的。"[1]他尽管过去做过一些错事,但他强调要用连续性的而非断裂性的眼光看待历史的观点是值得重视的。这种观点对重新讨论路遥仍然有意义。《年表》用相当篇幅记述了路遥在"文革"时期的文学创作,另外一些资料也记述了他非常崇拜作家柳青,经常把《创业史》带在身边反复阅读,这说明柳青所代表的十七年农村题材小说对他创作的影响、定型和塑造。所以,不弄清楚路遥与十七年文学的关系,不做一些具体切实的研究,就难以把握高加林、孙少平等人的历史来路,不能理解他们行为方式的历史起源性的东西。例如,人们会注意到,他们都是十七年小说中那种农村的能人,这种人物在《创业史》、《艳阳天》、《金光大道》中出现过,如梁三宝、萧长春、高大泉等等。高加林、孙少平在某种程度上就是他们形象的历史转型。他们仍然在用前者的观念看待人生意义,设置奋斗的目标,只不过两者之间的历史结果会有差异。找出他们性格行为意义目标的差异性,才能发现他们的共同性,深入分析他们与中国农村的关系,从而才能理解农村经验对于中国历史的影响,理解为什么现在还有千百万的农村青年在那里挣扎,由此理解农村经验对于中国现代化进程和发展的影响。路遥像柳青、浩然一样,都是追求用文学方式表现历史普遍意义的作家。他们都是大作家,不是只关心自己的小情趣、小审美和小技巧的作家。因此,我想提出的第二个问题是,十七年文学和"文革"文学都是追求历史普遍意义的文

---

[1] 这段话根据笔者的记忆记录,郑伯农的发言后来也未见发表。

学——当然它们本身存在着这样那样的问题——80年代初期的文学也是追求历史普遍意义的,它们都是大气的文学。在这种时代的年谱框架里认识路遥的小说,也才能找到这位作家的历史位置,与此同时发现他的历史局限。但是对路遥小说意义的认识和对他局限性更透彻的分析,仍然有赖于对这段历史的总体评价。这种总体评价的不确定性和暧昧性,是制约认识路遥这类作家的根本因素。然而我们可以事先作些其他研究,例如作家年谱整理,例如作品分析等等。我们可以对《平凡的世界》与《创业史》里的乡村人物作一些比较,如性格、气质、生存的环境和处理人际关系的方式等,观察从柳青到路遥,中国乡村社会到底发生了什么变化。路遥小说在哪些方面继承了柳青小说的艺术特点,哪些又有所不同,究竟有什么不同,等等。如果对具体作品进行分析,所得出的结论就可能与简单的宏观判断不太一样。

当然我得承认,此前我已经说过这份《年表》只是一个初步的整理材料,由于没有作过实地调查,也没有与许多当事人当面一一核对具体细节、出处和真伪,肯定错讹不少,有些地方还可能有不尽精准的问题。这样,仅仅根据现有《年表》就得出结论,显然在材料积累和分析上都过于匆忙。这份《年表》做得越是真实、精准和全面,我们对路遥80年代创作以及后来写《平凡的世界》的想法,他的观念和存在问题的观察就会更加准确深入。我们文学院治红楼梦的著名学者冯其庸教授,70年代到辽宁做实地考察,花费很多功夫考证曹雪芹的祖籍,在掌握大量材料基础上推翻了过去的结论。现在姑且不去评论冯先生贡献的学术价值,但这个事情给我们的启示是,即使在曹雪芹这位早已经典化的大作家身上,还时不时会因他年谱的真伪问题出现分歧和争论,一代代学者还在费力地对之进行校正、补充和增加,更何况迄今还未起步的当代作家年谱的整理? 我这篇文章并非想对《年表》作进一步的辨伪、充实和整理,而是想以此为例谈点看法。但通过对《年表》的初步讨论，我意识到收集整理当代作家年谱的工作已经比较迫切了。比如，我们可以先约一些研究界同行开一个名单，例如从1949年起有哪些作家应该成为年谱整理对象，哪些作家暂不列入；等待这项工作进入一定阶段，取得一些成果之后，为使当代文学学科更为丰富、扎实、充分和全面，再考虑将这些作家列入。由《年表》引起的另一个问题是，因为缺乏旧学功底，对社会学关于家谱整理的知识也不十分了解，我觉得整理者应该有意识地对自己开展一点年谱整理的训练。如此，有必要在开展当代作家年谱整理的工作之前，先召开一个小型研讨会，邀请一些古代文学、社会学研究者作一点对话，以此弥补我们知识和经验的不足，同时可以借此了解到我们可以做什么，不可以做什么，也能够避免古代文学研究中的一些积习，使这项工作更具当代的鲜活性和历史性。

第十六讲　当代文学中的"鲁、郭、茅、巴、老、曹"

在王瑶1951～1953年出版的《中国新文学史稿》中，出现了解放后最早叙述"鲁、郭、茅、巴、老、曹"创作的章节。[1]之后十多年，经过各种力量的暗流涌动和较量妥协，现代文学经典作家的名单被确定了下来。[2]80年代的文学史著作，一直在强调名单对阐释中国现代文学史的终端意义。由于国策调整，90年代后的现代文学研究方向迅速调整，并对名单加以增删扩容，例如增加了周作人、沈从文、张爱玲、钱钟书等，来调整中国现代文学的经典谱系和历史地图。但是，这份名单仍然在汹涌澎湃的新的文化浪潮中幸存了下来。[3]我

[1] 王瑶.中国新文学史稿(上册)[M].北京:开明书店,1951.
[2] 程光炜.文化的转轨[M].北京:光明日报出版社,2003.(注:本书分析了"鲁、郭、茅、巴、老、曹"这一经典作家群体的形成史,展示了文学与历史互动的性格,以及这种互动将会给未来中国文学走向带来的深刻影响。)
[3] 樊骏.又一个十年(1989—1999)——兼及现代文学学科在此期间的若干变化(上)[J].中国现代文学研究丛刊,2000(2).(注:据作者统计,这十年间,发表在《丛刊》上的文章:"最具有吸引力的作家就是鲁迅(32篇),其次是茅盾(12篇)、老舍(11篇)、郁达夫(10篇)、郭沫若(10篇)、巴金(10篇)、丁玲(7篇)、沈从文(7篇)、瞿秋白(6篇)、徐志摩(5篇)、艾青(4篇)、闻一多(4篇)、胡风(4篇)、周作人(4篇)、曹禺(4篇)、叶绍钧(3篇)、胡适(3篇)、谢冰心(3篇)等。但是最近又对张爱玲(2篇)、卞之琳(2篇)、路翎(1篇)、沙汀(2篇)、王蒙(3篇)等发生兴趣了。"这个研究文章篇目印证着被研究作家的经典地位,这是1989年至1999年的情况。到21世纪,如果再作统计,会发现前面有的作家地位有所下降,茅盾、郭沫若,周作人、张爱玲、钱钟书的研究文章篇目,则在急剧增加。后者说明了经典作家的秩序、重要性经常是变化的,因时代的变化而会出现某种引人注意的调整。)

以此为话题，是想说当代文学也应该推出自己的"鲁、郭、茅、巴、老、曹"来。对当代文学60年，至少在我个人对"后三十年"文学的评价中，贾平凹、莫言、王安忆和余华的文学成就，已经具有了经典作家的意义。即使在1917年以来的中国现代文学中，他们的成就似乎也不应该被认为逊于已经被广泛认可的"鲁、郭、茅、巴、老、曹"。[1]

假如从第一篇文学作品的发表算起，贾平凹（1978）、莫言（1981）、王安忆（1978）、余华（1987）都应该是有三十年创作生涯的老作家。如果采用近年新的研究成果，第一篇作品的发表时间则还要提前不少。对经典作家来说，光有漫长的创作生涯还不算，他们应该有一大批为文学界公认的代表性作品。正如斯蒂文·托托西所指出的："经典化产生在一个累积形成的模式里，包括了文本、它的阅读、读者、文学史、批评、出版手段（例如，书籍销量，图书馆使用）、政治等等。"[2]贾平凹代表性的小说有《腊月·正月》、《黑氏》、《古堡》、《商州》、《浮躁》、《废都》、《高老庄》、《秦腔》等，莫言有《透明的红萝卜》、《枯河》、《白狗秋千架》、《丰乳肥臀》、《檀香刑》、《生死疲劳》、《蛙》等，王安忆有《本次列车终点》、《流逝》、《小鲍庄》、《三恋》、《米尼》、《我爱比尔》、《叔叔的故事》、《香港的情与爱》、《"文革"轶事》、《长恨歌》、《富萍》、《天香》等，余华有《现实一种》、《河边的错误》、《在细雨中呼喊》、《活着》、《许三观卖血记》、《兄弟》等。这些名作被各种文学选本反复选用，被文学史家、文学批评家反复提到，被读者在图书馆反复地借阅，而且作者也重复性地把它们编入自己的各种选集、小说集，长篇小说更是与各家出版

---

[1] 关于现代文学与当代文学的创作成就孰高孰低的问题，近年来在当代文学研究界一直存在着争论，并有许多不失新颖的见解。这种争论预示着当代作家经典化的工作已经开始，虽然它还需要较长一段时间的讨论和沉淀。

[2]［加拿大］斯蒂文·托托西.文学研究的合法化［M］.北京：北京大学出版社，1997.

社重复签订出版协议,它们的版本研究,已经为当下的博士学位论文所注意。张书群在博士论文中对此作过详细的统计:

　　作家出版社分别于1994年9月、1995年9月两次出版或重印《酒国》(出版时名为《酩酊国》)。《红树林》被4家出版社出版或重印过8次,这4家出版社分别是:海天出版社、现代出版社、当代世界出版社、上海文艺出版社。其中,海天出版社分别于1999年3月、2002年9月、2010年9月3次出版或重印长篇小说《红树林》。《檀香刑》被4家出版社出版或重印过7次,这4家出版社分别是:作家出版社、当代世界出版社、长江文艺出版社、上海文艺出版社。其中,作家出版社分别于2001年3月、2005年10月、2007年12月、2012年11月4次出版或重印长篇小说《檀香刑》。《天堂蒜薹之歌》被6家出版社出版或重印过7次,这6家出版社分别是:作家出版社、北京师范大学出版社、北岳文艺出版社、当代世界出版社、南海出版公司、上海文艺出版社。《丰乳肥臀》被5家出版社出版或重印过7次,这5家出版社分别是:作家出版社、中国工人出版社、当代世界出版社、十月文艺出版社、上海文艺出版社。《食草家族》被3家出版社出版过5次,这3家出版社分别是:华艺出版社、当代世界出版社、上海文艺出版社。其中上海文艺出版社分别于2005年6月、2009年8月、2012年12月3次出版或重印《食草家族》。《十三步》被4家出版社出版或重印过5次,这4家出版社分别是:作家出版社、当代世界出版社、春风文艺出版社、上海文艺出版社。《四十一炮》3年间被春风文艺出版社和上海文艺出版社出版或重印过4次。其中,春风文艺出版社分别于2003年7月、2006年1月两次出版或重印《四十一炮》。《生死疲劳》被作家出版社和上海文艺出版社4次出版或重印。而且作家出版社出版的2006

年1月版,第1次印刷数量高达12万册。[1]

由此看出贾平凹、莫言、王安忆、余华的中短篇小说、长篇小说被文学选家和出版家关注的情况。正是这些作家创作的一大批产生广泛影响的代表性小说,它们才进入了文学经典累积形成的模式之中。这种累积的模式,是依靠名家名作做支撑才得以固定,通过传播手段对读者和文学界产生持续性的影响,并构筑起图书馆文学名著的阅读专柜。想想各大图书馆,尤其是大学图书馆里陈列着的鲁迅专柜、郭沫若专柜、茅盾专柜、巴金专柜,以及最近十几年出现的周作人专柜、张爱玲专柜、钱钟书专柜,我们就不应该为这种"诸多名作——重复出版——图书馆效应"的经典生产模式感到不安。我之所以提到一大批代表作品,是因为所谓经典作家现象实际是一种典型的规模效应,也即托托西说到的累积形成的模式。不拥有一大批代表性作品的作家,如想成为经典作家,这几乎是不可能的。"鲁、郭、茅、巴、老、曹"就是这种经典作家。这是文学史的基本规律之一。

贾平凹、莫言、王安忆和余华还是"跨界性作家"。这里所谓的"跨界性"是指在伤痕文学、反思文学、改革文学、寻根小说、先锋小说、新历史主义小说、90年代文学、新世纪文学等文学思潮的激流漩涡中,一个作家能通过自己非凡的艺术创作力,在不同思潮阶段都留下有影响的作品,最终又都自成一家的那种文学的现象。贾平凹曾经获得过乡土风俗小说、农村改革小说、寻根小说、颓废作家等不同的命名,而且创作了与这些批评性命名相匹配的著名小说,例如《商州》、《浮躁》、《古堡》和《废都》等。这些作品以其鲜明的文体特征

---

[1] 张书群"中国人民大学博士学位论文"(2013):《从作者到作家:莫言创作的经典化过程和问题研究》,第73页。未刊。

和叙述风格，为上述文学思潮的价值意义，提供了相当有说服力的案例。所以，郜元宝认为贾平凹是一位在任何文学期都拥有自己创作高潮的全天候的作家：

> 贾平凹是当代中国风格独特、创作力旺盛、具有世界影响的作家。70年代末至今，他的勤奋见证了近二十年中国文学发展的全过程。
>
> 尽管被称为"奇才"、"怪才"、"鬼才"，但贾平凹登上文坛，靠的还是长期不懈的努力……
>
> 从80年代初开始，与时代精神若断若续的连接，对民间文化暧昧的寻求，一直是贾平凹小说创作的两翼。这两翼看上去那么不协调、不平衡，却奇妙地交织、共存着……
>
> 他虽然身处西北古城，却不肯局促一室，总是心怀天下，遥望将来。特别是到了90年代，也许因为意识到地位日益重要，他的一系列长篇小说往往暗含着某种直指历史方向的寓言乃至预言意味。1993年的《废都》，便企图概括90年代初中国知识分子的普遍精神状态……这些作品，虽然无一例外地萦绕着贾平凹特有的暧昧诡异的民间精神，却也始终关注着时代精神的最新发展，努力以自己的方式参与主流社会对时代精神的讨论。这种突破本地化走向全国化乃至全球化的积极姿态与宏观视界，属于贾平凹后天习得的一面。[1]

而对一般流派性和思潮性作家来说，他们的创作成就可能仅仅限于《伤痕》、《班主任》、《棋王》、《烦恼人生》等等。他们因一个思潮和流派的兴起而兴起，也会因一个思潮和流派的衰落而衰落。然

---

[1] 郜元宝、张冉冉编.贾平凹研究资料（序）[M].天津：天津人民出版社,2005.

而按照郜元宝的解释，贾平凹是那种能够最终走出思潮和流派局限的作家："贾平凹是当代中国风格独特、创作力旺盛、具有世界影响的作家。70年代末至今，他的勤奋见证了近二十年中国文学发展的全过程。"也就是说，这样的作家能够突破各种思潮和流派的重重包围，以一种非常丰富和旺盛的艺术创造力去见证几十年中国文学发展的全过程。他们自己的文学创作史，事实上也是当代文学"后三十年"的发展史。作为这三十年当代文学的基本支撑点，没有他们小说的存在，这部历史将是没有贯穿性、没有来龙去脉的。因此布鲁姆非常肯定地说："一切强有力的文学原创性都具有经典性。"他进一步看到的现象是"一部文学作品能够赢得经典地位的原创性标志是某种陌生性，这种特性要么不可能被我们同化，要么有可能成为一种既定的习性而使我们熟视无睹"。[1]两位批评家在这里都在强调作品原创的意义，他们认为越是具有经典性的小说就越具有原创性的艺术特点。而这些艺术特点很难被风起浪涌的各种思潮和流派所掩盖所牺牲，这种带有个人鲜明印记的艺术特点反而在各种思潮和流派的同化过程中获得了某种永恒性的气质。在利维思看来，一个时期里某些重要作家所创造的伟大的传统，不仅仅是文学传统，还应该是道德的传统，因为一个作家即使再优秀，也不可能完全脱离这种传统的基因而存在。"如此一来，坚持要做重大的甄别区分，认定文学史里的名字远非都真正属于那个意义重大的创造性成就的王国，便也势在必行了。我们不妨从中挑出为数不多的几位真正大家着手，以唤醒一种正确得当的差别意识。所谓小说大家，乃是指那些堪与大诗人相比相埒的重要小说家——他们不仅为同行和读者改变了艺术的潜能，而且就其所促发的人性意识——对于生活潜能的意

---

[1]［美国］哈罗德·布鲁姆.江宁康译.西方正典［M］.南京：译林出版社,2005.

识而言,也具有重大的意义"。[1]

这几位重要小说家在短篇、中篇和长篇小说领域里,也都取得了不同凡响的成就。我最近搜索王安忆的作品目录,感叹她的创作数量真是惊人,在各种小说形式文体中均有突出的业绩。说起短篇小说,她最著名的恐怕还是《本次列车终点》,但是看过另一些短篇《蚌埠》、《天仙配》、《轮渡上》、《悲恸之地》、《骄傲的皮匠》的人,会发现它们像《本次列车终点》一样的精彩。她的中篇小说最为人称道的当然是"三恋"、《米尼》、《我爱比尔》、《文工团》、《"文革"轶事》、《妙妙》、《姊妹们》、《忧伤的年代》了,不细读这些中篇,人们还错以为王安忆最具代表性的小说是那几部长篇呢。殊不知,被人们经常挂在嘴边的《长恨歌》、《富萍》、《天香》,未必就是她最好的小说。莫言、余华的情况也大致如此。在我看来,一个作家从短篇、中篇到长篇的创作程序,符合传统文学的生产方式,就像铁匠、木匠从拜师到出师一样,这是一个长时期的文学历练过程,是一个需要耐心和耐力的心理磨炼。跳过这个过程一下子就成为著名作家的人大有人在,但绝不是我所认为的那种经典作家,不是领文学风骚数十年的作家,也不可能被称作大作家。王安忆在《"难"的境界——复周介人同志的信》中说:

> 创作,也需要一个自己动起来的境界,然而要达到自己动起来的状态,需要一个长时期的练功过程。而这种练功,也并非练飞毛腿,脚上绑沙袋,日行夜走;或者练铁砂拳,每日对着大树击几千拳几万掌。这气功所练过程,不像是练,更像是修。闭目,静心,意守丹田,心想着宇宙洪荒,慢慢地去体味,去感觉,天长日久,那真气才能被动员起来。文学创作,似也需要这么一个

---

[1]　[英国]F·R·利维思.袁伟译.伟大的传统[M].北京:三联书店,2002.

"修"的过程、入静的过程。假如修炼不到家，那真气没有真正活跃起来，有时候动得很厉害，实则是个假象，是自己意识在动，或者有意无意地夸大了那运动，当然，自己满心以为真气在推动，只是不知哪里有点不对劲、不舒服。[1]

她观察汪曾祺短篇小说的功夫，看出的也是真正的门道：

> 汪曾祺老的小说，可说是顶顶容易读的了。总是最最平凡的字眼，组成最最平凡的句子，说一件最最平凡的事情。不过她也看出，这是他早洞察秋毫便装了糊涂，风云激荡后回复了平静。[2]

这是在说小说创作之难，也即上面托托西说的是一个"累积的过程"。它的难，还表现在短篇、中篇和长篇小说分担着不同的叙述任务，在形式结构、人性揭示和社会场景展示上各有不同。如果说短篇是素描，中篇是人物塑造，长篇是史诗的话，那么一个作家在这些不同领域都能驾轻就熟，进退自如，而且各显功力，已经属于大大不易了。王安忆的小说之长不在故事，也不在对话，而在叙述，弯弯绕绕的、取法得体的、幽微丰富而且相互照顾到细密程度的叙述能力。她是感受力较强但不擅长历史分析的作家，但她的历史感觉相当惊人，她把握历史变动的精准更是无人可比。《本次列车终点》浓缩了"知青大返城"的历史巨变，《文工团》是一代人的困守史，《长恨歌》历数历史沧桑、人生无常，《天香》则是借助怀旧来重评革命史，如此等等，都可以见出茅盾当年用《子夜》来总结中国现代史的巨匠眼光

[1] 王安忆."难"的境界——复周介人同志的信[J].星火,1983(9).
[2] 王安忆.汪老讲故事,引自《我读我看》[M].上海:上海人民出版社,2001.

和总体把握的能力。短篇、中篇和长篇还是作家与不同社会阶层意识的一种对话。对话效果的大小，取决于它们的形式结构。如何运用不同形式结构来参与和不同社会阶层的历史对话，观察他们的心灵反应，进而为后代读者留着那些历史场景和记忆，是所有作家都渴望完成的文学功课，也是全面检验一个作家思想、艺术和感悟能力的试金石。我们已经看过太多作家在短篇、中篇或者长篇面前的望而却步，看到书写能力的枯竭，看到力不从心的姿态，也看到过太多用非文学文体对文学文体的投机取巧和替代。正像一个学者的战场永远都在书斋而不是名利场一样，一个严肃作家的战场永远都在他们的小说里面。因此，在我看来，综观一个作家在短篇、中篇和长篇小说领域的创作，其实是对他（她）综合能力的认识和评估。不是所有作家都经得起这种评估。所以，王安忆才会说出"汪曾祺老的小说，可说是顶顶容易读的了。总是最最平凡的字眼，组成最最平凡的句子，说一件最最平凡的事情"等精彩见解，以及他早"洞察秋毫便装了糊涂，风云激荡后回复了平静"这样历经沧桑和功底深厚的话来。站在小说之上说话的人，真正懂得综合评价那才是最后的文学史评价，那是一种真正的评价。

　　前面所说的代表作、跨界性还是短篇、中篇和长篇的成就，都包含着对一个作家的综合性的评价。它既是一个累积形成的过程，也包含着历史的长度。改革开放三十年，是一百多年来中国社会经济高速增长、最为稳定的一个时期。贾平凹、莫言、王安忆和余华的小说创作就处在这一进程之中，在这个框架里理解他们的思想和创作，是一种综合性的具有历史长度的视野。莫言曾被冠以先锋作家、寻根作家等名，其实他却是典型的乡土题材作家。当他1981年开始发表小说时，当代乡土题材小说已经开始了它的自我否定的过程。由于合作化运动的崩盘失败，新时期的乡土题材作家启动了对它的全面深刻的反思，高晓声的《李顺大造屋》、周克芹的《许茂和他的女儿们》、张一弓的《犯人李铜钟的故事》是最早的批判者。路遥、贾平凹、莫言、阎连科紧跟其后,他们以受害者的身份,对持续三十年并给中国农村农民带来巨大伤害的合作化运动进行了前所未有的反省。他们的小说与其是对柳青、浩然乡土题材小说传统的继承,还不如说是一次历史性的倾覆。莫言最杰出的一批中篇小说《透明的红萝卜》、《白狗秋千架》、《金发婴儿》、《拇指铐》以其沉痛的笔调,叙述了当代农民的苦难史,揭露了灰暗年代强加给他们的不幸和绝望。他的两部长篇小说《丰乳肥臀》和《生死疲劳》则希望以史诗性的场景,全面展现合作化和土改运动对中国农村的深远的影响。从1981年至今,莫言用了三十年的时间去整理一部当代农村史,用他全部的思想和才华将这个三十年载入了史册,为后人留下了一部信史。季红真当年曾令人信服地指出:"莫言的童年,正是中国农村最沉寂最萧条的时期,一方面政治稳定,虽然没有战祸匪患,个体人生的自由度在严密的现实关系束缚下,也变得日益狭小,更不用说先人所经历的激烈场面。另一方面,政策的失当导致长期的经济停滞,在贫困愚昧的基础上又极容易滋长封建特权。这种沉重的时代氛围,无疑都对幼小的心灵有着严重的影响,他在贫困与沉寂中度过的岁月,形成了对世界最初的印象。"[1]莫言之成为今天的莫言,并非童年视角、魔幻现实主义等观点能够解释的,他事实上已经成为自己、也是那一代农村之子历史生活的书写者,是那种用总括的历史感受来重评当代农村史的杰出的作家。"于是在我看来,贾平凹、莫言和阎连科等新时期农村题材小说创作的'起源性'东西也在这里,这就是他们在合作化时期痛苦而屈辱的青少年生活经历。三十多年来,他们之所以笔耕不辍,辗转不安,废寝忘食以至深情寄托,也都源于此。应该说,我正是在这个维度进入《白狗秋千架》的阅读的。多年后莫言和阎

---

[1] 季红真.忧郁的土地,不屈的精魂——莫言散论之一[J].文学评论,1987(6).

连科借参军逃离农村，但是农村的惨痛经验几乎成为他们精神世界的全部创伤"。[1] 如果说鲁迅写的是辛亥革命前后的农村史，莫言写的则是"文革"前后的农村史，跳过赵树理、柳青和浩然这段特殊的农村史，莫言把关于中国农民命运的一部信史与鲁迅传统联系起来了。他把鲁迅式的批判引进了当代农村题材小说的领域，他把鲁迅的沉痛接续到他们这代作家的精神世界架构里，他同时也把鲁迅的自我怀疑的思想观念引入了自己的小说的世界。在这个意义上，应该说正是通过莫言的小说，匍匐在近代以降中国社会现代化进程巨轮下的农民的命运史就昭然若揭了，而鲁迅和莫言，正是在前后两个敏感的历史节点上完成了这一叙述的了不起的作家。能够留在世上的作家总是这样的作家，他的问题是从他自己开始的，他是把自己深深地放在自己的历史生活之中的，于是他才具有了历史的眼光、历史的情怀、历史的伤痛。莫言和鲁迅就是这样的作家。他们也是因为这个才成为文学史中的经典作家的。

---

[1] 程光炜.小说的读法——莫言的《白狗秋千架》[J].文艺争鸣,2012(8).

第十七讲　当代文学与新疆当代文学

一

如果在"十七年"，这个论文题目自然不是问题。众所周知，新疆当代文学被认为是中国当代文学历史光谱中的新疆少数民族文学。除闻捷这个汉族诗人外，人们熟悉的还有哈萨克诗人库尔班阿里、维吾尔族诗人克里木·霍加、艾里坎木·艾合坦木（1922年出生）和铁衣甫江·艾力约夫（1930年出生）等。这段史实在张钟等编著的《当代中国文学概观》一书中有详细叙述（北京大学出版社，1986年版）。这本教材第五编第十二节反映少数民族生活的长篇小说，提到一些蒙古族和藏族小说家，却没有提到一个新疆少数民族小说家。这个材料恐怕反映了一个真实情况，即十七年文学中，能够纳入中国当代文学版图的新疆当代文学，只有诗歌，没有小说。哈萨克、维吾尔族诗人虽有一席地位，这一时期的新疆小说家则似乎不存在。这是否是一个文学史偏见，我不太清楚。在今天，夏冠洲教授等人编写的《新疆当代文学史》终于把当年埋藏着的许多新疆小说家发掘出来了，弥补了这个缺憾，让我这个不十分熟悉新疆当代文学的研究者了解了很多事实，原来新疆当代还有那么多成绩斐然的汉族和少数民族小说家。至少从这个角度看，夏教授等人的这部教材是功不可没的。

但是,值得继续追问的是,为什么直到1986年出版的《当代中国文学概观》这种普通的文学史教材中,仍然只把新疆当代文学限定在哈萨克、维吾尔族等少数民族叙述范围内,而没有对当时整个新疆文学进行描述呢?一个原因可能是,撰史者掌握的材料不充分,没有像夏教授他们那样充分占有新疆当代文学的史料;第二个原因是,由于《诗刊》等内地知名杂志的大力推介,库尔班阿里、克里木·霍加、艾里坎木·艾合坦木和铁衣甫江·艾力约夫等人的诗歌被广为所知,在读者和研究者中流传(我70年代末开始写诗和后来研究诗歌时,阅读过他们的很多作品。这个例证很能说明他们在内地"落地"的真实状况),却没有杂志像它那样热情推介新疆小说家的作品。这样,就使内地广大读者包括研究者不了解新疆的汉族小说家和其他少数民族小说家的创作。第三个原因,是由于民族团结政策的制定,内蒙古、新疆、西藏等成为"自治区"。"我们新疆好地方"、"克拉玛依之歌"都在那里一遍遍地刻意塑造和复制着这种"新疆当代形象"。2005年,我与北京大学的洪子诚教授、石河子大学的李赋教授和周呈武教授一起去喀纳斯湖,途经著名石油城克拉玛依市的时候,特别让车停下来到那里看看。我们当时心里都很激动,照了相,还久久不愿离去。由此可以看出这种历史复制,对我们这些内地人精神世界的影响有多大。在这种由政府主导的历史叙述中,新疆当代文学最后被省略、压缩或等同于新疆少数民族文学,就可想而知了。

二

基于上述原因,我注意到"十七年"的新疆文学在阅读场域中出现了两种情况:一种是少数民族诗人创作的内地化问题;另一种是汉族诗人反映新疆生活题材的作品的"风景化"问题。

　　从维吾尔族诗人艾里坎木和铁衣甫江诗集的题目就可以看到他们的创作内地化的问题，例如《希望的浪涛》、《斗争的浪涛》、《东方之歌》、《和平之歌》、《唱不完的歌》、《祖国颂》等。如果把这些诗集与内地诗人的诗集放在一起，比如贺敬之的《放声歌唱》、郭小川的《向困难进军》等，它们的题目指向几乎没有任何差别。当然我们可以说，这种问题与作者当时的社会身份有直接关系，比如克里木·霍加，他是新疆哈密县人，1949年参加革命，曾任《新疆文学》（维吾尔文、哈萨克文）代主编。出版过诗集《第十个春天》、《春的赞歌》，译作《黎·穆特里夫诗选》和《雷锋之歌》等。这种崭新的社会身份确实对作者的诗歌创作产生了根本影响，因为拥有这种身份的作家还写过去传统的新疆维吾尔族题材，这在当时环境中是很不适宜的。与此同时，我们也能够觉察中国当代意识形态对新疆本土文化的渗透和制约，已经开始蔓延到社会的各个角落，它的范围的深广度，恐怕远远超出了民国、北洋和晚清等时期。其实，不光是诗集题目，连同内容都被趋同化，出现在这些诗人笔下的，都是祖国、歌唱、民族团结喜气洋洋的节奏和旋律，给人的印象是，好像当地老百姓放弃了日常劳动和生产，把每天都当作了节日，连结婚嫁娶都被政治仪式化，整天都沉醉在这种欢天喜地的气氛之中似的。用一种学术时尚的话说，这种强大的塑造机制确实"压抑"了新疆本地诗歌的"原始性"，新疆不仅在政治经济上与内地连为一体，连文化、文学也连为一体了。这些诗歌让人看不到，本时期新疆少数民族的人民到底是怎样生活的，他们真实的喜怒哀乐是什么，他们延续了上千年的古老的生活方式和观念究竟是什么样子，那种随着季节而迁徙的游牧生活，以及戈壁、草原、大地和突然降临的暴风雨所包孕的神奇、原始和自然的景象等究竟是什么样子。而这些，却是对新疆完全不了解的内地读者所希望读到的陌生、原始和充满异域诗意的生活。就像是许多原来就存在于那里的古代遗址，忽然从"十七年"的新疆少数民族诗歌中消失了,而且消失得无踪无影了。这种文学史的断代、断层现象应该怎么看,在今天应该怎么去研究,从哪里入手去研究? 是我非常感兴趣的问题。我直接想到的一个问题是这种情况恐怕是近百年的新疆史前所未有的。2010年参加"新疆当代文学高层论坛"的会议时,一位发言者谈到,这只是被翻译成汉语的诗歌创作的情况,当时还有许多没有被翻译成汉语,例如用维吾尔语写作仅仅在维吾尔族读者圈子里流传的诗歌创作,鉴于语言的原因,很难进入我们的讨论范围。但是,这里肯定存在着一个"外部"的新疆当代文学之外的"内部"的新疆当代文学,后者是否是原乡意义上的新疆当代文学呢? 这是一种非常古老的自我循环、阅读和消费的新疆当代文学吗? 这个问题非常复杂,而且它目前处在新疆当代文学的断层上,很难讨论。但由此令人想到,新疆当代文学不是一体化的文学现象,鉴于多民族文化的存在,它应该是一种多层次和立体化的新疆当代文学,还处在世纪前的冰层之下,还在那里沉睡着,只有本民族的作家和读者知道它们的存在。随着新疆当代文学研究的深入,揭开这层神秘的历史面纱,我想人们能够看到很多过去所不知道的东西。这些作品和史料,证明我上面所论述的不是表面现象,不能代表"十七年"新疆少数民族诗歌创作的全部面貌。今天,我在这里只是把观点提出来,希望以后有人能开展此类研究,真正地充实和丰富新疆当代文学的研究领域。

另一个汉族诗人新疆题材创作的"风景化"问题,大家都比较熟悉。张志民的诗集《西行剪影》,有一部分诗写的是新疆;最有代表性的,自然是1949年跟随解放军一兵团进疆、后来在全国爆得大名的诗人闻捷的重要诗集《天山牧歌》和《复仇的火焰》。"风景化"在这里是指,由于作者是所表现地域的他者,无法真正深入到对方的历史传统和风俗生活中去,只凭某种好奇去描写。因为作者自身的陌生化,导致了表现对象的陌生化效果。而这种"风景化",并不是该地域的人们所需要的，而只是作者主观愿望所移植的艺术效果。于是，这种"风景化"就成为一种外在于作者精神世界的客观存在。闻捷《天山牧歌》中有一首名诗叫《舞会结束以后》，作者写道：

> 琴师踩得落叶沙沙响，
> 他说："葡萄吊在藤架上，
> 我这颗忠诚的心啊，
> 吊在哪位姑娘的辫子上？"
>
> 鼓手碰得树枝哗哗响，
> 他说："多么聪明的姑娘，
> 她们一生的幸福啊，
> 就决定在古尔邦节晚上。"

闻捷1923年生于江苏省丹徒县。早年在南京做学徒，抗战爆发后去武汉参加救亡演剧活动。这种活动是由左翼文艺家主导的，郭沫若是他们的领导人，大家都知道这段历史。由于这层原因，1940年闻捷去延安，入陕北文工团，不久转入陕北公学念书，此间开始从事文学创作，写过通讯、戏剧、诗歌和散文，但都没有文名。1949年他随解放军一兵团从延安经甘肃进疆，1952年任新华社新疆分社社长。吐鲁番的维吾尔族在历史上汉化程度和受教育程度比较高，与汉族关系一向较为密切融洽，所以没有根本矛盾，当地居民对解放大军是欢迎拥护的态度。据有关史料，闻捷采访和深入生活的地方，主要是北疆的吐鲁番，对象是吐鲁番一带的维吾尔族老百姓。当地人对作家的欢迎态度，让他感到乐观，容易看到表面上喜气洋洋的欢腾场面。他也会参加他们的聚会，例如古尔邦节，一路上都是迎来送往的。由于生在江南，在贫瘠的陕北生活过几年的缘故，诗人从未见过如此奇异的山川风光、民族风俗，他一下子就陶醉在其中了。民族团结政策开始深入民心，当地老百姓都是欢天喜地的笑脸舞姿。我以为这是闻捷进疆五六年后，迅速顺利地创作出一组组的"天山牧歌"，后集结出版的一个特定背景。他这种"外来者"的视角和眼光，兼之当地极其丰富的维吾尔族民歌资源，使得天山、维吾尔族、婚礼、古尔邦节等完全被美学化了、诗意化了。鉴于内地当时正在大张旗鼓地宣传民族团结，这些诗歌得以顺利通过各种文化审查，它们在1955年《人民文学》上连续推出后，立即轰动了文坛。新疆，新疆当代文学，就这样作为一幅巨大的牧歌化的异域风景，在中国当代文学的屏幕上高高树立起来了。在那个年代，我想很多人都是通过闻捷的《吐鲁番情歌》、《博斯腾湖畔》等组诗，通过著名的短诗集《天山牧歌》和长诗集《复仇的火焰》，知道闻捷这个响当当的诗人名字的，而且通过他知道了当代新疆。在那个年代，闻捷几乎与当代新疆和当代新疆文学成了同义词。

进入"风景化"的讨论，不可否认闻捷是以外地人的身份进入新疆的。两者历史文化传统的分量，它们之间强弱、轻重和主次的对比在作者写作这些短诗和长诗之前，就存在在那里了。我们由此知道，它们以一个背景、前提和决定的因素在那里组织着诗人的创作，而不是诗人一个人自我陶醉、手舞足蹈地在那里进行文学创作。面对这道风景，作为作者的闻捷显然是一个强大的外来者，他对它的描写是按照外来者的需要来进行的。"琴师踩得落叶沙沙响，/他说：'葡萄吊在藤架上，/我这颗忠诚的心啊，/吊在哪位姑娘的辫子上？'"在外来者的视野里，这就是当地风俗，是边疆文化的风景；而这道风景所体现的和谐、欢乐、融洽，正是边地安全、巩固国防所需要的。再看后来的诗句："鼓手碰得树枝哗哗响，/他说：'多么聪明的姑娘，/她们一生的幸福啊，就决定在古尔邦节晚上。'"作者不满足这些，后面诗句是要把前面的当地风俗和家庭日常生活进一步审美化，把它们提到一个新的历史高度，这就是幸福的问题。这里有几个关键词：鼓手、姑娘、幸福、古尔邦节，表面上看，它们只是少数民族生活的零碎的片断，没有什么历史逻辑性，像日出而作、日落而息的维吾尔族人民古老的生活方式一样，没有目的，随便无意，生老病死，都由不得自己。然而经过闻捷的历史整理，它们变成一个历史方阵，代表着一段伟大的历史。它们不是凌乱的个体，而是一个整体，代表着一个民族的神圣意志和凝聚力。就这样，鼓手的节奏推动着姑娘们狂欢的舞姿，在"古尔邦节"上，幸福代表着一个民族大团结程序中被预设的概念，威严伟大，凡是看到它的读者都为之倾倒而激动，就像我们经过石河子以北的著名石油城克拉玛依市时所产生的历史激动一样。克拉玛依市是北疆的神圣代表，历史性的驻疆办，五十六个民族紧紧联系在一起，万世不变，永存人间。

通过对铁衣甫江、霍加和闻捷诗歌的读解，我逐步地认识到"内地化"和"风景化"不光是认识新疆当代文学的两个节点，它还潜移默化地变成了一个认识性的结构。正是在这里，最近二十年我们研究新疆当代作家作品时的可能性与被限制的问题就值得注意了。

三

在这种认识性结构中，我们得以稍微对80、90年代以来的新疆当代文学做些回望和反省。与50、60年代的新疆少数民族诗歌与内地文学的主动趋同有所不同，王蒙《夜的眼》和《在伊犁》、陆天明《桑那高地的太阳》、杨牧《我是青年》以及周涛、章得益等的作品，与伤痕文学思潮同步性有另外的历史目的。这些来自北京、上海和四川的新疆作家显然意识到，与内地文学思潮保持同步性，就能进入那里的文学中心，而进入了文学中心，即可以从地方作家成为全国作家，那么社会所造成的个人伤害就会在文学中得到补偿和回报。王蒙、陆天明走的是这种路子,杨牧、章得益同样如此,周涛虽留在新疆,但仍获得了很高的社会地位,即是这方面最有力的证明。这些来自各地的游子们,对那里文学思潮的响应无疑看作是对自我身份的重新确认,那是一种真正的回归。当然,新疆文化的异域性,也赋予他们作品特殊的色彩,那种内在的"风景化",正是他们作品吸引内地读者眼球的一个因素。

　　90年代后,由于东西部经济差距的日益拉大,新疆当代文学与我国其他地区当代文学50至80年代保持的同步性逐渐在减弱,新疆再次显示出它的地方性、自治区的历史特征。如果离开了"风景化",新疆当代作家就很难进入内地读者和评论界的视野。刘亮程、沈苇和董立勃等朝气蓬勃的新一代作家就存在于这种认识性结构中。刘亮程的长篇散文《一个人的村庄》,叙述的是兵团后裔的农耕生活,那是一种早就被读者所遗忘、也因为作家神奇的叙述而重新展开的一种另类的生活方式。董立勃小说的路子与刘亮程大同小异,他对兵团生活原生态的重现,暴露出牧歌式建设生活本身具有的野蛮和原始的特点。沈苇不是兵团后裔,他80年代从浙江来到新疆,带着当时青年诗人极其浪漫天真的幻想。作为新疆真正的外来者,20多年后的沈苇虽然完成了文化回归,但他的取材和眼光是非常接近于闻捷的。在新疆当代文学中,沈苇是地位和成就仅次于闻捷的一位优秀诗人,在目前国内诗歌界,也已位列第一流的诗人阵容中。尽管如此,我们对这些优秀作家的评价和认识,仍然无法摆脱我所说的那个认识性的结构。这是因为,80年代后的国家发展重心尽管已由以阶级斗争为中心转移到经济建设为中心的轨道上来,但民族团结的和谐性却开始逊位于维安性,新疆再次成为中国的边防重地。与河南、陕西等其他一些省份的地方性不同,新疆的地方性鉴于这种考虑而具有了某种异质性。我们因此注意到,尽管河南、陕西等地的经济发展水平与东部也日益拉大,但是它们的地方性并没有影响到这些省份的作家通过自身的努力而成为全国性作家,陈忠实就是一个明显的例子。河南和陕西的地方性并未成为一种压制性的认识结构,也没有成为一个不可逾越的历史门槛。而在西藏、内蒙古和新疆的文坛,如果再像80年代那样出现西藏先锋小说家群、新疆新边塞诗派,已经很难做到了。

　　由此可知,尽管50年至80年的文学已经成为遥远的历史,然而它们已经成为一种当代文学与新疆当代文学关系结构中的一个起源性的东西。虽然对于中国这种历史发展转型缓慢、一种变革往往要拖上很多年才有一点点进展变化的古老民族来说,它在历史长河中不过是一个瞬间,但是这种瞬间也许就是我们珍贵的一生。如此想来,也难免令人伤感和难过。然而不如此想问题,我们就只会看到问题的断面,而看不到问题的全部,不是一种全视野中的文学史研究。沈苇有一首诗叫《滋泥泉子》,作品写道:

> 在一个叫滋泥泉子的小地方,我走在落日里
>
> 一头饮水的毛驴抬头看了看我
>
> 我与收葵花的农民交谈,抽他们的莫合烟
>
> 他们高声说着土地和老婆
>
> 这时,夕阳转过身来,打量
>
> 红辣椒、黄泥小屋和屋内全部的生活

　　从作品所呈现的乡村意象看,与内地乡土题材的作品其实差别不大,但仔细阅读,会渐渐读出它的"新疆风味"来,这里面是一个遥远的异地。它是一个储存着内地生活经验的诗人敏锐观察到的迥然不同的生活方式:数千年辽阔地域的养育,这里人民基本采用听天由命而不是内地农民那种勤奋耕种的生活态度。这种古老的生活方式,因为"夕阳"的关照,而有了一种静止的时间效果。某种意义上,

新疆的生活不是像内地那样热气蒸腾和瞬息万变的,而像历史遗址古楼兰,像天山、戈壁、沙漠和许多个被废弃的村庄,永远静止在历史的某一时刻。走进辽阔无比的新疆,迎面而来的就是这么一副"风景化"的巨大画幅,它千年不变,与存放在新疆历史博物馆的女干尸、古驿道遗留的兽骨等是同一种形状的,而沈苇笔下的这座村落,不过是历史博物馆中的一件常见的陈列品而已。在我看来,这就是"夕阳"所包含着的起源性的东西。它也是90年代以后的新疆当代文学所包含着的起源性的东西,50年代至80年代的新疆当代文学,则不过是它的史前史。内地巨大的社会转型,与新疆这座古老村庄的沉睡的状态,在我看来,正是今天当代文学与新疆当代文学关系中需要辨析的问题之一。

不过这样,也促使我想到几十年后重新理解文学史的问题。我意识到,由于内地经济和文化的强势地位,50年代后新疆当代文学出现的内地化和风景化,并非那时作家自愿的选择。沈苇的诗歌在进入中心视野之前也许看作是一种"风景化"的诗歌现象,这正像董立勃小说和刘亮程散文留给人们的印象一样。但能够预见的是,如果社会转型顺利过渡和最后成功,内地大部分地区经济和文化发展的水平日益趋同化,不同省份随着地区差异缩小而发展到高度同质化的历史阶段,到那时,新疆当代文学也许就不再是边缘性和微弱性的学问领域,而变成了一种所谓的显学了吧。在那时,沈苇、董立勃和刘亮程等的作品,也许就自然而然地产生出被发掘的价值,正像90年代诗歌发掘出了食指,90年代文化发掘出了陈寅恪、顾准、季羡林等文化名人。在这个意义上,我想再次回到文章开头张钟《当代中国文学概观》对当代文学与新疆当代文学关系的叙述上来。我们想到的是,在当时社会发展的阶段上,文学史家们只能用这种压抑性的历史态度建立它们之间的不平等关系,建立这种历史叙述的框架。我们所以对这种明显不公平不正确的历史叙述充满了理解和同情,是因为我们抱着历史的理解和同情，重新理解文学史的问题才能够顺利和正常地提示出来，并成为我们不仅仅这样去理解当代文学与新疆当代文学的关系，也可以成为我们重新理解现代文学与当代文学的关系、现代文学与古代文学关系的一种理解性的知识框架。于是这样，整全性的文学史视野就在这种历史关联中体现出来了，狭隘的文学史观念就会逊位于整全性的文学史观念。这是迈过了艰难而漫长的历史阶段时所必须付出的代价，这也是付出代价后的值得珍惜的收获。而当代文学与新疆当代文学的关系，不过是我借此讨论这个问题的一个例子而已。

第十八讲　引文式研究：重寻人文精神讨论

一、"下课的钟声已经敲响"

1996年2月，王晓明在上海文汇出版社编的《人文精神寻思录》的编后记中说："'人文精神'的讨论已经持续两年多了。这两年间，讨论的规模逐渐扩大，不同的意见越来越多，单是我个人见到的讨论文章，就已经超过了一百篇。进入90年代以来，知识界如此热烈而持续地讨论一个话题，大概还是第一次吧，这本身就显示了这个话题对当代精神生活的重要意义。"[1]这场由王晓明和他的学生张宏（后改名张闳）、徐麟、张柠、崔宜明在1993年第6期《上海文学》率先发起，沪上学者张汝伦、朱学勤、陈思和、高瑞泉、袁进、李天纲、许纪霖、蔡翔、郜元宝，南京批评家吴炫、王干、王彬彬等在1994年3、4、5、6、7期的《读书》杂志开辟对话专栏响应，后有北京的王蒙、张承志、周国平、雷达、白烨、王朔、李洁非、陈晓明、张颐武、张志忠、王一川、王岳川、孟繁华、陶东风等卷入的"人文精神讨论"，是继1979年"人道主

---

[1] 王晓明编.人文精神寻思录[M].上海：文汇出版社，1996.（注：该书除收入发表在《读书》、《东方》、《上海文学》、《上海文化》、《作家报》、《现代与传统》、《文论报》、《中华读书报》等当时热门杂志上有代表性的26篇文章外，还将其他报刊上的70余篇文章和综述编为"索引"放在书尾。确如他所说，当时参与讨论的学者、批评家和作家有数十人，文章已经超过了一百篇。）

义讨论"之后的又一场大讨论。大讨论曾经是1980年代和1990年代中国知识界介入社会变革进程最常见的自我表达方式。80年代他们批评的是"文革"浩劫，90年代批评的却是来势汹汹的市场经济，这种角度转移暗示了80年代的结束和90年代的到来，这正是两个年代的一个明显分界点，或者说是新旧两个文明的决裂线。

参与讨论的蔡翔，这时已朦胧地意识到两个时代之间的关联点，他不避讳人文知识分子面临市场经济年代时的失语和彷徨：

> 新时期的一个显著特点，在于精神的先锋作用，观念导引并启动了社会政治——经济的改革和发展（由此突出了知识分子的启蒙作用和意识形态功能）。这时的知识分子，不是从社会实践，而是主要从自身的精神传统和知识系统去想象未来，在这种想象中，存有一种浓郁的乌托邦情绪。然而，经济一旦启动，便会产生许多属于自己的特点。接踵而来的市场经济，不仅没有满足知识分子的乌托邦想象，反而以其浓郁的商业性和消费性倾向再次推翻了知识分子的话语权力。知识分子曾经赋予理想激情的一些口号，比如自由、平等、公正等等，现在得到了市民阶级的世俗性阐释，制造并复活了最原始的拜金主义，个人利己倾向得到实际的鼓励，灵—肉开始分离，残酷的竞争法则重新引入社会和人际关系，某种平庸的生活趣味和价值取向正在悄悄确立，精神受到任意的奚落和调侃。一个粗鄙化的时代业已来临。的确，某种思想运动如果不能转化为普遍的社会实践，那么它的现世意义就很值得怀疑。可是，一旦它转化成某种粗鄙化的社会实践，我们面对的就是一颗苦涩的果实。知识分子有关社会和个人的浪漫想象在现实的境遇中面目全非。大众为一种自发的经济兴趣所左右，追求着官能的满足，拒绝了知识分子的谆谆教诲，下课的钟声已经敲响，知识分子导师身份已经

自行消解。[1]

蔡翔这番话倒像是提醒，1950年至1990年四十年普通民众的精神生活，一直是由政治精英和知识精英统治着的。"这时的知识分子，不是从社会实践，而是主要从自身的精神传统和知识系统去想象未来，在这种想象中，存有一种浓郁的乌托邦情绪"。不过，昔日荣耀和今日的失落使他明显带着惋惜的口气，"下课的钟声已经敲响，知识分子'导师'身份已经自行消解"。另一位学者卢英平并不同情这种历史境遇，他觉得陷入茫然的知识群体应该在更大的历史框架中，而不要只是"从自身的精神传统和知识系统"和1990年代这个时间点上看问题。他在《立法者·解释者·游民》一文中认为知识者无权在历史大变局中固守优越性地位："人文知识分子对社会的独立性相当大，特别是在历史上，知识分子及其精神，一直是社会的主导者，'立法者'。中国古代学者那种'穷则修身养性，达则兼济天下'的精神很充分地证明了这一点。从春秋到"五四"，甚至是解放后，中国知识分子都拥有社会化的主动权。而西方的知识分子从文艺复兴开始就掌握了这种主动权，到大革命前夕的启蒙运动中更达到巅峰，成了社会的'立法者'。在如此长的历史中，人文精神骄傲地凸显于社会之上。但到近现代社会中，由于社会结构复杂化，知识分子及其精神在社会化过程中的主动性逐渐减弱，人文学科不再是社会的全部，连上流地位都不是。"不过他接着用安慰的语气说："由于我国的特殊环境，人文精神没有经过解释者这一环而直接由立法者变成了游民，这样很容易在呼唤人文精神时自然而然地想回归立法者的地位。"所以，"人文学者应当主动去适应解释者的

---

[1] 许纪霖,陈思和,蔡翔,郜元宝.人文精神寻思录之三——道统学统与政统[J].读书,1994(5).

地位。这样，人文与社会的磨合可以较顺利，人文精神可以较主动地实现社会化。"[1]

　　新时期揭幕后，当知识者一路意气风发地从1979年直奔1989年，突然遭遇人文/市场这道他们从未见过的巨大历史沟壑时，很多人内心经历像蔡翔所说"下课的钟声已经敲响"的极度沮丧可以想象。1992年邓小平南方谈话后，我国市场经济在城乡上下全面铺开，公务员打破"铁饭碗"、读书人"下海"、全民经商的风气迅速蔓延社会各个角落，还一度出现"研究导弹的，还不如卖茶叶蛋"这种"脑体倒挂"的严重社会问题。正如李云在研究王朔小说《顽主》时指出的一个事实："中国分别在1984年和1987年兴起全民经商的热潮，大量蠢蠢欲动的城市青年相继辞去公职。"[2]又如有的研究资料显示："在1986年到1988年间，平均每天诞生公司329家，几乎每4分多钟便有一家公司注册成立，成千上万各行各业的人流水般涌入个体工商户的大军。"[3]就在蔡翔和卢英平截然不同的历史认识框架中，人们好像又回到90年代那个"钟声已经敲响"的现场。难怪人文精神讨论主要发言人之一、复旦大学哲学系教授张汝伦略带夸张语气地道出了问题的严重性："其实这也不光是中国的问题。进入本世纪后，工具理性泛滥无归，消费主义甚嚣尘上，人文学术也渐渐失去了给人提供安身立命的终极价值的作用，而不得不穷于应付要它自身实用化的压力。丹尼尔·贝尔在《资本主义文化矛盾》中对这一过程有过精辟的论述。表面上看是文化出了问题，实际上是文化背后的人文精神和价值丧失了。所以人类现在面临共同的问题：人文精

[1] 卢英平.立法者·解释者·游民[J].读书,1994(8).
[2] 李云."范导者"的失效——当文本遭遇历史:《顽主》与"蛇口风波"[J].当代作家评论,2010(1).
[3] 苏颂兴,胡振平主编.分化与整合:当代中国青年价值观[M].上海:上海社会科学院出版社,2000.

神还要不要？如何挽救正在失落的人文精神？"[1]在他看来，问题好像变得异常严峻和紧迫，已经发展到必须推出一个彻底解决方案的地步。

采用引文式的研究视角，是受到本雅明"宣布自己的'最大野心'是'用引文构成一部伟大著作'"的观点的启发。[2]其实海外学者黄仁宇、余英时也借用过蒋介石和胡适日记来进入对他们思想的探讨。[3]梁启超在《中国历史研究法补编》第五章"年谱及其做法"中说："我们史家不必问他的功罪，只须把他活动的经历，设施的实况，很详细而具体地记载下来，便已是尽了我们的责任。譬如王安石变法，同时许多人都攻他的新法要不得，我们不必问谁是谁非，但把新法的内容和行新法以后的影响，并把王安石用意的诚挚和用人的茫昧，一一翔实的叙述，读者自然能明白王安石和新法的好坏，不致附和别人的批评。"[4]连梁启超都主张对近一千年前王安石的变法采取谨慎和客观的叙述态度，这就提醒我们也不必现在就对二十年前这场人文精神讨论信心满满地论述是非，作出决断。采用引文式的研究视角，一是不附和当时参与者的批评意见，二是不简单趋从今人还不稳定的批评观点。引文式的研究，同样能够展开历史的场景，紧贴引文的内容，使"读者自然能明白"人文精神讨论的"诚挚"和

---

[1] 张汝伦，王晓明，朱学勤，陈思和.人文精神寻思录之一——人文精神：是否可能和如何可能[J].读书，1994(3).

[2] [德]本雅明著，张旭东，魏文生译.发达资本主义时代的抒情诗人[M].北京：三联书店，1989.

[3] [美国]黄仁宇.从大历史的角度读蒋介石日记.北京：九州出版社，2008.(注：该书回避直接作传的方式，通过细读蒋几十年的日记，由此为进路展开对蒋本人及其由他所导演的中国现代史的深入持续地观察。它避免了作者主观化色彩，比较忠实地还原了这段历史进程的复杂性，以及蒋极其矛盾、复杂的内心世界，全书给人耳目一新的印象。[美国]余英时.重寻胡适历程.上海：三联书店，2012.我们知道，在中国现代学人中，胡适日记是留存现世的最重要的学人档案材料，借助它研究本人思想、学术和活动，更为忠实和可靠。)

[4] 梁启超.中国历史研究法补编.北京：中华书局，2010.

"茫昧",至少为观察在此前后的80年代和21世纪的"好坏"先立起一个观望标。

二、进入90年代的两种方式

如果允许暂时把人文精神讨论的观点分作两个面向——虽然个别人的看法迥然不同(例如北京的张承志)——人们能够看出上海学者与北京学者、批评家和小说家面对转向市场经济的90年代时的明显差别。如果更细致地观察会发现,这是双方进入90年代的路径不同造成的。

王晓明说:"今天,文学的危机已经非常明显,文学杂志纷纷转向,新作品的质量普遍下降,有鉴赏力的读者日益减少,作家和批评家当中发现自己选错了行当,于是踊跃'下海'的人,倒越来越多。我过去认为,文学在我们的生活中占有非常重要的地位,现在明白了,这是个错觉。即使在文学最有'轰动效应'的那些时候,公众真正关注的也并非文学,而是裹在文学外衣里面的那些非文学的东西。可惜我们被那些'轰动'迷住了眼睛,直到这起,才猛然发现,这个社会的大多数人,早已经对文学失去兴趣了。"[1]张汝伦说:"今天在座的都是从事人文学科教学与研究的知识分子,文史哲三大学科的都有。我们大家都切身体会到,我们所从事的人文学术今天已不只是'不景气',而是陷入了根本危机。"[2]许纪霖说:"近10年来,大陆知识分子前后发生了两次自我的反思。第一次是80年代中期,刚刚从社会的边缘重返中心的知识分子在一场'文化热'中企图通过对传

---

[1] 王晓明,张宏,徐麟,张柠,崔宜明.旷野上的废墟——文学和人文精神的危机[J].上海文学,1993(6).
[2] 张汝伦,王晓明,朱学勤,陈思和.人文精神寻思录之———人文精神:是否可能和如何可能[J].读书,1994(3).

统文化的批判，与过去的形象决裂，重新担当起匡时济世、救国救心的使命。第二次是90年代初，中国开始了急速的社会世俗化过程，知识分子好不容易刚刚确立的生存重心和理想信念被世俗无情地倾覆、嘲弄。他们所赖以自我确认的那些神圣使命、悲壮意识、终极理想顷刻之间失去了意义，令知识分子自己也惶惑起来，不知道该何去何从。有意思的是，80年代的知识分子是从强调精英意识开始觉悟的，而到了90年代，又恰恰是从追问知识分子精英意识的虚妄性重新自我定位。"[1]高增泉说："一个人文学者以他的思想、学术为他的生命，他的生活方式与生活之意义完全统一，在工商社会中是否还有可能？"[2]

王蒙表示："我不认为人文精神就是一种高了还要更高的不断向上的单向追求，我不认为人文精神、对于人的关注就是把人的位置提高再提高以致'雄心壮志冲云天。'"相反，"市场的运行比较公开，它无法隐瞒自己的种种弱点乃至在自由贸易下面的人们的缺点与罪恶。但是它比较符合经济生活自身的规律，也就是说比较符合人的实际行为动机和行为制约"。在历史上，"计划经济似乎远远比市场经济更'人文'"。好像"计划经济更高尚，更合乎人类理性与道德的追求"，"更具有一种高扬人的位置与作用的人文精神。这也许正是计划经济的魅力所在吧？"[3]王朔说："有些人大谈人文精神的失落，其实是自己不像过去为社会所关注，那是关注他们的视线的失落，崇拜他们的目光的失落，哪是什么人文精神的失落。""冒充真理的卫士，其实很容易。""我觉得，用发展的眼光看，文字的作用恐怕会越来越小，一个时代有一个时代的最强者，影视就是目前时代的最

---

［1］许纪霖，陈思和，蔡翔，郜元宝.人文精神寻思录之三——道统学统与政统［J］.读书,1994(5).

［2］高增泉，袁进，张汝伦，李天纲.人文精神寻踪［J］.读书,1994(4).

［3］王蒙.人文精神问题偶感［J］.东方,1994(5).

强者。对于这个'打击敌人,消灭敌人,团结人民,教育人民'的有力武器,我们为什么不去掌握?"[1]张颐武说:"据这些人文精神的追寻者的描述,这种'人文精神'在现代历史的某一时刻业已神秘地'失落',而正是由于此种'人文精神'的失落,构成了20世纪知识分子的文化困境。"他认为这是"它设计了一个人文精神/世俗文化的二元对立,在这种二元对立中把自身变成了一个超验的神话。它以拒绝今天的特点,把希望定在了一个神话式的'过去','失落'一词标定了一种幻想的神圣天国。它不是与人们共同探索今天,而是充满了斥责和教训的贵族式的优越感。"他把这种状态定为"'忧郁症'式的不安和焦虑"。[2]陈晓明坚持说:"对感官快乐的寻求,对一种轻松的、没有多少厚重思想的消费文化的享用,压抑太久的中国民众,即使有些矫枉过正也没有什么值得大惊小怪","我们当然可以抨击并撕破那些无价值的东西给人们看,但我们同时允许民众有自己的选择"。[3]

韦伯在《新教伦理与资本主义精神》一书中的一段引文,不妨当作理解上海人文精神倡导者确切历史位置和思想脉络的一个进路:"天主教徒……更为恬静,更少有投身商业的动机,他们保有着尽可能谨小慎微、不冒风险的生活态度,宁可收入微薄地过活也不愿投身于更加危险而富于挑战的活动——即使这样会名利双收。有一句广为人知的德国俏皮话说得好:'要么吃好,要么睡好。'显然,新教徒吃得高兴,而天主教徒则乐于睡得安稳。"他接着进一步指出:"确实,几乎不需要证明,资本主义精神把赚取金钱理解为'天职'——作为人人有义务去追求的自在目的——是与过去所有时代的道德情感背道而驰的。"他还提出了一个值得细琢的问题:"问题是,为什么

---

[1] 白烨,王朔,吴滨,杨争光.选择的自由与文化态势[J].上海文学,1994(4).
[2] 张颐武.人文精神:最后的神话[N].作家报,1995-05-06.
[3] 陈晓明.人文关怀:一种知识与叙事[J].上海文化,1994(4).

资本主义利益在中国或印度没有产生出它们在西方那样的影响？为何这些国家的科学、艺术、政治、经济发展没有步入西方所特有的那种理性化轨道？"[1]借此也许应该注意，人文精神倡导者的言论好像更愿意奉行欧洲天主教徒那种洁身自好和"更为恬静"的生活态度，以及某种反资本主义的倾向。[2]对于刚刚走出计划经济传统社会的人们来说，恪守"所有时代的道德情感"毫无疑问是必须坚守的原则，经历过漫长残酷政治运动的知识界从未真正领受过资本主义社会所带来的物质繁荣。所以他们像中国的思想先贤孔子一样，像历代"穷则独善其身，达则兼济天下"的中国传统知识分子一样，安于农业文明的更为恬静的生活氛围，他们的思想和知识都为这种社会模式所生产，尽管也接触过有限的现代西方知识，但仍然会对90年代中国铺天盖地席卷而来的商业浪潮本能地表达惊愕、愤怒并作激烈抵抗。

韦伯著作中的引文也可作理解北京学者和批评家观点的一个临时向导，从这些引文中映照出来的思想态度和历史反应透露着90年代的典型信息。众所周知，韦伯这部杰出著作对何为资本主义精神、如何从资本主义精神中发展出新教伦理等概念范畴、知识界定及其复杂内涵，均有精辟的论述。他说："今天，现代西方资本主义的合理性实质上依赖于技术上的那些决定性因素的可计算性；确实，这些因素是所有更为精确的计算的基础。"在此基础上形成了法律、契约、信用精神和严格规则。他在第二章"资本主义精神"中曾花费大量篇幅分析这一精神产生的起源，引用了美国《独立宣言》和《美国宪法》起

---

[1]［德国］马克斯·韦伯.苏国勋、覃方明等译.新教伦理与资本主义精神［M］.北京：社会科学文献出版社，2010.

[2]周作人20年代在许多论述如何"重建中国文明"的文章中，都曾比较过汉代以前中国与古希腊人生观和哲学观的某种同构性，认为他们这种顺应自然和命运的观念，构造了他们虽有差异、但同样是缓慢和充满农业文明诗意的传统文化。

草者之一本杰明·富兰克林对人们的告诫,并对这种非常具体的例证加以分析:"影响信用的事,哪怕十分琐屑也得注意。如果你的债权人在清早五点或者晚上八点能听到你的锤声,这会使他安心半年之久;反之,假如他看见你在该干活的时候玩台球或者听见你的声音在酒馆里响起,那他第二天就会派人前来讨还债务,而且要求一次全部付清。"因此,"你应当把欠人的东西记在心上,这样会使你以谨慎诚实的面目出现,这就又增加了你的信用。要当心,不要把你现在占有的一切都视为己有"。为解决宗教"赎罪"与商业之间的深刻矛盾,替新教伦理找到最根本的依据,韦伯借用并重新整理了路德的"天职"概念,他解释说:"作为一项神圣的教令,天职是必须服从的东西:个人必须把自己'托付'给它。""天职中的工作是上帝赋予人的一项任务,或者实际上是唯一的一项任务。"因此,新教徒为上帝从事工商业活动,只留用基本利润维持生活,其余都捐献社会或用于再生产,这样就解决了"赎罪"的问题。资本主义社会普遍的"捐款"文化,也由此产生。[1]借韦伯观点是否可以理解王朔对商业社会的正面看法自然可以讨论。不过,这种用引文推导另一个引文的视角确实为人们重温90年代北京文人的现实处境,对纷乱矛盾的表述稍加整理提供了机会。王朔以学者圈中所少见的坦率口气说,他当时"是跟深圳先科公司合作开办的'时事文化咨询公司',主要搞一些纪实性的纪录片;另一个就是跟北京电视艺术中心合搞的这个'好梦影视策划公司',主要搞艺术性的电视剧或舞台剧"。他为此辩解道这是由于"看到现在新型的人和人的关系,就是契约关系,纯粹地呼唤道德想让社会进步,只是一种幻想"。[2]虽然张颐武的批评带点情绪化,但这种意见可以看作对韦伯"天职"概念实证性解释的响应和对王朔观点的

---

[1][德国]马克斯·韦伯.苏国勋、覃方明等译.新教伦理与资本主义精神[M].北京:社会科学文献出版社,2010.
[2]白烨,王朔,吴滨,杨争光.选择的自由与文化态势[J].上海文学,1994(4).

声援。他指出:"'人文精神'确立了掌握它的'主体'不受语言的拘束而直接把握世界。这无非是在重复80年代有关'主体''人的本质力量'的神话,只是将处于语言之外的神秘的权威表述为'人文精神'而已。"[1]王朔、张颐武说这些话的时候,正好是八九十年代社会转型的敏感时期。正如前面所言,全民经商正漫卷全国城乡,市场社会的兴起就是90年代的历史现场。王朔、张颐武道出了试图从"穷则独善其身,达则兼济天下"的儒家传统轨道上脱轨出来的一些人的真实想法。这种新锐叛逆的姿态,在人文精神倡导者眼里自然难以接受:"前不久我在一家小报上读到北京大学一位副教授的文章,他批评知识分子谈人文精神是'堂·吉诃德对着风车的狂吼'","我真是没有想到中国近代知识分子人文精神最集中的北京大学的副教授,竟会用这种轻薄狂妄的口吻来批评知识分子自己的传统和话题"。[2]韦伯与王朔、张颐武这两段引文在这里看似无意的密约,只是我们写文章时临时整理的结果,它更有意义的是帮助人们将上海和北京知识界进入90年代的两种方式相互加以参照。这些历史材料,也许是未来若干年后在研撰当代知识者的"编年史"的时候所需要的。

我们不妨认为,两方面的观点已经牵涉到对90年代的想象和规划。在王晓明这里,文人下海、杂志转向是导致文学危机的直接原因;而在王朔这里,办公司、当编剧其实不过是"重新选择了一种生活态度和生活方式"而已,唯一的变化只是由传统作家转变成了职业作家。在张汝伦看来,"物质性"的话题是对人文精神的污染;但在王蒙看来,这乃是计划经济时代的陈旧思维在作怪,他认为应坦然面对人文精神的多元性和多层性,"文化市场,反映的毕

---

[1] 张颐武.人文精神:最后的神话[N].作家报,1995-05-06.

[2] 陈思和.关于"人文精神"讨论的两封信——致坂井洋史.大潮文丛(第四辑)[M].上海:复旦大学出版社,1993.

竟是人的需要"。[1]围绕着90年代文学是否应该具有"物质性"特点的争辩,标示着80年代/90年代之间有一个明显的分界点;更应该注意的,是在这个分界点上已经携带着80年代是如何跨入90年代的等诸多尚未解开的问题。对此,王一川曾经有比较理性的分析:"80年代审美文化以纯审美、精英文化、一体化、悲剧和单语独白为主要特征。具有这种特征的审美文化,往往服务于呈现启蒙精神。"而"在90年代,从纯审美到泛审美、精英到大众、一体化到分流互渗、悲剧性到喜剧性以及单语独白到杂语喧哗,审美文化的这种变迁从根本上披露了启蒙精神衰萎的必然性"。他认为,在经济形态的多元化(国营、集体、个体及合资经济)和社会构成上的分层化(工人、农民、军人、商人、名人等阶层分野趋于明显)历史情境中出现的这种历史分化现象,并不是从90年代才开始的。"80年代审美文化并不是铁板一块,而应看作变化的过程"。"首先,'寻根'小说带着寻觅'民族精神'的初衷在边缘地带苦求,相反却发现'根'已经衰朽(如丙崽),这无疑动摇了启蒙精神的合理性根基;其次,马原、余华、苏童、格非和孙甘露等的先锋小说,集中拆解传统叙事规范,以无中心的泛典型取代中心性典型,瓦解了启蒙精神赖以建立并持续存在的元叙事体;再次,被称为'新写实'的那些小说(如《烦恼人生》、《单位》和《一地鸡毛》),透过印家厚、小林和小李从富于宏伟理想到这种理想在日常生活琐事中的无所不在的失败,显示出80年代启蒙精神的无可挽回的衰落命运"。"总之,审美文化在90年代具有不同于80年代的鲜明特征,这是一个历史性演变进程"。[2]

---

[1] 王蒙.人文精神问题偶感[J].东方,1994(5).
[2] 王一川.从启蒙到沟通——90年代审美文化与人文精神转化论纲[J].文艺争鸣,1994(5).

三、"个人实践性"、"岗位"及其他

不过有意思的是，尽管价值取向上有意表露出与北京某些人分道扬镳的决然姿态，但王晓明在1994年与张汝伦、朱学勤和陈思和的"对话"中仍然敏锐意识到了讨论人文精神过程中葆有"个人实践性"的重要性。他说："今天我们谈论终极关怀，我就更愿意强调它的个人性，具体说就是：一，你只能从个人的现实体验出发去追寻终极价值；二，你能够追寻到的，只是你对这个价值的阐释，它绝不等同于终极价值本身；三，你只是以个人的身份去追寻，没有谁可以垄断这个追寻权和解释权。正是在这个意义上，我相信人文学者在学术研究中最后表达出来的，实际上也首先应该是他个人对于生存意义的体验和思考。"

在人文精神讨论中出言比较谨慎的朱学勤，这时对其进行了补充性阐释："王晓明强调的是，一个普遍主义的人文原则，在实践中却必须是个体主义的，这是一个非常重要的限定。没有这个限定，人文精神的普遍主义，有可能走向反面，走向道德专制"。"用我们现在谈话的语言说，就是以普遍主义方式推行普遍主义原则，我们今天谈论的人文精神，似乎也应以此为戒？我想说的是，一个人文主义者，如果不愿放弃这一理想，是否应对原则上的普遍主义与实践中的个体主义，持有一种谨慎的边界意识？"从对个人实践性和边界意识的强调来看，上海人文精神一部分倡导者并不像张颐武指责的"设计了一个人文精神/世俗文化的二元对立"、非把"自身变成一个超验的神话"，相反，他们倒意识到这种讨论如果"不接地气"和不从具体实践层面上来操作，它的有效性就值得怀疑。

不过，张颐武的批评倒似乎适用于陈思和"岗位意识"的主张。陈思和指出："这些问题直接涉及知识分子人文精神的价值取向，即

它的岗位应该设在哪里。我刚才说过封建时代的知识分子居庙堂中心，它进而入庙堂，退而回到民间，无论办书院搞教育，还是著书立说，都是在一个道统里循回，构成了一个封闭性的自我完善机制。20年代胡适提倡好人政府，50年代熊十力上书《论六经》，都是知识分子企图重返庙堂的努力。但20世纪庙堂自毁，价值多元，知识分子能否在庙堂以外建立自己的岗位，同样能够继承和发扬人文精神，塑造自己的人格形象？这是一个非常现实地摆在知识分子面前的问题。"虽然在陈思和这里，不能说庙堂与民间完全是张颐武所说的"设计了一个人文精神/世俗文化的二元对立"，是把"自身变成一个超验的神话"，但联系倡导者80年代以来的思想发展脉络，从倡导人文精神到强调研究"潜在写作"、"无名写作"，再到"广场"、"民间"理论的推出，陈思和给人在纯精神层面处理文学问题的印象确实明显。张颐武的批评是否正确姑且不论，不过这倒无意地指出了在理解什么是人文精神和怎样在个人研究层面上落实它的问题上，倡导者圈子中也是有所不同和因人而异的。从中也可以看出，在批评陈思和等人讨论问题过于抽象的时候，张颐武的批评也给人比较抽象和不具体的感觉，这是应该留意的细微地方。[1]

　　亚当·斯密1776年3月出版的深刻解释资本主义生产秘密和规律的《国富论》被认为是他的传世之作，但他另一部可称之为英国工业革命时代"人文精神讨论"的著作《道德情操论》却于1759年4月提前问世。他早在250多年前，早于1993年中国人文精神讨论234年前，就已注意到人类社会经济发展与维护人文精神之间的严重脱节和不平衡的巨大困境。要取得历史进步，社会就不得不从事资本主义生产，用于刺激消费和增加财富，然而道德沦丧也在向财富增加

---

[1] 张汝伦，王晓明，朱学勤，陈思和.人文精神寻思录之———人文精神：是否可能和如何可能[J].读书，1994(3).

的相反方向全面下滑。正是在这种历史情境中，他非常注意从个人实践性的视角研究问题，并提出了许多非常具体和丰富的见解。他在《国富论》中指出："在物质匮乏的年月，维持生活不容易，而且生活不稳定使得那些人又渴望回到原有的工作岗位上去。但是食品价格的昂贵，用于供养人的基金的减少又使得雇主们宁愿减少佣工，而不愿增加工人。再者，在物价昂贵的年月，贫穷的独立工人往往把以往用来补充自己工作材料的少数资本都用来消费，于是为了维持生活也都被迫变成了短工。需要工作的人更多了，而得到工作也就更不容易了。于是许多人宁愿接受比通常更低的条件，这样一来仆人和短工的工资在物价昂贵的年月便更低了。"他在论及雇主与佣人的关系时的抽象思维很有意思，在具体中又非常抽象和富于启发性："一些具有极大使用价值的东西，往往不具有或仅具有极少的交换价值。相反，一些具有极大交换价值的东西又往往不具有或极少具有使用价值。没有什么东西比水更有用的了，然而它不能购买任何东西，也不能交换任何东西。相反，钻石没有任何使用价值，但它往往可以交换到许许多多的其他商品。"[1]读者注意到，在讨论十分具体的生产关系甚至物质方面的问题时，亚当·斯密始终把资本主义生产过程中的"人性问题"摆在中心位置，雇主与佣工的关系如此，使用价值与交换价值的关系也是如此，而不像我们往往喜欢把问题拉到遥不可及的伦理道德的层面，进行纯粹抽象——实际也达不到真正抽象思维层次的不及物的操作和辩论。以人性为立足点，这就导出了他在《道德情操论》中对它的深刻分析及如何加以约束和平衡的问题。他说："人们历来抱怨世人根据结果而不是根据动机作出判断，从而基本上对美德失去信心。人们都同意这个普通的格言：由于结果不依行为者而定，所以它不应该影响我们对于行为者

---

[1]　[英]亚当·斯密.谢祖钧译.国富论（上）[M].北京：新世界出版社，2007.

行为的优点和合时宜的情感。但是,当我们成为特殊的当事人时,在任何一种情况下都会发现自己的情感实际上很难与这一公正的格言相符。任何行为愉快的和不幸的结果不仅会使我们对谨慎的行为给予一种或好或坏的评价,而且几乎总是极其强烈地激起我们的感激或愤恨之情以及对动机的优缺点的感觉。"他又解释说:"无论人们会认为某人怎样自私,这个人的天赋中总是明显地存在着这样一些本性,这些本性使他关心别人的命运,把别人的幸福看成是自己的事情,虽然他除了看到别人幸福而感到高兴以外,一无所得。这种本性就是怜悯或同情,就是当我们看到或逼真地想象到他人的不幸遭遇时所产生的感情。""这种情感同人性中所有其他的原始感情一样,绝不只是品行高尚的人才具备,虽然他们在这方面的感受可能最敏锐。最大的恶棍,极其严重地违反社会法律的人,也不会全然丧失同情心。"[1]他的意思是,在社会转型、资本积累的年代,最容易诱发出人性的自私和丑恶来,然而合时宜的情感却能够克服某些人性弱点,把人的怜悯和同情调动起来,进一步克服至少可以部分地平衡金钱利益与道德的严重悖谬。

王晓明和王蒙虽然都强调了人文精神讨论中的个人实践性,但他们并没有落地,真正落地的却是当时大多数知识分子都深恶痛绝的小说家王朔。当然,王朔的个人实践性与王晓明的主张不是发生在同一个历史层面上的,无法将它们并置在一起来讨论,但这不妨碍我们对它问个究竟。王朔的言论好像是在与亚当·斯密的政治经济学自觉接轨,他宣称:"有些人喜欢以贫交人,我不愿意这样。我不是拿不义之财,弄了个好东西,当然要卖个好价钱。"[2]他不仅口头表白,而且早就有了"下海"的个人实践。李建周为我们提供了很多鲜

---

[1][英国]亚当·斯密.蒋自强、钦北愚等译.道德情操论[M].北京:商务印书馆,2008.

[2]白烨,王朔,吴滨,杨争光.选择的自由与文化态势[J].上海文学,1994(4).

为人知的材料："1978年发表短篇小说《等待》以后，王朔受到《解放军文艺》的极大重视，被借调到该刊当编辑。正好赶上'三中全会'召开，政策的松动使得各种经济活动全面铺开。由于管理部门缺乏经验和政策法律不健全，许多经济活动处于合法与非法之间的灰色地带，造成了改革初期的混乱局面。""受先前哥儿们影响，无心看稿的王朔去了广州，摇身一变成了空手套白狼的'倒爷'。现役军人身份又是一把无形的保护伞，'光倒腾走私的彩电、录音机，南北一调个儿便能净得百分之一二百的纯利。'"与大多数待在书斋里坐而论道的学者和批评家相比，王朔确实非常勇敢而且先人一步进入了90年代。尽管他的个人实践性是与王晓明的个人实践性南辕北辙的，以致对后者是否定和鞭挞性的，不过这位充满争议的作家确实又在另外的层面上率先实践了人文精神讨论的主张。（岂料又过了若干年，当年参与人文精神讨论的学者和批评家们，不都学会了与书商打交道，而且策划起了很多明显带有"市场意图"的学术丛书？从这个角度看，他们与王朔此前的下海只是五十步与一百步而已。）如果这样看，王朔也许是一个还没有被真正认识到的为90年代而"殉道"的典型例证。他在今天"落魄"的命运，给我的印象可能也是如此。因为有事实证明，王朔当时并非要甘心下海做一个商人，他不过是为维护文学这个"志业"而暂时屈身而已，他在这一阶段仍然勤奋地写出了《动物凶猛》、《过把瘾就死》等不错的小说：我"自己搞公司，除了实现自己在影视上的一些追求外，还有一个想法就是少受自己做不了主的那种累，以便更好地写些东西"。杨争光也曾替他辩解道："办公司赚钱并不是目的，主要还是想干事业，在影视上搞出些好东西来。现在来看，这个想法还是浪漫了一些。"[1]1993年的中国，这时正在艰难地走出那个荒谬不经的计划经济年代而迈向市场经济的前

---

[1] 白烨,王朔,吴滨,杨争光.选择的自由与文化态势[J].上海文学,1994(4).

夜。"人文精神讨论"可能正是这代50后知识者在走向市场经济前夜时的最稚嫩的也是最珍贵的思考。旧的历史一页刚刚翻过，新的历史一页也刚刚掀开。我们对新的历史一页的认识，必须从旧的历史一页的脉络纹理中去寻找和发掘才可能具有思想的深度。[1]

四、"十七年"可能是人文精神讨论的新观察点

在讨论了80/90年代的历史关联性之后，我们再将它往前延伸，看看除此之外另一个时间点能否给它的定义作一些解释。今天看来，纯粹在90年代历史情境中重新考量人文精神讨论的意义和得失是不准确的，因为这样，必受当时批评和今人批评的影响与干扰。它的历史立足点，我们可以尝试着在这代人的"十七年"境遇中来奠基和再次地展开。

实际上，双方已争论到"十七年"的历史问题，只是后来人们并未注意到这个问题对于人文精神讨论的真正含义。据我看到的历史文献，上海的人文精神倡导者都未注意到"十七年"这个重要的历史资源，倒是为王朔命运愤愤不平的作家王蒙把它当作了自己立论的出发点。他以略带挖苦的口气说："对于人的关注本来是包括了对于改善人的物质生活条件的关注的，就是说我们总不应该叫人们长期勒紧腰带喝西北风并制造美化这种状况的理论来弘扬人文精神。但是，当我们强调人文精神是一种'精神'的时候，我们自古以来于今犹烈的重义轻利、安贫乐道、存天理、灭人欲、舍生忘死、把精神与物质直至与肉体的生命对立起来的传统就开始起作用了。毛主席讲的人要有一点精神，也是指解放军战士不吃'苹果'的精神，苹果多了，

---

[1] 李建周.身份焦虑与文本误读——兼及王朔小说与"先锋小说"的差异性[J].当代文坛,2009(1).

吃了，又从哪里去体现'人是要一点精神'的呢？毛主席讲的是解放军遵守纪律的精神，他讲的是正确的与动人的。但这里的所谓'精神'，仍然是对于某种眼前的物质引诱的拒绝，有了苹果就失落了精神，其心理暗示可谓源远流长。"在梳理了"十七年贫困社会主义"的思想内核和它的传统文化资源后，王蒙又在马克思主义那里去寻找其来源和根据。"意味深长的是，从脱离物质基础的纯精神的观点来看，计划经济似乎远远比市场经济更'人文'。计划经济的基本思路是，人类群体特别是体现公意的社会主义国家的执政党及政府，认识、把握并自觉地运用经济的发展规律，摒弃经济活动中因为价值规律的作用而出现的自发性、盲目性、无政府状态。（马克思主义认为，资本主义的基本矛盾之一是个别企业的生产的计划性与整个社会生产的无政府状态之间的矛盾。）把人类群体的主观意志与客观的经济需要结合起来，使人真正成为经济活动的主人，社会生活的主人，历史前进运动的主人。斯大林的命题是，社会主义经济的基本规律是最大限度地满足人民的物质与精神的需要，而资本主义经济的基本规律是最大限度地追求利润"。[1]王蒙这样就把人文精神讨论拉回到将物质/精神刻意对立的"十七年"的现场。他的历史经验告诉自己，这种严肃的讨论不能越过刚刚过去的"十七年"和"文革"，而仅仅站在80年代新启蒙立场和西方知识层面去重建人文精神。如果这样，这就不是一场具有历史感的讨论，这种脱离历史的姿态就不是从中国问题出发的讨论问题的方式，它的意义就值得怀疑。

　　对"十七年"，金观涛有着与王蒙同样深刻的记忆。他认为80年代是中国社会的第二次启蒙，但是对它的认识一定要放回到特定语境和更大的框架中才能产生历史纵深感。"20世纪有两次现代化高潮，而从1970年代后期至1980年代之前这50年间，中国大陆经济增

---

[1] 王蒙.人文精神问题偶感[J].东方,1994(5).

长相对缓慢。这是因为帝制崩溃之后，中国要首先完成社会的整合，才可能有经济的超增长。1949年中国完成了社会整合，但由于实现社会整合是依靠具有革命意识形态的政党，只要社会整合一完成，党就必定会把去实现意识形态规定的道德目标放在首位，不断革命、不断扩大社会动员的规模；只有到发现乌托邦的虚幻、革命意识形态解构，社会现代转型和现代化的目标才会再次凸显出来"。他为此提供了具体个案："上个世纪50年代至70年代，我在中国旅行的时候所看到的乡村、城市面貌基本是不变的。就以我的故乡杭州为例，我出生的时候，杭州大概是60万人口，到了80年代初，杭州还是六七十万人口，基本没有改变。当时城市格局包括街道、人口规模，都是20世纪初期的第一次现代化高潮期奠定的。50年间，虽然经济发展缓慢，革命和意识形态的展开却惊心动魄。就中国大陆而言，1949年至1978年的历史，实为毛泽东思想的展开，它可以用革命意识形态和社会的互动来概括，随着'文革'灾难的结束，中国人才再一次回到未完成的现代化事业中来。'文革'灾难也使知识分子意识到启蒙没有完成，所以1980年代从反思'文革'痛苦经验开始，中国出现了第二次启蒙运动。"[1]

王蒙、金观涛根据他们这代人的历史经验，试图在叙述中建立落后时代与先进时代这样的认识性框架，从而推演出80年代启蒙运动对于中国现代化转型过程的思想意义。在这种"十七年"停滞社会与八九十年代进步发展社会的比较视角中，金观涛，尤其是王蒙紧迫地意识到，对"如何进入90年代"的反省，是不应该绕过"十七年"停滞社会这个历史维度来展开的。80年代的思想启蒙，最终是要推动80年代进入90年代的市场经济社会，从而寻求人的全面解放的历

---

[1] 金观涛."五四运动的当代回想"研讨会资料[R].新加坡：南洋理工大学中华语言文化中心与联合早报，2009.

史蓝图,虽然这种蓝图今天被证明并不都是理想如意的,它甚至还给当代中国人带来了在80年代未能预想的痛苦和困难。然而在他们看来,在落后时代与先进时代的比较性框架中,90年代的市场社会仍然是社会进步的主要动力,是历史链条上的重要一环。在这个维度上,王蒙和金观涛帮助人文精神讨论拥有了应该拥有的历史感,当然也从这个维度令人意识到了人文精神讨论视野的局促狭窄,这些引文实际还帮助我们重新认识了那个曾经充满思想辩论色彩的年代。

就在人文精神讨论进行过程中,年轻的郜元宝已经注意到,"90年代的社会运作很多方面确实逸出了知识分子的原有的人文构想"。[1]这番话让人意识到,人文精神倡导者当时是以80年代新启蒙的理想标准来要求90年代的,而90年代则打出了另一面市场经济的旗帜。这种差异性中就有两个问题值得探讨:一是单向度的新启蒙知识框架难以令人信服地解释市场经济中的多元架构及其复杂问题。这就是我们为什么要更换一个认识框架,引用韦伯和亚当·斯密对资本主义社会结构和生产矛盾的引文,借以重新认识人文精神倡导者当时知识的困难和局限,以便使对人文精神讨论的研究继续向前推进;二是由于当时人文精神倡导者只是在人文学科危机的相关范畴里面向90年代的问题,而没有在"十七年"与90年代之间建立一个关联性的逻辑结构,没有意识到90年代物质欲望的突然膨胀恰恰是"十七年"的严重物质匮乏造成的这样一个中国问题,这就使这场讨论缺乏现实针对性和必要的历史感。那时候的人文知识分子主要在学科范畴及个人命运中想问题,这种想问题的方式,就与90年代的大众社会和文化明显脱节了,从而失去了立言的立足点。当然更主要的原因是,人文学科的知识积累还没有能力解释90年代的

---

[1] 许纪霖,陈思和,蔡翔,郜元宝.人文精神寻思录之三——道统学统与政统[J].读书,1994(5).

市场经济和大众文化问题，这就使更适应解释90年代的政治学、经济学、法学和社会学乘虚而入站到了历史前沿。人文学科在历史中逊位和社会科学成为显学的现状在今天依然存在，就连我这个精力不济的研究者也不得不忙中偷闲地补课，补充自己的知识储藏。采用引文式研究视角，实际正是知识社会学给我的启发。另外也需看到，对二十年前的90年代市场经济兴起和因此引发的人文精神讨论，不可能在当时、只可能在今天才看得比较清楚。就连长于理性精神的西方学者看他们的资本主义兴起并作出有分量的历史解释，也大多是到了很多年之后。且看下面的引文：

> "1895年，阿克顿爵士在剑桥大学发表的就职演说中表达了他的的信念：现代欧洲与其过往时代之间存在着一条'显而易见的界线'。现代与中世纪之间并不是一种'以合法、正统的表面符号为载体的正常继替'"。因为"历史科学的存在预设了一种普遍变化的世界，更为重要的是，预设了一种过去在某种程度上已成为负担，必须把人们从中解放出来的世界。"[1]安东尼·吉登斯实际指出了我们在文章开头所说的中国的80/90年代，亦即现代欧洲/过往时代之间的"边界"。丹尼尔·贝尔则告诉我们：1789年，当乔治·华盛顿就任合众国第一任总统时，"美国社会还不足四百万人，其中七十五万是黑人。城市居民微不足道。当时的首都纽约只有三万三千人。"到了他《资本主义文化矛盾》这本书出版的1976年，"美国人口已大大超过二亿一千万，其中一亿四千万以上的人居住在大都市地区（也就是说，每个县至少有一个五万居民的城市）。住在农村的还不到

---

[1]［英国］安东尼·吉登斯.郭忠华、潘华凌译.资本主义与现代社会理论［M］.上海：上海译文出版社,2007.

一千万人。"

他指出美国从传统社会(熟人社会)迈进大众社会(陌生人社会)并完成现代化变革,主要源自以下两个原因:

> 相互影响。然而,大众社会并不单单是由数构成的。沙皇俄国和中华帝国就是幅员辽阔人口众多的社会。然而,这两个国家的社会基本是网状隔离的,每个村庄大致上概括了其他村庄的特点。法国社会学家迪尔凯姆在他的《社会分工论》中为我们提供了认识大众社会特征的线索。每当隔离状态消失,人们相互影响,并随之产生了竞争(它并非仅仅导致冲突),由此形成更加复杂的劳动分工和互相依存的关系,以及深刻的结构差别。此时,新的社会形式便应运而生了……
>
> 自我意识。……这种身份变化是我们自身的现代性的标记。对我们来说,已经成为认识和身份源泉的是经验,而不是传统、权威和天启神谕。甚至也不是理性。经验是自我意识——个人同其他人相形有别——的巨大源泉。[1]

正如王一川前面指出的,这个进程在80年代中期的寻根、先锋和新写实小说中已经开始。或者说它在1984年启动的中国城市改革中就开始了。但是,大多数讨论者并没有意识到或注意到这个事实。如果这样去认识,以80年代的人文知识积累和理想愿望试图进入不兼容的90年代的多元社会和文化结构,并缺乏对现代社会的基本认识,就可能是人文精神讨论所遗留给今天的主要历史问题。

---

[1] [美国]丹尼尔·贝尔.赵一凡、蒲隆等译.资本主义文化矛盾[M].北京:三联书店,1989.

第十九讲　60年代人的小说观

——以李洱的《问答录》为话题

90年代后，毕飞宇(1964)、李洱(1966)、韩东(1961)、朱文(1967)、李冯(1968)、东西(1966)、邱华栋(1969)、刁斗(1960)、鲁羊(1963)、荆歌(1960)和张生(1969)等60后作家大面积崛起。按作家二十年更替一代的规律，今天他们早雄踞文坛中心。然而二十年过去，各种预测都没有发生。莫言、贾平凹、王安忆、余华等依然是全体作家心目中的镇山之石。尽管这期间毕飞宇、李洱都有令人刮目相看的小说名世。本文无意比较评论两代作家的文学成就，而想以李洱的重要创作谈《问答录》为对象，从其叙述的这代作家的小说观来勘察他们所处的历史方位、思想和文学状态。我把这种分析看作一种理解式的解读，这种理解是"必须能够进入他整个人之中，以他的眼光来看，以他的感受来感受，以他的准则来评判"，"从他的角度出发重新思考他的想法，总之与他心意相通"，也即一位历史学家所说的，"如果不通过友情，我们对任何人都无从认识"。[1]我想它是一种友情式的分析和解读。

---

[1] [法国]安托万·普罗斯特.王春华译.历史学十二讲[M].北京：北京大学出版社，2012.(注：在中国传统学术中也有类似说法，如"知人论世"、"理解之同情"等等。就是说，与历史保持距离的历史学家，同时也要设身处地使自己的精神生活和研究状态进入到研究对象的历史情境之中，所有卓有成效的研究工作不能置身于历史之外，完全保持着冷漠超然的态度。否则，我们就不能与过去的历史产生对话，从中找到"历史"的"今天性"。)

一、"我们"与历史的关系

在《问答录》里，李洱接受过吴虹飞、孙小宁、黑丰、梁鸿、吴天真等多人采访，他是以"我"，但在我看来是以60年代生作家的"我们"的角度回答问题的。"我"只是"我们"这个复数的一员，"我们"才是他对自己这代人的历史称谓。他将60年代生作家与50年代生作家做了明确切分："前几天我听阿来讲一个故事，说他和阎连科一起做讲座，阎连科在讲台上谈起自己的经历，听众特别感兴趣，群情激昂。阿来说，轮到他自己谈写作的时候，他能够感受到下面的人虽然在听，但兴趣没了。我们这一代人的生活，别人是不感兴趣的。所以，我特别不愿意做讲座，做访谈，因为你不能提供传奇性的经验。"对于为何没有传奇性的经历，李洱的解释这样的：

> 60年代出生的作家，因为成长背景大体相同，所以他们的写作肯定是有共性的，就像中国作家区别于美国作家，是因为各自都有一定的共性。具体说到60年代作家的共性，我想把他们说成是悬浮的一代。与上代作家相比，他们没有跌宕起伏的经历，至少在90年代之前，他们很少体验到生活的巨大落差。不过，他们也经历了一个重要的变革。这个变革就是某种体制性文化的分崩离析，但与此相适应，某种美好的乌托邦冲动也一起消失了。这个变革是什么时候发生的？他们的青春期前后！而他们的世界观，正是那个阶段形成的。对于如何理解这一代人，我想这是一个关键点。

如果从李洱的"角度出发重新思考他的想法"，那就是他希望把贾平凹、莫言、王安忆们看作是曾经被大历史压在社会底层的一代人。他们因改革开放而走入上层社会,所以人生经历中必然充满了传奇性色彩。这种带有巨大落差特点的人生遭际,最容易形成二元论的历史观念和思维方式。另外他希望表明,他和毕飞宇、韩东、李冯和朱文等刚踏进社会就是大学生,没有底层与上层的比较性反差,不仅没有而且更会反对这种二元论观念。"很多六十年代生人的世界观里,从骨子里就是非二元论的,也就是说,这是非自觉的","除了这种非自觉,还有一种自觉,那就是反对二元论"。他进一步解释他们"很少有此岸与彼岸的概念,思维方式也不是非此即彼的"。更值得注意的是"对主流的意识形态,他们不认同。同时,对于反主流的那种主流,他们也不认同。60年代作家,有'希望',但没有'确信'。有'恨',但'恨'不多。身心俱往的时候,是比较少的。他们好像一直在现场,但同时又与现场保持一定的距离。他们的感觉、意念、情绪、思想,有些上不着天,下不着地,悬浮在那里,处于一种'动'的状态,而这种'动',很多时候又是一种'被动'","但又被主流意识形态所兼容的"。[1]

在这种叙述中,由于将悬浮感/非二元论/被动与大历史这两组词并置在一块,一种非整体性的历史观就被呈现在眼前了。在惊心动魄的大历史一幕降落后,非整体性和零碎性,是李洱所描述的60年代生这代作家精神生活的主要特征。而他在暗指的50年代生这代作家的精神生活,则是与之迥然不同的具有纪念碑意义的整体性的历史生活。对这种个别与整体之差别,黑格尔帮我们作了严格区分:"在赫拉克利特看来,就是真理的本质。因而那种对一切人显现为普通的东西,就有信念,因为它分享了普遍而神圣的逻各斯;但是

---

[1] 李洱.问答录[M].上海:上海文艺出版社,2013.(注:阿来,1959年生于四川省马尔康县,藏族。阎连科,1958年8月生于河南省洛阳嵩县。在年龄上,两人都是50年代生人。不知是阿来还是李洱,把阿来与阎连科的历史观念作了区分,而把阿来当作了"另一代人"。)

那种属于个别人的东西,由于相反的原因,自身是没有信念的。"[1]这就令人想到,李洱在叙述自己的故事的时候,也在进行着整理的工作。个别和整体在作者的整理中,是那样的泾渭分明和边界清晰:在形象很坏的"文革"年代,那些歌曲仍然是严肃、昂扬和整体性的;然而90年代经过磁带、出租车的交通台、歌厅和电视综艺晚会传唱的这些歌曲,由于被改造成了商业文化和娱乐文化,已经"自身是没有信念的"了。历史就在这里沉没。

二、人物性格与人物道德

鉴于离开了蕴含着真理的"总体生活",离开了历史的整体性,经过李洱推导,小说创作到了这么一个阶段。他对吴虹飞说:"我关心人物的性格,要大于关心人物的道德。这可能是小说家的职业病。我内心当然有善恶标准,但不会要求读者认同我的标准。"他对梁鸿说:"小说确实越来越复杂了,也越来越专业了。19世纪的小说,那些经典现实主义作品,那些鸿篇巨著,哺育了很多人。它们的着眼点是写人性,写善与恶的冲突,故事跌宕起伏,充满悲剧性的力量。"而"现在,谁再去写一个《复活》,别人都会认为你写的是通俗小说。"[2]中国当代小说在1985年后迅速翻过了19世纪文学的一页,20世纪文学现在已完全占领19世纪文学的传统地盘,它统治着每一个小说家的心灵,包括他们对每部小说、每个人物和每个句子的构思。今天展开在每位读者面前的文学史地图,就是这样的山川地貌。

对为什么会出现人物性格正在取代人物道德的这种小说创作环

[1]［德国］黑格尔.贺麟、王太庆译.哲学史讲演录(第一卷)[M].北京,商务印书馆,1959.
[2]李洱.问答录[M].上海:上海文艺出版社,2013.

境,李洱作出的解释是:"个人生活,或者说作为作家的那个个体,其实已经分崩离析。你不可能告诉读者你对世界的整体性的感受,那个整体性的感受如果存在,那也是对片断式、分解式的生活的感受。我自己在阅读当代小说的时候,我总是不由自主地关心小说的叙述人:这部小说是谁在讲述?而在读那种传统意义上的小说的时候,我不会关心这个问题。虽然一部小说,毫无疑问是由作家本人讲述的,但奇怪的是,我们对作家本人失去了信任,我们需要知道他讲述这篇小说的时候,是从哪个角度进入的,视角何在?不然,我就会觉得虚假。"不过,当梁鸿用充满尖锐质疑的口气向他提出这种"这并不是我一个人的感受,还可能是很多阅读者的感觉,好像我们对小说的概念、感觉和要求还停留在19世纪那个经典年代,但实际的小说创作已经走得很远了。这是不是意味着,我所说的仍是一种传统意义的小说?而现代意义的小说已经放弃了许多东西"的问题时,李洱刚开始有点迟疑,但很快就承认他依旧对19世纪文学抱有某种好感和留恋。我"有时候也翻看一些19世纪的小说。我读的时候,常常感到那时候的作家很幸福,哪怕他写的是痛苦,你也觉得他是幸福的。哪怕他本人是痛苦的,你也觉得他作为一个作家是幸福的。19世纪以前的小说家,是神的使者,是真理的化身,是良知的代表。他是超越生活的,是无法被同化的"。例如陀思妥耶夫斯基生活贫困潦倒,儿子也死了,失败感伴随了他终生,但他依然是幸福的。梁鸿不想让话题停留在这种难堪场面:"本雅明有一句话说得非常好。他说,真理的史诗部分已结束,小说叙述所表现的只是人生深刻的困惑。"李洱也马上转换话题说,我太想写出那种小说了。然而"整个世界的语境都发生了变化,作家进行情感教育和道德启蒙的基石被抽走了。卡夫卡的那句话就是一个很好的例子。卡夫卡说,巴尔扎克权杖上曾经刻着一句话:我粉碎了整个世界;我的权杖上也有一句话,整个世界粉碎了我"。他沮丧地承认,当代小说现在连卡夫卡那种寓言性的功能,也都不存在了。梁鸿问,这背后是不是由于作家的世界观发生了改变？他毫不迟疑地承认了。[1]

需要紧接着追问的是：蕴含着真理的"总体生活"是否已经过去，道德不再是小说的中心，它已逊位于人物性格了吗？这样的逻辑推演究竟能不能成立？它的理由和根据是什么？另外，如果很多阅读者和批评家对小说的感受和要求还停留在19世纪经典年代，而现代小说为什么就置其不顾，可以走得很远，这样的命题是基于什么理论成立的？这类问题其实可以平心静气地讨论。而且在我看来，对它的讨论不是可有可无的。我们知道在传统文学理论中，文学尽管具有超阶级、超时代的性质，但总体上能够与时代潮流保持同步性，因为有这种一个时代才有一个时代的文学的文学史规律。60年代生的作家，是在大学读书阶段形成他们一整套历史观、文学观的，80、90年代大学和思想文化界对中国文学思潮的沙盘模型推演，深刻影响了这代作家的思想文学意识。从书本到书本是否就是他们最直接最深刻的文学现实？"脱时代"是否就应该是他们观察社会的窗口？这一切还都像谜语一样潜藏于这代作家略显玄奥的文学世界里。它们等待着文学史推土机的开掘。当然我意识到即使对于开掘者，他们一定也是带着万般疑惑在从事这种工作的。我们正好生存在一个充满疑惑的时代，我们没办法超越自己的历史状态。如此，我们能否有理由把他们这一切与50年代生作家的那一切区别开来？李洱说："我喜欢写小说，很重要的一个理由，就是小说是对经验的探究，是对自我的发现。当一个有趣的人物突然走进你的小说，当一句有趣的话突然从这个人物的口中说出，当这个人物和这个人物的语言对我们进退维谷的文化处境具有某种启示意义的时候，你就会有一种被击中的感觉。"[2]确实，如何讲述这个人物的性格，而不是人物的道德是深深吸引这位作家的某种根本的东西。莫言说他之所以萌动写

---

[1][2]　李洱.问答录[M].上海：上海文艺出版社，2013.

长篇小说《丰乳肥臀》的念头,是因为在地铁站看到了这幕情景:"我在北京积水潭地铁站,看到一个农村妇女,估计是河北一带的,在地铁通道的台阶上,抱了一对双胞胎,一边一个,叼着她的乳房在吃奶,夕阳西下,照着这母子三人,给人一种很凄凉也很庄严的感受。妇女满面憔悴,孩子们却长得像铁蛋子一样。"[1]"想到此我就明白,这部作品是写一个母亲并希望她能代表天下的母亲,是歌颂一个母亲并企望能借此歌颂天下的母亲。"[2]他还以《我写农村是一种命定》为题,专门回答了采访者关于小说与道德关系的提问,丝毫不掩饰对道德这种命题的倾心。[3]将李洱与莫言两人的创作谈略作比对,是可以发现"人物/道德"、"个人到个人"(李洱)与"道德/人物"、"个人到总体"(莫言)这种先后秩序的安排的。它就像两代作家的历史分界线,也可以说它就是中国当代文学史在时代剧变中的又一个岔路口。

三、故事的统一性、完整性与碎片性

以上推断都在暗示19世纪文学传统的终结,李洱很肯定地对采访者说:"一个最直接的感受,就是叙事的统一性消失了。小说不再去讲述一个完整的故事,各种分解式的力量、碎片式的经验、鸡毛蒜皮式的细节,填充了小说的文本。小说不再有标准意义上的起首、高潮和结局,凤头、猪肚和豹尾。在叙事时间的安排上,好像全都乱套了,即便是顺时针叙述,也是不断地旁逸斜出。以前,小说的主人公不死,你简直不知道它该怎么结束。主人公死了,下葬了,哭声震天,那就是悲剧。主人公结婚了,生儿子了,鞭炮齐鸣,那就是喜剧。现

---

[1] 莫言.我在部队工作二十二年[J].莫言研究,2013(9).
[2] 莫言.《丰乳肥臀》解[N].光明日报,1995-11-22.
[3] 莫言、刘颋.我写农村是一种命定[J].钟山,2004(6).

在没有哪个作家敢如此轻率地表达他对人物命运的感知了。"[1]

这让我回忆起1988年5月,我在扬州书店买到美国W·C.布斯所著的《小说修辞学》这本书的时候,被里面关于传统小说和现代小说的严格区分惊呆了。我的经验里,从来不知道世界上还有如此不同的现代小说的存在。布斯对传统小说故事统一性和完整性的定义是:它们"当然在于它所表现的道德选择和包含在选择中打动我们情感的效果"。"由于它被详细地戏剧化了,事实上也就被写成了故事的中心情节——虽然产生的故事应该与我们现在看到的大相径庭。像现在的处理,这种选择是严格地根据它在全篇中应有的重要程度来写成的。因为我们直接体验到蒙娜的思想感情,我们只得同意叙述者对她的高度评价"。因为只有故事的统一和完整才能实现这一切。而布斯对现代小说的指认,是通过非戏剧性、反讽距离和隐含作者等概念来定义的。他说作家"必须提供一种他根本不存在于作品之中的幻觉。如果我们有一刻怀疑他坐在幕后,控制着他的人物的生活",那就不是现代小说。"萨特反对莫里亚克对他的人物'扮演上帝'的企图,批评他违反了所有支配'小说的本体'的'定律'中'最严谨的一条'"。"小说家可以是他们的目击者或他们的参与者"。"小说家不是在里面就是在外面。因为莫里亚克没有注意到这些定律,他毁掉了他的人物的内心"。[2]在布斯看来,现代小说是那种故意让故事碎片,是隐含作者身份暧昧和表现现代人充满荒诞生存感的文学作品。我相信李洱即使没看过这部书,至少也看过当时流行的华莱士·马丁的《当代叙事学》。

这还让我想到,所有的作家都离不开自己时代特定的知识氛围。

[1] 李洱.问答录[M].上海:上海文艺出版社,2013.
[2] [美国]W·C.布斯.华明、胡晓苏、周宪译.小说修辞学[M].北京:北京大学出版社,1987.(弗朗索瓦·莫里亚克(1885~1970),法国诗人、小说家。这里可能是老作家莫里亚克,而不是2014年获得诺贝尔文学奖的小说家莫里亚克。)

具体地说,作家与大学教授和广大读者在共同的时代中,是读着相同的、或大致相同的那些书的。因此可以说,《小说修辞学》《当代叙事学》等流行书籍与李洱这一代毕业于大学、属于科班出身的年轻作家是如影相随的。他们在大学所接受的学院化的知识训练,远要比50年代生作家要自觉和系统得多。而这种训练,也必然随时随地出现在他们对现代小说观念的理解中:"当代生活是没有故事的生活,当代生活中发生的最重要的故事就是故事的消失。故事实际上是一种传奇,是对奇迹性生活的传说。在漫长的小说史当中,故事就是小说的生命,没有故事就等于死亡。但是现在,因为当代生活的急剧变化,以前被称作奇迹的事件成了司空见惯的日常生活。""我们整个生活的结构被打破了,所以生活不再以故事出现,生活无法用故事来结构。应该说,讲故事是作家的本职工作,但是,当代作家几乎不会讲故事了。"在如此分析后,他就把自己这代作家与前代作家创作理念的差异予以了厘清。他对莫言、阎连科小说创作喜欢讲故事毫不隐讳地进行了批评:"作家有不同的类型,有一种作家,比如莫言和阎连科这种作家,他们仍然可以源源不断地讲故事。他们的外国同行,比如拉什迪,比如马尔克斯,也仍然不断地向我们讲述故事,而且那些故事照样引人入胜。在他们那里,故事并没有消失。他们仍然是这个时代滔滔不绝地讲述故事的大师。这样一些作家,他们仍然保持着对过去生活的记忆,叙事的时间拉得很长,人物的命运在较长的时间内徐徐展开,慢慢生长,有如十月怀胎。他们的小说,具备着一种奇特的'当代性',它体现为记忆与现实的冲突,历史与当代生活的冲突,本土经验与外来文化的冲突,政治与人性的冲突。"[1]

李洱声称读过福柯的书并深受其影响。人们都知道,福柯等后现代主义思想家想破除的就是逻各斯的中心论,是社会认识论的整

[1] 李洱.问答录[M].上海:上海文艺出版社,2013.

体感和统一性。[1]福柯在《知识考古学》中说："冈奎莱姆对概念的位移和转换的分析可以成为分析的模式,他的分析说明,某种观念的历史并不总是、也不全是这个观念的逐步完善的历史以及它的合理性不断增加、它的抽象性渐进的历史,而是这个观念的多种多样的构成和有效范围的历史。"据此,福柯对基督诞生之后数千年的历史统一性,展开了最尖锐的批判:"自从历史这样的学科诞生以来,人们就开始使用文献了。人们查询文献资料,也依据它们自问,人们不仅想了解它们所要叙述的事情,也想了解它们讲述的事情是否真实,了解它们凭什么可以这样说,了解这些文献是说真话还是打诳语,是材料丰富,还是毫无价值;是确凿无误,还是已被篡改。"因此,福柯想到重建历史,但不是在现有的历史知识框架中重建,而是将它们重新打乱、分割和组织之后再加以重建:"历史试图通过它重建前人的所作所言,重建过去所发生而如今仅留下印迹的事情;历史力图在文献自身的构成中确定某些单位、某些整体、某些体系和某些关联。"[2]

李洱这代作家接受上述理论影响并由此形成了自己的小说观,其来龙去脉就这样展现在我们面前了。毫无疑问,这些60年代生作家同属"文革"终结后的一代人。他们从小到大被灌输的历史文献,是40年代末新中国成立后重建的革命历史教育文献,但"文革"又亲手将它们彻底地摧毁。历史故事的统一性和完整性,就这样由于新时期历史观对前历史观的批判、推翻和质疑而变得支离破碎了,变成了一堆无法再修复如初的四处散落的历史碎片。历史连同它的文学史,在他们的心目中变成了一片不值得再珍惜的废墟。他们就是

[1] 在《"贾宝玉们长大以后怎么办?"——与魏天真的对话之三》中,李洱说自己受外国作家影响要大于中国作家,"国外作家当中,我喜欢加缪、哈维尔和索尔·贝娄。年轻的时候,80年代中后期,我喜欢博尔赫斯,很入迷,但后来不喜欢了。加缪和哈维尔既是作家,又是思想家。哲学家当中,我喜欢本雅明和福柯。"参见《问答录》,上海文艺出版社,2013年版。

[2] [法国]米歇尔·福柯.谢强、马月译.知识考古学[M].北京:三联书店,1998.

在这片文学传统的废墟上成长、读书、思考和走上小说创作的道路的。在他们心目中，历史教育文献的统一性完整性，在知识结构上与19世纪文学历史叙事的统一性完整性有着极其惊人的同构性。而他们发现自己精神状态的个人性、破碎性和非二元性，与这种认识论的同一性完整性则完全无法对接了。正像19世纪与20世纪之间已经出现一道巨大的鸿沟一样，他们与这种经典历史叙事也有一种恍若隔世的感觉。正是在这种特殊个人位置和历史处境中，他们内心产生出"它们凭什么可以这样说"的深刻质疑，产生出"这些文献是说真话还是打诳语，是材料丰富，还是毫无价值；是确凿无误，还是已被篡改"的深刻的历史不安感。而且从"改革开放"的80年代到市场经济的90年代，他们还发现："某种观念的历史并不总是、也不全是这个观念的逐步完善的历史以及它的合理性不断增加。"历史预言总在历史进程中彻底落空，历史推进的结果也并不是原先想要的那种结果。前面提到，正是这种前提下，在两代作家的历史经验和小说观念上出现了一道历史分界线，说它就是中国当代文学史在时代剧变中的又一个岔路口，不是没有理由的。

四、有没有爱

但如果由此就把60年代生作家当成中国当代文学史上心灰意懒的局外人，看作感情冷血动物，这不光简单，也会是大错特错的。不过，既然历史感、人物道德感和故事统一性都不存在或不再重要了，那么研究者将会好奇的是：作家还能相信什么吗？比如，他们是否还需要爱人、爱这个世界呢？如果连这都没有了，那么他们是否还有必要去写小说？我想就连读过60年代生作家作品的普通读者也会忍不住如此想问题的。因为这是文学的常识，这是凡是人都会具有的人间情怀。

倒是李洱又给了读者一个新的结论。随着问题的推进，梁鸿的提问越来越峻急犀利起来，她直接批评说："这一代作家好像丧失了爱的能力，或者说，在你们的作品里面，爱不是本质的存在，它的存在本身就是值得质疑的。"李洱认为原因很多，他以受过学院训练的习惯把问题分层和精细化的语气回答说："通常来说，这代人写作的时候，控制得比较紧，而且是文本的控制，很少情感的宣泄。"这是由于他们在80年代接受新批评、存在主义和法兰克福学派的影响，文学上是法国新小说和拉美的新小说。这些构成了这代人的知识背景。他承认他们作品中有种冷漠、人与人之间的疏离感。"但是，你不能因此就说作家没有感情。或者正是因为感情比较浓烈，感情的要求比较高，欲壑难填，他才更能捕捉到那种疏离感"。他表示也不认同新小说的零度写作。

梁鸿认为，如果作家把爱看得过于虚无，不再当作作品的精神支撑和信仰的时候，没有这个支撑点的小说，气象就非常小。李洱对"格局小，气象小"的批评不置可否。他辩解说："博尔赫斯有一句话，中国人当然说出来比较困难，但其实很有道理，叫个人为上，社稷次之。对写作来说，尤其如此。这肯定不是说，作家不要关心社稷，这怎么可能呢？'个人'这个词就是相对于社稷而存在的嘛。而是说，作家是从个人的经验出发来写作的，这种情况下就会使你的'爱'显得比较小。而且，你的写作常常是否定式的、怀疑式的，它是怀疑中的肯定，不是直抒胸臆。"而那种简单的浪漫主义反倒是很虚假很不真实的。他又明确反对用感情来统治读者的小说的做法。

当梁鸿认为，这个时代由于爱失去了统治，这种力量的降低，才使得日常生活和情感的其他层面能够显露出来；但是这样，又使文学的整体力量变小变轻了。李洱对梁鸿的坦率提问很不赞成，他坦率作出了回应："也不一定。我看库切的小说《耻》，非常感动，库切像做病理切片，病理分析一样，把爱放在显微镜下，切分成不同的侧面去分析。你看到他这样分析的时候，你就会感到冷，寒光闪闪。读这样的作品，人们不再像读浪漫派小说那样，有强烈的共鸣，伴随而来的不是眼泪，而是叹息与思考。同样是非常冷静的作家，纪德的《窄门》与库切在精神气质上是有相同之处的。纪德和同时代的别的法国作家比较，他是非常冷静的，但与库切相比时，他又显得有些浪漫主义了。就像现在的我们之与80后作家，可能他们又会认为我们非常浪漫。我看《耻》里面教授与女学生的感情时，觉得小说中充满着肌肤之亲，他描写的教授和女学生之间的感受是非常真诚的，但是在女孩子的男朋友看来，在学校体制里面，他又是一个流氓，但那确实又是一种爱啊。小说写了各种各样的爱，他与女儿的父女之爱，女儿的同性之爱，女儿被强奸之后的爱，人与狗之间的爱，殖民者与黑人之间的爱。其中任何一种爱，都是处在最危险的边界。""这样的小说，在中国注定是不受欢迎的。"[1]

五、整理后的一些断想

我时常意识到，给60年代生这代作家准确定位十分困难。经过对李洱《问答录》中重要访谈的学术性整理、分类和略作展开，我逐渐认识到：90年代后中国社会的巨大历史变迁，国家政策对一些叙述领域的"让渡"，他们独特的历史记忆和个人体验，在大学所受的系统文学教育等，是60年代生作家的中心场域。历史大陆的漂移，决定了一代人的位置。"纪念碑"叙述在50年代生作家的小说创作中是一种起源性的东西。李洱在文章第一节中指出，他们自觉地反对二元论，"对主流的意识形态，他们不认同。同时，对于反主流的那种主流，他们也不认同。60年代作家，有'希望'，但没有'确信'。

---

[1] 李洱.问答录[M].上海：上海文艺出版社，2013.

有'恨',但'恨'不多。身心俱往的时候,是比较少的。他们好像一直在现场,但同时又与现场保持一定的距离。他们的感觉、意念、情绪、思想,有些上不着天,下不着地,悬浮在那里,处于一种'动'的状态,而这种'动',很多时候又是一种'被动'"。这种"后历史主义"并没有把自己置于历史活动之外,但是有意无意地退至历史生活的边缘,然而同时又对商业文化和娱乐文化警觉地保持着一定距离。这种模糊不清、犹像不决的历史观是不是也可以称作这一代小说家的历史观,这是可以继续仔细辨析和深入讨论的。但在认识它的时候是没有历史维度可以作参照的,它的问题是不在可以看到的分析框架之中的。这就需要根据他们的所作所为去重新设置一个分析模型,假定一个历史关系模式,然后把他们与历史的关系放到这个模型里去观察。

在我借李洱的言论去叙述他们的思想观念和文学观的时候,我还产生了一种印象,也就是说他们认为自己的小说是20世纪的小说,而不是19世纪的小说。例如,19世纪的小说非常强调对"总体生活"的提炼和概括,正像他前面所说"19世纪以前的小说家,是神的使者,是真理的化身,是良知的代表。他是超越生活的,是无法被同化的"。他还认为,在中国90年代以后,无论在普通人那里,还是在作家那里,"个人生活,或者说作为作家的那个个体,其实已经分崩离析。你不可能告诉读者你对世界的整体性的感受,那个整体性的感受如果存在,那也是对片断式、分解式的生活的感受"。这是一种完全不同于"十七年"、"文革"和80年代这种典型的社会主义实践的历史生活,是与哺育了50年代生作家的历史生活完全不同了的一种生活状态。因此,在这种时代语境中,在这种不同于过去生活的当代生活中,人物道德就不再是小说的中心。对60年代生作家而言,他们感兴趣的"就是小说是对经验的探究,是对自我的发现"。如果贴着李洱的言论去分析,这就是19世纪的总体生活才会产生人物道德这样代表着神、真理和良知的符号；而随着总体生活在90年代分崩离析，个人生活取代总体生活并成为社会生活的主要样貌后，人物道德就对作家失去了神的支配和统治的地位。

也由于是20世纪小说观重新武装了60年代生作家的创作世界，所以纯粹从小说创作角度看，就像李洱所表述的："一个最直接的感受，就是叙事的统一性消失了。小说不再去讲述一个完整的故事，各种分解式的力量、碎片式的经验、鸡毛蒜皮式的细节，填充了小说的文本。小说不再有标准意义上的起首、高潮和结局，凤头、猪肚和豹尾。在叙事时间的安排上，好像全都乱套了，即便是顺时针叙述，也是不断地旁逸斜出。以前，小说的主人公不死，你简直不知道它该怎么结束。主人公死了，下葬了，哭声震天，那就是悲剧。主人公结婚了，生儿子了，鞭炮齐鸣，那就是喜剧。现在没有哪个作家敢如此轻率地表达他对人物命运的感知了。"他还对梁鸿说："在阅读当代小说的时候，我总是不由自主地要关心小说的叙述人：这部小说谁在讲述？"他进一步解释说："哈韦尔的文字只要能看到的，我几乎都喜欢。这并不是因为哈韦尔不光解释了世界而且部分地改变了世界，而是我从他的文字中能够看到一种贴己的经验，包括与个人经验保持距离的经验。随着中国式市场经济的发展，我们会越来越清楚地感受到哈韦尔身上所存在的某种预言性质。"[1]在这些表述中，我们清楚地看到了布斯《小说修辞学》中对20世纪小说概念、范畴和案例所作的具体分析，看到了源自于福柯的《知识考古学》的对基督诞生之后数千年的历史统一性的怀疑，以及"将它们重新打乱、分割和组织之后再加以重建"的后现代主义历史叙述理论，已经深入到60年代生作家的文学世界中去了，它们被潜移默化为一种知识的自觉和小说的自觉。后现代理论，在20世纪小说观和60年代生中国作家

---

[1] 李洱.问答录［M］.上海：上海文艺出版社,2013.

的小说观中，原来是一种至关重要的认识性装置。

令人略感意外的是，李洱在回应梁鸿问题时提到了爱。但我们知道那不是莫言意义上的文化原乡式、19世纪小说规定中的普遍性的爱，而是个人意义上不具有道德统一性约束性的"一种贴己的经验"。他在前面叙述中首先就承认："小说写了各种各样的爱，他与女儿的父女之爱，女儿的同性之爱，女儿被强奸之后的爱，人与狗之间的爱，殖民者与黑人之间的爱。其中任何一种爱，都是处在最危险的边界。""这样的小说，在中国注定是不受欢迎的。"为了紧贴着和进一步理解60年代生作家们这种不同于文化原乡式、19世纪小说中那种普遍性的爱，我觉得再引入梁鸿对这代作家的批评将会成为一个参照性的观察角度。梁鸿说，如果作家把爱看得过于虚无，"作品没有了支撑点，气象非常小，也缺乏某种更为深远的精神存在"。她还说："在这个时代里，爱不再是统摄的力量。这种力量的降低使得生活与情感的其他层面也能够显示出来，呈现出更加复杂的东西。但同时，可能使文学的整体力量也变得小了，轻了。"但李洱回应说："我只能说，我们习惯了非黑即白，非此即彼的思维方式，没有在一种界面上行走的能力。"梁鸿的批评则是否定的："但也许这并不是作家的本意，或许正如你前面说的，出现这种情况也与作家所选择的故事方式有很大关系。这段时间我集中阅读了韩东、朱文、毕飞宇等人的作品，我感觉到，当作家试图用一种拆解式的方法写感情时，往往显得过于平淡，在某些地方处理得也相当简单化。"[1]

李洱与吴虹飞、梁鸿和魏天真等人的对话，事实上告诉我们的是一条关于90年代60后作家兴起与创作的文学史线索。我们沿着这条线索走进这代作家的思想和文学世界，进而获得了一个观察这代人的难得的机会。这代人错过了铸造历史纪念碑的年代，错过在社

---

[1] 李洱.问答录[M].上海：上海文艺出版社,2013.

会底层当农民、当知青的挣扎而痛苦的生活，也错过了与民众一起告别"文革"走向改革开放时代的大欢喜。他们刚成年，就顺利地进入了全国各种名牌和普通的大学，在安静的学府里接受思想解放运动和各种西方著作的精神洗礼。他们的现实感，也许就来自80年代中期转型中的中国社会。但是非常值得注意的是，当前人们文学阅读的主要对象，仍然还是19世纪的经典文学，是托尔斯泰、巴尔扎克、鲁迅等有能力概括历史总体生活的伟大作家们。当然也包括试图用长篇小说去描写和概括当代中国生活史的莫言、贾平凹、王安忆和余华等作家。当广大读者和文学批评家对小说的认知仍停留在19世纪文学那里时，60年代生作家却还在顽强地用20世纪小说观念制作着他们的作品。这是不是50年代作家因此仍是文学之中流砥柱，而60年代生作家虽已崛起却没有像预期那样受到广泛欢迎的原因，我认为是可以就此开展一场热烈坦率的讨论的。

第二十讲　当代文学海外传播的几个问题

在三十年来中国社会发展的历史主轴上，"走向世界"的理念具有发动机的作用。在这个认识框架中讨论当代文学海外传播，它的意义不言自明。近年来，一些年轻研究者开始注意这一领域，令人印象深刻的有武汉大学方长安教授指导的博士论文《"我们"视野中的"他者"文学——冷战期间美英对中国"十七年文学"的解读研究》，北京师范大学张清华教授指导的博士论文《认同与"延异"——中国当代文学的海外授受》(作者刘江凯)。[1]两部博士论文花费相当功夫，对当代文学汉译的作品数量、译者、读者反应作了详细统计和分析，这种基础性的工作对下一步工作的展开，显然具有奠基性作用。尽管如此，我仍然觉得一些问题需要深度展开和讨论，如果不了解海外传播的具体历史场域、现场氛围等细部情况，我们的研究可能只会给人观念化的印象，从而影响对中国当代文学在世界文学中的定位的基本判断。

一是翻译介绍中国当代文学的汉学家在西方主流学术界的权威性问题。我们知道，最近二百年来，西方主流学术关注的是欧美文学问题，即使偶尔涉及亚洲、非洲文学，也基本是为阐释欧美文学的正

---

[1] 刘江凯的博士论文《通与隔——中国当代文学海外接受的问题》，对1990年代以来中国作家作品被翻译情况作了比较详细的调查和统计，并对不同国别的资料作了整理，这对我们的进一步研究提供了方便。

宗地位服务的。所以，在西方学术界视野里，被汉译的中国当代文学连同它们的汉学家都处在边缘性位置。按照传播学理论，传播方式及其对象一般分主传播渠道和分支性传播渠道等形式，处在主传播渠道中的作家作品，更容易被主流化的西方读者所重视和接受；与之相反，处在分支性传播渠道上的非西方国家的作家作品，即使偶尔会进入西方主流读者视野，但总体上仍然是被整体性忽视的状态。正如有人指出的："媒介技术的确具有某些内在的偏向性——它放大和鼓励某些理解社会的方式和行为模式。"[1]这种翻译的选择，显然放大了西方文学在西方国家读者心目中的分量，他们会把欧美等同于整个世界。因此，我想提出的问题是，一些在中国当代文学界可能大名鼎鼎的汉学家，在西方读者界其实无人所知，经由他们翻译介绍并在西方国家出版的中国当代作家的命运也就可想而知。然而，我们在很多当代作家作品的作者简历、序言和后记中，经常看到他们的作品已被译成英、法、德、俄、日、韩等几十种文字，再加上有些作家附在小说集前面的"英译本序"、"法译本序"、"意大利译本序"等等，这就使中国读者产生一种印象，即中国当代作家在西方各国已广为人知并大受欢迎。这种错位式的对当代文学海外传播的理解，使很多人，包括我们这样的专业研究者都相信，随着中国经济在世界经济体系中举足轻重的影响和位置，中国当代文学已经真正地走向世界。不过，在我看来，处在这种错位式理解中的中国当代文学，恰恰是我们理解中国当代文学与世界文学关系的一个不应忽略的角度。这个角度不仅涉及当代文学与世界文学的确切关系，也涉及当代文学如何自我定位，而不是靠世界文学的框架来定位，与此同时更牵涉到当代作家与西方汉学家的关系等问题。至少有一个问题我觉得需要提

---

[1] [美国]斯坦利·巴兰等.曹书乐译.大众传播理论[M].北京：清华大学出版社，2004.

出来，这些年来，我们有些一线当代作家在创作上是不是过于期待和依赖汉学家们的评价，后者的文学趣味、审美选择和优越的翻译身份，是不是会变成一种暗示，一种事先存在的认识性装置，被放在了当代作家的创作过程之中。当然，这个问题过于复杂，我在这里不作详细讨论。我担心的是，在当代文学海外传播的过程中，中国作家会不会因而使自己的作品变成与汉学家相约相知的"小圈子"的文学。另外，如果在更细微的方面看，翻译者的文化背景、翻译语言风格也会影响到西方读者对中国文学的认识。例如，会不会以西方文化的优越性比照中国文化的劣势地位，故意把这些作品中的某些阴暗、传统的部分放大，变成作品主体性的东西；会不会因为翻译语言与翻译作品之间的差异，而造成对作品内容的误读和歧义理解。这些现象都在张艺谋、陈凯歌输送西方世界的中国电影中反复出现，而西方翻译家，虽然不是所有人但也不排除少数人这种优越于中国文学的心理，在翻译过程中隐形地浮现。我们知道，在中国作家作品英译、德译、法译或日译的过程中，由于翻译家本人不同的文化背景，某种倾向性的选择并非都不存在，比如美国翻译家葛浩文对萧红《呼兰河传》灰暗面的欣赏，顾彬对北岛、顾城诗歌里某些反抗东西的故意认同，就是这方面的例子。

　　二是当代作家在海外演讲的问题。这是当代作家在海外传播的另一种重要方式，因为讲演可以通过大众媒体迅速提升演讲者在文学受众中的知名度，借此平台使其作品得以畅销，进入读者视野。但问题在于，我目前对这种情况的把握，基本来自国内媒体宣称某某作家在英国剑桥大学、美国哈佛大学、哥伦比亚大学等著名学府讲演的零星信息，以及作家本人的口传文学——当然这是他们对海外讲演故事的典型叙述。有些诗人自海外访问归来，写出诸多回忆性文章，谈到自己演讲如何引起轰动，如何产生很大影响等等，诗人的笔触表现出比小说家们更为夸张的风格，自然这不令人奇怪。不过,因资料整理不足,目前我们还很难了解到演讲者的听众层次和范围,也不知道海外报道这种消息的媒体到底是小报小刊,例如华人报刊,还是主流媒体。如果听众层次和范围只限于汉学家、东亚系学生、来自中国的访问学者,那么这种传播的受众面和影响力就会大打折扣。这事实上是一种"小圈子"里的传播,或叫内部传播。最近,2010年获得诺贝尔文学奖的秘鲁作家略萨来中国社科院演讲,我们发现到场的全是北京的主流媒体,主流翻译界,当代重要作家,以及研究中国现当代文学、西班牙文学的中国人民大学、北京大学和中国社会科学院的师生。令人惊讶的是,有两个知名女作家还当场拿出20多年前购买的略萨翻译成中文的小说,借以展示这次演讲所衍生的历史长度和深度。另外值得枚举的例子是,听完略萨演讲后,我去见一位来自上海的亲戚。听说我刚听完演讲,他马上说上海已经报道了略萨将要去北京访问的消息。这完全是一个"文学圈"之外的人士,略萨的动向居然连他都知道,这真是匪夷所思。当然,由此也可以知道大众传媒对提升作家影响力的特殊作用,"对某些人加以报道以后,往往能提高某人的社会地位。这就是所谓的'授予地位'的功能"。[1]这一迹象,也足以说明略萨是世界级的作家,他在中国的影响远远超出了专业圈子的范围,关于他来中国讲演的各种报道,一时间充斥北京的各大媒体,成为一个重要的文学事件。在这里,我拿略萨的演讲与中国当代作家在海外演讲作比较,不是说略萨的小说就一定比中国当代作家的小说高很多档次,而是说,由于听他演讲的听众层次、范围和报道媒体的不同,我们可以观察到这种海外传播才是真正具有世界影响的一个事实。通过这种传播,它显然已经对中国作家和读者构成了支配性的影响力,因为略萨小说获奖,其小说在北京一度热销的情况足够证明。以

[1] 沙莲香主编.传播学[M].北京:中国人民大学出版社,1990.

上情况说明一个问题，即我们在评价当代文学在海外传播的时候，不能仅仅根据某些作家和国内媒体的自说自话，而应该直接去他们演讲国的媒体上取样，收集详细材料，对演讲现场情况有真正的掌握和了解，才可能有基本判断。在文学史研究中，作家、作品、读者和研究者既是一种合谋的关系，也是一种相互猜忌的关系。完全沉溺在作品情节中不能自拔的读者，显然不是自觉和研究意识的读者。同样道理，完全被作家的自我叙述所暗示和控制，不能作出自己独立观察和判断的研究者，也不能算是有见解和优秀的研究者。因此，在听到当代作家海外演讲的自我叙述后，研究者首先应该想到的，就是如何想办法在网上收集信息，判断这些信息来自国外哪些层次的媒体，了解其真实情形，而不是跟着作家的叙述再重新叙述。因为，这种纯粹根据作家自我叙述建立起来的海外传播研究，不能算是经过资料筛选和整理后的历史研究，由于它的主观色彩，它仍然处在文学史研究的非历史化状态，它的学术价值因此是不可靠的。

三是出国参加各种文学活动的问题。海外传播的第三种方式，显然跟国外邀请中国当代作家参加文学活动有密切联系。能被邀请参加这些活动，说明当代作家在国外受到的关注度，尤其是被一些西方大国的会议主办单位所邀请，更说明他们正在逐步进入主流国家的社会视野，这对当代文学的海外传播自然是好事。但我希望讨论的问题是，由于国外的文化环境相对自由，出版和会议组织采取"注册制度"，这就使无论著作出版还是举办会议的自由度都很高，因此也造成分层化的状况，即这些出版物和会议实际是参差不齐、良莠不分的。如果不作实证分析，我们还会以为这些会议都等同国内要求严格、层级较高的国际会议。但实际情况可能正好相反。例如，一位作家朋友年初去澳大利亚参加一个文学活动，到那里才知道，这种所谓的文学活动，实际是一场大型综合性的文艺活动的一个分活动。

各种电影、绘画、音乐、表演活动同时进行，有种众声喧哗的感觉。他这次去只作了一个小讲演，听众属于临时组织来的，三五成群、聚散无常，令组织者也比较难堪。然而，如果不是我认识这位作家，这种活动在回国后的叙述中就会被放大，其影响会被人为扩散，造成某种"文学化"的效果。在80年代的文学杂志中，我们经常会看到某作家受邀参加国际会议的散文、随笔，由于当时很多人没有出国机会，大家会把文学想象带入到对这些散文、随笔的解读之中，从而无形中扩大这些会议的神秘性、严肃性和权威性。对80年代的读者的我而言，这种误读式的阅读经验，可以说是记忆犹新的，我想很多人都会有相似的经历。那么，为什么我要在这里讨论这个问题呢？因为"文学会议"是"组织文学生产"的特殊方式，很多重要的文学会议，包括它的出席者，最后都在文学史上青史留名。例如，1984年底在杭州召开的"文学与当代性"座谈会，就被认为是寻根文学的发端，出席这次座谈会的作家、批评家虽然后来创作上有不少贡献，但不能不指出，作为出席者的身份往往被附加在他们后来作品的影响力上，他们会被文学史家编入某个文学流派，从而大大提高他们在文学界的个人声望。以上两种情况，都说明参加文学活动对于重塑作家形象的重要性。依我所见，由于国内对当代文学海外传播的研究明显滞后于当代作家的出访，加上缺少第一手资料，研究者根本无从把握和了解这些国际性文学活动的档次、影响力和地位等等。也因为这种情况，鉴于作家本人对这些文学活动的夸张性叙述，会无形中放大他们在西方国家的影响力和文学地位，这就使我们无法准确地把握真实状况。这种情况下，将作家出访与他的国际影响力相挂钩的海外传播研究，必然会出现一些问题。

最后，是异识文学作品在海外传播中的增量问题。东西方国家在价值取向和历史文化传统上存在明显差异，这是不争的事实。随着中国三十年改革开放取得的巨大成就，双方的价值分歧和冲突只会大大增加而不会减少。有些汉学家在选择中国当代文学作品翻译介绍给西方读者时,可能会将这种集体无意识带进去,他们往往把一些"闯祸"的作品视为"异识"作品,这些作品一旦被纳入这种意识形态系统,其文学价值便会大大增量。这些作品也因此变为名作、名著而广为流传。当然,不能排除有些作家乐见这种局面,他们会借此提高自己的国际影响力,转销国内同时对文学批评和文学史研究形成暗示和控制。但我想指出的是,这种文学筛选程序所存在的问题,是随着文学评价标准的意识形态化,作品的艺术价值逊位于其社会价值,被它选择的作品可能往往都不是作家本人最优秀的作品。这种增量现象,还会发生在西方读者的文学接受中,他们会以为,这就是对中国现实的真实表现,是中国形象的真实写照。当然,我们也不能把这种文学作品筛选程序的严重性估计得太高。对于社会观念和文化形态更为多元化的西方读者来说,即使是非常夸张的异识文学作品也不过是一种文化商品,它们本身就存在着某种时效性,也会很快贬值。当新的文化商品被推出,这些西方读者的兴趣会立即转移,他们不可能永远停留在对中国当代文学的兴奋点上。因此,值得关注的倒是造成海外传播过程中异识作品增量背后的两个问题:一是由于中国实行了三十年的改革开放,中国社会的物质层面,例如摩天大楼、高架桥、地铁、高速铁路、互联网,包括普通人的饮食衣着,与西方国家社会产生了更多的同质性。所以,西方读者在阅读被汉学家选择的异识作品时,其好奇性便会被极大地刺激起来。这一过程中,这些异识作品的重要性便会被提升到前沿性、尖端性的位置;二是中国经济的快速发展和民众财富的增加,会使西方一些人的"欧美中心论"产生挫折感,这种价值观的冲突有时候便延绵到对异识作品的故意挑选上,这种故意挑选构成了对这种挫折感的宽慰和转移。我们不能否认,在现代化的历史进程中,各国之间的竞争除了经济实力的竞争外,还包括了军事、政治和文化的竞争。不能以为西方国家坚持某些价值，他们就会把某些价值带入到对非西方国家的竞争关系之中。可能恰恰相反，这种包含着潜在国别竞争的文学选择和文学评价，很大程度上将影响到这些异识作品历史位置的挪移。因为在中国读者中，这些作品的艺术价值也许并不高；而在西方某些汉学家和读者心目中，它们可能就是中国当代文学的代表性作品。在进行海外传播研究过程中，研究者应该警惕这种现象的发生，对此作出更理性的分析和评估，否则文学传播本身的意义便会随之贬值。

对于二百年来怀揣着进入世界先进国家行列梦想的中国人来说，当代文学的海外传播自然是实现这种梦想的一个重要环节。对于国内当代文学史研究者而言，这一课题的前沿性和尖端性显然构成了对他们过去工作的一种挑战。也正因为如此，我们不能低估它的意义。但更应该注意的是，对它的研究不能停留在感性阶段上，应该加强实证性、客观性的研究，先建立起丰富详细的资料库，通过对这些资料的取样、分析和整理，逐步将研究的问题推向深入。也许只有这样，对当代文学的海外传播现象的研究，才真正会进入到实质性阶段。

附录一　文学、历史和方法

　　——程光炜教授访谈录

杨庆祥

一、80年代文学作为方法

　　杨庆祥(中国人民大学文学院教授兼中国现代文学馆首批客座研究员、特邀研究员)：还是让我们从80年代文学研究谈起吧，这几年在您以及其他一些学者的倡导和推动下，80年代文学研究成了学界的一个比较有导向性的研究思潮。据我了解，您已经在中国人民大学开了近五年的"80年代文学研究"博士生讨论课，李杨、贺桂梅在北京、蔡翔等人在上海都开设了相关的研究课程，我想您能不能简单地介绍一下您目前这方面的研究情况以及存在的一些问题？另外，我个人觉得每个学者进入80年代文学的侧重点其实是有不同的，您觉得您和其他学者研究方式的主要区别在什么地方？

　　程光炜(中国人民大学文学院教授，博士生导师，中国当代文学研究会副会长)：我是2005年9月在中国人民大学文学院为博士生开设这门"重返80年代文学史"的课的。刚开始，我还没有你说的这么自觉清楚的问题意识，开这门课主要是出于对当代文学史研究现状的不满，想带博士生做一点比较切实的研究，先从一些小的个案入手，再对某一局部问题做整体性的考量，但方法上仍然坚持实证研究与理论思辨相结合。几年下来，回头看我和同学们的研究成果，才发现我们的工作并不都是盲目和缺乏理性的，而是在慢慢形成一种比较清晰的研究方向,一种看问题和处理问题的角度。在具体工作中,我会要求博士生先到图书馆查资料,通过对当年历史文献的鉴别、挑选,过滤出一些问题来,然后再从这些问题中想问题和寻找处理它们的办法。后来,我把这种方式表述为历史分析加后现代,或叫中国传统的史学研究加福柯、埃斯卡皮、佛克马和韦勒克的方法。这种表述当然比较简单。具体点说,我更倾向于从文学当时发生的实际历史情况出发,对历史抱着同情和理解的态度,而不是拿某种既定的理论方法去找问题,强行让历史材料服从这些理论方法。自然,在收集、消化和整理这些材料的基础上,我们会用一些所谓的理论,这种理论我觉得也不尽然是福柯啊、佛克马啊、韦勒克啊、后现代什么的,而是从理论中提取一些与今天语境比较密切的成分,然后再通过它们去重新激活问题。如果更准确地概括,可以称之为文学社会学的研究方式吧。这就是把过去当代文学研究比较强调作家作品的研究方式,稍微往文学及周边研究方面靠,通过把过去的研究成果重新"陌生化",再重新回到作家作品研究当中去。我们的目的,是最后推出一套"80年代经典文学作品"。从既往文学史研究的经验看,没有经典作品作支撑的文学史研究,不可能获得学科的自主性。这几年,我本人的研究基本是在这两条线上展开的:一条是个案研究,比如2009年9月北京大学出版社出版的《文学讲稿:"八十年代"作为方法》,选择的都是80年代比较重要的文学思潮、现象和作家作品,紧扣它们做具体研究,并适度展开;另一条是对当代文学史研究比较宏观的反思性的东西,比如2009年2月河南大学出版社出版的《文学史的兴起》这本书。我的反思不仅针对别人,也包括我自己研究中亟待反省的问题,或者更多是以我个人为对象而展开的。如果说这几年的研究还有什么不足,我们可能会对问题阐释过度,或者在充分释放、呈现和扩大作品社会周边容量的过程中,作品文本内涵因为受到明显挤压而趋向减缩。所以,这学期我们把工作重心转向作品细读,试图想对之作一些调整。蔡翔、李杨、贺桂梅等人的研究成果是我非常注意的。我们之间看问题的角度存在某种差异,但显然构成了一种相互激发的学术关系。蔡翔的研究中有一个马克思的视角,他喜欢从思想史的角度进入问题,注意贴着历史语境去分析作家作品,比如,他把劳动、劳动阶级、克服危机、革命中国和现代中国等概念引入对十七年文学的观察。李杨使用的是再解读方法,但他的问题意识比较强。贺桂梅整合问题的意识较好,她的理论出发点和对要处理什么问题很清楚。如果说我们有什么不同,坦白地说我宁可将学术意识与历史对象之间的关系处理得再松弛和模糊一点儿,让理论意图稍微向后面靠靠,对我思考的问题不产生强迫性和干扰性。因为,当我们真正接近所谓的"历史遗址"的时候,会发现它原本存在的复杂性、丰富性和多样性实际涨出了理论预设的空间,如果非要把它们硬塞进理论框架去的话,那么必然会牺牲其丰富性,出现简化问题的现象,这是我比较担心的事情。如果那样,我们不又重新回到20世纪中国文学、重写文学史和再解读它们那里去了?这就需要我们的工作带着一点包容性、理解性,而不能一味地概括和整合,把研究对象都主观地说成你希望的那种样态。

杨庆祥:这里实际上就涉及一个历史研究的方法问题,在我看来,与一般的文学史研究、经典重读不同,您的80年代文学研究一个最大的特点就是有比较明确的方法论意识,您最近出版的《文学讲稿:"八十年代"作为方法》一书就很直观地体现了这一点。也就是说,80年代文学研究在您的规划中针对的不仅仅是作家、作品、现象、思潮的罗列和排比,而是某种文学史研究范式的变化和重构,是一种带有综合意义的方法论和研究思路,我想这可能是对当代文学史研究的一个激活和推动,您刚才实际上已经对这一方法论进行了阐释,不过方法论这个东西也不是一个预设的观念,而是与一定的历史语境联系在一起,您能否谈谈这方面的问题?在我看来,当代文学研究目前存在的一个很重要的问题就是方法论意识的薄弱,这也可能是造成整个当代文学研究(也包括现代文学研究)整体水平偏低的一个重要原因,您是怎么看这个问题的?

程光炜: 前面讲到,刚开始我的方法论意识并不是很明确。2005年、2006年我在《南方文坛》、《当代作家评论》等杂志上发表的"重返八十年代文学"几篇系列文章,还处在摸索阶段,残留着不少知识转型的生硬痕迹。但做着做着就开始意识到这有问题了,需要作些调整。调整的理由是,我们所处理的80年代文学,实际是经过80年代文学批评、文学史研究与改革开放相结合而共同塑造的一种文学形态,比如启蒙论、重写文学史、文学主体性、纯文学等等。它在形成的过程中,当然有自身的历史逻辑和问题意识。但随着90年代市场经济的兴起,一切都发生了深刻变化。这种变化使我们在重新认识80年代文学的兴起、传播和读者接受时,突然有一种醒悟的感觉,这就是:即使在80年代,文学对社会公众的影响力也不像我们这些中文系的师生想象得那么大。我们那时候既是中文系学生,也是文学青年,这种特殊的双重身份意识会把个人的历史感受无限制地膨胀,有意放大甚至覆盖整个民族的历史感受。而实际上,文学的影响恐怕只限于中文系师生和城乡文学青年这一很小的社群范围。主管国家的人考虑最多的还是农村改革、城市改革、价格调整、姓"社"姓"资"什么,而老百姓最关心的则是"三大件",都不是文学的问题。这就使我们的历史判断出现了严重偏差。虽然新时期最初几年,文学讨论确实在某种意义上促进着社会观念的进步,但也不像人们估价的那样高。我以为正是这种判断偏差的存在,使人们普遍对80年代文学采用了一种夸张并且放大的历史想象方式,他们会把作家和批评家看作国民的精神导师。出于这种估计,我并不认为80年代文学对80年代有那么大的影响力。所以在文学史研究中,先不妨把80年代文学稍微放低一点,也不要急于把它作为你研究文学的真理性原点，应该意识到它不过是你研究的对象而已；另外，需要自觉与它保持一点距离。应该去拥抱包含了我们精神思想痛苦和文学生活的80年代，但同时也应意识到，它已经成为一种"过去"的文学。比如，一说到《苦恋》批判，你上来就那么义愤填膺，这怎么行？把批判方的道德立场完全等同于你所要研究的历史对象，对同情方拼命加分，却对不被同情者拼命减分。这就使你的研究孤立于历史之外，退回到当时的文学史认识水平上，而没有把它充分"历史化"。按我的理解，《苦恋》批判牵涉的面很广，它包含着70、80年代之间社会转型过程中的很多复杂问题和隐蔽层面，它可能只是当时历史即将发生重大变动的一个测绘点。通过对这个测绘点的具体、深入和具有包容性的历史观察，我们才能更清楚地看到80年代人们思想、生活的状况，看到80年代中国社会的多层性变化的微妙律动。无须隐瞒，在面对这些复杂情况时，我的研究状态经常是模糊的、不确定的和尝试性的，但有一点我很明确，这就是80年代文学已经成为一座历史文化遗址，我意识到我们只能通过重访的方式，才可能比较客观和真实地接近它，把其中已经被当时各种叙述覆盖、压制和埋葬的东西尽可能地揭示出来。这种揭示的目的不是揭破历史真相，发现历史隐秘，而是把它变成研究今天文学问题的一个重要参照物。因为我坚信，历史从来都不是按照今天的愿望而存在的，而是源自历史本身当时的状况而存在的。所以，只有把历史本身当时的状况包容进来的"今天的研究"，才能说得上是一种真正的历史研究和有效的历史研究。

至于你说目前当代文学史研究的方法论意识薄弱，是导致它整体水平偏低原因的看法，我深有同感。中国当代文学研究会1979年成立至今已有30年，与中国现代文学研究会的起步时间和历史差不多。但为什么它们已成为一个独立完备的学科，当代文学还一直被视为文学批评，被认为仍停留在比较低的状态；更令人不解的是，当代文学的有的人甚至要求把1980年前的文学都交给现代文学去做，当代文学仅仅负责当前文学的跟踪和批评呢？这里恐怕有两个原因：一是现代文学起步时，处在第一线的都是学问家，如李何林、王瑶、唐弢等。而当代文学的一线人物都是从延安来的，如冯牧、陈荒煤、朱寨等，当代意识都比较强，而学问意识则比较弱（当然，朱寨的《中国当代文学思潮史》还不错）。由于刚打倒"四人帮"，为文学正名的批评任务非常繁重，所以需要大批文学批评家承担这一历史任务，所以不光第一代，连第二代当家人都卷入了当时无休止的论争、批评之中，这就奠定了当代文学研究过于"当下化"的传统和历史积习。二是80年代当代文学研究的学院意识普遍不强，杂志上频繁露面的是大量的批评家，而现代文学那时已经开始资料汇编等学科基础建设工作，在自觉走上"学院化"的道路。由于学科意识天然地缺乏，使当代文学的从业人员至今都对学院意识存在很大误解。到今天还有人一听说学院批评就跳起来指责，好像当代文学的学院研究都是死学问，只有文学批评才鲜活和有真正的生命活力，这其实是对学术研究与批评之间关系的非常幼稚的看法。关于这一点，韦勒克和沃伦在他们著名的《文学理论》一书中说得再明白不过了。我认为，真正有成效的学院研究是最具有批判性的，它的历史力度和后发的敏锐性，丝毫不逊色于感性文学批评；真正好的文学批评有自身的价值，它可以丰富学院化的学术研究。但我觉得需要警惕的是，由于近年反对"学院化"的声浪越来越高，这就容易使感性化和宏观化的当代文学研究仍陷于自我膨胀状态，更不愿意反省自己。而在我看来，所谓方法论意识首先是一种历史意识，没有历史意识并把历史作为你批评的重要知识参照物的批评工作，水平恐怕是很难上去的。现代文学为什么一直看不起当代文学，很大程度是由于他们看不到当代文学的"历史化"，老看到当代文学的人在那里奔来跑去，作品研讨会呀，出席颁奖呀，老坐不下来，会认为那是一个浮躁的知识群体。而对当代文学研究存在的问题，很多当代文学研究者都不肯去面对、启动自我反省的程序。

杨庆祥：确实如此，如果没有一个"历史化"的认识，估计很难推动学科研究的深入。我注意到在您的一系列文章中，"历史化"是一个出现频率比较高的关键词，也可以说构成了处理研究对象的一个基本原则。在我的理解中，"历史化"有两个方面的涵义，一是要回到历史现场，还原历史语境；二是意味着知识观念的重构和再配置（所谓"一切历史均是当代史"就是从这个意义上说的），但是这两者之间并不总是能够协调一致的，甚至存在很多的矛盾和冲突，那么，我想问的是，有没有这么一种理想状态的"历史化"研究，能够在这两者之间求得平衡并构成一种比较有效的、有张力的研究方法？

程光炜："历史化"观点的提出，针对的是始终把当代文学当作"当下文学"这种比较简单化的历史理解。具体地说，我试图用知识观念和知识范畴把总在变动无常的当代文学史暂时固定住，就在暂时被固定的当代文学史范围内中开展对它较为客观和具有历史感的研究。"历史化"确实有你所说的那两个方面。但是仅仅有这两个方面还不够，而是要对具体问题作具体分析。比如，我们在重新讨论一些已经被结论化的思潮、现象、论争、团体和杂志等时，这种"历史化"的工作相对好作一点，因为你可以把它们表述得相对准确、具体，具有某种可操作性。例如，我们说"重写文学史"思潮其实是在拿纯文学观念简化左翼文学，用"五四"文学理念来重构一个理想化的当代文学等等，这种历史化分析容易被人们接受。但是，如果研究具体文学作品，可能就会有麻烦。举例说我们做刘心武小说的研究。通过对刘心武小说《5.19长镜头》的分析，可以说作为作品主体叙事的"足球事件"表明西方舆论试图把80年代中国理解成还在"文革"的混乱阶段，但滑志明等球迷的叛逆行动却表明了80年代青年对新国家的想象和重塑。这种将小说文本"历史化"的工作也稍微容易一些。但是，我们如果再走进80年代更为复杂一点的小说，例如路遥的《人生》和《平凡的世界》、王安忆的《本次列车终点》、张贤亮的《男人的一半是女人》、高晓声的《李顺大造屋》等时，就发现问题不那么简单了，要处理的问题堆积很多，常有顾此失彼这些令人头疼的事情。具体地说，假如我们把这些小说文本过分地"问题化"、"历史化"，非要求证出一个什么结果来，是不是也容易牺牲掉它本身的丰富性？而假如不首先把它们"问题化"、"历史化"，就很难说得上是对当代文学史研究的重新讨论与进展，这实在是一种两难的研究处境。这种麻烦不光我的研究，在我的博士生的研究中也经常碰到，大家一直感到很难处理好。

所以，我理解的"历史化"，不是指那种能对所有文学现象都有效处理的宏观性的工作，而是一种强调以研究者个体历史经验、文化记忆和创伤性经历为立足点，再加进个人理解并能充分尊重作家和作品的历史状态的一种非常具体化的工作。所以，我前面强调具体问题要具体分析，就是这个意思。至于你所说的"有没有这么一种理想状态的'历史化'研究，能够在这两者之间求得平衡并构成一种比较有效的、有张力的研究方法？"这个问题提得非常好，很敏锐。但我觉得很难做到。你想想，如果所有研究工作都是非常个人化的，每个人的知识感觉和观念感觉都不一样，怎么要求一个人先实验出一种理想化的"历史化"的研究方式后大家纷纷去仿效？恐怕不存在一种真正理想的研究状态。有的只是你怎么根据自己面对的问题，设想出一种能够贴着问题本身，且有一定隐含的理论张力和历史感的东西在后面支持它，用一种比较符合自己知识状态的表达方式去接近问题自身，并与它能够达到一种历史性对话效果并用你自己的话将其表达出来的问题。我的意思是，你得根据研究对象，来设想自己的研究路径，然后再根据你希望的效果比较谨慎、妥帖地对所研究的问题加以整理。因为处理的问题不同，采取的方式也得有变化。在这个意义上，所谓理想的"历史化"的研究，我觉得主要是根据自己的问题而开展的与历史语境相结合的研究，具体到每个研究者情况可能都不一样。

杨庆祥：我记得詹姆逊在《60年代断代》这篇文章中曾经说过，一个历史时期无论如何不能认为是一种无所不在的共同思想和行为方式，而是指一个相同的客观情境，在这一情境中总有林林总总的不同反应。联系到您刚才对"历史化"的阐释，我觉得"历史化"不仅是一种情境化、语境化，其实也是一种经验化，总是在这样不断的互动中才能发挥效用。

程光炜：你说得对，是这个意思。

二、文学史研究的兴起

杨庆祥：您2009年出版了一本书叫《文学史的兴起》，我觉得这个书名很有深意，让我想起了伊恩·P·瓦特的《小说的兴起》。从您书中的内容来看，我觉得您大概的意思就是对当代文学研究局限于"批评化"的现状不是太满意，试图从文学史的角度重新观照当代文学。在我个人看来，目前的当代文学研究两方面都是很糟糕的，一是批评让人不满意，没有特别厚重的、有建树的批评，批评流于时评；一是文学史研究也让人不满意，缺少真正有理论建构、有历史意识的研究。当然这是一个比较大概的认知，不一定很准确，我想问问您是怎么看待目前当代文学研究的这种状况的？

程光炜：你的批评非常尖锐，也很到位，具体情况我就不说了，因为那样会得罪人。我写《文学史的兴起》的大部分文章时，是有你说的那种比较明确的通盘考虑的。现在很多人都说过，当前文学批评存在的问题是作品生产过分市场化造成的，然而不少人都担心，在新作品研讨会上露面少了，会对名气的保持有损害。在这样一种文化生态中，即使批评家再有思想、有建树能力，也经不起这么出场的重复折腾，人的精力毕竟有限嘛。其实文学史研究同样不理想，主要是太在意海外学者的动静，什么再解读啊、暑假回国见面啊，什么做国际学者、亚洲想象啊，这都会管不住自己，不愿在书斋中枯坐，耐不住寂寞。这些现象真实反映着人们的研究心态，根本问题是名利思想太重，互相攀比得厉害。所以我建议年轻的研究者，当然也包括我自己，能够真正坐下来，冷眼观察周遭的一切，耐住性子做自己的研究，长时期、有明确方向感地朝既定的目标去努力。如果这样的人多了，我想当代文学批评和文学史研究的状况就会得到改善。

杨庆祥：您一系列文章发表后，在学界产生了一定的反应，在肯定赞赏的同时，也有学者提出了一些问题。在一些学者看来，当代批评可能是当代文学最有活力和创造力的部分，文学史的研究是不是就会削弱批评的地位和作用？也就是说，如何确认当代批评在文学史研究中的位置？我个人觉得，因为中国当代文学特殊的历史构造，仅学术史研究估计也是不够的，那么文学史如何介入批评？而批评又如何建构起文学史？我觉得这是您整个研究需要面对同时也是一直在试图处理的问题。

程光炜：前面我说过，关于文学批评与文学史研究各自承担的任务和它们的关系，韦勒克、沃伦在《文学理论》里有非常精彩的界定和辨析，这些观点至今都对我有很大的启发。我以前也是从事文学批评的，曾在诗歌批评上下过很大力气，后来我洗手不干了。但这种经历却对我后来做文学史研究帮助很大，所以我并不后悔当年与诗人们混在一起，甚至还遇到不愉快的事情。我在《当代文学学科的"历史化"》一文中说，文学经典化必须经过文学批评——文学课堂——文学史研究这几个环节才能完成，所以文学批评对文学史研究其实起着很大很关键的作用。当然,这是指有见解有深度的文学批评,而不是那种空洞无物的批评。不过,比较一般的文学批评也能帮助文学史研究,它们尽管只是一些临时和零散的历史材料,也会让文学史家意识到当时文学的时代性症候。在这个意义上,文学史研究一定得有非常敏锐的批评眼光,通过这种眼光再去整理文学史,而文学史研究的重要任务之一就是将裹挟在作家作品研究深处的批评意识加以归类、整理和分析,由此推导出某种历史性的看法。这样,文学史研究就负起了对许多年前的文学现象进行历史批评的责任,而这种历史批评对当前文学创作也是具有建设性的和启发性的,是能形成有价值的对话的。我2007年花费很大力气查找资料,通读能找到的王安忆的所有的小说,写出《王安忆与文学史》这篇文章。让我没想到的是,听说一些作家读了比较认可,他们好像意识到文学史与他们的创作并不是完全没有关系的了。换句话说,我们的文学史研究与当前的文学批评难道没有关联点吗?过去,我们总是把文学史研究与文学批评(包括文学创作)对立起来,或者有意识地分离,好像井水不犯河水,其实并不完全是这样。李健吾在他的《咀华集·咀华二集》中,有很多关于这方面的精辟论述,我看了很佩服,也意识到我们的工作终于不是所谓的死学问了。确实如你所说,我们的工作就是要唤起人们对实证性研究的尊重。

杨庆祥: 我记得《王安忆与文学史》这篇文章我是一气读完的,当时感觉很震惊,因为以前很少读到这种历史研究和现场批评如此契合的研究文章。实际上我也是从那个时候开始尝试在个体的作家作品研究中引入宏观的历史视野和批判意识的。但有时候不得不面对一个很尴尬的问题,那就是发现一切必须从头开始。以我最近重读路遥的《人生》为例,我发现近20年来对于该部小说的相关研究都停留在一个非常浅的层次上,除了很少的几篇文章外,绝大部分文章都是一种很简单的印象时评,比如人物分析、故事重述等。也就是说我必须以一种完全无知的状态进入该作品,这就让我的研究缺乏一种历史感,而这种缺失,我觉得并非我个人造成的,而是我们这个学科,我们的批评史和文学史没有给我提供这种有历史感的语境,我觉得这可能是当代文学研究者不得不面对的一个很尴尬的难题。如何处理这个问题? 如何在学科史的范围内建构起研究的历史意识和理论意识? 在这个意义上,相比"十七年"、"文革"、新世纪文学研究,您为什么特别强调要从80年代文学研究做起,是不是因为80年代作为一个认识装置已经内化于现当代文学研究者的研究中,比如纯文学、个人写作等观念,其不证自明性还没有在学科史的意义上被充分揭示出来,从而影响了对其他文学史阶段和文学史范畴的判断?

程光炜: 你抱怨80年代以来很多评论《人生》的文章没有提供必要的历史意识和历史感,我能理解。不过,我以为你自己的历史感是可以建立起来的,就是通过阅读当时——也许有很多你不喜欢的评论文章,在对这些文章加以反省、甄别和挑选的过程中找到适宜自己知识状态和知识感受的历史位置(或叫研究位置),也就是历史感。你们这代人是有自己的历史位置的——当然会与我们这代人不一样——这种历史认识的差异性实际上就是你的历史感。不知道我这样的表述是否清楚? 但是,确如你指出的,当时很多文章确实没有留下值得珍惜的思想材料,这无须讳言。然而,我又不愿意相信你和80年代批评家之间真的存在经验断代这个事实。我总以为,社会思潮总在变来变去,但社会思潮、文学创作和批评内部的结构性东西却不会变化。这是由于,什么时代都会有高加林因为要改变自己生存环境而绝然抛弃自己恋人的情况,什么时代都会有路遥这种明知文学已经转型到先锋文学阶段,现实主义文学不吃香,却偏偏要继续作艰苦思想探索,一心要成为有气节的大作家的文学苦行僧。我们这代人经历的人生无常和太多的戏剧性,你们这代人难道就能避免？就一定能够规避掉？我是深怀疑问的。所以，我相信，人性是能够穿透历史而呈现出普遍性的，正是在这条线索上，我觉得你反而特别能够理解路遥，包括高加林的莽撞和痛苦，你写的《妥协的结局和解放的难度——重读〈人生〉》这篇文章事实上已经告诉我了。

你刚才问得好："如何在学科史的范围内建构起研究的历史意识和理论意识？""您为什么特别强调要从80年代文学研究做起，是不是因为'80年代'作为一个认识装置已经内化于现当代文学研究者的研究中？"这个原因很简单：一是80年代是整个新时期文学30年思想最为活跃和解放，同时是为知识界提供了最为丰富的知识话语和思想见解的十年。如果做"知识考古学"研究，我们发现后来二十年文学的很多现象都能在这十年找到起源性、原点性的资源。所以，我觉得要想了解新时期、当代文学60年，一定要把它作为一个"认识性装置"内化在我们的研究工作中；二是我们这代人的思想和知识都是在80年代形成的，因为我们这代人的存在，这些思想和知识至今仍在各大院校里传播，影响着一届届的本科生和研究生。所以，要整理今天之学术，应该首先整理80年代之思想；第三，我们应该怎样在学科范围内建立起研究的历史意识和理论意识呢？那就应该选择一个最为典型的年代为对象，作为相对稳定的文学史研究的知识平台。首先把它"历史化"，建立一种知识谱系和系统，然后再通过它重新去整理别的文学年代。如果不这样做，那么当代文学学科就会永远陷入一种无政府主义的混乱中。现代文学不就是首先建立起关于"五四"、鲁迅的历史意识和理论意识，才逐步发展成一个相对成熟的学科的吗？所以，如果我们花上几年甚至更长一点时间集中精力去研究一个文学年代的问题，对很多沉埋在批评状态中的作家作品、现象和问题开展非常耐心的大规模的发掘工作，深入细致地研究具体问题，一步一个脚印地走下去，当代文学的历史意识和理论意识,我想自然就会慢慢出来了。

杨庆祥：我很赞同您的观点,对于我们这些更年轻的研究者而言,如何把知识转化为经验和感觉可能是一个更有难度的问题。实际上,任何一个学科的合法性都必须建立在一定的共识上,这些共识往往是这个学科需要解决的元问题,而这些问题,往往是与该学科的历史维度和社会维度密切相关的。我注意到您在文学史研究中非常关注文学与政治、意识形态、历史转折点、社会改革、文化结构的变更等社会内容的紧密关系,比如关于《伤痕》的那篇文章以及新时期文学起源等论题的探讨都是围绕这些展开的,这里面也就包含了这样一个视角,即在对当代历史深刻理解的基础上,从而更全面和更具洞察力地来审视当代文学,这也是当代文学研究较为欠缺的维度。那么您如何理解当代文学研究与当代史以及这两者中都包含的"当代性"的关系? 如此看来,80年代文学研究实际上是包含了两个面向,一是作为方法的80年代文学研究,另一个就是作为问题的80年代文学研究。前者涉及历史化、知识化的研究立场,后者则是对80年代的知识立场、价值观念、情感关怀、文学范式等历史叙事的怀疑主义态度,进而展开的知识考古,从而进一步地审视我们面对的是何种文学,何种历史,以及我们具有何种的文学可能性和历史可能性的问题,这也使得当代文学研究能够在历史的深层脉络中展开。请您谈谈对这一问题的设想和计划?

程光炜：过去,我们的当代文学史研究总习惯把文学挫折归罪于当代史,这种思维习惯至今还在学科里盛行。这样做对不对呢? 当然对。你不能强要一个被历史伤害过的人,会一下子原谅了历史本身。比如,你无法要求犹太人原谅希特勒和纳粹,正如我们不能要求在"文革"中被迫害和无端死去亲人的亲属,轻易地忘掉"文革"的残酷。但这是社会伦理层面上的事情。我们的文学史研究,一方面要对这种情况抱着深切的同情和理解,另一方面也不要被这种社会情绪绊住手脚,让研究被它牵着鼻子走,从而丧失学术研究的自主性。这是一个非常复杂的辩证法。正像你已经意识到的,怎样来理解当代文学研究的"当代性"呢? 套用老黑格尔一个观点,这就是没有包含当代文学史研究与当代史历史关系的当代文学史研究,是不可能产生真正的"当代性"的。我所认为并一直在强调的"当代性",正是在文学、政治、社会意识形态、历史转折点、社会改革、文化结构变更这些多层次复杂的历史关系中,最后生成出来的。

至于我对这个问题的设想和计划(如果说有计划的话),我想应该在两个方面来展开:一是花上若干年的时间,与中国人民大学文学院现当代文学专业的同事及博士生们合作,编出比较系统的"中国当代文学史资料汇编"。就像我曾经在《"资料"整理与文学批评——以"新时期文学三十年"为题在武汉大学文学院的讲演》一文中说过的,事实上并没有所谓纯粹的资料整理,资料整理其实就是整理历史,它包括整理历史的问题和方法。我们要按照自己对当代史的理解,整理出一套相对比较完备(当然也无法避免缺点和局限)的资料汇编(估计有甲、乙、丙、丁等多种,几十本资料吧)。它的目的,是形成一个学术研究可依托的历史框架,让人们在这些历史文献中体会到什么是当代史;二是继续做80年代文学研究,也可能逐步会扩大到80年代社会、80年代媒体、80年代中国与世界、80年代都市与乡村等泛文学的研究。因为,你只有建立起一个相对比较宽阔的历史研究范围,一个较大规模的宽幅的历史图景,更贴切、生动的80年代文学,当代文学60年才可能会从中整体性地浮现出来。前一段应《文艺争鸣》杂志社之约,我写过一篇五万字的《当代文学60年通说》。尽管它因写作时间仓促还比较粗糙,不少观点没有来得及细化和深化,但我突然意识到,以研究80年代文学为基础而形成的新的学科意识,不是正在那里要求着我们重写文学史吗? 这当然是一部新的《中国当代文学史》。不瞒你说,我自己都被这种不切实际的大胆想法弄得惊讶不已了,尽管它也许永远都不能实现,但我们的历史视域不是正因为这几年的80年代文学研究而忽然扩大了许多吗?仅仅如此,就是值得的。

三、整体观和经验论

杨庆祥:在您的多篇论文中,都可以看出一个整体性的视野和研究观念,从学科史的角度来看,真正的文学史研究实际上已经蕴含了一种整体的观念,因为没有整体实际上也就谈不上有效的历史研究。就中国现当代文学史而言,从1917年到2009年近90年的文学历史,实际上是由很多不同的断裂的历史阶段组成的,比如学术界一直讨论的三个三十年(1917—1949、1949—1979、1979—2009),实际上复杂性远不止如此,在每一个三十年内又有不同的断裂,而且这种断裂不仅是时间性的,同时也是不同的空间和文化建制的结果。在这种情况下,整体性的研究视野是否有效? 或者说,何种意义上的整体观是可以被建构起来的?

程光炜:我承认这是受到了老黑格尔的影响。他在《哲学史讲演录》第一卷中,对个别/全部的复杂关系有长篇严密而精彩的论述,这种论述显示了他思考问题的深度和厚度,也为我们讨论问题提供了一个具有相当深广度的历史视野。整体性的观念和经验我是最近几年才逐渐萌生的。90年代初在武汉大学跟随我的导师、著名新诗研究专家陆耀东教授做研究时,刚开始我对他强调的整体性历史观并不理解。原因可能是我们这代人受"文革"后长达30年的"断裂论"等主流思想的影响很大,它让我们对历史抱着简单怀疑甚至盲目敌视的态度。好像一谈整体观,就与民族、国家扯到了一起,成为所谓宏大历史叙述的思想附庸,从而阻碍对历史本身清醒自觉和总体性的理解。80年代,整体观曾经在学术界热闹过一阵子,但那种强调宏观研究方法的整体观,与我所理解的这种整体观不太一样。我理解的整体观不是它本来就在那里,原封不动地存在着,是一种预设的真理性的东西。比如20世纪中国文学论者,他们认为通过纯文学,就能够把被左翼文学和非文学破坏的文学史再整合成一个整体性的符合知识界愿望的20世纪中国文学。他们那样做当时有进步意义,但其实很简单,包括认识历史和分析历史的方法,都存在着过于简单化的问题。这种简单化,就是采用排斥性的理解问题的方式把历史整体性缩小压瘪,变成历史功利性的东西,这种所谓整体性,实际是一种产生于狭隘历史观的整体性。而我认为的整体观,则是从个体观出发的。因为我发现,被新时期叙述强行拆解、撕裂和断开的若干个文学期,是能够通过讨论和辨析的工作重新整合起来,在它们之间的差异性和关联点上整合起来的。套用一句流行的话:"没有个体性,哪有整体性?"在这个意义上,我认为新时期叙述实际就是一种新的历史语境中出现的粗暴的文化建制,它出于自己的历史企图(如打倒"四人帮",启动改革开放),把不利于这种新的政治正确性的"过去文学"设置为"思想对立面",在不同文学期和文学现象中再设置许多个过滤性的装置,从而达到某种历史目的。因此,我强调的整体观,首先是重回80年代,找出隐藏在那十年的文化建制和思想对立面设置系统深处的差异性,进而重建各个文学期和文学现象的历史关系。比如,我会在80年代与"十七年"的关系中来重新认识"十七年"的意义;同样,也在这种关系中重新思考80年代为什么会变成这个样子的。我还会在80年代文学与90年代文学、当代文学与现代文学、80年代与新时期文学等错综复杂而且多层的历史关系中,重新去思考当代文学60年究竟是怎么建立起来的这样一些具体的文学史问题。诸如此类的文学期比较性研究,可能会使我们的历史眼光不再变得狭小和狭隘,更具有历史的包容性和理解能力。正是由于对历史整体产生了包容性和理解性,这样的整体观才是比较贴切的和比较符合历史实际的,而不只是为少数知识精英集团服务的。

前两天,我在北京郊区的九华山庄主持了一个"当代文学研究的'历史化'研讨会"的小型对话会,罗岗和倪文尖在会上也谈到如何在"断裂"关系中重新思考新时期文学30年乃至60年的整体性的问题,我想也是这个意思。

杨庆祥: 一谈到整体观,我们都知道在80年代的"重写文学史"思潮中它是一个非常热门的理论概念,甚至可以说今天的现当代文学史都是在80年代整体观观照下重写的结果。我想问的是,在今天看来,80年代的整体观存在的问题是什么?它对于文学史的建构和书写是否已经完全失效?如果说今天的文学史研究已经面临一个新的临界点,这一临界点要求提出一种不同的文学史的整体观,那么,这种整体观与80年代的整体观的本质性区别应该在什么地方?

程光炜: 对这个问题,我前面已有所涉及。至于它最大的问题是什么?我认为宏观研究的祖师爷是苏俄理论模式,"十七年"流行的大批判的文学批评跟它有关,非常强调作家的思想感情、立场什么的,喜欢用一种预设的历史观强求文学服从它。也不能说这种模式一无是处,比如,宏观研究在80年代学术意识建立的过程中确实起过很好的作用,比如,它把"五四"吸纳进来,从而强调了80年代必须通过回到"五四"才能建立自己的历史合法性等。这种整体观确实刷新了大家的历史结构和知识视野。但同时它带来另一个问题,就是宏观研究的方法并没有在90年代的知识转型中得到应有反思,它还在学术界扮演范式的作用,误导年轻的研究者,这就使很多人由此养成了使用大概念、大视野去处理具体问题的坏习惯,好像宏观研究是一件一成不变的法宝,能够克服所有的研究难题似的。宏观研究的负面影响,不光当代文学研究中有,现代文学研究中也有。而且现代文学的人至今还对它津津乐道,深以为然。我们注意西方的新批评、后学,还有日本和台湾地区的学术研究就不是这样。那里的学者都非常注重实证性的个案研究,看不到这种所谓的宏观研究。在那里,很多有影响力的思想、观点,都是通过这种具体研究和细致整理显示出来的,如福柯的"知识考古学",竹内好关于鲁迅的"原点",柄谷行人的"风景",等等。

你说这种文学史的建构和书写是否已经完全失效,这得从两个方面看:在80年代中期后,这种建构和书写是非常有效的,因为它解决了一个长期受困于"学术即政治"的中国当代学术如何从极左思想路线中解脱出来,创制一种纯文学意义上的20世纪中国文学的问题。这种新问题的提出,对整个80年代的中国现当代文学研究影响很大,重布了现代文学的格局;但在另一方面,这种受惠于启蒙论的"重写文学史"观,并没有在90年代的历史语境中完成自我清理和转型,相反,它还在统治着中国现代文学的研究,这就问题大了。也就是说,由于学术创造力的衰落,现代文学研究在今天实际上已变成一种"夕阳学术",尽管大多数人感情上都不愿意承认这一点。这种夕阳状态,就在于它丧失了与90年代中国现实最起码的对话能力。所以,确如你所说,今天的文学史研究面临着一个新的临界点,它要求一个新的文学史的整体观出现。它与80年代的整体观的本质性区别,就是它把被前者抛弃、撇清和极力回避的左翼文学与当代文学中的"社会主义经验"重新拣起来,并且把它重新设置成一个问题的出发点,一种新的知识对象。因为,它认为只有"重回'十七年'"、"重回社会主义经验"之中,中国现代、当代文学研究才能获取新的历史动力,才能在面对今天社会大量现实问题和历史问题的处境中,建构文学史研究在新的历史语境中的可能性。

杨庆祥:当代史研究的一个很大的问题就是我们自己也构成该历史的一部分,从这个意义上说,整体性的研究也应该把研究者自身的经验考虑进去,我自己的感觉是,中国当代学者在这一方面做得比较欠缺,要么毫无节制地沉溺于自己的经验,要么是刻意回避自己的历史经验,我觉得这都是不可取的,个体的经验既然来自于历史,就应该是构成历史经验的一部分,也就应该成为反思和研究的对象,并予以理论的建构和创制,唯其如此,经验才不会成为一个僵化的、死气沉沉的化石,而是可以被不断激活的历史潜流。这一点我觉得日本的学者做得非常好,我在读竹内好等日本学者的著作的时候,时常感叹于他们对自我历史经验清晰深刻的反思和建构。我的问题是,对于出生于50年代的您这一代学人,经历了国家和社会激烈变动的各个时期,在不断的历史调整和自我调整中,也形成了独特的个人意识、家国观念、文学经验、审美偏好等问题,您在最近的很多文章中也一再提及自己的一些历史经验,比如谈到浩然的小说、李瑛的诗歌还有60年代的电影等对您的影响。那么,您是如何处理个体历史经验和文学史研究之间的关系?是否有一种内在于我们生命和历史的经验论(如歌德所提及的那样),最终能够普遍化为一种文学研究方式和历史认知形式?

程光炜:你这个问题问得好。你看,都把我难住了。我这些年做事,反复考虑并一直努力的就是如何在个体历史经验与文学史研究之间建立一个相对适宜的平衡点的问题。具体点说,就是如何掌握一种历史分寸、一种历史叙述的"度"的问题。另外,我还经常想,这种内在于我们这代人历史创伤、生命和经验论内部的表达方式,最后是否能够获得一种普遍化的历史认知方式和文学研究方式?这是迄今困扰我的最大问题。

你知道,50年代出生的人,经历的是中国当代最为激烈、动荡和混乱的历史时期。那时候,政治运动不断,阶级斗争成为国家哲学,而亲人、夫妻、父子之间告密背叛的日常化,它们都被赋予了崇高的革命内容与合法性。相反,中国传统的伦理水平,比如"长幼有序"、

"温柔敦厚"等行为操守,再比如"相信别人"等社会认知,都降到了历史最低点。我们这代人,就是在这种酷烈的历史环境和文化环境中成长起来的,与此同时,我们也在这种极其复杂的历史环境和人际环境中逐渐养成了敏锐的社会观察力和批判性的文化性格。新时期伊始,这种当代传统和知识都被排斥掉,很多人都主动把它们从自己的历史思考和学术研究中"整体性"地拿出来,它们好像一下变成了与我们的历史毫无关系的东西,变得"陌生化"起来。这种历史遗忘,成为80年代学术之建立的一个根本前提。这种历史断裂论的形成史,恰恰是今天最需要反省和总结的东西。但这个问题牵涉面大,说起来比较复杂,还是就我自己的问题说起吧。具体地说,我的个体经验来自三个点:第一,我在"新时期"之前读过的所有的书,接受的所有思想、观念和意识;第二,"文革"后形成的具有历史虚无主义精神特征与个人感伤性的知识感觉和知识感受;第三,90年代的市场化、大众化与西方后现代主义理论,对我思想储备的进一步的激发。这三个点的交叉、渗透以及它们之间产生的某种互文性冲突,就是我个体历史经验的全部。由此我想到,所谓文学史研究事实上是与每位研究者的个体历史经验紧密联系在一起的,但是,它们并不是简单的因果关系,而是一种互文性的、相互辩论和激发性的关系。我终于意识到这些,是经历了一个较长的自我认识和反省的过程的。80年代,我像很多人一样深受启蒙论的影响,我会把这种没有经过反思的个体历史经验当作进入和理解文学史的一种重要前提,一种选择标准。我会不自觉地把对历史的感受,不加检讨和过滤地带到文学史研究之中,以至于用它来代替文学史研究的结果。最近几年我开始意识到,作为研究者其实有两个角色:一个是历史的亲历者,另一个是坐在书斋里从事专门研究的人。作为亲历者,你不可能完全置于自己生活的年代之外,没有自己非常具体、甚至细微的生命感受,包括一些特殊的个人经历蕴涵在学术研究中;与此同时,你要意识到，你是一个专业性的文学史研究者，而不仅仅是一个历史亲历者。因此，这两个观念意识总在你的工作中打架，争吵不休。例如，怎么看80年代的清除精神污染、现代派文学、朦胧诗论争，当然也包括怎么看寻根、先锋文学对当代文学转型的作用等等。我们都会因为自己个体历史经验与文学史研究关系的变化而发生变化。因为某种意义上，个体历史经验不仅在每个人身上存在差异，而且即使同一个人也会遭遇被新的历史语境重新塑造和安排这样一种境遇。这就使我们过去看待批评现代派文学、朦胧诗的文章时，会带着厌恶的情绪，并且在文学史叙述上有所体现；而当我们意识到，历史的发生是有它自身的逻辑的，而且是有着比较复杂的逻辑的时候，我们激烈的反感情绪会逐渐舒缓，会产生出一种距离感，甚至产生出一种陌生化的感受，它促使我们在重新看待它们的时候，会情不自禁地把历史的同情和理解带入到新的文学史研究中。对后一点，我记得在《批评对立面的确立——我观十年"朦胧诗论争"》这篇文章中曾经仔细讨论过，大致意思是，为什么我们只把历史的同情给予支持朦胧诗的谢冕老师，而不给反对朦胧诗的郑伯农等人呢？我们的理由在哪里？对这些不同理由内在逻辑的反省和整理，正是我们能够意识到当年历史与今天文学史研究关系之复杂性的地方。

总的意思是，无论个体历史经验还是文学史研究，都会因为时代的变化而变化，不可能总停滞在那个地方，那种自认为已经掌握真理的认识水平上。所以，就需要将两者的关系不断地进行微调，不断加以反思，我们文学史研究的魅力和活力，就在这种不断调整的工作之中。而这种把自己的个体经验完全摆进去的不断自我反省、检讨和整理的过程，也许就是你开头说的"文学、历史和方法"吧。

附录二 文学史诸问题

——程光炜教授访谈

魏华莹（中国人民大学中文系2011级博士生）

魏华莹：程老师，您好！您是七七级大学生，近年来看到您同龄人的一些文章，似乎很容易提到高考往事。对七七、七八级大学生来说，似乎每个人都有着不尽曲折的携带着伤痛或欣喜的高考往事，这大概是一代人最为深刻的历史记忆，当然也是学术研究的基点。能否为我们讲述您个人的高考故事和治学经历？

程光炜：我们这代人的人生经历确实特殊，早年插队，1977年恢复高考时幸运地考上大学。我1974年3月在大别山腹地的新县插队，在农村待了两年多。路遥短篇小说《人生》中的高加林写通讯稿的细节，在我身上也发生过，我当时也是因为给县广播站写通讯稿受到宣传部杨文谋先生的赏识，1976年6月被抽到新县县政府办公室当秘书。1978年3月进入河南大学中文系就读。对我平生影响最大的一本书是卢梭的《社会契约论》，其中谈到"人生来是平等"的思想，改变了我对整个当代史的认识。河南大学虽是省属大学，但当时的中文系通过院系调整来的著名教授很多，例如著名现代文学史专家任访秋先生等。任先生30年代在北京念书时，硕士论文的指导老师是胡适和周作人，1980年北大教授王瑶先生来讲学，还当面向任先生鞠躬。后来才知道原因是任先生出道比王先生早，属于老师辈的。我那时热衷写诗，在《人民文学》杂志上发表过作品，没有想到要做学问。不过我读了很多书，还在学校图书馆地下书库大量阅读"十七年"的文学期刊,这可能为后来的学术研究打了点基础。90年代初,我当时想报考北京大学谢冕教授的博士,后因报考他的人很多,改变主意报考了武汉大学陆耀东先生的博士,谢老师的推荐信对我说了许多夸奖的话,陆老师刚看时拿半信半疑的眼光看着我,可能是评价过高了。两位先生的治学风格迥然不同,各有特色,陆老师的严谨让我终身受益。后来到北京后,一次谢老师专门问到我:你怎么没有报考我的博士生?呵呵,看来我与他还是有缘的。报刊书籍上关于七七级与学术生涯关系的文章很多,我这里就不再重复了。

魏华莹: 您在很年轻的时候是有影响的新诗批评家,后来做现代文学研究,近十多年又转向当代文学史研究。请问促使您学术转向的动因是什么,之前的学术积累对您现在从事的当代文学史研究有哪些作用?

程光炜: 这个问题问得好。近年来,我在一些学校讲学时,也有研究生提出过相似的问题,觉得我好像在国内现当代文学研究圈子里是转行比较多的。80年代的年轻人很有理想,很多人尤其是大学中文系的学生都把文学创作看作一生的志业,我那时候也是这么想。觉得写诗比做学问层次高,有才气,做死学问算什么啊,都是比较笨的人做的事。那个时候我年轻无知,也很狂妄,与全国很多大学的学生诗人都有联系,比如徐敬亚。他的《崛起的诗群》没发表前就给我寄过。1983年到大学工作后,写诗受到影响,我就转入诗歌批评,与当时"第三代诗人"打得火热,如于坚、周伦佑、王家新、欧阳江河、西川等。我现在还有于坚他们给我写的几十封信。当然,在十几年中,我也养成了充满诗化的跳跃性的文学思维,这对做学问肯定是个大碍。因为大学要评职称,写诗被看作旁门左道,受歧视,我就渐渐做起了学问,自然跳跃性的思维对我影响很大,干扰甚多,这是后话。但是,我真正在诗歌批评和研究上洗手不干的原因,还是我编过《岁月的遗照》这本90年代诗选后,在诗歌圈子中引起很多反响。一些著名诗人攻击我，有些还是我的朋友，这对我们多年的友谊是个很大破坏，对我打击不小。原来对诗歌那么浪漫天真的想法发生了根本改变。至于说到我为什么从诗歌批评转向现代文学研究和当代文学研究，我想主要原因是：一是我的性格比较善变，不那么死板；二是两位老师的影响。前面说过，我曾经想报考谢冕先生的博士生，是因为他对年轻时候的我影响特别大，从写诗到评论都是如此。1984年以后，我就觉得这种跳跃性的思维方式，对于选择走学术道路可能有问题。1986年我在《文学评论》上发表的文章已经可以看出我对自己的反省。之后发表的论文一直在向学术的路向上转移。跟陆耀东老师读书后，他并没有直接教我什么，但是看他做学问，才渐渐明白所谓"论从史出"的道理。他写东西之前，要看很长时间的材料，即使如此，到写出文章也还反复再三地琢磨、修改。他的《中国新诗史》从80年代准备材料，师母和他女儿都在北图帮他查过几百本民国时代的诗集，直到90年代动笔。中间仍然是写完一章，又让师母反复核对注释，一定要与原来刊物校对。2005年逝世前还没写完，前后差不多30年，仅此一例，你就可以看到陆先生治学的态度。2003年，我在北京为陆老师《中国新诗史》第一卷做宣传，请来北京大学严家炎教授。我记得他当时做诗歌史，说陆老师和孙玉石两位先生的著作，你们可以放心大胆地转用他们的注释。由此可以看出学界对陆老师做学问的评价。我是学现代文学出身，写过《艾青传》，和朋友合编过《中国现代文学史》。90年代末，我意识到现代文学研究的高潮已经过去，再做出新的东西比较难，于是转向当代文学史研究。后来立足在80年代文学史研究上，由此想建立70年代、80年代、90年代这三个十年的历史关联性。也就是说，建立当代文学"后三十年"的整体性。如果说之前的学术积累对当代文学史研究有什么作用，一是史的眼光，二是用现代文学的方式来研究当代文学史。关于这一点，我在最近主持《文艺争鸣》的"当代文学六十年"的"主持人语"里已经有所交代。

魏华莹：从2005年起，您在中国人民大学文学院开设"重返八十年代"博士生课程，以课堂讨论的方式探讨80年代文学问题，您最初的学术构想是什么？

程光炜：第一个原因是我是80年代的大学生，是历史见证者；第二是我们这代人的学术起点就在这里。整理在这个起点上出现的一个年代的文学，首先是整理我们这代人的思想和文学观念是怎么形成的，由此推演到文学发生、发展中的一些问题。确切地说，我不是把80年代文学仅仅当作文学，也当作问题来研究。因为从70年代末，具体地说是80年代初起，中国出现了第三次"洋务运动"，这是一百多年来中国现代化历史进程的另一个值得关注的制高点。而文学作为历史最形象最深刻的反映，我想了解，80年代文学与它周边的关系是什么。80年代文学是我们回溯之前的当代史，展望后来文学发展的一把钥匙，一个非常重要的历史节点。因此，我常对人说，我们所做的80年代文学研究，事实上也可以称之为是80年代文学的"社会学研究"。

另外，理科学生做学问不是要待在实验室里吗？只有通过长期艰苦的实验，才能写出实验报告，取得科研成就。我觉得人文科学也应如此。实际上，文学史研究有点类似实验室工作，从资料收集、问题讨论和驳难，再逐渐形成研究思路，形成框架，都是一个反复比较和实验的过程。带着学生做80年代文学，就是想找一个当代文学史的立足点，以此为支撑，打下地基，慢慢盖房子，一点一滴地积累。虽然中间困难、挫折不少，有时候还要走弯路、错路，都没关系，你只要一步一个脚印地走，总会慢慢找到办法来。我经常把中国人民大学的80年代文学史研究比作国家实验室，经常给学生们这样说，天长日久，他们也接受了这个观念。有很长一个时期，坐在中国人民大学藏书馆里的，多半是我的这些做当代文学史研究的博士生，这种现象听起来很奇怪,然而就是事实。

当然,我还想带出几个学生来。国外批评国内大学风气不好,原因很多,其中一个原因恐怕还是一些老师人浮于事,或是只管自己出名,保持影响力,对博士生不太管。我倒不是比其他人做得好,只是觉得良心上有些不安。那么多优秀的学生冲着中国人民大学这种名校来,就是想多学点东西,你如果混,既对不起供职的学校,面对学生也会感到不安,教学相长这个道理是对的。这些年,我的运气比较好,碰上了一批勤奋好学的博士生,如杨庆祥、黄平、杨晓帆、白亮、张伟栋、李云、李建周、钱振文、孟远,还有陈华积、魏华莹、李雪、王德领、任南南、张书群等。他们很多已经在中国人民大学、华东师范大学、北京外国语大学、华中师范大学、上海大学等学校任教。那些年,由于这些学生在场,我们的"重返八十年代"文学史讨论课进行得非常顺利,讨论很热烈,学生对我的观点也会表示不同意见。后来,他们的文章在《文艺研究》、《文艺争鸣》、《当代作家评论》、《南方文坛》频繁发表,多次获得"年度优秀论文奖",多篇论文被《新华文摘》全文转载,在学界产生了一定的影响,有些同学现在已是国内当代文学研究界80后一代的佼佼者。在此过程中,我在学生身上也受益很多,这些年我的很多文章,都是在这种情况下逼出来的。你带徒弟,也得亮亮自己的手艺啊,光说不练学生听你的吗?我觉得中国人从古至今那种作坊式的带徒弟的方式,在今天的大学也是适用的。这是我对教学相长的理解,不知道对不对。

魏华莹: 2009年,由您主编的"八十年代研究"丛书在北京大学出版社出版后,引起当代文学研究界的注意。该丛书以其对理论资源和研究方法的更新,为中国当代文学研究的学科化奠定基础。在当代文学界普遍追新求变的时候,您却带领博士生团队历时数年在书斋、图书馆中翻阅旧期刊、报纸,做当代文学的资料整理和文学作品的打捞工作,重绘文学史地图。您如何评价这样的学术研究范式?

程光炜：我在很多文章里已经谈过这个问题。因为当代文学要面对大量新作品的缘故，很多从业者把主要精力放在文学评论上。这个工作当然重要，但我觉得遗憾的是，中国当代文学研究会与中国现代文学研究会都是一级学会，存在都有三十几年了，但现代文学研究取得了辉煌的成就，而当代文学除了"十七年"研究外，一直在那里原地踏步，起点和水平都不高。估计不是我一个人，很多人都意识到这个问题了。我做这个事，是想力所能及地为当代文学史学科积累一点点东西，以后成就如何任人评价，不过初衷就是这样。我在北京大学出版社主持一个"当代文学史研究丛书"，打算把它长期做下去，渐渐形成一种研究当代文学史、而不是总是在那里写评论文章的风气。我的博士生钱振文、杨庆祥的著作在该丛书第一辑出版后，我寄给美国哈佛大学的王德威教授，得到他的肯定，他还推荐给他的博士生看。钱振文的《红岩》研究，我不敢说做得最好，但他占有的资料一定是最多的。《红岩》有四个手稿，他掌握了三个，另外对当事人做过大量面对面的访谈。由于用力很勤，所以这部著作出版后被人引用很多。杨庆祥的著作，是对80年代中国现当代文学研究界"重写文学史"思潮的一次有意思的整理。由于对这个思潮的来龙去脉交代得很详细，做得很细，采取夹叙夹议的研究方法一路推荐，我觉得很好。至少，研究者再要了解它的历史过程，这本书就是一个很好的参考。按照一般说法，这叫史论结合，实际上，对不同的研究对象，方法角度都得不断调整。我觉得没有一个权威到普遍的不可怀疑的研究方法，关键是你得活用，不断调整并带有自我怀疑和反省的研究才是有价值的。这套书的第二辑下半年启动，将有中年学者李杨、贺照田、郜元宝、赵刚（台湾学者）的书和我的书一起推出。

魏华莹：2011年，您的《当代文学的"历史化"》在北京大学出版社出版，以"历史化"的方式对80年代的诸多问题作出探讨。您所提出的"历史化"，是一种强调以研究者个体历史经验、文化记忆和创伤性经历为立足点，再加入"个人理解"并能充分尊重作家和作品的历史状态的工作。作为80年代的亲历者，您是如何调遣或控制自我的个体经验，并且处理个体记忆和历史记忆的缠绕和冲突，进而寻找出平衡点的？

程光炜：这可能是一个老问题，在古代文学、现代文学等专业兴起的过程中，很多老辈学者都提出并讨论过相似的问题。一般的文学史研究，都要面对如何在历史记忆与个人经验之间找到一个平衡点的问题，过去叫史论结合。但是每个研究者的情况可能有所不同。我们这代人的主要历史记忆是"文革"，这种记忆影响了我们对整个当代史的看法，成为我们学术的进路。不过，我更愿意从在个人经验中形成的理解方式去认识它。我这本书所说的"历史化"，指的是如何以学术的方式来处理当代文学的问题，包括文学史、作家创作、现象流派等，也即把批评的状态转型到学术研究的状态当中。

同时我认为，当代文学已经60多年了，应该可以看作历史现象了。如果按照英国考古学最权威方法论著作《历史的重建：考古材料的阐释》的著者柴尔德的说法，它们也可以被看作是一个考古的遗址了。就是说，你得用历史的眼光来看待这些当代文学的作家、作品和现象，把它们当作过去的东西，否则，你很难拉开与研究对象的距离，保持研究的距离和张力。另外在我看来，所谓当代文学的很多东西，都与中国古代文学、现代文学的表现有许多关联，并不是凭空产生的，如果在这么一个很长的历史链条里看待当代文学，这也是一种"历史化"的研究角度。梁启超在他的《中国历史研究法》里说，所有的作家都有自己的年谱，这个年谱既是这位作家的个人传记，也是他那个时代的传记，我以为说得有道理。一定意义上，我就是在过去与未来这个维度上建立当代文学的历史位置的。当代文学，不光是当代中国人的传记，也是古代和现代中国人的传记。

魏华莹：您的《文学讲稿："八十年代"作为方法》，提出用一种历史意识，将80年代作为勘探当代文学60年的原点坐标，从而把80年代设置为当代文学60年的一个"认识性装置"，一个历史的制高点。近来，读到您的新作《为什么要研究七十年代小说》、《引文式研究重寻"人文精神讨论"》，是否意味着您的学术研究，在"八十年代作为方法"的基础上，将当代文学"历史化"的维度进一步扩大，这和您的当代文学整体性的学术构建有关吗？

程光炜：你看得很清楚。起初将80年代作为一个理解当代文学"后30年"的认识性装置，想法是与博士生们先寻找一个我们研究的平台，实验一段时间，看看再向哪里作一点延伸。刚开始想法不是很清楚，做得时间久了，我渐渐意识到，应该把它作为一条历史的线头，将"后30年"串联起来，建立历史的整体性，而70年代显然是它的一个起源性的东西，实际上还可以将这种起源性的东西再往前推移，放在60年代。现在，我可以把这个结构说清楚了，就是：没有60年代、70年代，何来80年代和整个新时期文学？我在上一个问题里已经说过，就是应该在一个艾略特所说的"体系"中来确定你研究的对象。虽然道理比较容易说，做起来却不容易，所以我想这么一个历史节点一个历史节点地做，慢慢建立它们之间的关联。你不可能绕开这么一个过程，一下子就建立起所谓的整体性。

魏华莹：除了为当代文学史研究寻求方法，您也写了大量的文学批评文章，很多文学作品分析更是独树一格，如《香雪们的"1980年代"——从小说〈哦，香雪〉和文学批评中折射的当时农村之一角》、《〈塔铺〉的高考——1970年代末农村考生的政治经济学》、《小镇的娜拉——读王安忆小说〈妙妙〉》，对文本的细读、对作家"体悟式"的理解、对社会问题的勾连，都精妙地结合在一起。你似乎有意淡化以往文学批评对作品的有意疏离或添加，更多地还原作品本身的复杂性，并将其置于文学史的脉络中考察，能否谈谈您个人的文学批评标准？

程光炜：哦，这是想写一本读这30年小说的书，采取细读的方式来做。这些年跟博士生一起做当代文学史研究，感到知识性的东西多了，感性的东西反而少了，为弥补这种缺陷，我想写这样一本书。书名还没起，已经写了9篇文章，准备写20篇，30万字的规模。现在确定的有20位左右当代小说家，至于是哪些，现在还要保密哦，先不公开。虽然小说家活动范围大，社会影响大，不像诗人那么在意这些东西，但是如果真看到没写他们的作品，心里也未必高兴。但我选择什么人，有我自己的看法，我不太受作家的影响。这是不搞评论的好处，你一搞评论，就得与作家称兄道弟，还不讨好。不搞评论，比较寂寞，受作家左右和影响反而小一些。这本书写完之后，还回到文学史研究之中。不过，最近断断续续地写这些文章，也感到比较吃力，真让你面对一个作家，尤其是面对他几十年的创作，一篇一篇地面对它们，难度难以想象，这比冷不丁地写一篇评论文章要难很多。我有一个习惯，写一篇这种文章，先大致翻翻他大多数的作品，翻翻几十年来有代表性的一些文章，看看作家怎么表现，批评家又是怎么看待他们的作品的。哪些话已经说过了，哪些还没说过，或者说得不够充分。这些工作做完，你再找找角度，找找感觉，琢磨一下自己应该从哪些角度进去，一边分析作品，一边揣摩作家当时在写它们时的想法，一边观察他们当时读的外国文学作品是什么样子，一边想当时的社会状况又是什么。几年前写《王安忆与文学史》这篇论述性的文章之前，我看过关于她的评论文章有两三百篇，作品全部读了。看过之后，心里比较有底，知道她几十年的脉络在哪里，是怎么形成和发展的。也知道自己应该从哪个点进入。这篇文章发表后，我问林建法先生怎么样，他回答说反正王安忆没意见，她肯定看过的。显而易见，即使是作品论，你只要下功夫，认真做，好的作家还是识货的，他们都有境界。所以，我觉得细读文章并不是单向度的，而是综合性的，全面性的，虽然你写的只是关于一篇作品的研究文章。在中国老一辈学人中，我比较佩服夏志清这个人。他的资料功夫未必很好，《中国现代小说史》固然精彩，材料还是太少，作品掌握得也不是很全面，但是史识很高明，眼光锐利得不得了。他最好的书不是《中国现代小说史》，而是《中国古典小说》，评的是中国四大名著。你看了这本书，才知道这位老先生厉害，道别人所不能道，说别人所不能说，这是一个研究文学的学者的真功夫。我自知功力不够，才气也小，所以写不来夏志清《中国古典小说》那种书。不过，我仍然想在这本小书里下点功夫，看能不能尽量写得更好一些。有一次，我对我的博士生讲，别看很多博士论文都选择做作家论，其实这个活最难。

魏华莹：最后，还想请问您近期在学术研究方面具体的设想或规划？

程光炜：按照中国人民大学二级教授65岁退休的规定，我还可以在这个岗位上工作八九年。也就是说，我再写两三本书就退休了，呵呵。不过，看到美国哈佛大学的老教授傅高义先生70岁时才开始写《邓小平时代》这本大书，我又有点不太悲观了，似乎将来退休后也可以再做点什么。所以，最近这些年将做些什么，是一个一直萦绕在我脑海的问题。我曾经设想过，是否可以按照三个年代，以"以点带面"的写作方式，把这三十年的文学带起来，比如像英国学者汤普森《英国工人阶级的形成》那样的方式？但是这样，不仅对材料，而且对你的思想要求都很高。另外，写一部多卷本的《中国当代小说史》，但那要在图书馆待很长时间，至少那么多的小说都得读一遍。许多年前，中国人民大学图书馆有位副馆长是我邻居，他委托我帮助在图书馆地下一层的旧书架上剔除没有用的当代小说，我跑到下面一看，吓了一跳，原来中国人民大学有很多很多的当代小说。可以说许多都没有价值了，几十年堆放在那里，都不会有人动。不过我对这位邻居说，别剔除它们，如果学校有地方，还是存在那里为好。说不定几十年后，还有好事者去做当代文学研究，要看不是经典的作品呢。不是经典的作品，对于历史研究有时候也是有用的，它们可以作为一个背景，一个大视野。我们做文学史的，光看经典作品，不管非经典作品，眼光是不是狭窄了些，至少是不全面吧。后来，那位领导听从了我的劝告，把这些没用的小说保留了下来。这只是中国人民大学一家，如果去北京大学图书馆、北京师范大学图书馆、北京图书馆，恐怕藏的当代小说还有许多。所以，不管选择做哪一种，对我这个年龄的人都是严峻考验。一次，我与王光明教授聊天，谈到让博士生泡图书馆的问题，感慨地说我很难做到这一点了，感觉体力不支，精力不济。学术研究，看来不仅是一个智力活，也是一个体力活，你不能不承认自己老了。如果能够在图书馆再待上10年，说不定还能做点事出来，这可能是我的梦想。如果说带博士生做什么，我想把90年代文学做完之后，先把后三十年的历史关联性建立起来。然后，再做一些学术分工，像当年现代文学做的那样，你做鲁迅研究、茅盾研究、老舍研究、沈从文研究，我做文献整理，你编工具书，我去做流派史等等。总之，当代文学学科，应该像当年的现代文学学科那样，不要再停留在一般评论的状态了，而应该把学科建立起来。

当然，人也不好说，说不定什么时候觉得自己身体还行，可能又会跑到学校图书馆里待着，每周去个几次。日积月累，经常这样，时间长了，做大部头当代小说史的想法又来了呢。

附录三　文学史研究中的"年代学"问题

——程光炜教授访谈

颜水生（山东师范大学中文系博士生）

一、关于"年代学"问题

颜水生：程老师，很高兴您接受我的访谈。最近几年，由您主持、中国人民大学中文系众多博士生参与的"重返80年代文学"的讨论课取得了一批引人瞩目的成果。我注意到，你们研究的重心是80年代文学以及所牵涉的问题，它是否包含了对"年代学"的关注，您最初是怎么考虑的？

程光炜：这个问题有意思，我很感兴趣。2008年，我当时的博士生张伟栋（现任教于海南师范大学中文系）在课堂讨论中也有过相同看法，他认为我们的当代文学史研究与一般研究还不太一样，是一种以"年代学"为中心的文学史研究。起初，我在组织大家讨论相关问题的时候，并没有想那么多，感到80年代文学转眼即逝，它给世人留下的可能只是一个宏大而模糊的历史形象，这多少有些遗憾。今天看来，80年代所牵涉的问题很多，例如它与改革开放究竟是一种怎么样的关系，应该怎么看它与十七年文学的断裂性和传承性，再如用纯文学的观点，是否能够厘清它与90年代文学的区别，等等。从与这些文学期的关系看，它显然不是一个自我封闭的历史范畴，也不是一个完全自足的文学史范畴。如果采用王光明教授"打开方法，锁住问题"的说法，我们要做当代文学史研究，首先要锁住80年代，而如果从80年代与"十七年"、改革开放语境、90年代关系学的角度去观察，它的"年代学"意义就变得非常重要了。形象一点说，我们是想在中国当代文学史地图中找出一个地标性的建筑，例如80年代文学，然后从它入手，先做点具体和实证性的研究，再看看能不能以此为突破口，做一些重返中国当代文学史和重返新时期文学的尝试。

颜水生：按照我的理解，你们研究80年代文学，可能是因为它的文学表述中不仅淤积着十七年文学的问题，某种程度上90年代文学的兴起也与它相关。80年代有强烈的过渡性。换句话说，80年代文学俨然是中国当代文学60年的一个历史枢纽，来自各个时期的矛盾、冲突和问题在这里汇聚、堆积、挤压。表面上它在正常地运行着，维持着一个短暂的历史平衡，但其中深埋着的那个丰富的矿藏并没有被人发掘出来，也正是在这里，这个枢纽的重要性还没有被真正认识到。这个枢纽，是因为连接着过去和未来而得以存在于那里的。

程光炜：弗朗索斯·多斯在《碎片化的历史学：从〈年鉴〉到"新史学"》这本书中有一句话说得比较有意思，他说："处于过去和未来之间的当下正在失去意义，并陷入无所适从的境地。因为人们不愿恢复变化了的过去，而未来又是模糊一片。"80年代作为我们这代人精神生活史中的一个地标性建筑，其实一直没有真正离我们而去，它其实就是我们这代人的"当下"。然而，由于很多人不再把它看作当下，而自己的精神生活又经常徘徊在过去和未来之间，丧失了辨认自己历史地标的想法和能力，所以这样反而让我强烈意识到，对于我，包括我们这代人来说，80年代之所以能够作为我们的"年代"，正是因为我们的思想观念包括今天看待过去和未来的眼光都是在那个年代形成，是以那个年代作为立足点的。对我们来说，它是今天日益恶化的文化环境中硕果仅存的一块"精神湿地"。因此，我觉得多斯讲得有道理，但我更愿意反过来理解他的话，即：如果我们不想让"处于过去和未来之间的当下正在失去意义，并陷入无所适从的境地"，那么，我们就必须现在就行动起来，通过对80年代的"年代学"研究，保存它并更深刻地辨析它的意义。当然，对我这个做教师的人来说，只能将自己的工作与学生捆绑在一起，一点一滴地进行，从对具体文学思潮、现象和作家作品的研究上逐步展开，对大的历史的认识不能急，只能从小的历史的研究上开始，积少成多，这样才能逐渐深入。

颜水生：您这样说，我觉得80年代不仅是你们这代人文学生活的地标性建筑，它同时也联系着我们这些80后博士生的生活。首先，今天站在大学讲台第一线的老师们，大多都是80年代中人，通过他们的治学和教学，其思想观念和文学观念实际也在影响着我们这一代人；其次，我认为在人类完整的精神生活和文学生活中，是不存在所谓代沟的。在中国当代文学60年中，80年代对我们这一代研究生具有独特的价值，它同样也是我们认识60年文学的一个历史枢纽。所以，我想就自己感兴趣的一个问题问您：在文学史的意义上，不同年代的研究者之间确曾具有这种共同经验吗？您是怎么看待这个问题的？

程光炜：这个问题很专业，也有难度。回答这个问题我感到有点吃力，不过我愿意就此与你讨论。确如你所说，不同年代人之间的历史经验和个人处境，会制约着人们对整个文学史的看法。不过幸运的是，我们生存在一个大致相同的历史情境当中，这种情境是由社会主义制度剧烈的实验性色彩，以及这种实验所造成的剧烈社会动荡和充满激情的人文生活特点来体现的。例如，我们就读和任教的大学，都有完整的党工系统，有丰富的社会动员体制资源，这种系统训练了大批学生，也包括它的教职员工。尽管80年代和90年代后的社会特点存在一定的差异性，但是影响我们精神生活和文学生活至深的这些因素却没有变，它对我们这两代人的影响是共同的。如果拿"十七年"、80年代、90年代和新世纪这些历史时段相比，我相信你一定不会否认,80年代对作家、批评家和研究者来说可能是最理想、浪漫和自由的一个文学期,它是当代文学60年中最为灿烂的一个阶段,但它是否是当代文学成就最高的一个时期,现在还不好说。当然,与我们相比,你们这代人对80年代还缺少切身的体验和现场感,不过,如果阅读这个时段的文学作品,我相信你与我之间并没有真正的历史隔阂。正是在这个意义上,我认为,无论社会怎么变化,人们既定的历史观、文学观都会使他们对过往的历史和文学生活作出几乎相同的评价。我这些年与80后的博士生一起讨论80年代的文学问题,没有觉得有什么隔阂,反倒因他们年龄特点产生的对那段历史的陌生化观察,给了我更新颖、更大的启发,就是一个明证;与此同时,他们在我追忆性的讲课中也进入那种历史情境里,好像也在经历我个人曾经有过的社会生活。那个年代,几乎使我们产生了大致相同的历史境遇感。正是在这里,我认同你刚才所说的"在文学史意义上,不同代的研究者之间确曾具有这种'共同经验'"的看法。

二、"年代学"在文学史研究中的位置

颜水生: 既然我们已经谈到了"年代学",那么我们可能更感兴趣的还是它在文学史研究中到底居于怎样的位置,您是否能就此谈一谈?

程光炜: 我个人以为,在当代文学60年的各个阶段,虽然从大的方面看历史情境大致相同,但是不同阶段之间仍然显示着自己的年代性。例如,"十七年"(还有一种说法是50至70年代)、80年代、90年代和新世纪,就像福柯所说是散布在大海之中的星罗棋布的岛屿,它们之间虽有一定的历史链接,但这些链条之间是缺乏连贯性的,不是一种因果性的必然关系,相反,差异性反而表现出它们更鲜明的特点。尽管福柯这种看法比较偏激,不过它对我们讨论以下问题有一

些帮助。比如我们看到，不同文学期背后都有不同的文学意识形态，例如，十七年文学与阶级斗争、80年代文学与改革开放、90年代文学与社会主义市场经济，等等。这些潜藏在文学史中的意识形态，不管你是否愿意承认，它们对文学史的版图、走向和路线，起着某种规划的作用，甚至我们在研究过程中都难免不与研究对象发生着冲突和矛盾，对话有时候又呈现为一种合谋性的紧张关系。这种意识形态不是外在于我们的研究工作的，它有时候就在我们的研究之中，研究者在极力强化与它的不和谐关系的时候，潜意识里他的思维方式和研究方式分明又沾染了其观念色彩。研究者与研究对象之间的这种矛盾，或者也可以说就是一种年代性。正是这种文学史研究中的"年代学"因素的存在，所以近年来热闹的十七年文学研究，一直在强调着该阶段文学实践中的政治性，很多研究者在分析文学创作深刻的历史意义的时候，往往有意或无意地力图揭示政治对文学的影响。人们看到，在赵树理研究、"红色经典"研究、十七年文学制度研究里，大家都会强调甚至情不自禁地放大其中的阶级斗争元话语，这几乎成为现在研究十七年文学的一种套路。政治、阶级斗争就像一个挂在十七年文学研究旁边的巨大钟表，它始终在那里滴滴答答地走着，告诉人们，十七年的文学制度、作家创作、文学批评和读者阅读就在这钟表的暗示、规范、指导中发生着和进行着。这个钟表在那里指示着我们它所生活的那个年代。你看，现在人们在研究十七年文学的时候，如果抛开这个钟表的"年代性"，不把文学叙述置于这个时间框架里，他不仅会突然变得一筹莫展无法工作，写出来的东西也不会得到研究界的承认。

颜水生：事实上，在中外文学史上都可以看到这种现象。如果离开了法国大革命，就无法谈论雨果的《九三年》；离开了"五四"，就无法理解中国现代文学；离开了辛亥革命，也不好真正理解鲁迅精神上的痛苦和茫然。如果进一步界定"年代学"这个文学史概念，是不是还要涉及其中的"事件性"呢?

程光炜: 当然。埃斯卡皮在《文学社会学》里曾经指出,在法国大革命、"二战"等重大历史事件之后,都涌现出了不同于上一代作家的新一代作家。所以,"年代学"的另一种含义,指的就是它的"事件性"。但是,这种"事件性"往往都有民族自身的局限性,也就是只有具有相同历史经验的文化处境的人们,才可能接受它。并不是所有的人都能够理解并接受它的。80年代对于生活在大陆的中国人来说,最为重要的历史事件是什么? 在我看来是"文革"终结和改革开放国策的启动。我在博士生讨论课上,把它们概括成"批判'文革'"与"走向世界"。它至少深刻影响了中国社会最近30年的历史走向和进程。正是由于这两个重大事件的发生,80年代的"年代学"意义才真正地显示出来。也正是因为这两个事件与80年代血肉相连的关系,我发现那个年代人们的精神生活、思想观念和文学观念,大半被概括在那两句话里面了。我这是专指中国大陆而言,对其他地域的人,包括海外汉学家而言,他们的经验和看问题的方式也许并不完全如此。这学期我在澳门大学中文系给本科生开了一门"现当代文学专题"的课,其中讲到刘震云的《塔铺》、铁凝的《哦,香雪》等小说,讲那个年代农村的年轻人如何艰苦奋斗等等,我发现学生由于不理解这些小说发生的历史语境,对这些作品没什么感觉,不明白我在讲这些小说时为什么那么手舞足蹈,那么兴奋和激动。我还有过相似的尴尬经历。我在北京见到一位研究中国当代文学的日本学者,她说自己非常不理解伤痕文学中为什么有那么多的眼泪,她认为那是一种历史和文学的矫情。我对她说,这是你没有亲身经历也就无法理解它的"事件性"的缘故。正因为不能理解这种事件性,那么对伤痕文学发生的背景、原因和讲述历史的独特方式也就无从知道,更不会引起真正的历史的理解和同情了。当时,我问到她做中国50至70年代农村题材小说研究的情况,问日本有没有农村题材小说，她笑答日本已经没有农民和农村，所谓农村题材小说只是现代人对已经消逝的乡土文化的记忆。我问得这么不到位，说明我对日本社会和文学状况背后的历史事件性也缺乏了解，所以才会发生这种情况。其实，不光这两个大事件，80年代还发生过很多小事件，例如《苦恋》批判、"清污"、反自由化、城市改革、计划经济与市场经济双轨制、通俗文学热、打破铁饭碗，等等。在此过程中发生的反思文学、改革文学、现代派文学、寻根文学、先锋文学和新写实主义等，都与这些事件有至深的关联，这是毋庸置疑的。与我所谈那位日本学者不理解伤痕文学是一个道理，如果没有亲身经历，对今天更年轻的研究者来说，假如不去贴切地抚摸它们，设身处地地去想象自己也曾经历了这些大大小小的事件的话，想开展对这些文学现象更深入、具体和细致的研究，也是非常困难的。假如放弃必要的历史教育，弄得不好，我们的学生将来也会像日本学者那样，对于我们中国自己的当代史也会产生难以弥合的历史隔阂。所以，如何重建或者恢复某种历史感，对于研究者是非常重要的，这也是我特别强调文学史研究中的"年代学"的理由。

颜水生：如果按照您讲的，那么"年代学"是应该在当代文学史研究中居于中心位置了？

程光炜：到底应该居于什么历史位置，要看研究者的历史心情、状态和研究方式，其结果是不尽相同的。有的人习惯于把历史事件"中心化"；有的则做得比较隐蔽，不让它出场，但处处埋伏在他研究的对象、思路和考虑之中；也有的只是把它作为一种"历史画外音"，以一种虚化的方式重建研究工作与历史的关系。每个人在理解和处理这个问题时，可能表现得都不一样。出现这种情况，在我看来是很正常的。

颜水生：这只是概括地讲，如果具体做的时候，您会怎么考虑这个问题？

程光炜：我觉得对今天的当代文学史研究来说，新时期的很多作品需要重读、细读、精读，做些基础性的研究，讨论一些与作家作品相关的问题。如果仅仅满足于对文学走向、动态、形势的大判断，将无助于当代文学学科的自律和发展；而即使是作出某种谨慎的判断，也只能在对许多作品重读这种不断积累的过程中，逐渐地呈现和形成，它应该是许多感性过程之后理性总结的结果，而非一种事先的预设。如果不做这些看似琐碎的研究工作，不做这种积累式推进的工作，一个时期文学思潮、现象、流派和作家作品的历史面貌，就很难整体性地呈现出来，只会停滞在那种支离破碎、人云亦云的低级文学史状态。举例来说，我们怎么看王蒙写于1979年发在《光明日报》上的短篇小说《夜的眼》。一个时期里我们的当代文学批评对王蒙的评价是很不稳定、左右摇摆着的，有人要么把王蒙评价得太高，要么又去贬低他，认为他即使是代表作家，也没有什么代表作品等等。这都是没有认真读他作品，而仅仅按照社会思潮的变化来评价他的结果。王蒙这个作家我先不谈，我这里先谈谈他的《夜的眼》。因为从一篇小说中是可以发现很多人的历史处境和心理情绪的。小说的故事很简单，写的可能是1979年前后发生的事。主人公从流放地回到久违的城市（小说里暗示是北京），他看到五光十色的繁华街景、车流、人群，不敢相信自己真的又回到这里了（作品表现的是因为平反昭雪，很多人正在恢复正常的生活轨道）。他心里紧张、兴奋，但又忐忑不安。他在社会生活中已经习惯了小心谨慎、如坐针毡，但又深信历史已回归正常轨道。这种惊恐破碎如同月光泄地似的流淌着的感觉，正是作者希望与世界交流但又还没有真正放开的非常矛盾的心情，小说用意识流的叙述方式，揭示了千百万个从农村边塞流放地重返都市的读书人的历史激动。读到小说的深处，我不再认为它是一篇意识流小说，而相信这是一篇欲吐又止的人性压抑的小说。我与主人公有一种同病相怜的感受。1969年冬，我随父母下放农村，在一个南方小镇的中学待了几年。大约是1974年，不记得是什么原因，我跟姐姐去原来居住过的城市访友。经过几个小时的颠簸，落满灰尘的长途汽车从遥远的小镇缓缓驶进市区，满眼皆是郁郁葱葱的法国梧桐树，一阵阵城市的气息迎面扑来。下车后，我亲戚家的小姐姐给我们买了两根冰棍，沁凉甜蜜的感觉顿时充满口腔。我五年前离开这座残留着童年少年生活痕迹的城市，就再也没有来过，这是我第一次从寂寞闭塞的乡村回来。一阵委屈忽然充塞心头，有一种想哭的感觉。下午去访我姐姐的一位初中女同学，她家虽在小街陋巷之中，属于市民贫寒家庭，然而她轻轻哼出的是当时刚刚上映的电影《闪闪的红星》主题曲《映山红》，却令我终生难忘："夜半三更哟盼天明，寒冬腊月哟盼春风，若要盼得哟红军来，岭上开遍哟映山红……"歌曲传达的是土地革命时期的苏区人民，在经历了疯狂阶级报复和家破人亡的惨剧后，盼望红军再次神兵天降的幻想。然而，"文革"却使另一些人失去了自由。在一个不自由的年代，聆听主张自由的歌曲，这种奇怪荒谬的历史感受，真是匪夷所思，这是今天的年轻人无法理解的。它令今天那些在规定的情境中以怀旧心态想象革命歌曲、电影和戏剧的人，事实上被隔离在真实历史情境之外。更让人不解的是，对于一个久居荒凉闭塞小镇也许将要在那里度过一生的少年来说，这音律优美的歌曲竟仿佛天籁之音，他的心灵因此被深深打动。我这次短暂的回城之旅，与《夜的眼》主人公从历史中的归来，无论从历史意义还是文学价值看，当然都不能同日而语。不过许多年后，我读到里面的每一行字，都有感同身受的创痛感，是一种浑身颤栗的感觉。所以，我要说我与主人公有一种同病相怜的感受，我就是许多年后的另一个归来者。1978年3月，我经过近十年在社会底层的挣扎，有幸搭上中国高考首班车上了大学，命运得以彻底改变。第二年，我们家也有人被平反昭雪，压在我心头很多年的一种非常糟糕的低贱的感觉，终于被一扫而光。我想当时很多中国家庭都有过这种被解放的重生的心境。这篇小说中有一个非常明确的年代性——1979年。如果我们不能理解当时很多人这种地狱重生的历史感受,就无法懂得这种年代性。换而言之,这篇小说之所以还值得一字一句地细读、重读,就因为它把几代中国人心灵中的年代性深刻地埋藏在里面了。关于一篇小说与年代性之间的这种互文的关系,黑格尔在他著名的《哲学史讲演录》中说道:"在每一种哲学里面都出现这样的意见,即认为水变成了空气……就是说,概念中有这种内在联系:一种东西如果没有它的对方就不能存在,对方对于它是必要的,没有什么东西能够在这种联系之外独立地存在……自然的生命就在于一物对他物发生关系。"按照这种分析,抽去1979这个年代,《夜的眼》的意义是无法存在的;相反,1979的年代意义,也只有通过这种记录特殊年代的小说,才可能被人们认识到。

所以,这些年来,我们在做具体作家作品研究时,往往会把年代安排在与作家作品的联系当中。包括我的学生,有时会把历史事件"中心化",有时则采取"历史画外音"的方式,通过大胆假设、小心求证的手段最后读取文学作品中深藏的东西。如果这样看,年代在文学史尤其是当代文学史中的位置是必须考虑的一个因素,否则我们就无法理解那些年代为什么会发生许多惊心动魄到今天都感到匪夷所思的荒唐事情。与此同时,正是文学作品为后人保留了这些年代的年轮,人们才会在一种难得的历史机遇里反省过去,从心里长久然而又苦恼地去冥想中国未来的路应该怎样走的问题。

三、"年代学"的关系学和历史化问题

颜水生:既然您把"年代学"置于文学史研究中一个非常重要的位置,套用刚才黑格尔的话来说,就是它并不是孤立地存在的,而要置于一种关系学(黑格尔在这里表述为联系)之中,因为只有这

样，它在文学史研究中的位置才会看得稍微清楚一些。

程光炜：是这个意思。我近来读黑格尔的《哲学史讲演录》，深知他的辩证法思维并没有过时。相反，因为中国正处在一种历史的转型期，周围有很多现代化的社会类型作参照，我更觉得仔细阅读这部巨著，对我们认识复杂的历史和世界，认识当代文学史中那些没有被触动、发掘和处理的一些问题，也许还是很有必要的。这种"年代学"的关系学至少表现在以下几个方面：一是在做当代文学史研究时，存在着我们与我们研究的那个年代文学的关系及重新认识、反思和梳理的问题。例如，过去总是认为80年代比90年代更文学化，代表着所谓的纯文学，但经过这么多年之后，通过重新阅读当年的档案文献和材料，会逐渐感觉那只是一代人的美好感觉，是把自己的理想状态从当时复杂激烈的斗争中抽取出来之后获得的印象，而并非历史本身。80年代的历史仍然是瞬息多变和异常复杂的，文学与历史的关系的很多侧面都没有在当时的文学批评、文学史研究中得到充分反映。二是80年代与"十七年"、90年代、新世纪的关系问题。这样去理解，目的是打破那种"今是昨非"地看待历史的习惯。我在很多场合说过，把80年代设置为当代文学60年的一个"认识性装置"，一个历史制高点，也许只是一种策略上的考虑。如果不这样做，会使文学史研究陷入一种感性随意的文学批评的状态。比如，对80年代的"现代化问题"，我们单单在它的历史语境中是看不清楚的，可是如果以"十七年"的"反现代化问题"作参照，就看得比较清楚了，因为它的历史意义是把整个中国从闭关锁国的孤立状态中拯救了出来，将中国的历史进程纳入"重新世界化"的轨道之中。这就回到了19世纪中国的洋务运动、"五四"、民国兴起等历史起点上，也就是说重新回到了原来那种富国强民的现代化设计之中。但是由于"十七年"社会体制的某些固有弊端并没有在80年代被彻底铲除掉，80年代的现代化最后又发展到90年代的那种脱离国情和普通民众生活的状态。在80年代的现代化视野中，"十七年"的历史停滞被充分地暴露出来；但"十七年"比较照顾工农兵生活状态的制度安排，又令人观察到80年代现代化所存在的问题。如此等等，我们可以再三地反思。我在《新时期文学的"起源性"问题》一文中，对这种复杂的历史关系学作了初步探讨。总之，你要看清这段历史，必须以前面或后面那段历史作参照，否则对历史的评价就缺乏辩证性、全面性，就只能以自己的愿望设定为历史评价的结果。当然，具体问题还要作具体分析，它不是机械性的分解工作，因为历史本身，以及每个研究者的个人情况都不一定相同。第三，这种关系学也会将海外学术思潮置于反省性的视野当中。近年来，由于崇洋心理，再解读、美国汉学对中国现当代文学研究席卷而入，大有后入为主、重整河山的姿态。由于有它们的存在，现当代文学研究获得了摆脱自身僵局和再出发的历史机遇。但与此同时，也带来唯再解读、美国汉学视听的学术奴隶状态，从而淹没了现代文学、当代文学自身的历史问题。那么，应该怎样看待80年代"年代学"与再解读、美国汉学的关系呢？我认为首先要注意一点，这就是80年代的"年代学"是由中国当代文学自身产生的一个问题，而再解读、美国汉学则是由西方后现代主义文化而产生的一种研究视角和方法，将两个历史境遇并不相同的文学史问题强行对接，这样是否合适？是否会重新把我们自己研究的问题简单化？都必须在一种"关系学"的理解中逐渐认识和反思。

颜水生：您所说的辩证法，如果运用到文学史研究中确实有必要。然而对于我们这些年轻研究者来说，由于没有经历过你们这代人的历史创伤，又感觉把这些历史关系弄得这么复杂纠结是否值得？当然，我想您肯定不是在做一种智力游戏，而有其他的考虑在里面。您能说说这种考虑吗？

程光炜：其实也没有你说的那么复杂和纠结。这是我在许多场合都说过的话。中国当代文学的历史已经60年，中国当代文学研究会成立也有30多年的时间，但当代文学史研究的状况与这种历史积淀的反差却很大。首先，很多人仍然把当代文学研究简单理解或等同于文学批评，文学批评在当代文学领域中具有独特的不可忽略的地位，始终对当代文学史研究发挥着激发、对话和补充的作用。其次，当代文学史研究界仍然未能确立起自己学科的自律性，还没有拥有一套共时性的历史观、文学观和知识话语。就是说，整个当代文学60年仿佛是一块漂离大陆学术中心的目的地不明的巨大漂浮物，不知何始，也不知何终。当然我这样说，并不表明我比别人更有责任感，事实上我是对自己的研究状态不满意才这么认为的。

不过，既然你问到这里，我觉得还有必要说几句。之所以想把"年代学"作为文学史研究的某种基点，自然是有先把纷纭复杂的话题等"知识化"的考虑在里面。你不用一种知识如"年代学"去做点加固的工作，而是随波逐流地去漂流，那么又会像曾经多次发生过的一样，一次次去重复当代文学史研究的起点。现在一些人不还是这样吗？老是争自己发明了什么话题、话语、思想等等，而不愿坐下来查点资料，做点切实的研究。所以，"年代学"的说法里有一种将当代文学史"历史化"的想法，至少先切出一块来，把1980年代的文学现象作为一种实验对象，分别做一点研究。有些研究也许要走弯路，也可能只是原地踏步，有些研究也许只是一个初步的铺路工作，成果还比较粗糙，并无惊人的成绩。但是，这样也不算白费精力，如果有更多的人加入进来，大家一起从不同角度，运用不同手法展开对80年代文学的研究，久而久之，积少成多，历经数月数年，像今天的古代文学研究界、现代文学研究界的同仁那样，又有什么不好？我们不要怕别人批评你是所谓学院派，现在当代文学研究领域最缺乏的就是死心塌地的学院派。如果这种别人讥笑、看不起的学院派人数多了，越来越多的年轻人愿意坐下来，天天跑图书馆、资料室，弄得两手都是陈年灰尘，当代文学史作为一个受人尊敬的历史学科的日子，也许就不会太遥远。现代文学研究,历经李何林、唐弢、王瑶、任访秋、田仲济……孙中田、严家炎、樊骏、孙玉石、陆耀东、林志浩……王富仁、赵园、刘纳、钱理群、杨义、温儒敏、吴福辉、汪晖、陈平原、陈思和、王晓明还有海外的夏志清、李欧梵和王德威等三代学人,不过30多年,已经初具历史学学科的规模。当代文学研究,从现在坐下来,数十年后,景况也不至于太坏。

颜水生: 经您这么一说,线索和基本情形就比较清楚了。虽然现在当代文学史研究还存在着这样那样的问题,如受再解读、美国汉学研究制约太深,"十七年"研究已经出现自我重复,对历史的理解也还在文学/政治的框框里打转转,等等。但总的来讲,已经显露出一线曙光,给人振奋的感觉,让我们这些有志于学术研究的年轻研究者看到了希望。您提出的"历史化"问题事实上指出了当代文学史研究所存在的问题,它不失为一种理解文学史问题的方式。不过,鉴于当代文学与当代历史之间的复杂纠结,是不是还存在着另外的和其他的读史的可能性呢?

程光炜: 这当然。我从来都不欣赏文学史研究中那种真理在握的姿态,也不相信已经研究过的东西就不能再碰。所以,如果有人站出来与我讨论"历史化"的问题,平心静气地与我争论,我反倒会非常高兴。所以我相信黑格尔的说法,他认为只有讨论才能不断地发现问题,他在《哲学史讲演录》里从古希腊的观点介绍起,一边叙述一边讨论,在评价阐明过去哲人的成果的同时,也陈述自己的见解,这种德国式的严密、科学和理性的治学态度,非常令人佩服。有一次,我与蔡翔老师说起来,都表示当代文学史研究中存在不同看法反而是好事,可以相互争论,在争论中相互激发。他在上海大学,罗岗、倪文尖老师在华东师范大学,都在与学生一起开展当代文学史的研究。他们的"新三人谈",包括我2009年参加的圆桌会议,以及我2009年10月份在北京组织的有洪子诚、蔡翔、罗岗、倪文尖、贺桂梅、姚丹、杨庆祥等老师参加的"当代文学史研究的'历史化'研讨会"，都给我留下至深的印象。他们看问题的角度，处理问题的方式，给了我不少启发。我相信如果这样进行下去，再有一些学校的老师和学生参与进来，当代文学史研究的成果和学科自律性，就会逐渐积累和形成。

后 记

2007年以后,我在中国人民大学文学院上课之余,还应学界同行的邀请,前往许多大学的中文系给学生做讲座。有的文章,是事先已经写好,带去当场讲的。有的只是一个简单的提纲,回来后再根据记忆整理成文章,没有明确的计划性,讲演的题目,会因讲座对象而做些调整。这次汇集的《文学史二十讲》,看似并不系统的讲稿,实际上是最近七八年我做文学史研究问题、思路和研究角度的不断延展,真实反映了我这些年有关中国当代文学史研究问题的基本想法,编成一本书出版,它本身的整体性就已经呈现出来了。

我这些年陆续访问的大学有复旦大学、北京师范大学、浙江大学、武汉大学、四川大学、上海交通大学、香港大学、中山大学、山东大学、南开大学、吉林大学、厦门大学、华东师范大学、华中科技大学、华中师范大学、陕西师范大学、暨南大学、杭州师范大学、河南大学、山东师范大学、上海大学、南京师范大学、华南师范大学、苏州大学、深圳大学、河南师范大学等。在讲座过程中,无论同行还是研究生,都提出了很好的建议和意见,这对我逐步充实某些观点,显然有很大的帮助。借此机会,我要特别向邀请我的复旦大学的栾梅健教授、北京师范大学的张清华教授、浙江大学的吴秀明教授、武汉大学的方长安教授、四川大学的唐小林和陈思广教授、上海交通大学的张中良教授和汪云霞副教授、香港大学的詹杭伦教授、宋耕教授和林佩吟教授、中山大学的张均教授和郭冰茹教授、山东大学的郑春教授、南开大学的罗振亚教授、吉林大学的张福贵教授、厦门大学的王宇教授、华东师范大学的黄平副教授、华中师范大学已故的黄曼君教授、华中科技大学的何锡章教授、陕西师范大学的李震教授、暨南大学的宋剑华教授、上海大学的蔡翔教授、杭州师范大学的张直心教授、河南大学的武新军教授、山东师范大学的魏建教授、南京师范大学的朱晓进教授和杨洪承教授、华南师范大学的陈少华教授、苏州大学的王尧教授等，以及其他教授和朋友一并表示感谢。

程光炜

2015.11.20 于北京

图书在版编目(CIP)数据

文学史二十讲 / 程光炜著. —上海：东方出版中心，
2016.12

ISBN 978-7-5473-1012-0

Ⅰ.①文… Ⅱ.①程… Ⅲ.①中国文学－当代文学－
文学史研究 Ⅳ.①I209.7

中国版本图书馆CIP数据核字（2016）第215783号

文学史二十讲

出版发行：东方出版中心

地　　址：上海市仙霞路345号

电　　话：（021）62417400

邮政编码：200336

经　　销：全国新华书店

印　　刷：常熟市新骅印刷有限公司

开　　本：720×1 000毫米　1/16

字　　数：334千字

印　　张：26.75

版　　次：2016年12月第1版第1次印刷

ISBN 978-7-5473-1012-0

定　　价：58.00元

2023